ハヤカワ文庫NV
〈NV1328〉

緊急速報
〔上〕

フランク・シェッツィング
北川和代訳

早川書房
7487

BREAKING NEWS

by

Frank Schätzing

Translated by

Kazuyo Kitagawa

Originally published in German under the title “Breaking News” by

Frank Schätzing

First published 2015 in Japan by

HAYAKAWA PUBLISHING, INC.

This book is published in Japan by

arrangement with

VERLAG KIEPENHEUER & WITSCH GMBH AND CO. KG

through THE SAKAI AGENCY.

『緊急速報』はフィクションであり、ほとんどの登場人物は架空の人々です。そのほかの登場人物は実在の公人に基づいていますが、彼らも架空の場面にのみ登場します。また、そこに描かれる現実のストーリーは、文学作品を創作する上での推測の出発点にすぎません。それは、とりわけアリエル・シャロンの場合にいえることです。しかしながら、本書の中での彼の発言は、多くが本物のアリエル・シャロンの実際の発言を引用したものであり、この架空の登場人物の人生は、本物のアリエル・シャロンの信頼できる資料を基になぞられています。それは特に、本書下巻・最後半部の〈二〇〇五年〉の章で語られる架空の出来事にあてはまります。さらに、本書に登場する、カーン一家（シャローム、エフダ、フェーベ、ビンヤミン、レア、ミリアム、ウリおよびヤエル）、ダヴィード・カントール、マンスール・アルサカキニとその家族、シン・ベットの全職員、サマエルの全メンバー、クリステ・ビヨルクルンド、インガ・ドルンおよび、多くの脇役たちも架空の人々です。

ヘルガとレギーナに

南部

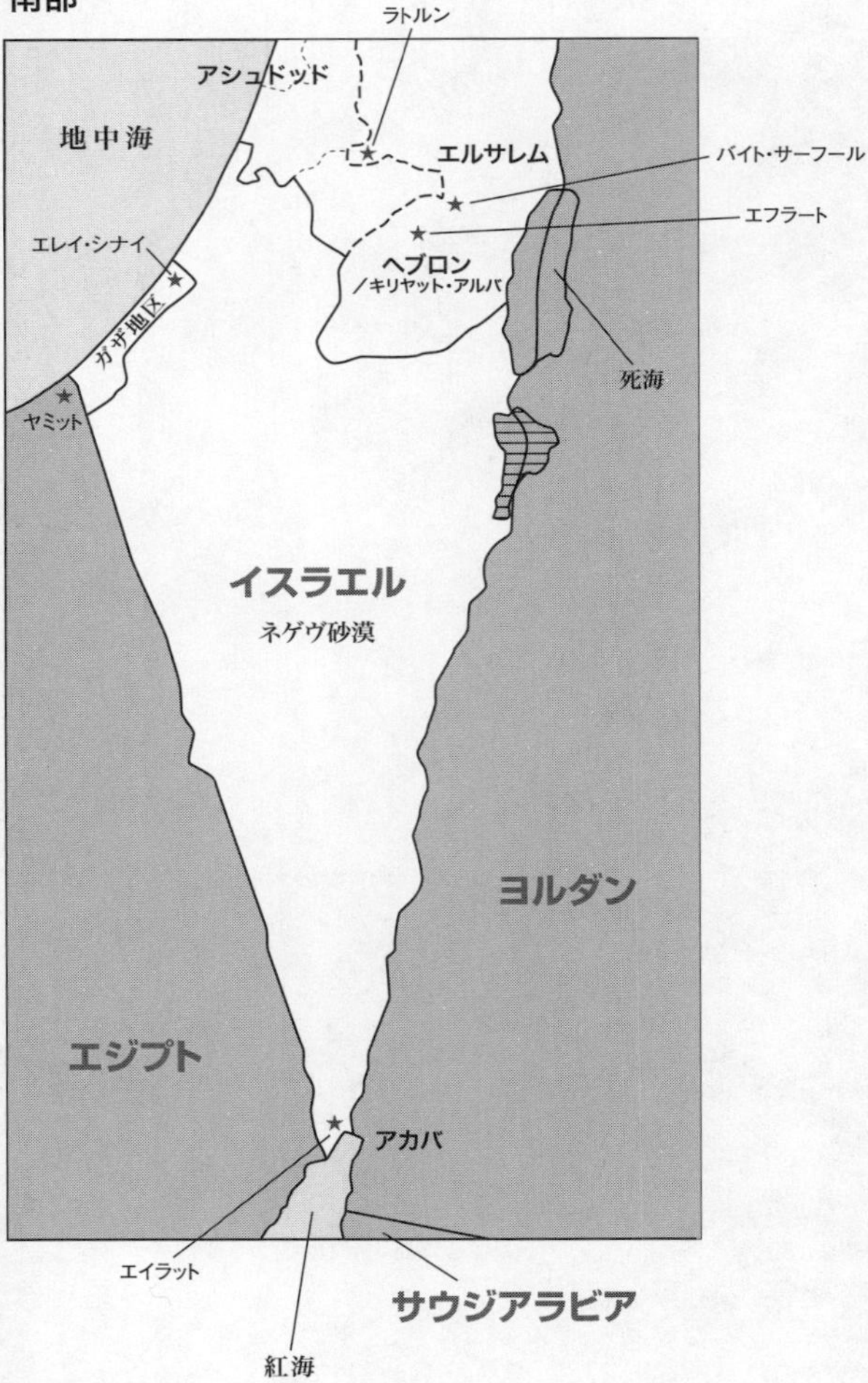
ラトルン
アシュドッド
地中海
エルサレム
バイト・サーフール
エフラート
エレイ・シナイ
ヘブロン
／キリヤット・アルバ
ガザ地区
死海
ヤミット
イスラエル
ネゲヴ砂漠
ヨルダン
エジプト
アカバ
エイラット
サウジアラビア
紅海

北部

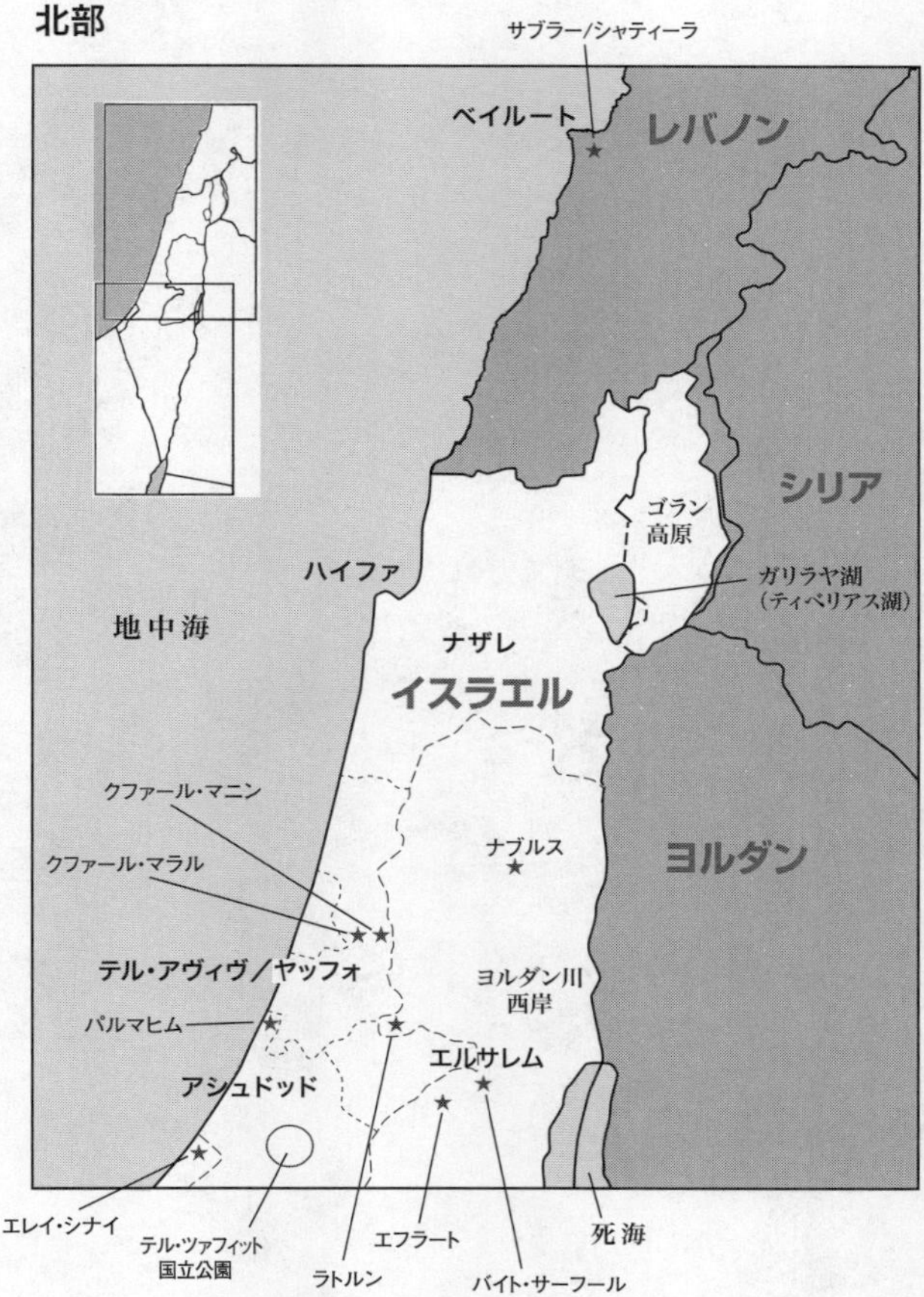
サブラー/シャティーラ
ベイルート
レバノン
シリア
ゴラン
高原
ハイファ
ガリラヤ湖
（ティベリアス湖）
地中海
ナザレ
イスラエル
クファール・マニン
ナブルス
ヨルダン
クファール・マラル
テル・アヴィヴ／ヤッフォ
ヨルダン川
西岸
パルマヒム
エルサレム
アシュドッド
エレイ・シナイ
テル・ツァフィット
国立公園
エフラート
ラトルン
バイト・サーフール
死海

緊急速報
〔上〕

登場人物

トム・ハーゲン……………………ドイツ人ジャーナリスト
クリステ・ビヨルクルンド…………ハーゲンの同僚カメラマン
インガ・ドルン……………………ハーゲンの同僚ジャーナリスト
リカルド・ペールマン(リック)……イスラエル情報機関
（シン・ベット）作戦本部次長
ショシャナ・コックス(シャナ)……同・エージェント・コントローラー

シャイナーマン家

サムエル・シャイナーマン…………ユダヤ人入植者
ヴェーラ……………………………サムエルの妻
エフディット（ディータ）…………サムエルとヴェーラの長女
アリエル（アリク）………………サムエルとヴェーラの長男
(アリエル・シャロン)
マルガリット（ガリ）……………アリクの妻

カーン家

シャローム・カーン………………ユダヤ人入植者
ラヘル………………………………シャロームの妻
エフダ………………………………シャロームとラヘルの息子
フェーベ……………………………エフダの妻
ウリ…………………………………エフダとフェーベの息子
ビンヤミン（ベン）………………エフダの双子の兄弟
レア…………………………………ビンヤミンの妻

トゥフィク・アズアズーリ…………煙草商
デイヴ・カーマイクル……………カフェのオーナー
ヨウゼフ・アルサカキニ…………エフダの友人

二〇〇八年

アフガニスタン北部

午前七時、トヨタ・ランドクルーザー車中。頭にすっぽりかぶせられた袋は、顎の下で結わえられている。開けた口で息をする。鼻からは、充分な空気が肺に流れこんできそうにないからだが、本当はメンタルの問題だ。布袋は目が粗く、あとは慣れだった。

こんなことに慣れるのだろうか。視界を奪われ、でこぼこだらけの山道を猛スピードで駆ける車に乗せられて、腰や背中をリアシートに散々打ちつけるなどということに。

それは状況次第だ。文化程度の低い土地であっても、黴《かび》臭い黒い袋を頭にかぶせられる理由は多くない。すぐに射殺されるか、縛り首にされるかのどちらかで、それに慣れるかどうかと悩むまでもないことだ。あるいは、袋をかぶせられて引き立てられれば、ゆっくりと近づく拷問人の足音を耳にし、その猫なで声を聞いて、それから地獄が始まるときもある。袋をかぶせられるのは、そうした不快な場合なのだ。

もう一つは、自ら進んで袋をかぶるケース。車の走るルートを覚えられては困ると、運転手が考えているとして。

この状況は、隣に座るビョルクルンドには酷だと、ハーゲンは思っている。彼の喘息が気懸かりだった。自分は、かつてこの袋の中に嘔吐した者がいたにちがいないと想像し、不快な気分になっているだけだ。袋は洗濯してあってきれいだが、染みついて決してとれない臭いがある。死者の思いが幽霊屋敷に巣くっているように、二人よりも前にこの状況に陥った者たちの過去が臭いの分子に閉じこめられて残っているのだ。かつて袋に嘔吐した気の毒な者がどのような運命を耐えたのか、ハーゲンは想像したくない。男だか女だか知らないが、今の自分たち二人のように、彼らが自らの意志で袋をかぶったと思いたいところだ。それがわかれば、なおいいのだが。

その彼らとは、マリアンヌ・デガスだったのか、マックス・ケラーかヴァリド・バクタリだったのか。三人のうち誰が、今こうしてハーゲンの視界を奪っている袋をかぶり、正気をなくし、胃をひっくり返らせたのだろうか。

ハーゲンがかぶっている袋は、誘拐されたその三人がかぶっていた袋の一つで、三人は袋をかぶったまま自分たちの死へのシナリオを思いめぐらしたあげくに憔悴してしまったのではないだろうか。こうした袋の流通量は数百枚どころか、数千枚もあるようだ。いったい誰が製造しているのだろう。誘拐犯専用の通信販売でもあるのか——セール週間、この機会をお見逃しなく！　頭巾、不透明、S・M・Lサイズ。高品質、一年保証、在庫あり。ほかにも、ワンタッチ・ロック式足枷《ダドゥラ》。このタリバン軍事司令官の名にちなんだ足枷は結ぶ必要なし、ワンプッシュで装着OK。十セット以上のご注文で、拷問箱〝敬虔な行ない〟を無料でおつけします。迷わず、今すぐお電話を。通話は暗号化されており……

デガス。ケラー。バクタリ。

一カ月半前に行方不明になった開発援助ボランティア三名の居所を知っていると、フセインに告げられてからというもの、ハーゲンはいてもたってもいられなかった。ドイツの援助団体に所属する二名と、現地人運転手の三名は、医薬品と輸液製剤を積んでクンドゥーズ＝デルタの北にあるクオウンゴウラットに向かう途中に行方不明となった。目的地に着かなかったのだ。最後に目撃されたのは、クンドゥーズ市から十キロも離れていないアクリ・ブールという村の近くだった。水田とメロン農園のあいだの丘陵地帯に点在する寒村の一つ。粘土の壁に藁葺《わらぶ》き屋根の家々、山羊、手を振る子どもたち。ごくありふれた風景だ。

そこで、彼らは行方不明となった。

三日後、《癒しのアフガニスタン》という名前に、うぬぼれという悪評がつきまとう、ある援助団体が外務省に通報し、報道機関に公開した。事実の信憑性はゼロに近い。犯行声明のビデオもなければ、要求もない。危機管理センターでは慎重に事態を見守った。大がかりな捜索をしろとでもいうのか。そもそも三人が誰かに連行されたかどうかですら、はっきりしないのだ。すでに彼らはアフガニスタンの畑の肥やしとなっているかもしれない。あるいは、昼間の気温が五十度に達する砂漠に埋められていて、かつてアルプスで見つかったアイスマンのような美しいミイラになっているかもしれない。そんな彼らを探しに行きたい者などいるだろうか。

笑い話にもならない。

その一方で、事件をまったく無視するわけにもいかず、新聞には十行の記事が載った。《癒しのアフガニスタン》は人材の損失を遺憾とするという内容だ。そのニュースが、世界各地の話題を伝える、いわばニュースの墓場ともいえるコーナーに現われたとき、ちょうどハーゲンはハンブルクにある自宅アパートでパソコンに覆いかぶさり、クリステ・ビョルクルンド、インガ・ドルンと自分のカブール行きの航空チケットを予約しているところだった。カブールからキャンプ・クンドゥーズに入り、ドイツ国防軍の日常をルポルタージュするのだ。

まったくやる気の起こらないアルバイトだった。

インガにすれば目を見張るような仕事かもしれない。初めての紛争地域での取材なのだ。じゃあ、おれには？　そんなところに行って、いったいどうしろというのだ。現地の情報政策が国防省の原理原則に沿うものであれば、ハンブルクの自宅に残ってグーグルで検索でもしてルポルタージュを書けばいい。口汚く醜聞を暴くジャーナリズムの代表者であるハーゲンには、当局が軍の広報官に自分の監視を命じることはわかりきっている。

彼はニュースを読んだ。もう一度、目を通す。

それからビラル・フセインに電話をかけた。

行方不明者に関する詳しい情報を得られるだろうか。

ビラル・フセインはハーゲンの現地コーディネーターだった。マスコミの業界用語でいうところの、パキスタン人コンタクトパーソンだ。アフガニスタンの将来は隣国パキスタンで思案されており、フセインほど各方面に太いパイプを持つ者はいない。インドの英字新聞ザ・ステイツマン紙や、インディペンデント・ニュース・パキスタン紙のようなメディアのレポーターとして、どのような情報にもアクセスできる。おまけに、タリバンからも厚い信頼を寄せられている。彼を通じてタリバンは、聖戦を呼びかけるビデオや、スローガンでたわんだ旗の前にうずくまり、死人のように蒼白な顔をした外国人を映した悪名高いビデオを、メディアに送りつけてくる。フセインは二日に一度、クンドゥーズに勢力を持つグループのスポークスマンに会って要求を聞いてやる。その見返りとして、外国の危機管理本部との交渉になったさいは、タリバンに自分を交渉人として認めさせる。やがて彼には、ジハードの戦士たちに影響力を持つという評判が先行するようになる。その上、彼は大いに金に困っていた。

フセインはハーゲンからの電話を喜んだ。仕事のこと、家族の様子、東洋的なお世辞をくどくどと連ねることから話は始まる。ハーゲンにとっては好都合だ。話題に乏しい大凪《なぎ》からぶっ飛ぶようなネタをフセインが提供してくれる場合、彼はコーランの無限ループのごとく、さまざまな話を聞かせてくれる。

「わかった、トム。まわりに尋ねてみよう」

ようやくビラル・フセインは言った。

「よかった。ビラル、感謝するよ」

「彼らがクンドゥーズ＝デルタで行方不明になったのは、確かなんだな？」

「少なくとも最後に目撃されたのはそこなんだ」

「そりゃ妙だな」

「どうして？」

始終、タリバンは人をさらう。

「北部ではそう多くないからな」

二週間前、二人はパキスタンのペシャワールで会った。宝石商通りからショウク・ヤドゥガー広場に入ったとき、フセインがそう言った。

「めったにないことか」

ハーゲンは応じた。

もちろんフセインの言うとおりだ。ハッカーニ・ネットワークのようなプロの誘拐集団が活動するのは、さらに東部、ホウストとジャラーラーバードのあいだの、アフガニスタンとパキスタンの国境線がアフガニスタンのほうに入りこみ、引き続き錯綜した地域だ。南部でも外国人は連れ去られる。北部では、むしろ彼らはＩＥＤと呼ばれる即席爆発装置を砂地に埋め、兵士が脚を引きちぎられるのを見て、子どものように喜ぶのだ。しかし、そういうところでも、彼らが誘拐を始めていないとはかぎらない。

　フセインは首を振って言った。

「それは彼らの戦略に合わないな」

「戦略が変わったんじゃないのか？」

「ほら、見て学ぶというだろう」

「誰から学ぶんだ？」

「わかりきったことじゃないか？　もちろん彼らの敵からさ」

　フセインは言って、にやりと笑った。

　朝から焼けつくような日差しがペシャワールをじりじりと焦がしていた。夕暮れどきの今も、熱気は淀んだ沼のようにアスファルトの通りや広場に溜まっている。まるで酸素分子一つひとつに、呼吸すれば寿命を縮めるような物質が連結しているかのようだ。人口二百万の大都会に立ちこめるスモッグは、クアラルンプールやロサンジェルス、北京のスモッグに比べても遜色がない。

「国際治安支援部隊《ISAF》の縮小計画はその一つだな。けれども、それでタリバンがどうなるものでもない」

　フセインが言った。

　広場をそぞろ歩きながら、ハーゲンはあたりを見まわした。ショウク・ヤドゥガー広場はすたれた感じがする。有名なドーム屋根のモニュメントは訪れる人もまばらで、カメラを向ける者もごくわずかだ。一九八〇年代初め、最高に危険な利害関係がカクテルのように入りまじり観光産業を徹底的に破壊してからというもの、この地方に旅行を勧める旅行会社は皆無だった。アフガニスタンの反政府勢力ムジャヒディンは国境を越えてパキスタンに逃亡し、自分たちのために戦う戦士をリクルートし、とりわけアメリカとの最良の合意において、まるで赤軍派に方向性を示すかのように、戦略を発展させた。アメリカは彼らにソ連のジェット機を撃ち落とす方法を教えてやっただけでなく、ジハードと結びついた理念を、二〇〇一年九月十一日のあと、世界中にその名が知られるようになったネットワークに供給してやったのだ。そうでなければ、陰謀が渦巻くペシャワールほど、アルカイダが繁栄した土地はなかっただろう。あのオサマ・ビン・ラディンの宿屋は〝ホテル・テロ〟へと昇格し、自爆テロの首謀者たちはそこで祝福されて昇天することを望んだ。町にはCIAや、パキスタン軍の情報組織である統合情報局《ISI》のエージェントだけがうようよとし、軍事アドバイザー、ジャーナリスト、聖戦主義を掲げるジハーディスト、ギャングのボスや政治家は、しばしばアルカイダに群がった。

「それで、彼らの最新の戦略とは？」

「同郷の者たちの支持をふたたび勝ちとろうと躍起になっていることに、あんたも気づくはずだ」

そのとおりだ。ハーゲンは思った。

アフガニスタン国軍が腐敗の温床として失墜し、警察も同類だと露呈したのは、タリバンにとってちょうど都合のいい時期だった。国際治安支援部隊《ISAF》の訓練教官たちが、読み書きのできない者や、失業者や犯罪者からきちんとした共同体の枠組みを作ろうとしているのなら、彼らがいつも夢見てきたことはむなしく失敗に終わる。刑務所の門も開き、世間に出ていく者たちに制帽とIDバッジと武器を贈呈することができれば、それもよかったのかもしれない。

しかし、まったくおかしな話だ。自分たちの民族を喜んで守るアフガニスタン人の自警団員たちがいるのだから。

ただ、いったい誰から守るのか。タリバンからか。サナダムシのように、あらゆる政治組織に横行する縁故主義からか。異母弟がCIAに大金を払わせて、カンダハールから麻薬組織を指揮する、大統領のハーミド・カルザイからか。それとも、武器を手に入れたとたん、自分の対戦相手に売り払ってしまう仲間たちからなのか。

その答えはイエス。

それにもう一つ。おれが買収には応じない正直者の警官であれば、おれは朝には死体になっている。

たいていのアフガニスタン人が自国の治安部隊よりも、国際治安支援部隊《ISAF》のほうを何百倍も信頼していることは不思議ではない。自国の治安部隊は、賄賂の最高入札額にしたがって贔屓し、四六時中、麻薬に浸っていて、肝心なことはなに一つしないのだから——

つまり、正義を行使することを。

一方、タリバンはそれを行なっている。

彼らが特に力を入れて始めたのは、無法国家の真空を埋めること。パシュトゥーンワリーと呼ばれる、多数派パシュトゥーン人の掟《おきて》にしたがって紛争を仲裁すること。家から十キロ以上遠方に行ったこともなく、泥まみれで畑仕事をする以外になにも知らない人々の欲求に配慮することだ。投票用紙がなんであるかも知らない人々、そこに書かれた名前も読めず、自分の名前すら書けない人々。そんな彼らに候補者たちはなにも言わず、ハーミド・カルザイはまるで月にでもあるかのようなカブールにいて、彼らの生活からは遠くかけ離れていることは言うまでもない。彼らにとってまともな疑問といえば、たとえばアブドゥーラのばかな甥がアジマルの娘をぎょろぎょろと眺めて部族に不快な思いをさせたことを、カルザイがどのように解決しようと考えたのか。それは流血を見ることになる問題にちがいないが、カルザイはぐずぐずせず、関係者すべてと話をする必要があったのではないのだろうか。

必要ない？

では、なぜ彼を選ぶのか。

タリバンを好きにならなくてもいい。けれども、彼らは問題を解決してくれる。

「なぜなら、タリバンは充分な注意を払っていたから。ＩＳＡＦの戦略を詳しく研究したからだ」

フセインはそう言う。

タリバンは、ＩＳＡＦが微笑キャンペーンを次々と展開するのをつぶさに観察した。兵士たちは集落に入ってきて、住民たちの心配事を聞きだし、習慣を学び、アフガニスタン人のものの見方で考えようと試みる。彼らはプレゼントを持ってきて、インフラを改善し、ちょっとした協定を結び、とりわけ銃身で説教をするジハーディストたちへの人々の共感を、ゆっくりだが確実に断ち切る、大好きなおじさんになるのだ。

「だからタリバンは、『そんなことなら、おれたちにだってできる』と言ったんだ」

そこで、その戦略を拝借する。

まったく抜け目のないやつらだ。アメリカの人気アニメの主人公スポンジ・ボブさながらだ。ハーゲンはそう思った。

まあ、まったく同じというわけではないが。

しかし、売春婦に石を投げるような激烈な人々にとって、ISAFの行動は意外に生ぬるい。血は水よりも濃い。パシュトゥーン人の血はいつでもそうだ。そのため人々の気分はゆっくりと変化していった。初めISAFはまったく成果が得られなかったという冗談もある。彼らは、人々はタリバンを恐れているものだとしか思っていなかったのだ。昨日まで学校を建ててやっていた村の住民から、自分たちの兵士が射殺されてようやく司令官たちの頭に警告灯がつき、なにがいけなかったのかと呆然として考えた。

相互理解ができていなかったのだろうか。

それはできていた。たいていのアフガニスタン人はISAFの兵士が好きだし、少なくとも自国の政府に対してよりは好意を持った。ここで生きのびるには、同じ利害関係で結ばれていればよく、相手を好きになる必要はない。

「やがて連合軍は、共感をめぐる駆け引きに負けるとはっきりわかった。始終ここにいても、うわべの共感しか得られるものはない」

「だから、見返りは、あまりにも少ないということだ」

「そうだな。産みの苦しみがあって初めてわかるということさ」

フセインは言って、にやりと笑う。

「だから、ISAFはムジャヒディンのリーダーたちを狩り立て、狙いすまして排除することで、ムジャヒディンの友好的序曲を妨害する方向に移るわけだな？」

フセインはうなずき、

「そう、イスラエル人のハマースとの関係と同じように」

ハーゲンは彼を眺めた。この男の頭の中はどうなっているのだろうか。どちらの側に立っているのだと尋ねてもむだだろう。ここでは転向することで、正しい側に立つことになる。

それにしても、彼はなにを信じているのだろうか。

二人はカニンガム時計塔に通じる市場通りに入った。時計塔は、イギリス人たちがまだ大英帝国の夢を見ていたころの名残りだ。しだいに涼しくなってきて、このあたりも活気づいている。トゥクトゥクと呼ばれる、シールでフロントガラスがほとんど埋めつくされた三輪タクシーが、二人に向かって次々と突進してきた。二サイクルエンジンのがたがたという騒音に、スクーターがたてるぶんぶんという音が混じる。その中を、自転車に乗る者たちは生き残りを賭けてスラロームを描く実践訓練をしているようだ。クラクションを鳴らせる者は皆、クラクションを鳴らしている――ある者は友だちに挨拶しようと、またある者は歩行者を追い立てるために。他人の交通違反に文句を言う者、あるいは自分の交通違反を予告しようと。そして単純に、クラクションの所有者が鳴らすためだけに。

「腹は減ってないか？」

フセインは一軒の屋台の前で足を止めた。皿に盛られた野菜や果物、香辛料が客を誘っている。いい香りが排気ガスの悪臭を消し去っていた。積み上げられた籠の中に、生きた鶏がひしめき合っている。ハーゲンは屋台の売り子とウルドゥー語で冗談を交わした。マンゴーとルピーの所有者が交替し、売り子が果実を二つに割り、二人は歩きだした。

フセインはマンゴーを頬ばりながら話を続ける。

「タリバンにとっては、それが心配の種になったんだ。じゃあ、どうする？　テロにまた戻るか？　市場に群がる数百の市民の中に、外国人兵士が一人や二人はいるだろうと期待して、自爆テロをするのか？　それでは住民の信頼を失うだけだろう」

「そんなことは絶対にさせないだろうな」

そう答えるハーゲンの口もとに果汁がこぼれる。

「そうだな。でも、言ったように……」

「それでタリバンがどうなるものでもない」

公然と戦争を始めてもそれは同じだ。そうした通常の戦争に、タリバンは勝てないだろう。

ISAFのハイテク兵器には対抗できない。暗視装置をつけた自分のリーダーを穴から狩り立てて、兎《うさぎ》のように撃つ敵を、どうやって弱体化できるというのだ。だから、彼らはこれまでも敵の戦略を拝借してきたように、敵の新たな戦略を拝借する。

よく見て学べ。

ターゲットに狙いを定めた標的殺害のために、通常の戦争を犠牲にする。

「それも最も重要な標的のために」

フセインはうなずいて言った。

なぜなら、この戦争はメディアの中でのみ勝利することができると、タリバンは悟ったからだ。しかも、メディアはいつも同じ血痕にズームすることにはうんざりしていた。市民が吹き飛ばされ、上等兵が棺に納まって帰郷するとすれば悲しいことだが、世間はそういう話にすっかり慣れてしまったのだ。イラクでの日常茶飯事となった自動車爆弾のことを、今さら尋ねる者がいるだろうか。もはやそれはニュースではなく、背後に聞こえる騒音だ。

「だから今後、タリバン指導部の評議会クエッタ・シューラは、CNNでタリバンの話題が二十四時間ずっと伝えられることを確実にする行動に出る。それが新たな指令だ」

「放送時間の勝者」

「そのとおり」

クエッタ・シューラ。アメリカがタリバン指導部に介入したのち、その残党がムッラー・モハンメド・オマルの指揮でパキスタンのクエッタ市に人目を忍んで移り、そこで新たな組織を結成した。絶え間なく腕を生やすタコのような組織で、パキスタンから隣国アフガニスタンを、地方から地方へと蛇行して進みながら、不信心者の頸を絞めては殺し、昔の勢力図を奪回しようとしていた。クエッタ・シューラは、評議会の指導者たちのことでもある。その彼らが先頭に立って行動していた。

ハーゲンは小ばかにするように鼻を鳴らした。

「やつらが四月のような行動を始めれば、指令どおりにことを進められないはずだ」

つまり彼らはカルザイの殺害を試みたのだ。

結果、失敗に終わる。

しかし、成功していたら？　大統領殺害。彼のボスたち。ISAFの司令官たちにとって！　カブール・ヒルトンを襲撃する。タリバンが夜の七時から十一時のプライムタイムの放送を独占すれば、彼らの勝利になる。一方、ISAF――筋骨たくましい巨人は無力になって、ふらふらと家路につくわけだ。

「あんたは、今、やつらが企んでることを偶然に知ったんじゃないだろう？」

フセインはハーゲンをじっと見つめ、目を丸くした。

「ちょっと訊いてみただけだ」

「なんだって、トム！　おれは情報を扱ってるんだぞ。人の命じゃない」

うまく言ったものだ。

「でも、やつらはなにか企んでいる？」

「彼らがエネルギーのすべてを攻撃に向けてることは、おれも知っている。ムッラー・オマル自身がこの一件を掌握した。そのあいだ彼らは沈黙を守るつもりだ。なにも危険にはさらしたくない。余興で負けるわけにはいかないんだ」

「ひょっとすると消耗戦を戦うと？」

「そういうこともあるな」

ハーゲンは理解した。いきなりなにもかもが目の前にあった。

「それで、クンドゥーズの奥地に農家の息子が二、三人ヘルペスのように現われて、開発援助のボランティア三人を監禁する」

「収穫期も終わりだ。わかっただろう」

収穫が終わる。

貧困は終わらない。

そこで農民たちは、今度は土地のタリバンのために戦い、数アフガニを稼ぐ。純粋に生きのびるためだ。ＩＳＡＦはそれを知っている。収穫期が終わると、いつも襲撃の頻度が激増するのだ。アクリ・ブール村の農民は、三人の人質をジハーディストたちに売れば、当然結構な金になると考えて、まずは山羊小屋に閉じこめる。

「でも、クエッタ・シューラは今のところ買ってはいない」

「そうだ」

誘拐は投機ビジネスだからだ。トロピカルフルーツや粗鋼、株券のように、需要と供給に支配される。誘拐の中には、上層部が主導するケースもあるが、しばしば背後に隠れているのは自暴自棄になった農民だったり、単純な犯行だったりするものだ。そういう者たちは土地のタリバンに人質を押し売りし、それをタリバンが転売し、最終的に人質はプロのネットワークにたどり着く。決め手となるのは市場価値だ。人質一人につき、何百万ドル手に入るのか。収監中のムジャヒディンを何人取り戻せるのか。どの程度の政治的譲歩が得られるのか。身代金を支払えという、政府やそれぞれの組織団体に対するメディアの圧力は、いかほど大きいのか。カメラをまわして人質の首をはねることには、どのようなプロパガンダ効果があるのか。

三人の人質が所属する《癒しのアフガニスタン》は、市場価値がまったくないと主張するかもしれない。ドイツのアーヘンに本部をおく取るに足らないNGOで、メディアへの影響力もなければ、ロビー活動もせず、資金も持たない。外務省はできることなら彼らのことは忘れてしまいたいところだろう。彼らのことは話題にしないのが一番だった。要求がだされないかぎり、話題にする必要もない。

「二、三日のあいだ三人は家畜小屋にうずくまり、農民たちは外で食事をしていた。やがてジハーディストの小規模なグループがかわいそうに思って人質を引き取った。階級の低い、地方の戦士だ。農民たちは三人を手放してほっとした。新たな所有者は、人質で名声が手に入ると信じていた。ネットワークが喜んで人質を引き取るだろうと思っていたのだ」

「それは見当違いだった」

「まったく間違っていたんだ。第一に、彼らは安物を買ってしまった。第二に、クエッタ・シューラは彼らを相手にしない。なぜなら、今では誘拐は望まれていないからな」

「今ごろ、三人はどこにいるんだ？」

「何カ所も点々とした。先週からは、どこかの山中にある農家に監禁されている」

「山岳地帯に？」

「むしろアフガニスタンのトスカーナのようなところさ」

「それじゃ、どこでもありうるな」

「おれが接触した相手は、人の住む地域だと言っていた。タリバンに共感する部族の首長の土地だ。正確にどこなのかは、さっぱりわからない」

「そっちの雰囲気は最高どころじゃないだろうな」

ハーゲンは頭をさすった。

「そうだな。売れ残りを三つ背負いこんだんだ。食わせて、生かしておかなければならない。クエッタ・シューラが折れて、三人を買い取ってくれることを願うだけだ」

これで、今まで要求がだされなかったことの説明がつく。もしクエッタ・シューラが人質を引き受ければ、彼らのところで要求をだすだろう。彼らがそうしないのであれば、今、人質を背負いこんでいるグループは、別のことを考えているわけだ。〝寝た子は起こすな〟がモットーであるかぎり、そのグループが単独でこの一件を片づけることを、最高指導部が許すかどうかは疑わしい。

誰からも心配してもらえない三人の人質。ドイツからも、ヒンドゥークシュでも。なんという運命だろうか。

ショッキングイエローの三輪タクシーが猛烈な勢いで正面から二人に向かってきて、クラクションを鳴らす。フセインは落ち着いてわきによけたが、考えに耽っていたハーゲンは慌てて飛びのいた。人の波が二人をカリンプラ・バザール通りのほうに押し流す。パンジャビドレスという民族衣装を着た男たちが、早足に二人のわきをすり抜けていく。夕闇の中、小さな帽子が輝いていた。高位の聖職者のあいだでは信心深さの徴《しるし》だ。ほかの者たちはカフタン姿で、ターバンを巻いている者はめったにいない。そういう者がいても、それは枯れた顔に白い髭を蓄えた老人だ。男性たちにまじって見かける女性たちは、ズボンと組み合わせたサルワールカミーズと呼ばれる民族衣装を着ていた。カラフルで薄い生地は、ボディラインが透けて見える。『アリババと四十人の盗賊』を思わせるロマンチックな雰囲気は、巨大な怪物のごとき電柱と電柱のあいだに渡した電線の束が、不気味に通りに垂れさがっている光景とは対照的だ。国旗が古い商家の木彫りのバルコニーではためいている。星と三日月。コーランの一節。突きだしたバストを必要最低限に覆っただけの、豊かな髪をした美女たちから崇められる、口髭を蓄えた映画スターたち。

矛盾だらけのパノラマ。

そのとき一台の車輌が通りに入ってきた。ひと目で活気があるとわかる。誰が最も大勢の男たちをピックアップトラックの荷台に乗せられるかを、まるで賭けでもするかのように、男たちは重なり合うようにして荷台に座っている。荷台から四方八方に突きだした脚がぶらぶらと揺れていた。白や黒や模様入りのターバンを巻き、髭はよく手入れが行き届いている。それぞれが、手にしたバズーカ砲やカラシニコフを空に向けて突きだしていて、まるで針鼠のようだ。

「テリク・エ・タリバン」

フセインは言って、唇をすぼめた。

パキスタン北西部で活動するタリバン支持勢力。

活気があるどころではない。ペシャワールは火薬庫だ。ジハーディストたちの戦略的物流の本拠地だった。『スター・ウォーズ』でいえば、彼らの宇宙要塞デス・スター。ここは、いかにも反アメリカ的な町で、ペルヴェズ・ムシャラフ大統領の口から出る同盟国という言葉には、侮蔑の響きがあるのが聞きとれるほどだ。パキスタン政府が国境地域の部族の長老たちと、たとえどんな取り決めを結ぼうと、今では彼らはタリバンと交渉しているにちがいない。

「あいつらはとにかくペシャワールを引き受けたいところなんだろうが、それはできない。今はまだ」

フセインは言って唾を吐いた。

彼らは町を掌握したに等しい。ペシャワールから百キロメートルほどアフガニスタンに向かったところに、戦略的に重要なカイバル峠がある。テロの動脈であると同時に、NATO

軍の補給ルートでもあった。事実上、管理ができず、ないも同然の国境を越えるルートだ。タリバンがその切り立った山々に囲まれた地域を、アルカイダやハッカーニ・ネットワーク、ウズベキスタンのジハーディスト、アラブ人やチェチェン人、あらゆる人種の過激派と手を組んで統治していた。アフガニスタンでの戦いを制するつもりなら、パキスタンで勝たなければならない。

開発支援のボランティア三名は、その国境地帯にまず連れていかれて消息を絶った。そのあたりで彼らを助けることができる者はいない。クエッタ・シューラは今なお慎重だった。けれども彼らが考えを変え、人質を引き受ければ、いったいどうなるだろうか。ISAFの兵士たちは、凶悪きわまりない豚野郎たちが居座る山岳地帯では、三人の捜索はしないだろう。首をはねるような者たちがいるところでは。

ハーゲンは考えこんだ。

フセインがこれまでに教えてくれた情報だけでも、充分に記事は書くことができる。しかし、ストーリーを描くには不充分だ。

フセインは一軒のカフェに向かった。カウンターには、ナッツ、アーモンド、キャラメル、シャーヒー・トゥクラと呼ばれるパンプディングが豪勢に並んでいる。ハーゲンはシャーヒー・トゥクラに目がない。中毒といってもいいほどだ。けれども足を止めて、ビラル・フセインの袖をつまんで引き戻した。

「ビラル、ちょっと……」

「え？」

「私をそこに連れていってくれないか？」

「なんの話をしてるんだ？」

「その農家とやらだ。人質たちのところに」

フセインは眉をひそめた。「あんた、頭は大丈夫か？」とか、「そんなことは考えるな！」とかいうセリフは口にしない。ハーゲンの目を見つめて、なにか言うのを待っている。

「インタビューしたい。誘拐犯たちに。あんたのコンタクトパーソンに言ってくれ。彼らの人質に高い値がつくように、彼らが必要としている圧力を私がドイツで作りだす。三人をメディアに露出させることで、犯人たちに名声をもたらしてやる。そのために、全員と話をして写真を撮らせてもらいたい」

「そういうことをすれば、人質たちのためにもなると？」

ハーゲンはにやりと笑った。

「彼らのことを公開しようと思う。ドイツ政府はこの一件を静観しようと決めこんでるらしい。状況が変われば、そういう考えとは決別するしかないだろうな」

フセインは顎を突きだして左右を眺めた。まるで災いの臭いでも嗅ぐかのように、鼻の穴を広げている。タリバンを荷台に乗せたピックアップトラックは、すこし先でカニンガム時計塔の背後に消えた。どこにでも存在する脅迫感を残して。

「自分がなにに首を突っこむのか、わかっているんだな？」

「わかってる」

「あんたは火をつけることになるんだぞ。ひょっとすると正しいところに点火するのかもしれないし、間違ったところかもしれない」

「ビラル、ばかばかしい！　彼らは誰からも望まれずにうずくまっているんだ！　タリバンは彼らをどうするつもりだ？　養子にでもするのか？　どこの新聞も彼らのことを報じない。彼らのために公に尽力する者もいない。ドイツ政府は腰を上げない。そんな状況では、彼らがいなくなって寂しいと思う者なんかいるはずがない。これ以上ひどいことになんかなるものか！」

フセインは唇をすぼめた。

「あんたの方程式はどこかしっくりこないが？」

「少なくとも金はしっくりくるが」

フセインの瞳が輝きを失った。かすかに諦めの色が浮かんでいる。彼は金が頼りだからだ。

「で、どうなんだ？　イエスかノーか？」

「周囲にあたってみるよ」

以来、彼からの連絡はない。

ペシャワールでフセインと会って十日後、ハーゲンはアフガニスタン・クンドゥーズ州のとある丘に立ち、谷を見下ろしていた。三平方キロメートルばかりの土地には、土壁に囲まれた四角い家々がうずくまるように点在している。アフガニスタンらしい田園風景だ。タイムマシンに乗ってやって来たかと思えるほど古風な光景だった。一直線の用水路に沿って、背丈の高い草や牧草が空に向かって槍のように生えている。南には池が一つあり、池を縁取る木々が日陰を作っている。かまどから吹きだす熱風のような風に煽られて、梢が激しく揺れていた。畑の向こう側に、緑はほとんど存在しない。柔らかなグリーンの筋が幾本か見てとれるが、それはこの絵を描いた画家が、緑色の絵の具をたっぷり含ませた絵筆で集落の豊かな緑を描いたあと、その筆先で月面のような平原をさっと掃いたかのようだった。ほかに緑はない。あとは砂色をした平らな大地にも見える禿げた山々の麓まで、砂埃と石ころだらけの土地が続いていた。

なぜ、三人はここに?

ジハーディスト——警告。

ハーゲンは目尻に入った砂を拭った。もし、過激なイスラム教徒の集団、熱狂的な超正統派ユダヤ人や狂信的なキリスト教徒の願いがかない、心から憧れつづけた救世主が自分たちのもとに戻ってくれば、彼らは救世主を殴り殺してしまうかもしれない。

救世主は、彼らにすれば過激ではないからだ。

ますます興味が湧いてきた。誰かがプログラミングしたかのように、ハーゲンの頭にさまざまな考えが浮かんで形を結ぶ。脳は、まるでハードディスクだ。どこかでキーボードの上を指が滑ると、〈もし、過激なイスラム教徒の集団……〉と記録され、送信され……

誰かが彼の大脳皮質にEメールを送る。

彼はまばたきした。空を振り仰ぐ。天空に広がる真っ青な砂漠に吸いこまれる。迷彩の青。神の迷彩。神というものが存在すればだが。

ハーゲンには疑わしいことだ。

貧困の前線では、信仰を失ったわけではない。そうしたお涙頂戴のくだらない話は、ほかの者が自慢すればいい。側溝に転がる死体を口実に、あたかも意味のある質問をして、自分の経験不足を埋め合わせしようとする、お節介焼きたちが自慢すればいいことだ。ハーゲンはそういう者たちが嫌いだった。無知な者たちがホテルのバーでぺちゃくちゃ話しながらしてみせる、大仰な狼狽ぶりが嫌いだった。そういう輩《やから》は彼のプロ意識に影を落とした。そういう連中の額には、まるで〝戦場ジャーナリスト〟と刺青《いれずみ》してあるかのようだ。東南アジアの海の猛威や、アフリカ内戦の血なまぐさい狂気、貪欲なウイルスによる何千という犠牲者を目のあたりにしたら、もう神など信じられないと、彼らは語る。

まるで神が交渉可能な存在であるかのような口ぶりだ。

ハーゲンの見方は違う。素直に創造主の存在を信じる者は、くだらないことの責任も主にあるのだと思って我慢できるにちがいない。コソヴォ、ソマリア、ダルフール、チャド、カオラック、イラク、アフガニスタン。

ありとあらゆるくだらないこと。

ハーゲンは神を信じたことは一度もない。少なくとも神と呼ばれるものは一つも。十歳で無理やりカトリックの洗礼を施され、秘蹟の一つである、赦しの秘蹟を強要され、一応、終えた。うだるような暑さの懺悔室になす術もなく這って入り、格子の向こう側に座る亡霊にいったいなにを語れというのだ。彼は汗だくになって尋ねた――赦しって、なにを？　彼には罪を犯したという意識などなかった。自分が無言でいたことで、懺悔室の亡霊の期待を裏切るとしたら、本当に大ごとになるかもしれない。なぜなら、まるで証明書写真ボックスのような、黴臭いカーテンのかかった木製の懺悔室から自分が出たとたん、格子の向こうの亡霊は、はっきりとした実体を持つ、誰からも恐れられるろくでなしに戻り、宗教儀式を執りおこなうより、びんたをくらわすことに情熱を注ぐかもしれないからだ。

神の僕《しもべ》が手首のスナップをきかせて。

そこでハーゲン少年は格子に唇がつくほど近づいて、頭に浮かんだことをささやいた。両親に嘘をついたこと。赤信号なのに通りを横断したこと。これくらいでいいだろうか。彼は口をつぐんだ。亡霊も無言で、明らかに満足していない。十歳の少年とは間違いを犯しやすいものだと証明するには、罪は三つあったほうがいいのかもしれない。そうすれば格子の向こうに座る男も赦してくれる。

わかったよ――ある男の子の帽子を奪って学校の屋根に投げ上げたこと。

それは『トム・ソーヤの冒険』のエピソードだった。ほかに思いつかなかったのだ。たとえトム・ソーヤの学校が平屋造りで、かたやハーゲンの通う学校が色褪せたブロック造りの七階建てであって、信憑性が薄れるとしても、そこそこ独創的な話に聞こえる。案の定、しつく質問はされなかった。もしかすると神父は満足すらしていたのかもしれない。きっと両親に嘘をつく話はもう聞き飽きているのだ。判決が下された。ハーゲンは、主の祈りを二度、アヴェマリアを一度、唱えさせられ、もしかすると罪を捏造するかもしれない次の少年に懺悔室を明け渡した。

まあいいだろう。

神がそういうことに重きをおくなら。

そしてその瞬間、彼は思った。神はそんなことを重要視するはずがない。なぜなら神など存在しないのだろうから。あの殴る神父が神を創作したのだ。なぜ？　権力を手にするために。それは明らかだ。権力。権力を獲得しようと必死な者たちのように、あの神父も堕落している。子どものつく嘘にすら買収されるくらいだから。

抱腹絶倒じゃないか。

思春期の子どもに罪悪感を覚えさせようと、懺悔室に罪の価格表をおくような愚か者を、神は自分の名において決して放っておくはずがない。

ところが神父は懺悔室の中に座り、まさにそういう行為をはたらいているのだ。

しかも、神を創作して。

権力をめぐる戦いは、最高のストーリーを持つ者が有利であることは明らかだった。だからハーゲンは、そういう者になろうと決めたのだ。

彼はストーリーテラーになりたかった。

壮大なストーリーを提供する。

彼は真実を語りたかった。

空を振り仰いでいた頭を戻すと、首がぽきっと音をたてた。彼は天に呑みこまれていた。剃り上げた頭を汗が伝う。右手でそれを拭い、指をズボンで拭いた。すぐまた次の汗が流れ落ちる。

正午の太陽に炙られて、少しずつ体の水分が蒸発していった。

隣では、広報官が頬を膨らませて呼吸している。

「くそ暑いな」

ハーゲンはにやりと笑った。

おまえは道化だ。賭けてもいいぞ。先月はまだ、おまえはポツダムの本部にいて、事務椅子に座って盛大に屁をぶっ放していた。そっちの作戦本部はお偉いさんばかりで、誰一人、これまで自分の命を守る必要などなかった。砲撃に身をさらしたことなど決してない。足を引きずって歩きながら、対人地雷を踏んだら次の一歩が最後の一歩になるのだろうかと、決して考えることもない。キャンプ・クンドゥーズを一瞬にして凍りつかせる恐怖——地雷と即席爆発装置《IED》。胴体だけになって車椅子に座りたい者がいるだろうか。自分を轢いた偵察装甲車もろともIEDで爆破され、くすぶる金属塊になりたい者がいるだろうか。銃弾に倒れるほうがまだましだ。武器を手に、名誉の死を遂げるほうが。

兵士のロマンなのか。

そんなものは微塵《みじん》もない。兵士たちはここでブルース・ウイリスをノートパソコンで観ているのかもしれない――いったいほかになにがあるんだ。おい、おれたちは戦場にいる。もちろん戦争映画を観てるんだ！――しかし本音は、誰もが家に帰りたいだけだ。そこで、帰れないのなら、そのときはどうなるのかと考えはじめる。

死ぬのであれば、いっそのこと……

現実には、たいていの者が爆発物を足で踏むか、車輪で踏むかのどちらかだ。

二日前のように。シャーダーラー地区。偽装爆弾。

三週間前のように。

こうした悲劇の結果、ヒンドゥークシュに駐留する一等兵なら誰でも、快適なドイツ本国にある総司令部よりも、殺し殺される日常について熟知し、自分の流す恐怖の冷や汗の臭いを頻繁に嗅いでいるものだ。総司令部は総司令部で、駐留兵士がどのように感じているか、どのような装備を必要としているか、彼らにとってなにが適しているか、タリバンという、むずかる子どもをどうあやせばいいのか、自分たちはよくわかっていると考えている。

総司令部は駐留兵士に、ここに戦争は存在しないと説明する。

これは戦争だ。ハーゲンは思った。戦争は一つも存在しないと、何千回、主張されても。おまけに、戦争に慣れることなど絶対にない！　戦争がもたらすものに慣れることは決してないのだ。

単純に選択肢が存在しないだけだった。

「ゴザール谷です。もう一度よく考えてみてくれましたか？」

ハーゲンは広報官に尋ねた。

「申しわけないね、トム」

「危険はわかった上ですよ」

広報官は首を振る。

「それでもだ。私には責任をとることができないのでね」

彼はそう言うと荒い息をついた。蒼白な顔をして、喉が渇ききっているようだ。調子がいいとはとてもいえない。

「あなたは水をほとんど飲まないから」

ハーゲンはいかにも心配しているふうに言った。

「いや、私は——」

「そうですよ。私はこういう地帯には、あなたより頻繁に来たことがある。順応するには、たいていの者は何日もかかるものです。だから水は飲んだほうがいい。木陰に入りなさい。私のアドバイスに従い、私を信用してください。トム・ハーゲンはなにごとにおいても自分より経験があると、言ってくださいよ。彼の望むところに行かせてやろうと」

ハーゲンはにやりと笑って言った。

広報官は弱々しく笑い返す。

その隣に立つインガ・ドルンが笑って、

「さあ、言ってくださいな。トム・ハーゲンは自分より経験があるって。命知らずだ、ハーゲンという男は！　彼には展望があり、自分は循環器に問題がある」

失言。

ムードが変わった。おそらく広報官は、ハーゲンなら自分に対して小生意気なことを言っても許されると考えているのだろう。しかし、孵化したばかりのひよこ程度の世渡り経験しか持たない小娘には許されることではない。ボランティアのお嬢さん？　お笑いぐさだ。ハーゲンが小娘を連れていれば、キャンプの女性兵士には手をださないくらいに司令官は考えているのだ。クンドゥーズは幼稚園なんかじゃない。

「ここではジャーナリストの経験など重要ではないのでね」

広報官は小ばかにして言った。

彼らはしばらく眼下の集落を眺めた。

やがてインガが食いさがる。

「問題はどこにあるんです？　おっしゃるように北部が安全なら、わたしたちになにか起きるはずはないでしょう？　起きるとすれば、あなたが間違っている場合だけです。すると世論が正しい――」

「インガ」

ハーゲンは、高いところから眺めると積み木のような水道施設のポンプ小屋を指さした。

クリステ・ビョルクルンドが、南西の丘を守る部隊の兵士たちの写真を撮影する。兵士はG36Kアサルトライフルを肩紐で吊していた。銃口は地面を向いている。

「なにか必要かどうか、クリステに訊いてみてくれ」

インガは目をぐるりとまわす。

「彼なら、なにもいらないわ」

「それでも訊いてくれ」

彼女は肩をすくめると、ぶらぶらと歩いていった。挑発するように腰を振りながら。眼下のそこかしこに漂う悲しみよりも、眺める価値はずっとある。それで広報官は、出版社が彼女をグルーピーとしてハーゲンに気前よくつけたと思っているようだ。しかし、理由はそれだけではない。インガには才能があった。形のいいヒップの効果的な使い方を知っているということは、キャリアに決してマイナスにはならないはずだ。たとえ、埃っぽい土地を横切るためだけにヒップを使うのであっても。

キャンプでは、これまで全員が彼女のヒップを眺めていた。

彼らが首をまわして眺めているあいだは、敵になにができるかを忘れていられる。ほんの一瞬、住宅ローンが重くのしかかる戸建てのタウンハウスが頭からフェードアウトする。そこでは若くして母親になった妻たちが思い出の写真を眺め、子ども部屋をリフォームし、夫が戻ってくる日を思い描いている。ガールフレンドとの気晴らしも、電話をするたびに距離が遠ざかるのを感じ、SMSで別れを告げることも一度だけではないだろう。互いをつなぐ人工衛星は孤独の交点。そんな状況で、インガは、自分と同じ若い世代が映画でしか知らない時代のフラッシュバックだった——一九五四年、韓国、マリリン・モンロー軍部隊慰問。モンロー・ウォーク。世界の果てにいて、モンローのヒップはどのように目に映るのか。今どき、そんなものを見る者はいない。

部隊は分割され、空気は緊迫していた。彼らはもう何度もここに駐留したことがある。ジープに乗ってがたがたとやって来ると、いつでも子どもたちが彗星の尾のようについて来た。水道設備を元どおり使えるように直し、女子用の学校建築にとりかかった。彼らは人気者だった。マリク将軍とお茶でもいかがと、優しい言葉をかけられた。問題などどこにもなかった。

ところが今は、彼らが想像していたものとはまったく違う。不気味な静けさが集落に漂っていた。怯えてめーめーと鳴く山羊が二、三頭、視界に入る。少年が家畜小屋のぽっかり開いた薄暗い戸口に山羊を追い立てていく。この瞬間、村に見える唯一の人影だ。少年の視線はあたりにさまよい、できることなら空気となって消えてしまいたいと願っているかのようだ。

少年は一度たりとも丘を見上げない。

彼は恐れていた。

なにを？　このあたりの村々の子どもたちは、ＩＳＡＦのパトロールを恐れはしない。

「黒煙だ！」

一名の兵士が大声をだした。

抵抗という言葉。パトロール部隊の隊長がすぐにテントを畳むことは、ハーゲンにはわかっている。ドイツ連邦軍の軍用車輛ディンゴのわきで軍曹と状況を話し合っていた隊長が車の陰から出てくるのを見ると、ハーゲンは広報官の気を変えさせようと最後の説得を始める。

広報官はだるそうに首を振った。

「私はここのドイツ兵の日常を説明しろと言われてるんです。それには説明材料が必要だ」

ハーゲンは食いさがって言った。

「それなら持っているではないか」

「ご冗談でしょ？　この一週間に目撃したものといえば、十三回目の不慮の事故で彼の戦車が瓦礫と化したこと。ホームシックにかかった新兵が郵便局に駆けていったこと。憲兵が、文盲のアフガニスタン人集団の中から警察官を選抜しようと……」

「それが、われわれ兵士の日常だ」

「慰問の行なわれたテントに漂う不穏な印象を、忘れることはできません。一等兵は一日に缶ビールを何缶飲むことを許されるんです？　二缶？」

「そういうやり方はフェアじゃないぞ、トム」

トム・ハーゲンはため息をつく。

「そうです、フェアじゃない。こういう任務はとんでもなく危険で、それがあなたたちの日常だ！　それを、私はレポートしたいんですよ。あなたがたのキャンプの、参謀の部屋でコーヒーメーカーのヒューズが飛ぶ場合に備えて消火訓練をする様子なんかじゃない」

「きみの雑誌の発行部数を伸ばすやり方は、ほかにきっとある」

「あれはやはりフェアじゃなかった」

「トム、きみが英雄だということを疑う者はいないよ」

「そんなことではない。ここにいた兵士たちは、報道されるに値いしたんですよ」

「兵士のことはもういい。きみの話をしよう。私にもきみの気持ちはわかるよ。本当だ！　きみたちがこのヘルマンド州に広がるケシ畑を這いまわっていたとき、タリバンはきみたちのケツを吹き飛ばそうとしていた。きみのカメラマンはシュワルツェネッガーよりも勇敢だ。あそこにいる小娘は確かにきみたちの業界の希望の星だ。すべてよくわかるよ」

広報官はそういうとハーゲンの目をのぞきこんだ。隠し立てするつもりはないという口ぶりで続ける。

「だが、それはドイツ連邦軍では違うものだと、われわれは見ている。イギリス海兵隊が、グリーン・ゾーンに記者たちを連れていくことに問題なしとするのであれば、それは彼らの案件だ。私は、きみときみのチームを守れと厳命されたのでね」

「われわれが同行するとしたら、それは、こっちで自由に決められるのでしょう」

「それは違う。きみたちが、われわれの任務の枠組み内で報道するかぎり、決定は私が下す。ゴザール谷行きは惨事で終わるかもしれないんだ。マリク将軍がムジャヒディンにそこの居留権を認めていることはわかっている。作戦本部では、武力衝突の発生を予想しているんだ。

きみたちを連れていくのは危険すぎる」

「われわれが通常のパトロールに同行することは同意したじゃないですか」

「通常のものならな」

「とにかくお願いしますよ――」

「本来なら、きみたちがここにいることすら許されないんだ」

ハーゲンはこみ上げる怒りを必死で抑えつけた。感情は抑制するしかないとわかっている。だから、パトロール部隊の隊長が近づいてくるのを見ると、彼は口をつぐんだ。砂色に濃いまだら模様の制服に重い防弾チョッキを重ねた隊長は、まるでおもちゃ屋のアクションフィギュアだ。たっぷりとしたつばの日よけ帽だけが、まったく異質だった。それをかぶっていると観光客のようなのだ。

「それで？」

広報官が尋ねた。

「チャンスはないですよ。たとえ、軍用ジープ《ヴォルフ》を各方位に一台ずつ配置したとしても。複数のアクセス路を見張ることはできない」

「そのためにディンゴがあるのだろう」

「主要路なら大丈夫です。けれど、まだほかにいくらでも入ってこられるルートがあるから。隘路はごまんとあるし。部下たちが、大勢が暮らす集落を通らずに、ディンゴを近くに持っていくことは、私にはできませんよ。しかも、われわれはここで見せ物になっているんです。

スナイパーを配置できる建物も屋根もない。それに――」

隊長は顎をしゃくって村を示した。

遠くにたなびく煙が一本見える。警告する指のようだ。パトロール部隊が周辺にいることをジハーディストが警告しているのだとしたら、彼らも周辺にいるということだ。数々の痛い教訓から、兵士はサインの意味するところをわかっている。ちょうど、家の外に出る者が一人もいないか、夜のあいだに親戚のところに行ってしまったりして、集落が突然さびれた場合、それはムジャヒディンが待ち伏せの準備をしたか、即席爆発装置《IED》を仕掛けたか、あるいは、その両方ということだ。

少年も山羊と一緒に姿を消してしまった。

「われわれの小さな故郷まで二十五キロメートル。さあ、荷造りしよう」

隊長が陽気に言った。


小さな故郷。

ビールを飲み、大スクリーンでブンデスリーガを観戦し、ビリヤードで遊び、おしゃべりをする。〝娯楽施設〟と公式に銘打たれたところは、キャンプ・クンドゥーズにあるホットスポット、バザールとビアガーデンからなるハイブリッド施設。テロと退屈に神経をさいなまれる日常、理性を取り戻すために、兵士たちに与えられた施設だ。

ここでは皆がいらいらとしていた。

広報官はしかめっ面をして一台のヴォルフに飛び乗った。機嫌が悪く、怒りを爆発させられる相手が早急に必要なのだろうが、ここにはいない。ハーゲンは、この男の怒りが自分やインガに向けられたものではないとわかっている。彼は来《きた》るべき呪われた訪問の準備をしなければならず、それが癇《かん》にさわっているのだ。翌週になれば、その訪問は素晴らしい成功だったと報告書で読むことになるのだろう。ドイツ連邦軍の最高司令官がアフガニスタンの空から降ってくるのだから。クリステの言葉を借りれば、鳥の糞のように予期せず降ってくるのだそうだ。

ハーゲンは、インガがもう一台のヴォルフに乗るところを眺めていた。笑い声があがり、緊張感に彩りを加えた。女性が同乗することに喜ぶ兵士たち。それ以上に、ようやくここを立ち去ることができることに喜んでいた。いちばん最後にクリステ・ビョルクルンドが駆けてきて、リアシートのハーゲンのわきに滑りこんだ。

「それで、代替案は？」

広報官が尋ねた。

「アリアバードの女学校では？」

隊長はそう言うと、広報官の答えを待たずに無線機に向かう。

「全員に告ぐ。ルート変更だ。〝LOCプルート〟経由でキャンプに戻る。みんな、集落を通るときは気を引き締め、フェアで、フレンドリーで頼む、いいな？　不安は乾いてしまった。土埃の中で、人々を窒息死させるつもりはないんだ。だから、ギアはシフトダウンしろ。

いつものように武器は使うな」

ルート変更。タリバンに、不信心者たちの通るルートを知られてはならないのだ。それでも彼らには知られてしまう。

タイヤが砂利道で軋んだ。巻き上げた土埃の尾をたなびかせながら、ヴォルフは平野に向かってがたがたと丘を下った。ほかの車輛がぴったりとあとに続く。

「それはだめだな。バグラーンの男子校を最初の訪問先にしているから」

広報官は不服そうに言った。

「女学校のほうがいいですよ」

「なぜです？」

ハーゲンが尋ねた。

隊長は背をのけぞらせ、薄笑いを浮かべた。サングラスのレンズがうっすらと塵でおおわれている。

「ハートの問題なんだ」

「なるほど」

「いや、真面目な話だ。兵士たちは学校再建に寄付したのだから。自分たちの給与から、なにがしかの金を。そうでなければ、決してうまくいかなかっただろうな。きみたちに言っておくが、彼らはそんな学校を愛しているんだ！」

「しかし、司令官はもう一カ所、学校に行く気はない。水道施設を望んでいる。彼は、水道施設がお好みなのだ！」

広報官はぶつぶつと言った。

「いずれにせよ、このあたりにお見せするものはないですよ」

たとえ今、階級が上の者として、もっと芝居がかった態度をとることができるとしても、当然、広報官は隊長の言うとおりだとわかっている。広報官は大尉で、隊長は中尉だ。けれども地上勤務の軍人は、木陰で四十五度に達し、息もできない場所にいても、作戦部隊の横柄なやつらよりもアフガニスタンについてはいくらか詳しい。さらにこの広報官は問題ではない。彼はさらなる昇進を望むタイプであるだけだ。この問題を理解するためには、爆弾で吹き飛ばされるか、別の方法で殺されたドイツ人兵士が、現国防大臣フランツ・ヨーゼフ・ユングの意向で、戦死者ではなく〝作戦上偶発的に死亡した〟とされていることを知らなければならない。結局のところ、〝戦死者〟という言葉は、まさに死滅しようとしているところだ。戦死者はドイツ人の心の中を決してさまようべきではない。なぜなら、ここで起きているすべてを、戦争と呼ぶことは許されないのだから。戦時なら〝戦死者〟は存在し、そこが問題だった。平時では、作戦上偶発的に死亡するものなのだ。

状況の改善にはならないが、聞こえはいい。

そういうわけでヒンドゥークシュの山岳地帯に配置された兵士たちは盲点に到達したことになる。ドイツ国内では、兵士たちが死んでいようと、死にかけていようと、生きていようと、そもそも彼らの話はできれば耳にしたくない。海外で責任を果たす軍隊に、国内と同じほどわずかな支援しか与えられないのは、ドイツ国防軍くらいのものだ。ドイツでは軍服姿でマクドナルドに入ったら、潜在的な殺人衝動の持ち主なのかと疑われなければ、ハンバーガーの包みも開けられないほどのばかだと思われているのだ。

ハーゲンは目を閉じ、頭の中でキーボードを叩いた。

〈われわれは息子や娘たちを戦争に送りだすが、戦争のために、われわれは彼らを軽蔑している〉

書きだしはこれでいいだろう。その先は？

〈戦争をすることを論ずるなら、戦闘するから彼らを軽蔑するのではなく、命からがら逃げようとするから軽蔑している。任務を完遂しようが、任務をしくじろうが、その両方のために、兵士よ、平和を愛するドイツ国民は軽蔑という罰をきみに与える〉

言いまわしが攻撃的すぎるか？　そうかもしれない。

〈ベトナム戦争の従軍兵たちは、帰還後、自分たちは見捨てられたと思った。それは、ドイツでは違う。ドイツ国防軍の兵士として、きみは従軍前からすでに孤独なのだ。きみを誇りに思うと公言する者は一人もいない。故郷から五千キロ離れた場所に派遣され、きみがどんなにくだらない日常を送っているのか、本当に知りたいと思う者は皆無だ。軍は誇りか？　自国の地で決して戦争をしてはならない政治的にしっかりした国にいるのでもないのに……〉

ハーゲンは目を開けた。奇妙な枝ぶりの木々、色褪せた茂み、焼けた畑、戦車の残骸が後方に飛び去っていく。ビョルクルンドは写真を撮っていた。主要道路は、旧ソヴィエト連邦の残した錆びついた残骸で縁どられている。この国では戦争も平和も、どちらも勝利できないことのもの言わぬ証人だ。

〝くだらない〟とは、ハーゲンには書けない。

厳しい、ではどうだ？

救世主を殴り殺す過激派の話を、まだ録音しておかなければならない。暑さで脳が焼かれて忘れてしまう前に。

車列の速度が上がった。路肩で人々が喚声を上げていたり、集落を横切ったりする場合でなければ、スピードをだすことが可能だ。この国の近代と中世のあいだで、軍服姿の井戸掘り人や民主主義の使者である兵士たちは、退屈と死への恐怖との狭間で神経をすり減らし、ゆっくりだが確実に正気を失っていく。広報官たちが、キャンプから報道をしに訪れた記者たちのあいだを、オーストラリアン・シェパードのように慌てて走りまわるのは、彼らの安全と健康を守るためであり、一等兵が心の奥底で感じていることを彼らに尋ねられて、平静を失わないよう目を配るためでもある。そして、平凡なパトロールが恐怖の旅に変わるようなときは、報道関係者が一人もその場に居合わせないように気を配る。

もう手遅れだ。ハーゲンは思った。

おれはもう居合わせた。ヘルマンド州の低地に、ムサ・カレーの近くに。タリバンの、閉所恐怖症になりそうな〝庭〟に、旺盛に繁殖するケシ畑のど真ん中に。「ＲＰＧだ！」と叫ぶ声が上がったり、榴弾が空を切る音が聞こえたりすれば、いつでも顔を泥に押しつけた。自分には命中しないと誰もが思うように、おれもそう期待した。そして、その期待が途絶えるのを目のあたりにした。じゃあ、おまえたちは、おれの目からなにを隠そうというのか。ここアフガニスタン北部の状況が、日々、南部と同じようになっていくことを？ 北部は親しそうに手を振るアフガニスタン人が暮らしていて安全だという、おまえたちの言葉を誰が信じるのだ。ドイツ連邦軍の実直な工兵が井戸を掘り、学校を建て、陽気におしゃべりする少年たちに囲まれて、部族の長老たちとお茶を飲むことを、そうしたアフガニスタン人は期待できない。もちろん、かつてはそうだった。かつて南部では、完全武装のイギリス人兵士とデンマーク人兵士がムジャヒディンの集中砲撃のさなか、身を伏せていたが、かたや北部のドイツ人はボールペンの芯を新しいものに取り替えて、顔を輝かせる子どもにプレゼントしていた。北部では、タリバンが南部で片づけられることを喜んでいた。けれども、それは過去の話だ。

ずっと昔の話。

そして、もうそうはいかない、ここでは時間を無駄にしているだけだとハーゲンが思ったそのとき、携帯電話が鳴った。

防弾チョッキから引っ張りだす。

ＳＭＳ。ビラル・フセイン。

ハーゲンはべたついた汗をふき、目に入った砂埃を拭うと、メッセージを画面に呼びだした。十日前から待ち望んでいた文面を読む。

〈インタビューできるようになった。あとは直接伝える。ビラル〉

ビラル・フセインは電話の向こうで念を押した。

「あんたとクリステの二人だけだ。ビデオカメラもだめ、衛星アンテナも、ノートパソコンも、携帯電話の持ちこみもだめだが、いいな？　そうでなければ、その場で彼らはあんたたちを拘束する」

「クリステの小型ムービーカメラは？」

「それもだめだ。写真機とディクタフォン、それだけだ。彼らは自分たちでビデオを撮っていて、それをあんたたちに持たせるはずだ。あんたたちのためだけに撮影したんだ！　自慢できるぞ」

ハーゲンは、衛星回線を利用するためのＢＧＡＭアンテナを携帯していくことを誘拐犯たちが嫌う理由がわかっていた。衛星を使えば彼らの居場所が特定されかねないからだ。

「車はどこで乗り換えるんだ？」

「そう急ぐな。まず、あんたたちに迎えがいく。アフィーフという名の男だ。車は濃紺のスバル。通訳兼運転手の役で。あらゆる側から信頼されてる人物だ。彼が道を知っている」

「可能なら、私も道を教えてもらえればありがたいが」

「Ａ７号線をクンドゥーズ・シティに向かい、モール・シェイクとナケルを通過する。市の中心部に入る手前で、コールムの方角に左折。そこでUターンし、川沿いの道を進む。デルタから出たら……」

土漠《どばく》のど真ん中に出る。

無人地帯。

アフガニスタンは、夜のニュースで放映される光景とは違う。テレビに映しだされるのは、色褪せた山々に囲まれ、揺らぐスクリーンのような空に覆われた、広大な石ころだらけの土漠だ。あらゆる悲しみの青写真。中央にあるカブールという名の廃墟は、西側の目に、彼らの努力が失敗に終わったことを突きつけるためだけに存在するようだ。

ところが、たまにアフガニスタンにも緑はあった。

春になれば、全土は花咲く野原に埋もれるのだ。切り立った峰が連なる壮大な山脈が国土を貫いていた。七千メートルを超えるノシャクは、アルピニストの夢と悪夢の峰。クーへ・トゥルクサやクーへ・バンダカは六千メートル級の峰々だ。美しいとしか表現できない谷。数百年にわたり農民たちがモザイクのような畑に変えた肥沃なデルタ。現在ですら、太陽が大地を焦がし、秋へと季節が移り変わるころ、この地方には陰気とは無縁の光景が広がる。

しかし、荒野もあった。

人を寄せつけない、むきだしの大地。

遭難したいとは思わない場所だ。

アフィーフは、ほがらかで小柄なパシュトゥーン人だった。果敢なハンドルさばきを見せながら、しきりになにやら言っては笑っている。アフガニスタンの伝統的な帽子パコールを、クリステ・ビヨルクルンドがかぶっているさまを、ひび割れたレコード盤のような声音でコメントした。

「鳥の巣みたいだ！　鳥の巣みたいだ！」

「こういう代物は鳥の巣のように見えるんだよ」

ビヨルクルンドは関心なさそうにつぶやいた。

「どっちかというとチーズケーキだろう」

ハーゲンはそう言って、にやりとした。

「チーズケーキ？　あんたたちはチーズケーキって呼ぶのか？」

アフィーフが笑って言った。

三人は冗談を言い合うことで、本当に楽しい時を過ごしていた。民族衣装のサルワールカミーズを着た乗客が、ヴァイキングにもアフガニスタン人にも見えることも、アフィーフを陽気にさせていた。もっとも、心配がないわけではない。二人が出発前から生やしたままにしていた金髪の頬鬚では、パシュトゥーン人にはなれないからだ。スカーフで頭と顔を覆えば、なんとか見えないこともない。けれどもサルワールカミーズはただの衣服ではなく、現地の風習を尊敬するしるしとして役立つのだ。この国では態度が重要だった。鬚ですら、信頼関係を築くことを助けてくれる。

どのようなことでも大切なのだろう。

出発すると、アフィーフは収穫の終わった畑や農園のある、デルタの農業地帯を一時間ほど走った。分かれ道をコールムの方角に折れ、橋を渡る。ふたたび農家が現われた。やがて、ふいに山岳地帯の風景に変わる。まるで火星にありそうな焼けたむきだしの岩塊でできた山々は、色褪せて、異質で、人を寄せつけない。彼らは朽ちはてた隊商宿に沿って西に進んだ。巨大な波頭が凝固したような高地を横切る。ソ連の砲撃によってできたクレータがいくつも口を開けていた。

なぜ、西に向かうのだろうか。

どこか妙だ。

誘拐グループがタリバンか、普通の犯罪者であれば、むしろ東に向かう。

まるで時代を遡るかのような光景がしばらく続いた。土壁に、ひび割れた丸屋根の小屋は、没落した時代のものらしい。小さな森に誘惑しようとする神話の動物に会えるのではと期待してしまう。

そのとき、機能本意の建物がふいに現われた。

集落が開け、両側に広告看板が並ぶ道にはトラックが駐車し、電柱の列が延々と続いている。

「あそこがアブダンだ」

アブダン、なるほど。大して重要でもない町だ。

「そこを通り抜ける。ガソリンスタンドの裏まで。数メートル先で右手の通りに曲がる」

フセインはそう言っていた。

通り？　砲撃で開いた穴の、まるでサンプル集のようだ。悪夢。

「通りを真っ直ぐ行くんだ」

アブダンは地平線のあたりにぼやけている。ゆらめく蜃気楼になってしまい、もはやその姿を見ることはできない。

車は走りつづけた。ひたすら西に向けて。

しばらくすると、細かな砂塵が立ち昇った。

いくつもの巨大な砂丘が窪地に向かって落ちこんでいる。波立つ砂の海。道とは表現しがたい曲がりくねった道が下っていた。

見わたすかぎりなにもない。

このランドクルーザーのほかは。

カラシニコフを持った三人の男がアフィーフの役を引き継いだ。布で頭を覆った男たちの一人が片言の英語を話した。二人は身体検査をされたのち、自分ですっぽり頭にかぶれるように、袋を手渡される。英語を話す男が不便さを詫びた。

「あんたたちを、ここでまたピックアップするから」

アフィーフがにこにこして言った。

二人が戻ってきた場合は。

彼の声には、そういう響きが聞きとれた。

フセインは電話で説明してくれた。

「もちろん、あんたたちは戻ってくる。あんたたちにはメルマスティアといって、パシュトゥーンのもてなしを受ける権利があるんだ。あんたたちのホストにとって、アフガンヤートという掟は拘束力がある。あんたたちが彼らの土地に滞在するかぎり、あんたたちの命ですら守ってくれるだろう。あんたたちも掟を守るという前提で」

「で、その掟とは？」

フセインは短い間をおく。

「そうだな。天気のようなものだ」

「それは素晴らしい」

「トム、そういう言い方をするのはやめてくれ。おれになにが言えるというんだ？　あんたも掟を知ってるじゃないか」

いずれにせよ、フセインは掟を守らない者たちのことなら大勢知っている。

「万全の準備をしておけばいい。あんたたちは部族の長のもてなしを満喫できるはずだ。首長自身はタリバンではないが、彼らに共感している。ジハーディストたちと彼らの人質をかくまっているんだ」

「その男についてなにか知っていることは？」

「おれはなにも知らない。噂では、爆発物のスペシャリストらしい。おれの接触相手がそういうことをぺらぺらと話してくれたんだよ。そいつの手下が即席爆発装置《IED》や似たような代物を、タリバンに供給しているんだと思う」

「了解だ」

「じゃあ、もうなにも考えるな。肩の力を抜くんだぞ」

「心配ない」

「あんたが望んだことだからな」

望んだのだろうか。

今、ここに二人は座っている。

頭にすっぽりとかぶった袋の中で息をしながら、ハーゲンは酸っぱい臭いを無視しようとした。運転席から話し声が聞こえてくる。笑い声や、緊張感のないおしゃべりとは対照的に、車のトランスミッションが苦しげな咆哮を上げていた。トランスミッションは、誰ももう長くはもたないと予想していたのに、十年のあいだ、ばらばらにならずにすんでいる。アフガニスタンの土煙地獄の中では、洗練された音をたてる六気筒エンジンなど求める者はいない。この地では、車はゴキブリのごときたくましさを備えていなければならないのだ。

カーラジオから流れでるアラブの流行歌が車内に満ちていた。

それは興味深い情報だ。

車に乗っている者はタリバンではないということになる。

ジハーディストたちは音楽を禁止しているからだ。奇妙にも、熱狂して歌うことは禁じられてはいない。メランコリックで、時代から脱落した歌や、独特の鎮静効果を持つ圧倒されるような朗唱であれば許される。この驚くべき国では、常に状況は不明瞭だった。タリバンの精神的な首領であるムッラー・モハンメド・オマルは、娯楽の道具としての音楽を禁止した。ところが、敬虔な歌は許している。すると、敬虔な者は幸せな状態でも敬虔なままでいられるのかという問題が出てくる。

それはどうでもいい。オマルは、明らかにアラブの歌謡曲のことなど考えていなかったのだから。

ドイツのユング国防相はそうしたことを知っているのだろうか。

フランツ・ヨーゼフ・ユングは、兵士たちにすれば、卵の形をしたチョコレート菓子を割ると中からおまけが出てきてびっくりする、チョコエッグのようなものだ。

当然、記者たちは大臣が来ることを知っている。ベルリンにいる彼らは、直近の大失策は大臣のアフガニスタンでの屈辱を必要とすることがわかった瞬間、彼らは理解した。そして口をつぐんだ。沈黙しなければ、磔《はりつけ》にされるところだからだ。最高のネットワークを持つタリバンですら、期待しない人物の暗殺を企てることはできない。

とはいえ、大臣が到着した直後に襲撃することは可能だ。ドイツが金と兵士を投入した結果、ヒンドゥークシュでなにを引き起こすことになるのか、それを推論するのは相当難しい。その大半は訪問に値いすることだろうが、リスクが大きいために、ユング国防相にそれを示すわけにはいかなかった。結局は、大臣と側近たちを大型の装甲車輛に乗せて、このあたりを行ったり来たりすることになるのだ。そうすれば、北部地域は安全で、危険に脅かされているのはドイツの管轄区域のわずか十二パーセントだと、大臣はあとから説明することができる。よりによって大臣の車が即席爆発装置《IED》を踏むのではないかと、責任者たちが悪夢に見る地域だが、わずか十二パーセントの呪われた場所がどこなのかを正確に指摘できる者などいない。コーヒーにわずかなミルクを入れて何度もかきまぜれば、どれがミルクかわからなくなるのと同じだ。

ところが、なにもかも平穏なままだった。

結局、ユング国防相は訪問先で目にしたものに勇気を与えられ、先週、クンドゥーズ・シティで爆破事件の被害者となったパトロール隊の追悼を、兵士六百名の前で執りおこなうことができた。その事件では三名が負傷し、一名が死亡した。そうした事件の作用で士気が低下することを克服するのは容易ではない。国防相は最善を尽くした。犠牲者は自由を守ったと述べたのだ。雰囲気は沈んだままだったが、そのスピーチのあいだ、少なくとも彼をあの世に送りたいと望むものはいなかった。爆破事件の翌日、ドイツとアフガニスタンの警察官があるチェックポイントで理性を失い、車二台に発砲したことを、パシュトゥーンの部族長に謝ることは、難しくなった。そのさいに、子ども四人が弾丸の雨の中で死亡したためだ。悲劇的な事故、誤解、名誉毀損や血讐《けっしゅう》といった概念がこだまする。

あれはいまいましい惨事だった！

そもそも彼らにはここで必要とするものがないのであれば、くだらない血の復讐。クンドゥーズの州知事はなぐさめの言葉をかけた――ドイツ連邦軍に責任はない。では、どう償えばいいのか。償いはいつでも力となるものだ――それは、部族の首長たちも同じように見ていて、激情は静まった。ユング国防相は手ぶらでやって来たのではないのだ。少なくとも彼の言葉ほど空っぽではなかった。さらに、兵士たちは慰問が好きだと言っておかなければならない。自分たちがまだ存在しているかどうかを、誰かが見に来てくれることを楽しみにしているものなのだ。

だから政治家の慰問も楽しみにしている。

もしかするとレディー・ガガが来てくれたほうがうれしいのかもしれない。

あるいは、せめてドイツの美人タレント、ヴェローナ・ポート。

それとも、人気シンガーのクサヴィア・ナイドゥー！

彼が歌うように、この道は容易には歩けない。

まあ、ユング国防相は大丈夫だったが。

やがて国防相は最善をつくして必要条件を満たしたと悟り、安心してドイツに戻っていった。ハーゲンはこの悲しい茶番をお義理でレポートし、今こうして、インタビュー相手のもとに向かっている。

見知らぬ者の車に乗って。

見知らぬ者の手に身を任せ。

ランドクルーザーは道に開いた穴に激しく落ちたが、すぐまた抜けだした。丘をめがけて青息吐息で登っていく。運転席では、男たちが疲れ知らずで無駄話を続けていて、若々しく、力強い声が聞こえてくる。ハーゲンにパシュトゥーン語はわからないが、男たちは機嫌がいいらしい。

彼はビヨルクルンドと二言三言、言葉を交わした。この数時間に二人がほとんど話をしなかったのは驚きではあるが、いったいなにを話せというのか——車内は息苦しい、とか？　袋をかぶせられていると不規則な路面を予測できず、車がでこぼこを乗り越えるたびにぎっくり腰になる、とか？　自分たちはなんとリスキーな件にかかわってしまったのか、とか？

当然そういう話だ。ほかになにがあるというのだ。ほかに話題などあるのだろうか。

インガのことが頭に浮かんだ。

彼女はなにがなんでも二人と一緒に来たがった。

それはかなわぬ望みだ。掟だから。たいていの場合、ハーゲンは、自分のチームを危険にさらすことをさほど気にしない。紛争地帯に入るのは、温泉に入りにいくような気楽なことではない。確かにインガは真に厳しい取材はしたことがなかった。一方で、アフガニスタンから報道しようとやって来る者にとって、禁漁シーズンは実のところ終わっていたのだ。

とはいえ、この件は……

そうだ、彼女は食いさがって彼を困らせた。それはまだ昨夜、キャンプでのことだ。セックスしながら、彼女は自分も連れていけとあえいでせがんだのだった。もちろん気持ちはわかるし、彼女の飢えに共感もできる。かつて彼も駆けだしのころは同じだった。紛争地域を取材するベテラン記者たちの器材を持って追いかけ、ホテルのバーで彼らが派手に飲んだビールの代金を払ってやり……トム・ハーゲンは彼らが連れていってくれるまでせがんだのだから。

どこまでも。

今は自分がベテラン記者の名声を楽しんでいる。

ところが、タリバンがルールを決めた。

だから、誘拐犯たちは三人もやって来ることは望んでいないと、インガに説明した。ましてや女はいらないと。どのみち編集部は、彼女が事件にかかわることを禁ずるだろうが、それも当然だ。肝心なのは、彼女に批判させずに難局を乗り切ることで、彼は、彼女が充分にタフだとは思っていないから。

車はどこに向かっているのだろうか。

いずれどこかには向かっている。

どちらに向かっていてもおかしくない。もしかすると北部かもしれない。しかし、そのわりには道はすぐに登りになったし、勾配もきつすぎる。北端の土地は平坦で、タジキスタンやウズベキスタンの国境まで土漠が広がっているのだ。西の方角も可能性は低い。西に向かっていたら、今、車は平坦な土漠を走っているだろうが、ここはアップダウンもあった。南は？　カブール方面なのだろうか。

ハーゲンはダニエーレ・マストロジャーコモのことを思い出さずにはいられなかった。イタリア人ジャーナリストで、昨年、彼の名前はメディアを駆けめぐったのだ。駆けだしの記者ではない。ジハーディストの中でも最も残忍な司令官の一人である、ムッラー・ダッドゥッラーにインタビューするため、マストロジャーコモはヘルマンド州に向かった。すべては取り決めどおりに手配されていた。ハーゲンと同じように、信頼できる者たちを通じて。

ところが、彼は誘拐される。

そして、地獄を知った。

マストロジャーコモ、彼の通訳と運転手の三人は、二週間タリバンの暴力下にあったが、結局、彼はムッラーに徹底的にコケにされたとわかっただけだった。粘り強い交渉の結果、マストロジャーコモは解放された。しかし運転手は首をはねられた。通訳は初め解放されたが、タリバンは考えを変え、捕まえると、やはり首をはねた。

〈もっと違うことを考えろ〉

たとえば、なぜ、この車はまったく検問に会わないのか。運転手はチェックポイントの場所に詳しいようだ。いずれにせよ、あらゆる労苦を重ねて検問を迂回している。一度は畝《うね》だらけの土地をがたがたと進み、それから草原を横切り、道なき道を走った。対向車とすれ違うことはめったにない。たまに遠くのほうから、大型トラックのエンジンがたてる轟音がハーゲンの耳まで響いてくることもあるが、たいてい聞こえるのは、自分たちの乗るランドクルーザーの咳きこむような音や、エンジンの咆哮だけだ。その代わりに鳥の声が聞こえた。おしゃべりなさえずり。鳥たちは彼に話しかけ、道を教えてくれるかのようだ。

「喉は渇かないか？」

パシュトゥーン人の一人が水の入った瓶を突きだして尋ねた。ハーゲンは瓶を受けとると、頭にかぶった袋の中にさし入れ、口で栓を開けて飲んだ。尿のように生温かい。瓶をビョルクルンドにまわす。

「大丈夫？」

英語を話す男が親切そうな口ぶりで尋ねた。

「おれたち最高、おれたちリッツ・カールトンだぜ！」

ビョルクルンドがそう応じると、男は笑った。

出発してから、男は感動ものの心づかいをしてくれる。腹は減ってないか、喉は渇いてないか、外に出なくていいか、ほかにいるものはないか、しきりに訊いてくる。まるで走るホテルに乗っているかのようだった。ハーゲンの頭から男のニックネームは消え、定番の大丈夫という問いかけから、彼は男を〝大丈夫〟とだけ呼ぶことにした。〝大丈夫〟は、毎回毎回、謝った。頭にすっぽり袋をかぶせていること、リアシートは乗り心地が悪いこと、風景を楽しむメリットがないことを。

「あんたたち見られない。本当に残念！　ここみたいに美しいところは世界のどこを探してもない。素晴らしいアフガニスタン！」

それからパシュトゥーン語でなにやら言うと、ほかの二人が怒声を上げる。

「賭けてもいい、あいつらおれたちを笑いものにしてるな」

ビヨルクルンドがぶつついた。

ハーゲンは肩をすくめる。

「それがなんだ？　喜べよ。こっちのことを笑ってるうちは、首を絞めたりしないものだから」

つづら折れの道が、いつしか下り勾配になった。車は道路を走っている。しかも、かなりいい道を。

「もうすぐだ」

〝大丈夫〟が陽気な声をだした。

ハーゲンは心からそうであってほしいと願う。麻酔でも打たれたかのように、両方の尻が麻痺している。その代わり今にも背骨がばらばらになりそうだった。しばらくのあいだ車は平らな土地を走り、やがて道はふたたび緩やかな登り勾配に変わる。

右カーブ。

左カーブ。

ランドクルーザーが停まった。

足音が近づく。開いた窓から挨拶が交わされる。誰かが車内に首を突っこんだ。ふいに声が大きくなったことから、ハーゲンはそう推測した。ビョルクルンドと自分をじろじろと眺める視線を感じる。

「アッラーフ・アクバル！……アッラーは偉大なり！」

とにもかくにも。誰かにそう挨拶されたのは、いつが最後だっただろうか。

パシュトゥーン人に助けられて車を降りる。目隠しはされているものの、ハーゲンは集落に着いたのだとわかった。大きな町ではない。都会の喧噪は聞こえなかった。農家、村、梢を揺らして吹いてくる風。駆け寄ってきて、騒ぎながら取り囲む子どもたち。止まらないしゃっくりのような雄鶏の鳴き声。

上腕をつかまれ連れていかれる。子どもたちが群がってついてくるが、鋭い語気で追い払われた。

「気をつけろ」

〝大丈夫〟の声が聞こえる。

空気圧と音響が変化し、彼らは屋内に入った。ハーゲンが靴先であたりを探ると、抵抗を感じた。一段登り、数歩進む。

「着いたぞ。待ってろ」

数分が苦しいほど長い。

そのとき、待ち焦がれた瞬間がついにやって来た。頭の袋を留めていた紐が解かれ、袋が持ちあげられ、彼は解放された。よかった、これで鼻で臭いが嗅げる！　新鮮な空気が肺に流れこみ、光が網膜にあたり……その瞬間、結局、黴臭さはもう感じなくなっていたことに気がついた。

それには慣れてしまったのだ。

反吐《へど》の臭い。

慣れこそ、おれたちが生きのびている理由だ。拷問される者が、自分の拷問吏を好きになるように。そうでもなければ、気が狂ってしまうにちがいない。

彼はあたりを見まわした。

そこは長方形の大きな部屋で、土壁に黄色い漆喰が塗ってある。唯一の窓にかけられた半透明の布が大きく揺れ、光が差しこんでいた。外の様子はシルエットでしか見えない。床にはチェリー・レッドの絨毯が敷かれ、ルビー色とゴールドで小箱の模様を織りこんだタペストリーが天井を飾っていた。その装飾の豪華さは、壁の貧相さと対照的だ。ぶ厚いクッションが整然と並んでいる。目だけを残して、顔を布でくるんだ見張りの男が二人。リラックスしたふうにカラシニコフを膝に置き、好奇心まるだしで訪問客を眺めている。

その二人にはさまれて、人質たちがうずくまっていた。

不気味なまでに演出された光景だった。大道具係が、アルカイダかハッカーニのこの手のビデオを手本にして作ったかのようだ。あとになって、すべてが現実なのだとわかる――ある町の名を記した道路標識を通過したとき、その町の名はそれまで道路交通情報案内でしか耳にしたことがなかったのに、突然、標識を目にして、本当に存在する町だったとわかることと似ている。そのとき、もう二人、男が部屋に入ってきた。一人は民族衣装のカフタンを着た太った男だ。フセインが言っていた部族の長かもしれない。もう一人は顔にタリバンと書いてあるかのようだ。鼠色《ねずみいろ》のサルワールを着た痩せた男で、鬚を入念に整え、黒いターバンをきちんと巻いていた。アメリカ海軍ではおなじみの、茶色いタイメックスの腕時計をつけている。ごつくて高そうに見える代物だ。

　サッシュベルトにナイフを一本差しこんでいた。

「アッサラーマ・アライクム」

　ハーゲンは〝あなたがたに平和を〟と挨拶した。

　タリバンの男がにやりと笑う。

「ワ・アライクム・アッサラーム、ワ・ラームトゥ、アッラーイ、ワ・バラカートゥフ」

　〝あなたがたにこそ平和を、アッラーの恵みと祝福があなたにありますように〟と、正式な挨拶を返した。

　彼らは互いに握手の手をさしのべる。同時に、左手で相手の前腕に触れるのがアフガニスタン流だ。

「アマヌッラー」

タリバンの男が名を名乗った。

それとも偽名だろうか。

握手は続いている。太った男のほうは自らをムネエールだと胸を張って言った。ハーゲンの驚いたことに、ビョルクルンドが腰を低くしてなにやら言った。かつて彼が口にするのを聞いたこともない言葉で、ハーゲンには理解できない。しかし、うまく通じたらしく、ムネエールのメロディックな応答がそれに続く。ハーゲンは、ビョルクルンドがすぐに行き詰まると踏んだ。案の定そうなったが、とにかく彼はいい印象を与えたようだ。

人質たちにも挨拶がなされた。皆、青白く、しなびた顔をしている。名を名乗るあいだ、ハーゲンは彼らを観察した。自分たちは健康で、まずまずの丁重な扱いを受けていると、三人は彼に断言するが、どんな言葉も正反対のことを意味するものだ。現地人通訳のヴァリド・バクタリだけが民族衣装姿だ。マックス・ケラーはデザイナーズ・ジーンズをはき、ゴールドのアクセサリーをつけ、ジェイムズ・ディーンがプリントされたTシャツを着ている。

ハーゲンはできることなら彼につかみかかり、揺さぶってやりたいところだ。いまいましい間抜けなガキども。世界を変えるつもりのくせに、自分の外見を合わせることすらできない。おまえたちは繁栄というものの最も目障りな代表者だが、その繁栄に飽きて、なにか〝意義ある〟ことをしているのかもしれない。だから目を丸くして紛争地域を旅して、どのような混乱状態も絵のように美しいと思っている。なぜなら、人々はとても親切で、自分自身にはなにもないのに、おまえになにもかも分けてくれるからだ！　このくそったれ！　本物の開発援助ボランティアがおまえたちの姿を見たら、誰でも拒絶反応を起こすぞ。おまえたちにできるかもしれない最も意義のあることは、実家に残って両親の金を浪費することだろう。

ハーゲンの視線はマリアンヌ・デガスのほうにさまよった。うろたえた小顔が、頭にかけた布のひだのあいだから彼を見上げている。布は誘拐犯たちが彼女に無理やりかけたのだろう。そういうものを身につけるという発想は、彼女にあるはずがない。

よかったな。ほかの者たちだったら、おまえはブルカで全身すっぽりおおわれていたところだ。

ハーゲンは励ますような笑みを三人に送った。

「きっとなにもかもうまくいく」

陳腐きわまりない嘘だ。けれども、言うだけの効果はある。

それを証明するかのように、族長とおぼしきムネエールがマックス・ケラーの髪を撫でた。父親がするようなしぐさだ。親切で穏やかな響きのする言葉をパシュトゥー語で言うと、ハーゲンたちに座るよう要請した。二人はまるで紹介を期待するかのように、人質たちの真向かいのクッションにゆったりと腰をおろす。少年が現われて、飴や焼き菓子、色とりどりの角砂糖をのせた盆を彼らの前におく。湯気をたてる黄色いお茶をグラスに注いだ。ムネエールとタリバンに給仕するときは、少年は敬意をこめて目を伏せる。タリバンのアマヌッラーは少年のことなど気にしていない。目はハーゲンにはりつけたままだ。

エメラルドのような緑色の瞳。

異様なほど澄んだ瞳には、いかなる仮定も逆説も寄せつけないという決意が現われている。そうでなければ、タリバンの信仰の神殿は存在しない。どんなにわずかでも疑念があれば、信仰の土台をむしばみ、内部崩壊させてしまうだろう。

歳はいくつだろうか。二十代の終わりくらいか。

いかにジハーディストたちが若者ばかりか、ハーゲンはいつも思い知らされる。頬髯、日焼けした顔、勇猛な身なり。そのために実際より老けて見えるが、リーダーたちですら三十過ぎの者はめずらしい。通訳は誰がするのだろうか。あの〝大丈夫〟の英語には頼らないでほしいが。そんなことになれば、身ぶり手ぶりをまじえるしかない。

ハーゲンがそう思った瞬間、アマヌッラーが口を開いた。

「トム・ハーゲン、あんたたちがわれわれの件を気に懸けてくれて光栄だ。われわれはメディアが関心を抱いてくれることを、いつも心から喜んでいる。ただし、嘘で世間をごまかす代わりに、タリバンについて真実を語ってくれるならだ」

非の打ちどころのない英語で続ける。

「だから、あんたたちの質問に答えてやろう。この部屋でのやりとりはすべて英語で行なうという条件で。つまり、参加者全員が」

「了解だ」

ハーゲンはうなずいた。

「それでは、話をして、夜はムネエールの家で一緒に過ごし、明日、友人として別れることにしよう。アッラーは、そう思し召しだ」

アマヌッラーの歯がきらりと輝いた。雪のようにまっ白な歯。

タリバンを感動させるのは難しいと、ハーゲンはフセインから教えられていた。友だちになれそうな者も大勢いると思えるかもしれない。陽気でバランスがとれており、よく笑う。悪名高いアルカイダの気難しい男たちとはまったく違った。彼らの団結は信仰と同じで揺るぎなく、それが彼らを強固にしている。買収されないことに誇りを持っているが、だからといって、彼らを信用できると思うな！　彼らは嘘をつくのが好きなのだ。絶えずおまえを試す。彼らは、自身を残忍だとは思っていないのかもしれないが、実際は残忍だ。アッラーの思し召しで人の首をはねるわけだが、首がはねられるという事実になんら変わりはない。しかもアッラーとは、いつでも彼らの弁明なのだ。

それを決して忘れるな！

絶対に忘れるものか。ハーゲンは思った。

「あなたがたのもてなしを享受する特権を、われわれもまた光栄に思ってますよ」

ハーゲンは言って、ムネエールにうなずきかける。そのスフィンクスのような顔からは、彼が理解しているのかどうか判断できない。

「それに、関係者全員の利益の中にある解決策に関与できることにも感謝します」

アマヌッラーは鬚を撫でる。

「解決策であれば本当に歓迎すべきことだ。マックス、ヴァリド、マリアンヌは、予定よりずっと長いこと、われわれの客人になっていてね」

ヴァリド・バクタリの肩にそっと手をおくと言った。

客人か。彼は三人を本当に客人と呼んでいる。ハーゲンは思った。

「だが、彼らの話はあとにしよう。まずは、あんたたちにいくつか理解してもらわないとならんから。ドイツ人は、われわれムジャヒディンの考え方を理解しなければならない」

ハーゲンのわきにあるディクタフォンを指さすと、誘うような手ぶりをしてみせる。

「それを使ってくれてかまわないぞ」

ビヨルクルンドが自分のカメラを振る。

「よければこれも――」

ムネエールは右手をあげて彼が言うのを制した。アマヌッラーのほうに身をかがめ、パシュトゥー語でなにやら言う。アマヌッラーはそれに聞き入り、うなずいた。

「写真はあとだ」

彼が断言した。

興味深い。ハーゲンは思った。ここでは誰が主導権を握っているのだろうか。アフガンヤートの掟に従えば、ムネエールがボスにちがいない。フセインの情報によれば、アマヌッラーも彼の治める土地にやって来た客にすぎないからだ。その一方で、タリバンはこれまでにあまりに多くのホストを殺していて、事態は単純どころではない。すると、この部屋にいる誰が、決定権を握っているのだろうか。

そもそも、そういう者がこの部屋にいればだが。

しかも、カンダハールやクエッタ、ペシャワールといった、かけ離れた場所にいるのでなければ。

ハーゲンはディクタフォンのスイッチを入れた。

「今のタリバンは、当時のタリバンではもうないということを、世界は理解しなければならない――」

アマヌッラーが大学教員のような口調で話を始める。

「――アメリカ人も、二〇〇一年、われわれを攻撃したアメリカ人のままであるはずはない。当時、彼らには確固たる理由があった。たとえそれが間違った理由であっても。今日では、われわれを彼らは無差別で殺す。男も女も子どもも。われわれが集まっているところを見つければ、彼らには充分なのだ。彼らはあまりにも没落してしまい、夫をなくしたわれわれの未亡人ですら、彼らとの戦いに加わり、アメリカを粉々にしてやりたいと願っている」

彼はひと息おいた。

視線がさまよい、ディクタフォンにとまる。さあ、そのまま落ち着いておれたちに教えてくれ。すべて録音され、おまえにはいい宣伝になるぞ。ハーゲンは思った。

「ところがタリバンは過去のように弱くはない。そのあいだに、民衆をわれわれの味方につけたのだ。占領軍はわれわれの国の全県をコントロールしていると自慢するかもしれないが、実際には、各県の四分の一ずつしかコントロールしていないだろう。あとの四分の三は、われわれがコントロールしている。われわれが完全に掌握する地方もあるのだ」

「地方ではそうだな。都市も掌握するつもりなのか？　ヘルマンド、カンダハール、ジャラーラーバードを」

ハーゲンが口をはさんだ。

アマヌッラーはうなずき、指で鬚を梳く。絶えずそうしているらしい。

「いつしかタリバンは全土で紛争を調停し、正義を行使し、決定を下すようになっている。中心都市でもわれわれの影響力は増大した。人々は政府に頼ることはできず――」

「きみたちが彼らにそうさせないからだ」

「彼らが政府を信じないからだ。どうしたら信じられるのだ？　カルザイのシステムは完全に腐敗している」

だからおまえが正しいというわけだ。

「しかし、政府に属さない者たちですら、民衆の信頼を享受してはいない。なぜなら、民衆はタリバンではない者を憎むからだ。あるいは、われわれが彼らの土地をコントロールしていて、彼らがほかを頼ることを阻止しているからだ」

これこれしかじか。

コントロールという言葉は、アマヌッラーのお気に入りのようだ。彼は、タリバンの最高指導者ムッラー・モハンメド・オマルが、ユダヤ教徒やキリスト教徒に与えるつもりの惨めな敗北について独白し、特にムジャヒディンが支配する地域を数えあげ、もうすぐアメリカは同盟者もなく孤立すると予言した。来年の春の大攻撃について語り、自分たちはもう家畜のように殺されはしないと語った。

「クエッタ・シューラは彼らの行動を集中させるだろうと伝えてきた。不信心者たちは、すでに今も、日に一度は嘆いて反吐を吐いているが、来年は、日に二十回、その理由を知ることになる」

「カルザイはタリバンに調停案を提起した。きみたちは、武器をおいて、ともにこの国を統治しようとは考えられないのか？」

アマヌッラーはさげすむような表情を浮かべる。

「大統領は不信心者と手をつないでしまった。彼らを支持するかぎり、大統領はタリバンの同盟者ではない。アメリカ人はわれわれにも知らせを送ってきて、交渉の場にわれわれを招き、和解について口にする。アッラーにかけて！」

そう言って人さし指を立てて身を乗りだす。

「――こうした知らせの一つにだけ返事をするのは男らしくないだろう。われわれの故郷が占領され、われわれの男も女も、キューバのグアンタナモやアフガニスタンのバグラムといったアメリカの基地に投獄され、国が戦火にあるというのに！　そういう知らせをわれわれに送ったのは、アメリカの重大な過ちだった。われわれが彼らを許すとすれば、彼らがアフガニスタンを去り、極悪な犯罪行為をはっきりと謝罪し、アフガニスタン人に賠償金を提示してからだ」

　アマヌッラーはもうしばらくジハードについて語った。ハーゲンは、彼の発言が、フセインから説明されていたジハーディストたちの戦略変更ときわめて一致することに気がついた。

　しかし、彼にはそれは奇妙に思えた。

　アマヌッラー、それは、おまえがおまえの仲間のヒエラルキーの中では小さな光なのだろうからだ。軽率にも人質三名を買い取った誰かさんは、自分より階級が上の同胞から見捨てられたことに、ひどく驚いている。しかし、おれたちは何度か同席したことがあるからわかるが、おまえの英語は地方の戦士のわりにはきわめて流暢だ。

　アマヌッラーは、ムジャヒディンの勇猛果敢ぶりを褒めちぎった。

「トム・ハーゲン、あんたの民族に、今おれが語ったことを伝えてやれ。つまり、タリバンは他民族になんの恨みも抱かないと。ドイツ人にもイギリス人にも、アメリカ人に対してですら。国籍が違い、別の信仰を持つがために戦うことは、われわれの関心事ではない。客人としてなら、あんたたちはいつでも歓迎する。占領者としてなら、殺戮の場で会おう！　われわれは大規模な対立の起点に立っている。それを回避できるのか？　おれにはわからない。だが、アッラーの名において、われわれはいかなる侵入者とも戦うであろう。アフガニスタン人であろうと、パキスタン人であろうと、ヨーロッパ人であろうと、侵入者に味方する者と戦う。アフガニスタンがふたたび解放されるまで」

「記事はそのとおりに書こう――」

ハーゲンが言うと、アマヌッラーは満足そうにうなずく。

「――ただし、これから人質について話し合い、彼らの解放のために、なにが必要かを検討するという条件で」

彼はわざと人質という言葉を使った。頼み事に聞こえないよう、横柄な口調でつけ足す。

「そうでなければ、私はなにも書かない」

アマヌッラーとムネエールは目を合わせ、無言の会話をさっと交わした。ハーゲンが、ここでの話し合いを何名の幹部が知っているのかと尋ねる。

するとアマヌッラーは歯磨き粉の宣伝のように白い歯を見せてほほ笑んだ。

「世界はわれわれの理論をよく知っているんだ。トム・ハーゲン、あんたが書く記事は、もう大して重要ではない」

ハーゲンも笑みを返す。

「アマヌッラー、きみの歳を尋ねてもいいかな?」

「二十六」

「その若さで責任を背負っているとは、喜ばしいことだな。私は四十四だ」

ハーゲンは間をおいた。アマヌッラーはかすかに首を垂れる。ハーゲンがなにをほのめかしているのか、当然わかっているのだ。パシュトゥーンワリーと呼ばれるパシュトゥーン人の掟では、年長者に敬意を表することになっている。

「私がこの会合を提案したのは、きみたちに公開討論の場を提供するためだ。アマヌッラー、この戦いはメディアの中で勝ちが決まるということを、きみはよく理解している。きみたちがそれを期待していないのであれば、インタビューには同意しなかったはずだ。だから、私がなにを書こうと、自分にはどうでもいいなどと私に言わないことだ」

アマヌッラーは小さな袋を取りだすと、緑色をした粉をそっと手のひらに振りかけて舐めた。

幻覚誘発煙草。

「ここには煙草もある。タリバンには喫煙は禁じられているが、あんたたちは一服つけてもかまわない」

アマヌッラーは柔和な声で言った。

「われわれが煙草を吸えば、きみたちには迷惑だろう」

おれにテストしようなどと思うな。

アマヌッラーはしばらく沈黙した。口の中で粉を転がしていれば、どういうふうに先を進めればいいのか、その味が教えてくれるらしい。

「あんたは有力紙に記事を書いているのか？」

「そうだ」

「それで、あんたの国の世論に影響をおよぼす力をあんたは持っているというわけだな」

「私には、とりわけ私の国の政府の決定に影響をおよぼす力がある」

「どのくらい？」

ハーゲンは人質のバクタリ、ケラーとデガスのほうに顔を向けた。

「アマヌッラー、きみたちの人質に誰が興味を持っている？　そんな者は一人もいないぞ。そちらの幹部は彼らを欲してはいない。きみたちが要求を突きつけないかぎり、私の国の政府は彼らのことは見て見ぬふりをする。彼らの《癒しのアフガニスタン》はどうでもいい組織なんだ。おまけに人質の一人はアフガニスタン人ときている。気の毒だが、私の同郷人はドイツ人の運命のほうで手いっぱいだ。三人のうち一人でも新聞の見出しを飾らなければ、興味はゼロに等しい。ドイツ政府にとって、事態が今のままであることが肝心なのだ。さらわれたドイツ国民の悲惨な話がメディアに流れるのを、見たいと思う者は一人もいない」

アマヌッラーは手を組んで沈黙している。

「どうして、きみたちは誘拐のことをもっと早くに公表しなかったんだ？」

「なぜだと思う？」

「きみは、これはクエッタ・シューラの案件だと思ったからだ。自分たちが人質の上に座りこんでいるとは、きみたちは夢にも思っていなかったから。ところが、きみたちの幹部はこの案件にかかわるつもりはない。メディアへの影響力が小さすぎる。だから、幹部が考えを変えるまで、きみは待たなければならないんだろ？　さらに悪いことに、きみたちは単独行を禁じられているんじゃなかったか？　するとどうなる？　アマヌッラー、あんたはどうするつもりだ？　この三人を養子にするか？　怒りのほかは三人からなにも得られないまま殺すのか？」

ハーゲンは、ビョルクルンドがしだいに落ち着きをなくすのを目のすみでとらえた。人質たちの顔には緊張が見てとれる。

心配するな。おれは彼らのゲームをしているだけだ。そこにいる男たちは、自分たちのために、われわれがなにかしてくれることを望んでいる。現にこのおれは、気のいいアマヌッラーを、自らジレンマを告白するしかない屈辱から解放してやったのだ。

アマヌッラーは唇をすぼめた。

「信仰者たちの指導者ムッラー・モハンメド・オマルの決定を、アッラーがお守りくださる。クエッタ・シューラはわれわれにとり神聖なものだ。しかし、まだわれわれはなにも禁じられてはいない。おまえたちを通じて、おまえたちの政府にビデオを送ったら、どうなる？」

「そのビデオで誘拐を公表し、要求を突きつけるのか？」

「そうだ」

「わかった、われわれでそうしてやろう。きみたちが金額を言い、ドイツが秘密裡に支払う。あるいは、払わないか。政府では、脅迫は許さないという結論にいたるかもしれないしな」

アマヌッラーは薄笑いを浮かべる。

「衆目なくして圧力はない」

「そういうことだ」

「だが、おまえはそれのためにここに来たんじゃないのか？　衆目を集めるために」

ハーゲンはディクタフォンのスイッチを切った。

「私は、マリアンヌ・デガス、マックス・ケラー、ヴァリド・バクタリを、一夜にしてトップニュースにできる。彼らの顔はドイツ人すべてに知れわたるはずだ。同情の炎を煽り、きみたちには同時に、きみたちの見解を言葉で表わす機会を与えよう。きみたちは、夢見る以上の衆目を集める。きみたちの人質の市場価値は天井知らずだ」

ハーゲンの向かいで、マックス・ケラーが空気を求めて大きくあえいだ。

「それはまた、きみたちのしくじった誘拐を、幹部に再評価させることにもなるぞ。アマヌッラー、きみは名誉を手にする。ムネエールは名誉を手にする！　世論という圧力のせいで、私の政府にはタリバンの要求を最大限呑むしか選択肢はない。この話を、彼らはもう放っておくことはできないんだ」

ヴァリド・バクタリが、そう言うハーゲンを見つめていた。彼の唇は声にならない言葉を形づくる。おまえはおれたちをハッカーニ・ネットワークに追いやるんだなと、言っているかのようだ。

おれを信じてくれ。自分がなにをしているか、おれはわかっている。

アマヌッラーが身を乗りだした。

「市場価値はどのくらい値上がりするんだ？　われわれが要求すれば、おまえの政府は兵士をアフガニスタンから撤退させるのか？」

「アマヌッラー、きみは賢いんだ。訊くまでもないだろ？」

「じゃあ、ほかは？　拘束されている同胞の解放はどうだ？」

「確実だ」

「金は？　どのくらいだ？」

「二、三百万というところだろう。しかし、金は問題じゃない。本当は誰も望んでいない派兵に対するドイツ人の反感を、きみたちはかき立てることになるんだ。撤退を強いることはできないかもしれないが、加速することにはなるぞ！」

ハーゲンはひと息おいて、相手が理解するのを待つ。

「――まさにそれはクエッタ・シューラの戦略ではなかったのか？」

アマヌッラーは知恵を探して鬚をまさぐっている。表情は緩み、柔和ともいえるくらいだ。目に悪意の光は宿っていない。人殺しをしようという人間には見えない。おそらく彼もそんなことは望んでいないのだろう。

それでも、手に負えない状況になれば、おまえはためらいなく、おれの喉を掻き切るはずだ。

あまりに若く……

無数に存在する別の世界であれば、おまえは誘拐などしようと夢にも思わないナイス・ガイだ。頬鬚をすっかり剃ってしまえば、どこのモデル事務所にとっても、おまえは魅力的だ。

踊りにいくことだってできるし、医学も学べ、平和主義者にもなれる。歴史がどこでどう混乱して、おまえは今のおまえになったのだろうか。状況が変われば、おれは何者になるのだろうか。

「あんたの記事が出るまで、どのくらいかかるんだ？」

アマヌッラーに尋ねられて、ハーゲンは考えこむふりをした。自分の淡い鬚をかき乱し、黄色い色をした甘いお茶をひと口飲んで間をおく。

「十日。二週間」

「もっと早くしろ！」

「私のスケジュールに交渉の余地はない」

「おれもだ。一週間、それ以上は一日たりとも待たない。そのときは人質の女を殺す」

アマヌッラーは声をひそめて言った。視線は突きさすように鋭くなっている。

マリアンヌ・デガスが大きな音を立ててしゃくり上げた。ハーゲンはアマヌッラーの視線に表情一つ変えずに答える。

「それはだめだ」

アマヌッラーは眉をひそめた。もはやムードがいつ急変してもおかしくない。けれどもハーゲンは、アマヌッラーに不遜な態度をとらせるわけにはいかない。この先どうなるかは、この部屋にいる者たちに敬意を払わせることができるかどうかにかかっていた。

「もし誰かが死ねば、記事はない」

彼は落ち着いて言った。

アマヌッラーは彼をじっと見つめる。

「じゃあ急ぐことだ。あんたはわれわれの要求を届け、あんたの政府に圧力をかける。とにかく可能なかぎり速やかに。そういう取り決めで」

「だめだ」

ハーゲンは立ち上がるそぶりを見せる。顔を布で覆った者たちの手が武器に伸びる。

「トム……」

ビョルクルンドが小声で言った。

「そこに座ってろ！」

アマヌッラーは右手をあげた。顔の筋肉が怒りで小刻みに引きつっている。ハーゲンは腰を浮かせ背を丸めたままで、命令に従う様子はない。二人はにらみ合い、無言の決闘が続いた。やがて、ふいにアマヌッラーの顔に笑みが戻る。

「さあ、さあどうぞ」

つけ足して言った。

ハーゲンはクッションに腰を落とす。

「誤解を生まないためだ。アマヌッラー、私はきみたちのメッセンジャーではない。なにか差しだせば、その見返りをもらいたいものだ」

「あんたはすでにたくさん手にしてるぞ」

「そうか？　いったいなにを？」

「インタビュー」

「私はなに一つ得てはいない。今、誰が誰を必要としているのか思い出してくれ」

「だったら、あんたの望みはなんだ？」

「人質一名」

アマヌッラーは目を丸くした。口もとが、あざ笑うかのように引きつる。

「今すぐにか？　まあ、もっともだな。われわれでパッキングしようか？　それともおまえが連れてくか？」

「できれば、今すぐに」

「で、誰を？　訊かせてもらえればだが」

西側の国で学んだ皮肉だ。いつしかハーゲンは、自分が相手にしている男は、一時期、海外で過ごしたことがあると確信していた。

彼はマリアンヌ・デガスを指さす。

「彼女を」

「それは無理だとわかってるはずだ」

「私の国では、それできみたちはポイントを稼げるんだがな。きみたちの名声にふさわしいかもしれないぞ」

「あんたの名声にもふさわしいんだろうな」

「確かに」

ハーゲンは認めた。

それまで、まるで蠟型のように固まって座っていたムネエールが、いきなり息を吹きかえし、アマヌッラーの腕をつかむとなにやらささやく。二人はしばらく声をひそめて話をした。

ふたたび目を上げたアマヌッラーは、どこか考えこんでいるようだ。

「あんたは記事を書く。あんたがわれわれに語った効果を、その記事がもたらせば、マリアンヌ・デガスを早い時期に解放しよう」

「きみの言葉を信じていいのか？」

アマヌッラーはうなずく。

「あんたがしくじれば、三人はここで死ぬことになる。それも、おれの言葉を信じていいぞ」

「私は決してしくじりはしない」

アマヌッラーはエメラルド色の瞳で彼を見つめた。笑みがこぼれ、親切で思いやりのある表情に変わる。立ち上がってマックス・ケラーに近寄ると、彼を抱きしめ、同胞にするようにほほ笑みかけた。

「マックス、おまえたちは解放されるぞ」

そう告げられてケラーは死ぬかと思うほど仰天し、誰が自分に身を押しつけているのかおかまいなしに、抱擁し返すところだった。上げた両腕が曲がったまま宙で固まっている。一方、アマヌッラーはことの成り行きを本当に喜んでいるようだ。バクタリの頭を両手で包むと、額に二度口づけした。

「おまえたちはまた家族に会えるぞ！　おれは約束しなかったか？　おまえたちは家に帰れるんだ！」

ムネエールがパシュトゥー語で見張りになにやら言った。部屋に張りつめていた緊張の糸が緩む。突然、全員が話を始めた。行き詰まった状況に脱出口が開けたことを感じ、皆、ほっとしていた。ハーゲンの視線が人質たちにさまよう。彼らも安堵感のほうが勝っていた。マリアンヌ・デガスは泣き腫らした目をしているようだが、笑みを見せ、瞳には新たな希望の光が灯っている。

ヴァリド・バクタリだけが陰気な表情のままだ。

〈彼らは嘘をつくのが好きなのだ〉

アマヌッラーがハーゲンに歩み寄り、親しげに肩に腕をまわす。

「おれたちは、あんたとカメラマンをいつでもここに拉致してこられる。それを忘れるな」

彼は小声でそっと言った。

「きみは、われわれの行動の安全を約束した」

「それは人のする約束だ。明日、おれたちがあんたを行かせるとしたら、それはアッラーの思し召しなのだ。アッラーがあんたをおれたちのところに導いてくれたのだと、おれは信じている。アッラーは、おれたちのことを、あんたが外の世界に語るのを望まれているからだ。

おれたちは皆、アッラーの手の中にあることを忘れるな。同胞のように互いに結びつき、アッラーの崇高な計画の一部として。おれたちはさまざまな側にいるように、あんたには見えるかもしれない。だが、一つの側しか存在しないことに、いつの日にか気づくはずだ」

ハーゲンは彼を見返した。

「で、それがわれわれの側だったら？」

アマヌッラーは物わかりよさそうに首を振る。

「トム、おれたちには勝てないぞ」

「その自信はどこから来るんだ？」

「それは単純なこと。あんたたちは人生を愛している。おれたちは死を愛しているのだ」

彼はにやりと笑った。

一夜が明け、三度の礼拝が終わり、車に四時間半揺られたあと、カメラマンのビョルクルンドがいきなり口走った。

「あのちびの糞野郎は、ぼくらをこけにしてるんだぞ！」

「当然そうだ」

二人を送ってきたアフィーフの青いスバルは土煙の中に消えてしまった。彼らがキャンプのメインゲートに向かって歩いていくと、太陽に焦がされて体の分子がダンスを踊った。一分ごとに気温が上がっていく。信じられないことだが、まだ十一時にもなっていないのに、まるで電子レンジの中にいるようだ。

記憶にあるかぎり、この夏の暑さは最も過酷だと、土地の人々ですら話していた。

ここで過酷でないものとはなんだろうか。

もしかすると、それは暑さなのかもしれないし、毒のある狂気なのかもしれない。少しでも気温が下がり、アクリ・ブール村の農家の息子たちの正気が蒸発しなければ、彼らはバクタリ、デガス、ケラーの三人を解放するかもしれない。

そのときは、おれにストーリーは描くことができず、ドイツ連邦軍がアフガニスタンで平和を強制するのを指をくわえて眺めるしかないのだろう。それは公用語では、いわゆる〝平和強制〟と呼ばれる任務だ。まさにこの文言を、彼らは国連憲章第七章に発見していたのだ。いいだろう、おれはそれでも眺めているしかない。彼らがおれに見せてくれるものを、おとなしく報道し、あとは推測だ。それが、おれの任務だ。

〝世論〟の強制。

だが、《癒しのアフガニスタン》というスクープを懐に入れていれば、おれにはそんなものはどうでもいい。

ハーゲンはこの数時間に起きたことを思い出していた。夜明けとともに、見張り、スパイ、主人、どういう者たちであっても、彼らはファジュルと呼ばれる早朝の祈りを捧げた。前日、日没直後にマグリブという祈りを、就寝前にはイシャという祈りを捧げたように。彼らは献身的にコーランの章を朗唱した。木のベンチあるいは絨毯にひざまずき祈りを捧げる対象が、たとえハーゲン自身にはなくても、心に一瞬の精神の声がこだました。

そこに憎しみはなかった。

「天国で会おう。友よ、インシャラー《アラーの思し召しのままに》」

別れぎわ、アマヌッラーはそう言ってCDを彼に手渡した。

彼を抱きしめた腕に力をこめる。

それから、ハーゲンとビョルクルンドはすっかりなじみになった袋を頭にかぶせられた。手を引かれて家を出ると、ランドクルーザーに詰めこまれる。車には、あのきびきびした〝大丈夫〟が乗っていて、真っ先に水の入った瓶をリアシートにまわしてくれた。子どもたちの姿はほとんど見られない。ロバが一頭、悲しげな別れのいななきを上げただけだった。ふたたび二時間半、がたごとと車に揺られる。運転手は、今日はスピードを上げて走った。このあたりは武装した盗賊だらけだという。もう一方の受け渡し場所は、斜面に農地や村々が階段状に点在するところだ。アフィーフの話では、バグラン州ポレ・ホムリーという町のずっと南らしい。彼はにやりと笑うと、二人の携帯電話をクリスマスプレゼントのように返してくれた。

ハーゲンは小さくなっていくスバルを見送っていた。

「あいつらは絶対に、あの若い女を生かしたまま解放しないな」

ビョルクルンドはうめくように言った。

そのとおりだ。アマヌッラーは彼女をばかだとみなしていた。あの男は、大きすぎる買い物をして、今やクエッタ・シューラを飛び越して取引を試みる、そこらの田舎者ではない。実際には、この件はこう運んでいた――フセインの突然の探りに驚いた幹部たちは、本当にすっかり忘れ去られていた誘拐についてアドバイスするために会議を開いた。そこに、いきなり記者が現われて、中規模のメディア・キャンペーンの見込みを提示した。彼らの最重要《HV》標的《T》戦略において問題となることを、当然、聞き流すわけにはいかない。だから、「いいだろう、一度その男を見てみよう。信用できるようなら、話に乗ろうではないか」ということになったのだ。

そこで幹部たちはアマヌッラーを送りこんだ。

彼は、ムネエールのところで出会った間抜けは、けっこう使える男だとやがてわかったのだろう。すると、もしマリアンヌ・デガスの涙に濡れた目があらゆる新聞の見出しに踊れば……

「あの三人は、ムネエールのところで長いことお茶を飲んだ。山岳地帯に連れていかれ、それでお終い」

ビヨルクルンドが言った。

そのときキャンプの門番が二人を確認し、手を振って通してくれた。

「ぼくらがこの件を放置するかぎりは」

ハーゲンは答えず、考えこんだ。あとになって、ビヨルクルンドの言葉が頭に入ってくる。

「なんの話だった？」

「え？」

「われわれがこの件を放置するとかなんとか聞こえたようだが」

「そうだな。今回は、へまはしなかったということでいいんだろ？」

ビョルクルンドはためらいがちに言った。

「そのようだ」

「つまり、昨日、われわれが会った者たちで、クエッタ・シューラと問題のある者は一人もいない。あれはいまいましいクエッタ・シューラだったんだ！」

「まったくきみの言うとおりだよ」

「でも、ぼくらは違うことを期待していた。クエッタ・シューラは控えめだと言ったよな。見通しがつくまで、誘拐をするつもりはないと。あんたはそう言った！」

「それはビラル・フセインが言ったことだ」

「誰が言おうが同じだ。いずれにせよ、ぼくらはもう手を引いた。まさにそれが、情報だからだ。あんたは、田舎の間抜けどもと交渉を進めようとした。あいつらには、人質が数十万ユーロになり、自分たちの宣伝になるのがうれしいかもしれない。だが、幹部たちは降りると決めたんだ。おい、ぼくらはクエッタ・シューラに手を貸してるんだぞ。そんなはずじゃなかった。ぼくらは、プロの誘拐犯に手を貸してるんだぜ！」

「なにが言いたいんだ？」

「なに一つ公表するなということさ。ぼくらが言いふらさなければ、あいつらは三人を放りだすかもしれない」

「ばかばかしい」

「じゃあ、アマヌッラーは価値のない人質をどうしろと？」

「どうしようもない。儲けにならなければ、彼らを片づけるにちがいない。つまり、こういうことだ」

　ハーゲンは手で首を掻ききるしぐさをした。

「決まったわけじゃない」

「統計を見てみろ。なんの得にもならない人質は、たいてい始末される」

　そうだろうか？　ハーゲンは、そうだと結論した。

「交渉しても、彼らが解放される保証はないんだ」

　ビョルクルンドは食いさがる。

「いや、取引がうまくいけば、そうでもない」

「あの誘拐されたマストロジャーコモのことを忘れたのか。くそ、やつらは彼の部下たちの首をはねたんだ！　しかも、ちゃんと取引はしたのに」

　ビョルクルンドは二本の指を立てて、その先端をはねる手ぶりをした。

　二人は木造家屋に近づいた。熱狂的な人気のある建物だ。板張りのベランダがドイツのシュヴァルツヴァルト地方を連想させ、黄緑色をしたシャワーコンテナや、ロケット弾の避難所、砂袋のバリケードとは対照的だ。兵士が寝泊まりするバラックと比べると、豪華な宿営だった。木造家屋には、政治家をはじめ、あらゆる人種のVIPやジャーナリストが宿泊する。インタビューに同行できなかったインガ・ドルンだけは、北部方面軍司令官の居室がある、さらに快適な参謀用住居に泊まっていた。煉瓦造りの本格的な家屋で、そこなら、安心して一人でシャワーを浴びられる。

その彼女は、今、ハーゲンの部屋のベランダに居座っていた。ヘッドフォンをつけ、アイパッドを手にして南国風のロッキングチェアを揺らし、両脚をベランダの手すりにのせている。

「ここよ！」

彼女は二人を見つけて言った。

飛び上がって、狂ったかのように手を振りまわす。

ハーゲンは立ち止まり、ビョルクルンドの行く手をふさいだ。

「聞いてくれ、ショウは終わったんだ、いいな？　クエッタ・シューラは関係してるが、われわれにはどうでもいい。どのみち私は交渉なんかにするつもりはなかったんだ。昨日の晩、アマヌッラーが登場したあとでは」

「なんだって？　ぼくと同じ考えってことなのか？」

「違う。記事は出る。一週間以内にと言おう。人質たちはすぐに恐れるものはなくなる」

「よくわからないな」

「記事が出る一方で、人質たちにも片がつく」

「片がつく？」

インガが二人の前に進みでた。生意気そうに顎を上げている。

「ちょっとあなたたち」

「おやおや」

「あなたたちにあげるものがあるの」

あら、戻ってきたのね、元気？　どうだった？　というような言葉はない。インガは決してあたりまえなことを言わない人間だった。どうやら二人は無事に戻ってこられた。彼女が見られなかったことを、ハーゲンが説明することになる。彼には都合がよかった。たとえビヨルクルンドが違う考えで、彼女が感受性の足りない人物であっても、そろそろ説明する潮時だ。

「あなたたち二人がいないあいだに、《癒しのアフガニスタン》のことを少しばかり調べたの。びっくりするわよ」

インガは一瞬、子どもっぽく間延びした話し方をした。ハーゲンは考えこんだ。その団体で、まだ自分たちが知らないことがあるのだろうか。両親の金を後ろ盾にした若者たち。ドイツのアーヘンで育ち、そのまま大学にたむろしている。マリアンヌ・デガスはパリジェンヌだが、ドイツが好きでやって来た。ヴァリド・バクタリは数には入らない。《癒しのアフガニスタン》の専属ではなく、ありとあらゆる団体や機関の運転手兼通訳として金を稼いでいるからだ。

「それで？」

インガはハーゲンを励ますよう尋ねた。

「──わたしにまだ教えてくれることがあるんでしょ？」

彼がなにか言おうとするのを、手を広げてさえぎり、

「──マリアンヌ・デガスはフィリップ・デガスの姪なのよ」

ハーゲンは自分の記憶を呼びさます。なにか出てきた。デガス、元内務大臣。しかも任期のあいだに……

くそ。

そうだ、デガス！　フランス国防省の高官だ。タカ派。ミシェル・アリヨ＝マリーが二〇〇七年春まで国防大臣を務めるあいだ、彼女の補佐官だった。今日でもデガスの名前はちょくちょく現われる。軍事作戦の計画と実行が問題となる場合に。

「彼は何週間か前に、なにが起きているのか、外務省でチェックしてるわ──」

インガは音楽専用チャンネルのような声で、

「──マリアンヌが行方不明になった直後のことよ。以来、彼は日に三度、彼らを煩わせている。でも、いったい彼らになにが言えるというの？　彼らはなんにも知らない。わたしたちとは正反対で」

彼女は新たに間をおいて緊張感を演出する。

「その代わりに、昨日、ル・モンド紙が報じたわ」

「なんだって？」

「そうなのよ。彼らは取材したのね。一面よ。まあたいへん、デガスはきっとお怒りよ！　あたり散らしているわ。訴えてやると迫って。なにがなんでも、報道は避けたかったのだから」

当然だ。潜在的な誘拐犯にまねさせないためには。

不可解だった。

価値のないカードである《癒しのアフガニスタン》をメディア用に育てるために、ハーゲンとビヨルクルンドがアマヌッラーの膝に座っているあいだに、ル・モンド紙は一夜にしてそれをやってのけた。そして、ハーゲンの手から取材ノートを取り上げたのだ。今ごろ、この話はドイツに波及しているにちがいない。しかし、一フランス人女性の安否など、それがサルコジ大統領夫人のカルラ・ブルーニでもなければ、そちらでは興味を持つ者はいなかった。ところが、ル・モンド紙の進撃は不快な副作用をもたらすはずだ。ハーゲンなどもう必要ないという結論に、アマヌッラーは達するかもしれない。

われわれはフランスの政治家の姪をかすめとったのだろうか。

アッラーは偉大《アッラーフ・アクバル》なり！

いや、われわれはまずフランス人と交渉しよう！

「あの女にとってはいいことじゃないな。まったくよくない」

ビヨルクルンドは心配そうに首を振った。

「あら、どう見るかによるわ。これまで彼女は何者でもなかった。ムードがぴりぴりとしてきて、みんな嫌気がさしたら、何者でもない彼女はきっと射殺される。ところが、今、彼女は〝ある人物〟になったのよ」

彼女はハーゲンに目をやり、彼の怒りに気がついた。

「トム、あれは最低の報道だった。いよいよ、写真付きの膨らました風船の出番よ」

彼は答えず、下唇を噛んだ。

「ル・モンドなんかくそ食らえ！　あなたたちはなにが心配なの？　インタビューがあるじゃない。〝誘拐犯のインタビュー〟が」

インガは探りを入れるように片方の眉を上げた。

「インタビューしたんでしょ？」

「ああ、やった」

ビヨルクルンドがうなるように言った。

「じゃあ、なにが問題なのよ」

ハーゲンは心の中で呪った。ふたたび手綱を手にしなければならない。すべて手に負えなくなりそうだ。マリアンヌ・デガスの伯父が誰であるかをタリバンが知れば、彼女の状況は厳しくなるだろう。

そんなことになれば、ハーゲン自身も厳しい状況に立たされる。

「トム？　ねえったら！」

彼らはすでに知っているのだろうか。いや、知らない。ジハーディストたちはきわめて有力なコネを持っているが、うれしい知らせが伝わるまで、二、三日はかかるかもしれない。

くそ、くそ、くそ！

タイムスケジュールを変更するしかない。

「ちょっと、トム！　言ってよ。なにが問題なの？」

彼らには一週間も時間はない。せいぜい……

「三日？」

ハーゲンの向かいに座る准将は、ついこのあいだキャンプ・クンドゥーズを引き継いだばかりだ。北部方面軍司令官に任命されてから、危機管理という短期集中コースの一カ月半が過ぎ去っていた。けれども、彼の若々しい顔に刻まれた皺《しわ》の大半は、まだ前向きな経験から生じたものだ。蛇行して流れる小川の干上がった河床のように、日に焼けた顔に刻まれた笑い皺。今、その笑みは准将の顔からすっかり消え去り、笑い方を忘れてしまったかのようだ。

「四日かもしれないし、二日かも」

ハーゲンはミニボトルのキャップをひねって開けた。アップルジュース、コーラやミネラルウォーターのまわりに、きちんと集めておかれたグラスは無視する。

「これは、あなたがたがあれやこれや考えてもしかたないことですよ」

「私の仕事を説明してくれるとは、いやはやご親切に」

「それは失礼。圧力は、状況が生みだすものだから」

ハーゲンはアッラーのかまどにやって来て以来、開発援助ボランティア行方不明事件の新聞記事の切り抜きを持ち歩いていた。今、その切り抜きは司令官の前におかれている。司令官はハーゲンを、死んでいるかに見えても、まだ刺すことができそうな気味の悪い虫であるかのように眺めていた。

「すると、きみは、これらの人間を誘拐した男たちと会い、おしゃべりをして、お茶を飲んだ。男たちがすぐに彼らの荷物をまとめ、人質ともども荷物をパキスタン国境の方角に降ろすという話を、今、きみは私に説明してくれたんだな」

「そのとおりです」

「きみの記事が出ればすぐに」

「クエッタ・シューラが、あの女性の正体を嗅ぎつければすぐに」

「なるほど。ル・モンドか。マリアンヌ・デガス」

ハーゲンは肩をすくめる。

「これからどう進行するか、おわかりでしょう」

「え？　当たりくじを山岳地帯に連れていくということか？　ああ、わかってる。だが、もしかすると彼らはとっくにそこにいるのではないか。ひょっとすると、きみも、山岳地帯に行ってきたんじゃないだろうか」

「われわれは山岳地帯には行ってません」

「なにも見えなかったんだろ。頭に袋をかぶせられて」

「それでもです」

「そのムネエールという男が終点じゃないのか？」

「もはやそうではありません」

准将は目を細めた。自分を若くして出世したふうに見せたいのかもしれないが、ハーゲンは彼の経歴をよく知っていた。大学で教育学を専攻した、非の打ち所がないキャリアの持ち主。彼を誇大評価する人間はいないが、それゆえに一層、彼は自身を誇大評価していた。

「それで、今度はわれわれにその三名を解放させろと？」

「そうです」

「ちょっとした問題が残っているな」

「どのような？」

「確かに彼らはそこにいた。だが、きみはそれがどこだかを知らない」

ハーゲンは口もとを緩めた。胸ポケットからなにやら平板で黒いものを取りだし、相手の前におく。その代物がたとえむしろ不快な方向に発展したのだとしても、彼はこの瞬間を楽しんでいた。

「なんだね？　バッテリーか？」

「ええ、私の録音機用の」

「それで？」

「全部、宿舎においてくるように命じられたんですよ。われわれがタリバンの場所を嗅ぎつけないように。彼らがわれわれに許したのは、ビヨルクルンドのカメラと私のディクタフォン。そのどちらにも鼻を突っこんで、すみずみまで徹底的に調べ、クリーンだとわかるまで、われわれを上から下までひっくり返して調べた。でも、私がサブバッテリーを二つ持っていたことを、彼らは問題ないと思ったんですよ」

准将はそれを指先でつまみ上げた。どういうことか、しだいにわかってきたようだ。

「そこにはソニーの商標があるが、AKG社製のマイクロフォンでしてね。彼らはあらゆるバリエーションのGPS追跡装置を作っている。チョコバー、ライター、鼻毛切り。私は、デジタル・ディクタフォンのバッテリーに見えるGPSのデバイスを積極的に使ってるんですよ」

「ルートを記録したというのか？」

「一メートル刻みに」

准将の口角があがった。

「ムネエールの手下は、われわれをクンドゥーズの西でピックアップし、バルフ州のホルムに向かうルートを進んだ。ごまかし戦術ですよ。道が明らかに悪くなったので、私には西部と北部ではないとわかった。事実、われわれはクンドゥーズの南にいた。道を戻ってクンドゥーズ州のハーナーバードとターロカーンを通過して東に向かった。ターロカーンを過ぎて二十キロほど進むと谷が狭まり、そこに村が――」

「タカファマスト」

「そのとおり。村の東側で車はターロカーン川を渡り、丘を登っていった。ムネエールの家は開けた谷の斜面にうずくまるように建っている。さっきグーグル・アースで見てきたんですよ。衛星写真には色褪せた斑点がいくつか映っているだけだが、あれはもっと大きな農場だったと思う」

「それは、きみの印象と一致するのか？」

「男に女に、子どもに家畜」

准将は沈黙した。エアコンが一匹の蠅と単調な会話を続けている。外では、正午の太陽がクンドゥーズを温めていた。

「実のところ、きみはこの件をどう考えていたのだね？」

「え？」

「そうだね、きみは記事を書くつもりだった。きみが誘拐犯たちから入手したビデオを外務省に届けるつもりだった。ドイツ連邦政府は交渉に乗りだすかもしれない。誘拐犯たちは山中に逃亡するかもしれず、それは同時にきみが避けたい展開そのもの――」

ハーゲンは首を横に振り、

「違います。アマヌッラーが現われ、クエッタ・シューラが加わった瞬間に、なにもかもが変わってしまった。昨夜、私は決めたんですよ。交渉なんかにさせてはいけないと」

「きみが、決めた？」

ハーゲンは准将の皮肉なニュアンスを聞き流す。

「私のプランでは、来週の真ん中くらいに記事を出すつもりだった。それなら、そちらの皆さんに、人質解放の準備が冷静にできる機会を与えられたでしょう。私には、もっと時間があるだろうと思っていたんでね」

「きみは、自分が万物の尺度だと思っていたわけだ」

「今ではル・モンドが万物の尺度ですよ」

「それで、ドイツ連邦政府がわれわれの頼みをにべもなく断わったら、どうするのだね？ 危機対策本部が交渉にかけたら？」

「なぜそんなことをすると？」

准将はふんと鼻を鳴らし、

「なぜ？ ドイツ人兵士が死ぬかもしれない作戦を、ベルリンの連邦政府があえて決行すると、誰がきみに言っているんだね？ この件が、きみの想像とはまったく違うふうに展開するかもしれないと考えたことがあるのかね？」

「考えましたよ」

「なるほど、まさに、きみは自分のストーリーをいいとこ取りしたわけだ」

准将のコメントはハーゲンの耳をかすめていった。彼は二人のあいだの溝の大きさを測ろうと試みる。

「すぐに作戦が決定されなければ、ＧＰＳ追跡装置の座標をフランス政府に渡しますよ——

——」

　彼は雑談するような口調で言った。

「——デガスはタカ派だ。彼の影響力はばかにできない。ドイツ連邦政府がなにもしないでいるあいだに、明日の晩にはフランス版の英雄ヘラクレスがカブールに到着し、国家憲兵隊《ＧＩ》治安介入部隊《ＧＮ》の精鋭五十名が降りてきて、ムネエールの屋敷を打ち壊すのを、司令官は目撃するつもりですか？　マリアンヌがそこにいるのは明らかにわかっているというのに」

「ふむ。なるほど」

「コルシカに駐屯するフランス外人部隊第三十三連隊も、こちらに向けて出発するかもしれませんよ。ドイツのメルケル首相は、どういうシナリオがお好みだと思われます？」

「ここはフランスの管轄ではない」

「そんなことでフランスは押しとどまりませんよ」

　准将は指を開いて左右の指先を突き合わせる。まるで思考回路を閉じるかのように。

「ハーゲン、きみのめざすところはいったいなんだね？」

　ハーゲンは司令官をじっと見つめた。

「私のめざすところ？　あの三人を解放させたい！　ＩＳＡＦのくだらない作戦は、もう充分に犠牲を払った。タリバンは償いを要求している。オーケー、ジョージ・Ｗ・ブッシュの首を銀盆にのせて彼らに送りつけてやろうじゃないか。きっと気に入るぞ！　でも、それまでに、さらに兵士は吹き飛ばされ、誘拐が頻発する。だったら、せめてあの人質たちだけでも、私は助けようと思う」

「それ以上のことは望まないのか？」

「どういうことです？」

「いや……ふむ……見出しとか？」

「ピューリッツァー賞は欲しいですよ。ほかになにがあると！　私は記者なんです。では、司令官は？　そこにあといくつ勲章があればいいんです？」

ハーゲンは相手の胸に顎をしゃくって言った。

准将はテーブルを平手で叩くと、電話をつかむ。

「ポツダムの本部と電話会議の準備をしてくれないか。十分以内に。優先順位一番だ。外務省ともつないでくれ」

電話の相手に命じると、立ち上がって扉に急いだ。ハーゲンを振り返る。

「一緒に来てくれ。私に話したことを、彼らに説明してほしい。だが、脅しはなしだぞ」

「まあ冷静になってくださいよ。ムネエールの座標をすぐにパリに送ることも、私にはできるんですから」

二人は会議室のあるほうに廊下を急いでいた。

「せめて記事の掲載を延期できないものかね？」

「今なんと言われました？」

「当面のあいだだ」

ハーゲンは笑うしかない。

「自分の描いたストーリーを諦めるために、私が責任をすべて自分が引き受けたと思っているんですか？」

「冷静になる必要がある。ル・モンドはあまりにひどい」

「誰がそんなことを？」

「きみが長々と一から説明していたら、お友だちの誘拐犯はその隙に居場所を替えるにちがいない」

「そうですね、それは言いすぎじゃないと思いますよ。しかも、ベルリンの連邦政府は眠れる森の美女みたいに眠りこんでいるし」

「少なくとも一度はチャンスが必要だな」

ハーゲンは准将の前に出て行く手をふさぐ。

「わかりますか！　私はあなたたちの同盟者です。だったら、作戦部隊を背負いこむ前に、一つ教えてください。司令官はゴーサインを手にしたら、どのくらいで作戦を開始できます？」

准将の視線は廊下の先をさまよい、悲しみと同一の扉で止まった。

「今日は月曜だ。そもそも、われわれに権限があるということを仮定すると、アメリカにそれを説明しなければならない。ここには必要な航空機はないし。すべて滞りなくいったとして、われわれが襲撃できるのは木曜日の朝だな」

「わかりました。記事は水曜日に出します」

「木曜」

「駆け引きには応じませんよ」

「私もだ。私の思うようになるなら、すぐに始めよう。だが、私の思うようにはならない。わかってくれるね？　木曜日だ」

「わかりました。そのかわり、人質解放の場には立ち会わせてもらいますよ」

「ハーゲン、どうかしているぞ。われわれが誘拐犯と人質のいる屋敷を暴いたら、きみをヘリコプタに乗せるとでも思っているのか？」

「そんなことはどうでもいい。私はあなたたちに情報をもたらした。私がいなければ、あの三人のガキは今も真っ暗な穴蔵に座ってたんだ。私は立ち会わせてもらいます」

准将は目を丸くした。彼をわきにどける。ハーゲンは准将のあとを追った。二人が行きついた先は、テーブル、壁掛け地図、巨大なモニターがある部屋だ。

「私は見出しにしか興味がないと、司令官は思ってませんか？」

准将はハーゲンをじっと見つめた。

「きみの行動は英雄的だった。だが、生意気なんだよ。いつの日か、へまをしでかすぞ」

「へまなど一つもしでかしてませんよ」

「おや、きみは業界の宵の明星というわけだ」

「私は、まだ一度もへまなどしでかしたことはない」

「いつの日か、と言ったんだが」

「どうでもいいことです」

「きみがくそったれかどうかはわからない。けれど、きみの態度はそういうふうだ」


「ビラル?」

「トム! どこにいるんだ?」

「キャンプに戻った。三時間前だ」

「それなら連絡できただろうに。ひどいな! おれはこっちで心配してたんだぞ。どんなぐあいだ?」

ハーゲンは彼にあらましを語った。マリアンヌ・デガスについて探りだしたことは伏せて。さらに、まさに今、舞台装置が自分たちにとっては最悪の静けさで動きだしたことも。弾をこめた拳銃ほど静かなものはない。

「あんたのコンタクトパーソンとは、今度はいつ話をするんだ?」

「いつでも電話できる」

「そうしてくれ。彼らに伝えてほしい。私はいたく感動してるし、南西部に行ったのだと確信していると」

「じゃあ、本当はどこに行ったんだい?」

罠だ。いや、ビラル・フセインは善良な人間の一人だ。それでも。

「さあね。頭にすっぽり袋をかぶせられていたからな」

ハーゲンはそう言って、ひと息おいた。

「さあ、教えてくれ。私がどこに行ったのか、あんたはとっくに知っているんだろう」

短い沈黙。

「ああ、知ってる」

やっぱりだ。

「アマヌッラーがあそこに現われることも知ってたのか？　とんでもないじゃないか、クエッタ・シューラが人質を買わないのは」

「彼らの指示はそういうことだ」

「それでも、どうやら買うようだが」

「彼らが例外を作るなら、あんたをずいぶん信頼してるということだ。あんたのことはググってるからな」

当然だ。トム・ハーゲンの戦場リポーターとしての名声が裏で糸を引いているのだから。ネットの中でも。

「ビラル、われわれがどこに行ったかは、どうでもいいんだ。少なくとも人質たちはムネエールのところでうまくやってるようだから。あんたは、彼らが当分はあそこに残っていることを確認できるか」

「トム！　本当にそこまでおれの手には負えないんだ」

ビラル・フセインは鋭い声音で言った。

「どうした！　あんたは同胞たちに影響力があるんだろ」

「おれの日当が上がったことを、あんたに話さなかったか？」

「インシャラー」

「オーケー、最善をつくすよ。でも、おれが首を突っこみすぎるのも、よくはないぞ」

「わかってる」

「トム、あんたは彼らの戦略についての解釈を理解してるはずだ。あんたたちヨーロッパ人はみんな、『戦争論』を書いたプロイセンのクラウゼヴィッツみたいな考え方をする。あんたたちは戦略にいつも従わなければならないと感じてるんだ。タリバンは戦略を発展させて、いいときに裏をかけるようにしてる。予測できないことが、彼らの強みなんだ」

「予測できないのは、私自身だ」

フセインはため息をつく。

「あんたには警告したぞ。あんたは火遊びをしようとした。望めば、なにかしらは始められるが、望んで終わりにすることはできないものだ」

じゃあ、くそったれか。

おれがそうなのだろうか。

人を悪く思う者に災いあれ《オニ・ソワ・キ・マル・イ・パンス》。この物語の最後には、きっとあの三人は憔悴しきっているが、幸福な若者たちは毛布にくるまれカメラに囲まれて、トランザール輸送機のギャングウェイを降りてくる。

十人十色。

ビョルクルンドは文句を言った。当然だ。GPS追跡装置を携行することを、彼に黙っていたのだから。話すべきだったのだろう。そのとおりだ。ハーゲンは謝った。ビョルクルンドがまだふてくされているころ、ドイツ連邦情報庁《BND》では、行方不明になっている開発援助ボランティアたちについての乏しい情報と、ハーゲンがもたらした事実との照合を行なっており、危機対策本部が相当な量のコーヒーを消費しながら、解放作戦の許可が下りた場合、作戦を誰が指揮するかという問題を検討していた。ドイツ連邦警察庁の特殊部隊GSG9か、ドイツ連邦軍の特殊部隊KSKか。ドイツ警察かドイツ軍か。緊急対応としてドイツ連邦刑事庁《BKA》の連絡官四名が、ちょうどBNDが職員六名を送りこむついでに、特別機でカブールに派遣された。それは、いわば責任範囲が霧に包まれた中を計器飛行するようなもので、現場に着いてはじめて任務が割りあてられる。

そして、そのあいだにキャンプでは、上等兵が落ちこんだパトロール隊長を元気づけようと冗談を言う。曹長が、軍隊用語で〝先住民の土地〟というタリバン支配地域への計画されていた偵察活動を目前に控え、嫌な予感を押さえこんでいる。少尉は、作戦司令部が墜落しないのが不思議なくらい欠陥だらけの攻撃ヘリコプタを、自分たちに送ってくるのはなぜなのかと自問していた。その一方で、ずっと緊急に必要とする負傷兵輸送用ヘリについて照会すると、アフガニスタンでは装備は最適とはいえないという話を、決して臭わせてはならないという訓戒を受けた。大尉は、事実に尻込みする大臣が、せいぜい自己防衛できるくらいの武器を兵士たちに渡さないかぎり、市民には、安全だという感情を伝えることができないと認識するにいたった。恐怖の嵐がキャンプ・クンドゥーズ上空に集結しているあいだ、ベルリンの政府ではGSG9を派遣しないと決定した。

なぜなのか。彼らが海外作戦に権限を持つところ——ソマリアの首都モガディシュを見てみろ。

そうだ、確かにKSKは現場にいて、国と国民のことを知っており、必要とする物流に頼ることができる。さらにアフガニスタンは、まあ、紛争地域だ。

そこでなにかがおかしいと言うものは誰もいない。

山中では、若い男たちがカラシニコフの手入れをしている。女には見せない優しさをこめ、神の名を連発して。農夫たちはやる気のない顔をしてケシ畑にしゃがみこみ、自分たちには不親切な太陽が沈むのを眺めている。カブールのブロガーは、ちらつく明かりの下で、近代的なアフガニスタンの似顔絵を描いている。そのほど近くでは、年端もいかない少女が拷問されている。自分を犯す男のもとから逃げだしたがために。アフガニスタン人の女子大生がツイッターを世界に向けて投稿している。〈わたしは祖国を愛しています。存在するかもしれない国を。お願い、わたしたちをひとりぼっちにしないで!〉一等兵が母親にメールを送った。〈あいつらは、ぼくたちを殺す気だ。うちに帰りたいよ〉そのあいだに、BNDの男たちが到着し、アドレナリンの波に乗りながら、ハーゲンを問い詰めるのだった。まるで凶悪犯扱いで。

目前に迫った作戦についてひと言でも口外したら、おまえを容赦しない。おまえに天罰が下る。人質の居場所を誰であろうと教えようとして息を吸っただけでも、おまえに地獄の恐怖を味わわせてやる。

しかし、ハーゲンはそんな脅しには慣れており、彼らがどこに圧力をかけているのか教えてやった。彼の新聞は、文書であれ、留守番電話であれ、面と向かってであれ、代表たちを脅した者を、これまですべて屈服させてきたと言って。

「くそったれ呼ばわりしたことは申しわけない」

月明かりを浴びるキャンプ・クンドゥーズは、まるでレゴ・ブロックで作ったおとぎの国のようだ。大人の男たちの手で並べられた、玩具の兵隊をいっぱいに詰めこんだブロック。ハーゲンは彼らからようやく解放されて、ベランダに座り、膝にのせたノートパソコンに記事を打ちこんでいるところだ。目を上げると、准将が立っていた。手にした缶ビールの一缶をハーゲンに手渡すと、両肘を手すりにおいた。

「昔、風刺作家のトゥホルスキが、われわれのことをなんと言ったか知ってるか？」

「兵士は殺人犯だ？」

准将はうなずく。

「もうめったにそんなことは耳にしないが、こういう時代ではそれも驚きだよ」

ハーゲンがプルトップを引っぱると、缶ビールがしゅっと音をたてた。

「あなた方は遠すぎるところに行ってしまった」

「たぶん、そうだな。それでも、われわれは相変わらず茶番につきまとわれている。きみたちが見出しのために魂を売り渡すほど、きみの同業者も茶番につきまとわれているのと同じだ」

「みんな見出しが好きなんですよ」

「だが、自分の動機を疑う代わりに、ニュースをもたらした者の動機を疑問視することを好むものだ。先入観に対しては、われわれはなにもできない。それを自分たちにうまくはめこめるだけだな」

ハーゲンは笑った。

「私もまったくそうしたいですよ」

「本当に？」

「私にとって初の海外取材はガザ地区だった。ジャバリヤ難民キャンプ、一九八〇年代の終わり。私は二十三で、以来、どこかで戦争が起これば、大地が揺れれば、津波が陸を駆け上がれば、私がわが家にとどまることはなかった。私は糞の中を転げまわった。その私がいまだに先入観に心を揺さぶられていると、本気で思ってるんですか？」

「理由を尋ねてもいいかな？」

「なんの理由？」

「なぜ、そんなことをするんだね？」

「それが私の仕事だから」

「ほかのことを報道してもいいじゃないか。もっと素晴らしいことを」

ハーゲンはビールを喉に流しこんだ。

「じゃあ、あなたは？」

「なぜ私がここに来たかと？」

「そうです。ポツダムの本部でのんびりしてればいいのに？　黒焦げになった偵察装甲車から脚をなくした兵士が引っ張りだされるのを、どうしてあなたは眺めていたいんですか？」

「そういうことを阻みたい。それが、私の仕事だ」

虫の羽音や鳴き声が、暗号メッセージのように夜の闇に響いている。われわれよりよほど雄弁だと、ハーゲンは思った。

ビールを飲む二人。相互理解の奇妙な芝居。

「一九九八年九月。コソボ、ゴルニェ・オブリニェ。思いあたる節は？」

准将は考えこんだ。

「大虐殺があった村だと思う」

「セルビア人民兵がデリニャイ氏族の半分を惨殺した。森に追いこみ、射殺し、遺体をばらばらにした。一人、生き残った女性がいる。家は焼け落ち、家族は死んだ。兄弟、子どもたち、全員が虐殺され、彼女は何度もレイプされた。父親だけはまだ生きていた。というか、彼の中にあるなにかがまだ生きていた。私が彼女に会ったとき、すでに彼女は父親をかなりの距離運んで、家の炎の犠牲にならなかったわずかな部分にしつらえたベッドに寝かせていた。当時、私がどう思ったかわかりますか？」

准将は答えない。

「なぜ彼女は自殺しないのだろうと思ったんですよ。なんのために、彼女は生きつづけるのだろうか。老いた父親のため？」

ハーゲンは間をおいた。薄暗い部屋が目に浮かぶ。外から漂ってくる焦げた臭いを嗅いだ。炭になった土、炭になった肉の臭い。決して鼻から消えない臭い。

「けれども彼女は、惨めな小屋の中に身を守るところをこしらえようとした。蠟燭を灯し——なんてことだ、蠟燭を見つけたんですよ。それから彼女は、この先も歩きつづけるしかないと話してくれた。わかりますか？　彼女は生きつづけると語ったんだ！　そして、私はそのとおりだと思った。それでよし！　運命に、たとえどんなに残酷にもてあそばれても、生きつづける誰かがいつもそこにいる。わずかに残った希望と生きのびる意志に駆り立てられて。彼女が生きつづけるのは、豚野郎が誰なのかを示すためだ——おまえたちは、わたしたちを打ちのめす。おまえたちは、なにもかも踏みつぶすことができる。けれど、わたしたちに残されたほんのわずかな尊厳は、おまえたちの手には入らない。決して入らない！」

ハーゲンは准将をじっと見つめた。

「だから私はこういう場所にやって来る。毎回、失うものより得るもののほうが多いから。私を待ち受けているのは、死というストーリーじゃない。死とは、すぐに飽きられてしまうもの。そこにあるのは生きるというストーリーだ。そして、私はそれを語るのがうまいんだ」

准将は缶ビールを手の中でもてあそんでいる。

「じゃあ、きみは、そのためにどのくらいのものを犠牲にできるんだね？」

「なにもかも」

沈黙が生まれた。嫌な沈黙ではない。二人の共通点という在庫を使い果たしてしまっただけのようだった。

結局、准将が口を開く。

「私には、必要なステップをとる権限が与えられている。連邦軍特殊部隊《KSK》の作戦チームは独立して行動し、アメリカの空軍特殊作戦コマンドが参加する。無人機ドローンが、ムネエールの屋敷の写真を撮った。だから様子はわかっている。想定外の事態が起きなければ、人質は、木曜の朝、夜明け前に、われわれが連れだす」

そう言って間をおいた。

「きみの記事が出る日だ」

「よかった。それはいい」

「そのほかのことは、きみにはおもしろくないのではないかと思って」

「え？」

「解放作戦は、きみ抜きで進行する」

ハーゲンは首を振って、

「ちょっと待ってくださいよ。われわれは——」

「すまないね」

准将が手に持った缶をつぶすと、嫌な音が上がった。

「われわれが突入するとき、きみが立ち会うことはない」


立ち会うことはない！

怒り心頭に発して部屋の中を大股で行ったり来たりする。煮えたぎるような蒸し暑さ！

午前四時。朝の四時だというのに、どうしてこんなに暑いんだ。とんでもない土地だ！　日中は、まるで低温グリルで煮こまれている感じだが、夜は、たいてい涼しい。なのに、どうして今年の夏は涼しくないのだろうか。

「私がいなければ、彼らはなにもわからないんだぞ！　全然わからない！」

「あなたがいなければ、一つ問題が減るんじゃないの」

裸のインガは影のように彼のベッドに横たわっている。月の光は背中の窪みに溶けこんで、尻の頬できらめき、湿気の薄い膜が彼女の体を覆っていた。

ハーゲンは足を止め、彼女のわきに身を投げた。もっとあると思っていた時間が過ぎていくのを感じる。時間は大粒の真珠のように、彼の毛穴から外に出てきて、べたべたした跡を残して頭蓋とこめかみを伝わり、肩と腰を流れ落ちて、太腿が彼の卵を温めるところに集まる。腋の下や尻の切れ目に一旦溜まり、流れ流れてシーツの染みとなる。

彼は時間の中を泳いでいるが、その時間はあまりに少ない。

「あいつら本当はなにを考えてるんだ？ いったい何様なんだ？ われわれはあそこに行って、無事に帰ってきた。なんというばかげたことをほざくんだ？ われわれを連れていくのは危険すぎるだって？」

ハーゲンは小声で言った。

「あなたは彼らの作戦の目障りだったのよ。彼らがあなたのことを好きになるとでも思ってるの？」

「私には敬意を払うべきだ」

「そんなことは諦めなさいよ。あなたは役者に合図を送るだけのプロンプターであって、主役じゃないんだから」

「人質の居場所を嗅ぎつけたのは、この私だぞ」

「そうね。でも、あなたはびっくりするような記事を書くんでしょ。みんな、あなたにいつまでも感謝するわ。編集部なんか、きっとあなたに木の祭壇を彫ってくれる。人質はあなたの首に抱きつくだろうし。すごい、なにもかも独占よ！ 立ち会うことが、そんなに重要なわけ?」

「これは私のストーリーなんだ。だから、私が立ち会わなければ、ストーリーは始まらない」

イン〈ガは両腕で支えて上体を起こすと、ハーゲンをしげしげと眺めた。

「違う。あなたは恐れてるのよ。自分が立ち会わないと、あなた自身が存在しないんじゃないかって」

「それは私の権利なんだ!」

「権利をうんぬんするのは法律家でしょ」

彼女は仰向けに転がった。月明かりが、ぴんと張ったバストや腹筋、太腿を照らし、腰骨の上で踊っている。

「トムちゃん、わたしの言ってることがわからないの? あなたは、あなた抜きでパーティが盛り上がるのに耐えられないだけ。それも、彼らがあなたを連れていかないということのほうが、自分でパーティに行き損なうより、もっと耐えられないのよ」

彼は不服そうにうめく。

インガはけらけらと笑った。彼に這いよる。二人の汗が混ざり合い、彼女は爬虫類のように彼の上に乗った。彼の唇に吸いつく。蛇女のキス。彼はペニスが硬くなるのを感じた。自分の怒りとは相反して。おれのペニス、裏切り者め。

「いいわよ、そろそろ」

インガはささやいた。

彼にまたがる。

ハーゲンはうぅっと声を上げた。彼は自分のそういう声を耳にするのが嫌だった。まるで豚のようだ。下半身はさらに熱くなっていく。

「卑怯なやつらめ。くそったれ」

彼女の腰をつかんでつぶやいた。

「そんなに大事なことなら、行けばいいじゃない」

いきなり彼は彼女の中に入っていた。彼女から分離して、独自の人生を送っているかのようなヴァギナの脈動に、彼はやさしく包まれている。いつもなら、こんなときになにか考えることなどできない。せいぜい思い浮かべるのは、自分が編集部のあつかましい女どもを好きになりはじめていることくらいだ。そうでなければ、自分がまだほかに誰と寝てるか彼女に見つかりはしないかと、びくびくする理由はない。骨張ったアシスタント嬢や社会部のレポーター女史。十人十色で、それぞれみんな違う。だからゴシップ欄と呼ばれるのだろうか。ところが、そうする代わりに自分が言うのを聞いた。

自分の人生に秩序を取り戻したほうがいいし、今は、下半身に指揮権を委ねるべきだ。

「きみはどう思う？」

「そうね……」

インガは骨盤を回転させはじめた。

「……いつ盛り上がるかわかってるんでしょ……」

息づかいが乱れる。

「……盛り上がったら……」

そのとおりだ！　おれは全部知ってるんだ。ヘリが着くときに、あそこに行ってるしかない。

もちろん行くぞ！

「さあ」

「待って……そんなに急がないで……」

「一緒に行くぞ」

「あっあん？」

「きみの言うとおりだ！　われわれはあそこに行く！　一秒たりとも遅れずに」

「われわれ？」

インガは彼に覆いかぶさった。顔から生温かい汗の玉が滴り、彼の胸で弾ける。

「トム、冗談で言ったのよ」

「いや、すごいアイデアだ」

「あなた、本気であそこに？」

「われわれだ！　きみとクリステと、この私」

彼女は彼を見つめた。ぐったりとして、彼から滑りおりる。

「編集部をなんとかできると思ってるの？」

彼の怒りが煙草の煙の輪のように霧散した。

「今日まで、全部切り抜けてきたんだ。それに、なんと今度はきみも一緒だ。それは私がはっきりさせる。約束するよ」

彼女は口をつぐんだ。大きく息を吸う。

「よくわからない……」

彼は聞き違えたと思った。

「どういうことだ？　昨日は一緒に行けなくて、気も狂わんばかりだったじゃないか。しかも、そっちのほうがずっと危険だった。今度は、便利な隠れ場所を見つければいいだけだ」

彼女は答えない。ハーゲンの頭にしらけた疑いが忍び寄った。そこに寝そべっているのは、ほら吹き女なのか。大口を叩く小心者？　一緒に行く、一緒に行く！　彼女の言う声がまだ耳に響いている。なぜだ？　ハンブルクの編集部が彼女の同行を許さないとわかっていたからなのか。禁止という庇護のもとなら、違反したいと、気楽に主張できるものだ。

「一緒に行きたいんだろ？」

彼は尋ねた。

声に失望の響きがあったにちがいない。インガは彼の耳を嚙み、あまりに早くぼろをだした――

「ばかなこと訊かないでよ」

丘の頂には、まるでイグアナのように身じろぎひとつせず、スナイパー二名がストイックな期待に満ちて配置についていた。

彼らは作戦プランに何千回も目を通した。隔離された場所を探し、目前に迫る任務を瞑想し、装備を準備する。狙撃銃、擲弾銃、風速計、コンパス、無線機、赤外線フィルター付ヘッドランプ、サーマル暗視スコープ。周辺地図を軍服に縫いつけ、アメリカのドル紙幣、ひと握りの純金粒と、アフガニスタンの方言で〈この兵士を最寄りの大使館に連れてきた者には千ドルが与えられる〉と書かれたメモを携行する。襲撃された場合に備えてだが、そんなことは想定していない。

スナイパーは幽霊だ。

二日前の夜、タハール州の無人地帯に、ヘリコプタが二人を降ろした。このあたりの尾根はまだそれほど立派なものではない。大海原の波のように、ターロカーン＝デルタの両側には岩棚が積み重なっている。二つに分割された岩石の海はしだいに狭まっていき、タカファマストの町の東で針の穴ほどの幅になる。二人は谷を二つ、尾根を二つ越えなければならなかった。闇の中、痕跡を残さずに。自分の排泄物すら残さない。牧童の連れている犬が人間の排泄物を掘りだして警告を発し、ムジャヒディンが二人を狩りだすかもしれない。一夜のうちに二人は目標地点に匍匐前進し、山の稜線で配置についた。それからの二十四時間、そこで監視を行ない、監視報告を暗号にしてクンドゥーズの作戦本部に無線で送るためだ。住人の数。老人、若者、女性、子ども、犬は？　武装している者の人数、武器の数。見張りの交替はいつなのか。

しかし、とりわけ肝心なこと。

人質はどこにいるのか。

二人のわずか八十メートル下の山腹に、ムネエールの屋敷がある。兵士たちがいうところの収容所だ。昼間は土色と白色の光景も今は影の集まりで、夜、暗視ゴーグルを通して見ると、グリーンの輪郭が浮かび上がる。二階建ての母屋は敷地の北側の境界となっていて、隣接する二棟はそれぞれ別の方向に向いている。山の斜面には上に向かって幾層にも小屋が並んでいるが、山羊や乳牛、鶏の小屋だ。施設の中心は井戸のある広場になっている。施設全体を市壁のような土壁がぐるりと囲んでいた。典型的な部族社会で、部族以外の者は客か敵しか存在しない。

鷲の巣にひそむスナイパーは、昼間の動きの中で、食べ物を入れた深皿が小屋の一つに運ばれることに気がついた。カラシニコフを持った若い男たちがそれを持って入っていくが、家畜に餌をやる様子ではまったくない。マックス・ケラー、マリアンヌ・デガス、ヴァリド・バクタリの三人がそこで囚われの身になっているのは明らかだった。女性や子どもも姿を現わし、牧童が家畜を谷に駆り立てていき、農夫が収穫に出かけ、武装した者たちがパトロールを交替した。

それから夕べの祈り、日が暮れて、夜が来る。

今、収容所は見捨てられたかのようにそこにあった。

スナイパーの光電子増倍管を内蔵するスコープには、武器を持った見張り二名が映しだされている。髭面で、土地の者と同じ服を着ていた。ムネエールの部族の者なのか、タリバンなのか判断するのは困難だ。タリバンはターバンを好むが、ここではパコールと呼ばれる帽子をかぶっている。見張りの視線は繰り返し斜面をさまよった。彼らにはほとんどなにも見えないだろう。スナイパーたちとは違って、ナイトスコープが不足しているから、山の稜線のスナイパーは見えない。二人は積み重なった岩の一つになったようだ。完璧な擬装だった。見張りには見ることができない。

ハーゲン、ビョルクルンド、インガの三人にも見ることができない。

もっとも、ハーゲンはスナイパーの巣のことを知っている点が違うのだが。

三人の頭上のどこかに、彼らはいるはずだ。襲撃の瞬間まで、最新情報を作戦本部に伝えるために。

彼は岩に体を押しつけ、尾根の黒い稜線に目を凝らした。わずかに白みはじめた東の空が星々を呑みこもうとしている。頭上の星は青白く輝くネオンの月のきらめく宮廷のようだ。その青白い光の中に、平原や収容所は溶けこんでいる。

彼が准将の参謀本部で爆弾を爆発させたのと同じ日の夕方、ドイツはアメリカ空軍特殊作戦部隊のプレデター無人機を譲り受けた。さらなる期待をこめた要請が、ＩＳＡＦの最高司令官の執務机にひらひらと送られた。すると最高司令官は長いことは躊躇せず、メモ用紙に記された要請をサンタクロースのように片づけた。おかげで、これからの数時間、作戦が急激にうまくいかなくなった場合に備えて、武装ヘリ・スペクトルが近接航空支援のために、かなりの高空を密かに旋回している。作戦そのものには、襲撃チームを詰めこんだ大型輸送ヘリコプタ・チヌーク数機、アパッチ攻撃ヘリ二機、救援用にブラックホーク一機が待機している。ドイツは兵士を、アメリカはハードウェアを提供した。

すべては、三人の若者を農場から救出するためだ。

それでも出費は必要だった。奇襲攻撃でなければならない。青天の霹靂《へきれき》ということわざどおりに。あっという間に成功するか、失敗するかのどちらかだ。

そして、あらゆる問題が議論される。

結局、彼らはハーゲンに無人機ドローンの写真を見せざるをえなかった。ドイツ連邦情報庁《BND》の若造たちは、ハーゲンをあらゆる会議から遠ざけ、シャワーコンテナで顔でも洗っていてくれたほうがいいと思っていたのだが。軍高官、アフガニスタン政府、とりわけドイツのメルケル首相が危険なほど早く決定を下さざるをえなかったと、彼らは言って、ハーゲンの感情をいたく害したのだった。彼らの目にハーゲンは、自分たちの前から気高い人生を追い立てようとするクロバエに映るのだろう。情けないことに、彼らはハーゲンが記事を公表することを禁じられなかった。禁止できるかもしれないが、憲法上、おそらく不可能なのだろう。そこで、彼をアドバイザーとして受け入れた。現場について彼の記憶と照合するために、偵察機の撮影した映像を彼がしげしげと眺める様子を、歯嚙みしながら見ているしかなかったのだ。

ハーゲンは、それらをつぶさに観察していた。

そのさいに気づいたことがある。山の稜線のすぐ下に断層があり、切り通しの道にも見える、自然にできた細長い窪みになっているのだ。作戦本部の戦略家は、それにはほとんど関心を示さなかった。ムネエールの手下やタリバンは〝収容所〟に戦力を集中させているはずだ。〝収容所〟の特別な状況にとって決定的なことのほうに、彼らはずっと関心があるようだった。そこは敷地から塀で縁どりされた道が五十メートルほど斜面の上方に通じており、山腹には洞穴が口を開けていた。アフガニスタンの山岳地帯に洞穴はめずらしいものではなく、食糧倉庫、武器庫、隠れ家として使われている。この洞穴の場合、スナイパーが監視場所から中を覗きこめないことが問題だった。そのために監視場所の代替案が討議された。けれども、結局、稜線が最良の場所だとわかり、初めのプランどおりになった。少なくともそこからスナイパーは、誰がその道を利用し、なにを運び、いつやって来て、いつ帰るのかは観察することができる。

稜線の下にある断層も、スナイパーには見えないという事実を、気にする者はいなかった。

そこまで登ってきて、うろつきたい者などいるはずがない。

ハーゲンにすれば、それは宝くじの当たり券だった。

前日の晩、ハーゲンは、高度ではない仕事をよく依頼する、北部アフガニスタンのコーディネーターに、タカファマストの町の少し先まで、三人を車で運ばせることにした。収穫を終えた畑が点在する無人地帯だ。三人ともサルワールカミーズという民族衣装に身を包んでいた。インガはサングラスをかけ、顔をスカーフで覆い、髪はパコール帽の中にまとめて押しこんでいる。アフガニスタンの男性が着る民族衣装の利点は、彼女のようなスタイル抜群の女性でも、それを着れば男に化けられることだ。

彼らは二度、車を止められた。

チェックポイント。アフガニスタン警察。

ハーゲンはパスポートと記者証を用意していたが、最初の検問は問題なく通過した。警官は車内を覗きもせずに、手を振って車を行かせたのだ。次の検問では、ハンドルを握るコーディネーターが落ち着きをなくすのがわかった。道はバリケードで封鎖されている。少年二人が自分たちのバイクに寄りかかって話をしていた。こちらの車が近づくと、二人は興味深そうに振り向く。ハーゲンは、日が暮れると勇敢な警官は安全な署に逃げ帰り、そのあいだ地場のタリバンがチェックポイントを引き継ぐことを知っていた。さらに、タリバンはバイクを好む。そもそもバイクは、リクルートされたてのムジャヒディンに贈られる最初のものだ。それに乗ってがたがたと走れば、まるで自分が神の惨劇と呼ばれたアッティラ王であるかに感じさせてくれるマシンだった。

そのとき、警察のジープが岩棚の陰に駐車しているのが見えた。そこから警官たちが彼らのほうにやって来る。手はピストルのグリップに軽くおかれていた。一人が車内に頭を突っこみ、一人ずつじろじろと眺めていった。ハーゲンの証明書を吟味し、リアシートのインガとビョルクルンドを指さした。

コーディネーター兼運転手がなにやらパシュトゥー語で説明する。

警官はそれに手ぶりで応じた。

「どうかしたのか？」

「彼、怒ってる。めちゃくちゃ怒ってる」

手配師がくだけたもの言いでハーゲンの問いに答えた。

「どうして？」

「こんな遅く、まだ働いてるから。ひどく危ない。稼ぎは少ない」

ハーゲンは、バイクの少年二人を横目でじっと見つめた。短い顎鬚にパコール帽。実のところタリバンには見えない。その瞬間、二人はバイクにまたがり、警官たちに手を振ると、反対方向に猛スピードで走り去った。

「彼は稼ぎが少なすぎると言うんだな？」

「そう」

ハーゲンは制服警官ににこやかな顔でうなずきかける。

「じゃあ、われわれが、少しばかり彼の助けになれるかどうか訊いてくれ」

コーディネーターが通訳する。

警官は笑った。うなずく。

紙幣の所有者が変わった。

そうして彼らの車はふたたび走りだした。タカファマストの方角に。

「わたしに男装させるのは、ほんと最高のアイデアだった。天才的な作戦」

リアシートからインガが小ばかにしたように言った。

「どうして?」

「どうして? 警官がわたしの顔を見ようとしたらどうする気だったの?」

インガはハーゲンの口調を猿まねして言った。

ビョルクルンドが新しいバッテリーを小型カメラにぱちんとはめる。

「あいつにその気はなかった。あいつが見たい顔は一つだけ。ジョージ・ワシントンだけさ」

世界中から無条件で親近感を集める、アメリカでは唯一の大統領だ。

それを止められる者は一人もいない。

車がタカファマストの畑を過ぎると、ハーゲンはコーディネーターに、ターロカーン川に架かる小さな橋を渡るよう指示した。いつしかあたりは漆黒の闇になっている。遠くに町の明かりがちらほら輝くのが見えた。その数は多くない。塀に囲まれて暮らしているところでは、人を誘うような灯火ではなかった。

車が停まると、彼らは降りた。ハーゲンが運転席に身をかがめる。

「あんたはタカファマストで泊まれるのか？」

コーディネーターは肩をすくめ、

「たぶん。ひょっとするとターロカーンで」

「午前中に電話するよ。またここで、われわれを拾ってくれ。いいな？　ここだぞ」

ハーゲンは紙幣を二枚握らせて念を押した。

コーディネーターは車をUターンさせる。ハーゲンは車が去っていくのを見送った。六気筒エンジンのたてる音がすっかり消えても、テールランプは闇の中の光点になって自己主張を続けている。

やがて、それも消えた。

「暗視ゴーグルをだせ」

彼らの頭上では、山裾が黒いシルエットとなり空に向かってせり上がっていた。ハーゲンはゴーグルを額に押しつけ、後頭部にまわした紐を引く。すぐさま薄気味悪いグリーンの中に、あらゆるものが鮮明に映しだされた。

「慌てなくてもいい。基本的に、ここは簡単な地形だ。中程度の勾配に、やさしい稜線。それでも、ゆっくりと登るぞ。腹這いになって」

ハーゲンは二人に説明した。

インガは小首を傾げる。

「で、わたしたちのお腹をどこに持っていきたいわけ？」

「あの頂上が稜線の始まりだ。見えるか？　スナイパーは右手のちょっと下にいるから、われわれはそこで茂みに入る。カーブを曲がったら、すぐに尾根が始まるんだ」

「どこまで近づくつもりだ？」

ビヨルクルンドが尋ねた。

「大丈夫なところまで」

「見られたらどうするんだ？」

「ばかばかしい、彼らには見えないんだ。スナイパーの位置は――」

「スナイパーのことを言ってるんじゃないぞ」

ハーゲンはふんと鼻を鳴らし、

「あいつらには絶対見えない。ヘルマンド州じゃ、暗視装置なんか持ってなかったじゃないか。ほかに質問は？」

二人は首を振った。テレスコープ型のゴーグルを装着し、リュックサックを肩に、パシュトゥーンの民族衣装を着たエイリアン。

三人は山を登りはじめた。

最初の数メートルは楽だった。ハーゲンが言ったように、腹這いの散歩だ。

やがて斜面が悪意をさらけだす。

わずか数分後には、三人はとてつもない注意を払わなければならなくなった。手や前腕が、尖った小石やスチールウールのような植物のせいで擦り傷だらけになる。滑り落ちないよう、畝や岩の隙間で体を突っ張る。ふいに斜面が急になり、支えを探す。つまずくと、小石がはがれ、明らかに谷にぱらぱらと落ちていく。

「しーっ！」

「うまいぞ！」

やさしい稜線なんて、とんでもない。一時間以上かかって、三人は頂上に着いた。ハーゲンは、地形を間違って判断していたと白状するしかなかった。同じだ、どうせやるしかないのだから。そこで、できるかぎりそっと、つまり、さらにテンポを落とす。三人はもっとゆっくり前進した。

それがどうしたというんだ。時間はこっちの側にある。

ついにカーブに到達すると、岩が風化して足もとは平らになった。わずかばかりの苔が岩にしがみついているだけだ。斜面をまわりこむと、目の前に尾根が延びていた。かなり先、下の谷に〝収容所〟の輪郭が見える。

ハーゲンは鼓動が早鐘のように打つのを感じた。まもなくそこで始まるであろうことを想像する。インガも同じ空想を膨らませているようだ。

「始まったわ」

彼女は小声で言った。

ビヨルクルンドがカメラを構える。一枚目の写真を撮った。しっかりした手つき、遅いシャッタースピード。インガはハンディカムのディスプレイを開いた。彼女とハーゲンが動画を担当する。のちに映画にもすることになるだろう。彼はポーズをとった。山々のパノラマと〝収容所〟を背景にして。インガがサインをだし、撮影が始まる。彼は顔が見えるよう暗視ゴーグルを額にずらすと、二言三言ささやいた。

「今、到着しました……まもなくここで……」

というように。

尾根は、ドローンの撮った映像から推測されたほど、支点を提供してはいなかった。山道ほどの幅のところもたまにあるが、いきなり平らな足もとがなくなり、おまけに険しさもさらに増した。カタツムリのように遅々として進まない。スピードを上げようとしても無理だった。滑り落ちる危険を懐に抱えたまま、一メートル、また一メートルと制圧していくしかなかったのだ。

少なくとも彼らは音はたてない。

狭い尾根だ。ハーゲンは思った。

おれが何年も前から歩きつづける狭い尾根。けれど、いつでも後ろ盾はあった。

今は、それがない。

「絶対にだめだ!」

編集長。一昨日、ハンブルクの編集部に相談したときのこと。

その話は頭から締めだしてしまえ。ハーゲンは尾根を手探りで前進しながら、そう思った。ところが、そのときの会話が頭の中に一語一語鮮明に蘇ってくる。まるで高いところにある力が、取材を断念する最後の機会を今ここで自分に与えようとしているかのようだ。

「どうしたんです、編集長は私のことをよく知ってるじゃないですか」

「おまえさんのことをよく知っているからこそだ」

「私がプロとしてやってるということは、編集長もわかってるでしょう」

「だめだ」

「勘弁してくださいよ！　どうかしたんですか？　クリステと人質のところに行ったときは、編集長もとやかく言わなかった」

「あれは純粋にジャーナリストのやることだった。自己責任で」

「そんなばかな。じゃあ、今度のはなんです？」

「軍事作戦だ。考えられうるすべての当事者が切り札を持っているんだぞ。しかも、彼らはおまえさんの同行を禁じた」

「待ってください！　われわれを連れていくつもりはないと言ったんだ」

「そこにいてもらいたくないんだよ」

「そのどこに違いがあるんです？」

「私は中国語でもしゃべっているのか？　わからないのか？　おまえさんたちはそこに行くべきじゃない」

「でも、そういうわけにはいかない。われわれが行くのを禁じることなど、誰にもできない――」

「トム！　ドイツ連邦軍に喧嘩を売るわけにはいかないんだ。連邦情報庁《BND》にも、連邦首相府にも、アメリカ人にも。おまえさんたちはそこに残れ。いいな？　出し物が終わったら、人質の独占取材をする。それでみんなハッピーだ」

「ふん」

「ふん、とか言うな。私がおまえさんなら、そこには行かないと言うぞ」

「ああ、くだらない」

「でなきゃ、次のフライトで戻ってくるんだ」

「オーケー」

「約束しろ」

「はい、はい」

「あっちには行きませんと言うんだ。この私、トム・ハーゲンはあそこには行きません、と」

彼は約束した。

しかし、約束するとは、いったいどういう意味なんだ。約束を守ることなど、常軌を逸している。完全に狂っている。いったいこのおれは誰だ？　人にあれやこれや命令できる、どこかのくそったれなのか？　違う、おれはトム・ハーゲン。ドイツ一の、経験を積んだジャーナリストなんだぞ。おれのルポルタージュは純金だ、ばか野郎。編集部のやつらも取材資料を目にすれば、きっとおとなしくなるはずだ。

尾根の幅が広がった。

〝収容所〟が近づく。

ようやく見張りの姿があるのがわかった。一人は谷のほうに向いた正面玄関に立ち、もう一人は小屋が並ぶ斜面の、小道が上に向かって曲がるあたりに立っている。ハーゲンは止まる合図をだした。三人は写真や動画を撮影する。彼はインガのカメラに向かって、最後に二言三言ささやいた。

ここからは、もう口をきかない。

そして先を続ける。

とはいえ、ここに残ってもよかった。ここまで来るのに三時間ほどかかり、もう真夜中だ。作戦開始までまだ三時間か四時間か、五時間かかるかもしれない。ハーゲンも詳しくは知らない。わかっているのは、夜明け前には、なにもかも舞台に登場するはずだということだけ。ここからでも舞台装置はよく見えるだろうが、彼はまだ満足できなかった。

おれたちにはボックスシートが予約されているんだ。

そこで、もう一時間、敷地のほぼ真上に着くまで苦労して登った。プロは、音をたてずに前進することに長けているものだ。頭上のどこかで、スナイパーが巣を温めている。尾根は、ふたたびハンカチほどの幅に狭まっていた。危険なまでに傾斜も増したが、体の緊張とともに夜は過ぎていく。

無為に過ごす長く惨めな時間。

ハーゲンはまばたきした。腕時計を見る。

四時半をまわったところだ。

もうそろそろ始まるのではないのか。

そうでないとすると……

いや、まったくありえない！　作戦を中止したとか変更したとかは考えられない。おれの記事は出るし、条件は理想的なのに、作戦を延期する理由はないだろう。彼はそういう考えを無視した。しかし、東の空はガスが光を放つように白んでいるが、なにも起きなかった。

彼らはどちらの側から侵入するのか。

谷を通ってくるのでないことはわかりきっている。そんなことをすれば、ヘリの騒音が〝収容所〟に波のように押しよせ、カラシニコフに弾をこめる時間を男たちにたっぷり与えてしまうだろう。だから、彼らは尾根の向こう側から接近する。それならどのような理由にも合うだろう。低空飛行しているかぎり、隣り合う谷が騒音を呑みこみ、最後の瞬間まで姿を見られないですむのだ。そして、上昇して尾根を飛びこえ、すぐまた下降して襲撃チームを吐きだす。解放作戦は勢いが重要だ。軍隊用語で言うところの、つぼみがほころぶやいなや悪人どもを人質から隔離しなければならない。すなわち、同心円状に隊をなして建物をしらみつぶしに捜索し、戦士を非武装化するか片づける。そのころ人質は、スナイパーのおかげで明らかになった居場所からすでに救出されているのだ。

さあ行こう。

作戦の成否が決まるのは最初の数秒間だ。ハーゲンが意志の力で呼びよせようとする数秒間。その一方で、作戦中止という考えが、酔っ払いのように頭の中で大暴れしている。

彼が真剣に疑いはじめたころ、ビョルクルンドがこらえきれずに咳をだした。

ばか野郎！

この上にいる誰かに聞かれなかっただろうか。

彼は耳をそばだてた。そのおかげで、はっきりではないが、かすかな音のようなものが遠くで響いたのを聞き逃さなかった。それは響いた瞬間にすぐ消えたが、明らかに空気に乗って伝わってきた。

体にアドレナリンがみなぎる。

親指を立てて空に向け、二人に合図を送った。ビョルクルンドがカメラを構えるのが見える。インガが上体を起こしてハンディカムをつかみ、体を丸めるのが見えた。

バランスを崩し……

斜面を滑りだし……

息を止める。

インガは両腕で宙をかいた。幻のような一瞬、彼女は持ち直したかに見えた。両手を振りまわし必死でバランスをとる。ビョルクルンドの袖をつかみ……

そのとき、尾根の縁の、インガの足もとの岩が崩れた。彼女はなだらかな斜面を滑り落ちていく。ビョルクルンドを巻き添えにして。

雪崩のような轟音をたてて、二人は谷に向かっている。

スナイパーたちの目の前を。

見張りたちの目の前で。

そして、二人は串刺しにされたかのような悲鳴をあげはじめた。二人の絶叫に、〝収容所〟のすべてが目を覚ます。インガとビョルクルンドがいると思われる斜面に向けて、武器がやみくもに放たれた。一方、母屋から男たちがよろめきながら出てきてカラシニコフを構える。けれども、どの方向から襲撃があるのかわからず混乱していた。そもそも襲撃というものがあればの話だが。男二人が隣の建物に消え、なにやら長いものを持ってすぐまた出てきた。RPG、旧ソ連邦の対戦車擲弾発射器だ。この距離からですら、いつでも発射できる状態だと見てとれる。

ハーゲンは気も狂わんばかりだ。

ほかにできることもなく、反射的にカメラを向けた。眼下の斜面にある〝収容所〟のほうに振る。暗視ゴーグルの不気味な光の中に、滑落に歯止めをかけようとするビョルクルンドの姿があった。バランスをとり戻し、インガとは違って尻もちをついたまま、跳ねたり、まわったりしながら斜面を滑り落ちていく。

スナイパー！

スナイパーたちはどうしているんだ？

作戦を中止したのだろうか。この時点で、そもそもまだ作戦を決行できるのか。あとどのくらい……

頭上の空に轟音が響いた。

轟音は、DJミキサーの音量をゼロからマックスに上げたかのように空気を震わせる。ハーゲンはハンディカムを高々と掲げた。左右から、一機ずつスズメバチのようなアパッチ攻撃ヘリが稜線を越えて猛進してくる。降下して〝収容所〟に両側から迫った。

素晴らしい。まず彼の頭に浮かんだことだ。

違う。おまえはどうかしてるぞ！　撮影などもう不可能だ。

インガはどこにいる？

「くそ！」

岩の一つで彼女は止まった。陰に身を隠せるほど大きな岩ではないが、いまいましい滑落を、少なくとも終わりにしてくれた。かがんで縮こまり、状況を探る。全身の骨が砕けたかのようにぼろぼろだった。ボクシングで十ラウンド戦っても、これほど打ちのめされたことはない。しかもインガが勝つこともある。けれども、今はボクシングのトレーナーを相手にしているのではない。岩だらけの斜面に痛めつけられたのだから。

とはいえ、恥のほうがずっと辛かった。台無しにしてしまったという気持ち。その感情が彼女の中で燃えあがり、もっと奥深くに突き進んでいった。

怒りを掻きたてろ！

へこたれるな！

ヘリコプタが谷に現われ、空気を振動させた瞬間、彼女の視線はハーゲンを探した。あそこだ。ずっと上のほう。首をまわして、あたりを探っている。

「わたしは大丈夫！」

彼女は叫んだ。

両腕をぐるぐるまわす。

ようやく彼は彼女を見つけると、手を振り返した。彼女は、決して手放さなかったハンディカムを掲げた。まるで革命家の挨拶のようだ。

「おーい！　撮影を続ける！　わたしは大丈夫！」

そうだろうか。

見方次第だ。本当に厄介なことになったが、これからの出し物を必ずやり遂げる。たとえそれが最後の出し物になっても、必ずやり遂げる。この一件を台無しにするなんて、そんなことできない。トムに申しわけがたたない。悪態をつきながら、彼女はディスプレイを開けた。壊れていませんようにと祈る。そのとき、新たな周波数の音波が、彼女の耳を震わせはじめた。

突風が頭上を駆け抜けていった。

「いったい……」

巨大な物体が〝収容所〟の上空に現われた。二機のアパッチと同じく無灯火で、長く、ごつごつとした、バッタのような物体が敷地に向かって沈んでいく。

沈む?

降下している!

チヌーク。

ハーゲンは、そのタンデムローターの輸送ヘリコプタが中庭には着陸できないことを知っていた。井戸やら、奇異な枝ぶりの木々がじゃまだからだが、着陸する必要もない。後部と胴体からロープが吐きだされた。戦闘服姿の人影がそれを伝って降下すると、どうやらわれを忘れて猿のようにすばしっこく走りまわるパシュトゥーン人を掃射し、小屋のあるほうに斜面を駈けのぼる。地獄が口を開けた。カラシニコフとMG機関銃が競って騒々しい音をたてる。チヌークはローターの回転数を上げ、上昇すると二機目の輸送機に場所を譲る。それは同じく戦士たちを砂地に吐きだし、引き返していった。

隣接する建物の屋上に、ターバンを巻いた男がRPGを肩に担いで現われ、チヌークに狙いを定める。

発射。

アパッチ一機が速度を落とした。

男は玩具のようにくるくると回転し、その建物の半分が吹き飛んだ。ハーゲンは肘と尻をついて斜面を滑って下る。現場に接近しながらカメラを向けた。母屋の中で、目を射る光が短く次々ときらめいた。まもなく視界が戻ってくる。数秒間、ゴーグルの光増幅器がなによりも明るい白光を生みだした。閃光手榴弾だ。外に逃れ出てきた人々、女や子ども。太った男がムネエールかもしれない。走る男に弾が命中した。男は磔にされたように両腕を左右に大きく開いてひっくり返り、そのまま動かなくなった。

いかなる秩序も崩壊していく。

人々はパニックに駆られて必死で門をめざす。外に逃れようと他人を突き倒す。井戸のわきで煙が上がった。ハーゲンの視線はあらゆるものを追う。兵士たちは小屋に向かっていた。パシュトゥーン人の戦士たちを狩り立てながら。一方、岩に引っかかっているビヨルクルンドは、ストイックなほど冷静にシャッターを押している。

インガはさらにその下だ。

ずっと下のほうだった！

洞穴の入口まで十メートルもないと、彼女は見積もった。

少し離れたところに、〝収容所〟から洞穴に登ってくる道がある。怪我をしていることは別にして、絶好の場所にいた。距離はとても近いし、同時に高い位置なので見通しはきく。精神は昂ぶり、恐怖は熱っぽい快感に道を譲る。その瞬間、ハーゲンのことをこれまで以上に理解した。これは彼が言っていたことだ。自分が全体の一部になれば、全体と一体となる。そういうふうに彼女は感じていた。

さあ、始まった！

ハンディカムをズームし、貪欲に撮影する。

小屋を接写。

武装グループをとらえる。パシュトゥーン人。無帽の者もいるが、たいていはターバンを巻いている。おそらくタリバンだ。押し寄せてくる兵士たちの行く手を断とうとしている。

まずいことになった。

わたしのせいだ。

わたしがいなければ、奇襲の成果は襲撃チームのほうに上がっただろう。人質のところに行くのに、こうして戦うこともなく、今ごろとっくにたどり着いていたはずだ。彼女は急いでピントを調整する。アフガニスタン人二名が不意に倒れ、まるでやる気をなくしたかのようにカラシニコフを放りだした。二人が死んだことは明らかだ。ほかの者たちはばらばらに身を隠す。

なにかにとりつかれたように、彼女はカメラをまわしつづけた。

ハーゲンは迫りくる不運を目のあたりにしていた。

母屋のわきの低い塀の向こうに、二人目の砲撃手がびっくり箱から飛びだしたかのように現われて、RPGをアパッチに向ける。隣の建物の屋根を粉砕したアパッチは、今は機関砲から数百発の砲弾を吐きだして、アフガニスタン人が斜面の上方にある小屋に押し入ろうとするのを阻んでいた。

引き金を引く。

命中。

臙脂色の雲の中で、ヘリコプタのテールローターが吹き飛んだ。機体が沈む。機関砲が吐きだす砲弾は小道をさまよい斜面を登り、インガのわきをかすめて岩を粉々にした。拳大の岩屑が榴散弾のように四方八方に飛び散る。

彼女は首をすくめ、両腕で顔を覆う。

ブラックアウト。

頭になにかが命中した。

ハンディカムが手から滑り落ちる。それを拾おうと指先を伸ばすと、今度は岩屑が肩に命中して衝撃でのけぞる。よろめき、バランスをとろうと……

つまずき……

ハーゲンは彼女が倒れるのを見た。

その下では、パシュトゥーン人が三人、小屋に到達して人質のデガス、ケラー、バクタリを引きずりだした。

ハーゲンは彼らにはかまわず叫ぶ。

「インガ!」


滑落。

彼女は無我夢中で支えを探し、両腕両脚を広げる。手のひらが引き裂かれて血がほとばしった。けれども、滑落にブレーキはかからない。岩の縁から斜めに宙に飛びだすと、不意に重力がなくなったようで、それまで体のあちこちが岩肌にぶつかっていたことから解放される。しかし長続きはしなかった。

衝突は前より激しい。

腕が折れる音を聞いて悲鳴を上げた。

仰向けのまま滑り落ちていく。

「インガ！」

畑では今、ロケット弾が命中したヘリがまさしく不時着に成功したが、そんなものはハーゲンの目には入らない。正気を失ったかのように、斜面を滑りおりる。なにか考えがあっての行動ではなく、彼女をどうやって助けるのかすらわからない。

武器もなく。

きっとおまえは撃たれる。

おまえに彼女は助けられない。

「トム！」

ビョルクルンドだ。撮影をやめて、懸垂の要領で近づいてくる。

「彼女を助けなければ！　インガを助けないと」

ハーゲンは叫んだ。

「おれも行く！」

痛みで気が遠くなる。

彼女はうめきながら折れていないほうの腕で体を支え、勢いをつけて立ち上がった。冷たい汗が吹きだす。方々の小屋から人々が出てくるのが見えた。ひと塊りになると、四肢と武器が乱雑に絡まり合うかのグロテスクな動きをみせて近づいてくる。

彼女は状況を整理した。

先ほどより視界が暗くなっている。目になにか滴る。手で拭うと指に血がついた。タールのように真っ黒だ。そのとき、暗視ゴーグルがないことに気がついた。

振り返ると、斜面に岩の裂け目が口を開けている。

暗く、謎めいた裂け目。

洞穴だ。

どうしよう！　洞穴の真ん前に転落したのだ！

谷の上空を旋回するヘリコプタの轟音に合わせ、地面が膨らんだり縮んだりするかのように震動した。ひと塊りになった人々が近づいてくる。それを包囲するように、襲撃チームの兵士たちが接近する。MG機関銃を構え、顔はゴーグルとスカーフの下で表情はわからなかった。さらに後方から、亡霊のような人影が入り乱れて接近し、一斉射撃で吐きだされた弾が夜が明けたばかりの朝の空気をずたずたにひき裂いた。しかし、洞穴のあたりで発砲する者はいない。

その理由を、彼女も悟った。

洞穴に逃げこむのはパシュトゥーン人たちだ。彼らはマリアンヌ・デガス、マックス・ケラー、ヴァリド・バクタリの三名を盾にして、彼女の目の前を通りすぎた。カラシニコフの銃口を三人の顎の下に押しつけて。インガに注意を払う者はいない。そのとき、銃声は聞こえないのに、ターバンを巻いた一人が斧で切り倒されたかのように地面に倒れた。スナイパー？　誘拐犯たちの姿はまだ見える。若い女の絶望のまなざしを彼女は受け止めた。一団はすぐに洞穴の闇に呑みこまれてしまった。

兵士たちが間隔をつめ、一名がインガに狙いをつけている。

当然だ！　彼女はアフガニスタンの男性が着る民族衣装姿なのだから。

慌てて両手をあげる。痛みに震えながら、折れた腕をもうわずか伸ばすと、後ろ向きによろめいた。すると、そこは洞穴の入口で、岩なだれの起きた真下だ。恐怖の氷のように冷たい鉤爪に、彼女はわしづかみにされた。

「わたしはドイツ人なの」

小声で言った。

ばかね、わたしの顔が見えないの？

折れてないほうの腕で頭のスカーフを取り去る。髪が勢いよく飛びだし、肩に垂れた。

「わたしはドイツ人！　わかる？　ドイツ人よ！」

兵士の一人が彼女になにやら呼びかけた。もしかすると無線機に向かって命令を発しただけなのかもしれない。小隊は間合いをつめ、リーダーが落ち着いて手をあげる。どうやらわかってくれたようだ。しかし、彼女が状況の不条理さにはっと気づいたときには、もう取り返しがつかないことになっていた。

彼らは洞穴の中でなにをしているのか。罠にはまったと同然なのに、なぜ中に入っていったのか。

なぜなら、罠にはまったのではないから。

これが罠なのだ。

「そんな！　嘘よ！　だめ！」

山が揺れた。

ハーゲンは引き倒され、うつ伏せで地面に叩きつけられた。

今のはなんだ？　まるで斜面全体がのけぞり、自分とビョルクルンドを振り落とそうとしたかのようだった。

地震？

その瞬間、爆発音を耳にした。初めはそれは、地殻の内部から直接響きだす鈍い轟きだったが、やがて音波となって宙に放たれた。

轟音とともに、洞穴から怪物が強烈な勢いで飛びだす。

炎と石と塵でできた円柱が全方向に拡散すると、咆哮をあげて小屋まで猛進し、土壁や藁に火をつけ、空気や地面や木々を燃やす。真っ赤に燃えさかる炎の指が岩棚の縁を越え、空につかみかかる。煤けた雲が積み重なり、上空へ上空へと昇っていくと、いきなり崩壊した。

ハーゲンは身動きできない。

谷の上空にヘリコプタが展開している。救助ヘリが降下するのが目に入った。チヌーク一機が続く。

いたるところで炎が渦を巻いていた。母屋の西翼が激しく燃え盛っている。けれども、〝収容所〟にいた大半の人々はこの地獄を生きのびたようだ。もくもくと湧きあがる煙の向こうに、右往左往する人影が見える。ハーゲンは跳び起き、よろめいて、下草をつかんだ。暗視ゴーグルを引きはがす。ヘリコプタのローター音を怒鳴りつけているかのような、女や子どもや兵士の声がする。

声は、聞こえては、また消える。

まるで頭からすっぽり鐘をかぶせられたかのように、なにもかが遙か遠くの音に聞こえる。

その音がぼやける。

そして消えた。

〈そいつが誰なのか知らない。爆発物のスペシャリストらしい。おれの接触相手がそういうことをぺらぺらと話してくれたんだよ。そいつの手下が即席爆発装置《IED》や似たような代物を、タリバンに供給しているんだと思う〉

あのときペシャワールで、ビラル・フセインがそう言っていた。

一九二九年

パレスティナ　クファール・マラル村

アリクの瞳が輝いていた。まるで牛小屋を照らそうとするかのようだ。もし、彼らが今ここに押し入ってきて、わたしたちを皆殺しにするとしたら、この子の目の光が彼らを呼びよせたからだ。ラヘルはそう思った。アリクのせいで、わたしたちはみんな死ぬことになる。

ばか女！　彼女は自分自身を叱った。こんなくだらないことを考えるなんて、おまえは気でも狂ったの？　月の光がアリクの顔を照らしている。それだけのことなのに。屋根に手のひら大の隙間が空いていて、そこから月光がこぼれていた。勇気を奮い起こしなさい。そうでなければ、冷静に考えること。隣にいるヴェーラは正気を失う寸前。アリクを抱きしめる彼女を見てごらん。ああ、なんてこと。子どもを守っているのではなく、子どもが彼女を守っているかのよう。一歳半の子どもが。ああ、ヴェーラ！　あなたが流木にしがみつくみたいにアリクを抱きしめるさまは、あなたの子どもが死からあなたを守っているようだわ。

「きっとなにも起こらない。わかるでしょ？」

彼女はささやいた。

いつもは勇敢で気丈なヴェーラ。ラヘルは彼女を抱きよせ、髪を撫でてやればいいのだろう。けれども、今は説き伏せるよりほかにできることはない。自分の両腕には自分の子どもたちが重くのしかかり、両肩には子どもたちの頭がぐったりとのっている。エフダとビンヤミンはこれまでずっと眠っていた。規則的な息づかいがまわりの騒ぎを打ち消している。ラヘルの鼓動が二人の小さな耳に轟いて、二人を眠らせないはずなのに。彼女には、自分の鼓動はそれくらい大きな音で響いていた。

「ラヘル？　あの人たちは、どうして戻ってこないの？」

ヴェーラの声は、小屋のまわりを寂しげに吹く風のようだ。

「心配ないわ」

「でも、あの人たちが襲われたのだったら。どうなるの、もしあの人たちが――」

「うまくやってるわ」

そうだろうか？

ラヘルにはわからないが、自分の不安は自分の胸に納めた。

「それが心配なの、ラヘル――」

「しっ！」

女が鋭い声音をだした。

ヴェーラの声が断ち消える。ふたたび沈黙が場を支配した。しかし、静寂とはまったく異なるものだ。人の声の代わりに、かすかな騒音が集積して宇宙を創る。始終つきまとう蝿の群れを体から追い払おうと耳や尻尾をぱたぱたさせる音。口をぺちゃぺちゃいわせる音。鼻を鳴らす音。巨体をまわす音。堆肥を踏む音。屁。ひづめで地面を掻く音。足を踏みならす音。

牛たちは落ち着きがなかった。当然だ。牛小屋がこれほど人で溢れたことは、かつてなかったのだから。大人と子どもと牛が、夜でも気温が二十度を超える中、狭い空間に閉じこめられていた。

正真正銘の竈《かまど》だ。

ラヘルは息がつまるほど熱い空気に耳を澄ます。

人々が音をたてないよう、声をださないよう努力していることだけでも驚きだった。たとえば咳だ。オペラやコンサートの観客のように。静けさを守ることへの挑戦は、手に負えない衝動を体の中で呼びさます。喉に上がってきた痰をだしたいというような。

ほかにも、絶えず体を掻くこと。

ごくりと唾を呑みこむこと。

息を止めると、その息が漏れる音はずっと大きくなる。

恐怖という交響曲。確かに、ここにいる者たちは恐れていた。地獄の恐怖。この牛小屋にいる女と子ども。その夫や息子は、今この瞬間、武器を手に、村の境界を巡回している。警告は明白だ。月が天頂に昇ったとたん、アラブの山賊がこの入植村《モシャヴ》を襲うにちがいない。

彼女は仰向いて、屋根の隙間を見上げた。

まるで天にできた隙間！

腕の中でビンヤミンがわずかに動き、口をぶつぶつ言わせた。ラヘルは息子を抱え直して胸に引き寄せる。赤ん坊の黒い影が干し草の上を這い、真っ直ぐ仕切り板に向かっていた。その床を這う生き物はとても人間には見えない。肥えた巨大な鼠のようだ。誰かが赤ん坊の行く手に立ちはだかり、しゃがみこんだ。ディータだろう。アリクの姉の。

もう四年。ラヘルの頭をよぎる。

すぐにも屋根を修繕しなければならない。

まだそれが、わたしたちにできれば。

彼女はそれ以外にさし迫った心配事などないかのように、修繕費用を見積もろうとした。二日前、ヘブロンで起きたことを考えるくらいなら、なにを考えてもずっとましだったのだ。

あんなこと考えてはだめ、あんなことを……

けれども、そう思えば思うほど考えてしまうのだった。

すべての始まりは、ある壁だった。

去年のこと。

エルサレムの嘆きの壁に祈りにやって来る男女を分ける、簡素なスペイン風の壁。木枠に布を張っただけの不安定な壁が、イスラム教の指導者シャイフたちの怒りを買ったのだ。そんな代物は撤去しなければならない。

しかも即刻。

敬虔なユダヤ教徒には理解できないことだった。オスマン帝国時代、彼らはいつもここで祈ることを許されていた。いいだろう、オスマン帝国は過ぎ去った歴史だ。確かに、アラブ人はオスマン人ではないが、それでも両者はともにイスラム教徒ではないのだろうか。突然、激昂したのは、どうしてなのか。ユダヤ教徒はエホバを称えたいだけだ。壁は彼らにとってヘロデの神殿を支える土台の残りとみなされている。男女の隔たりがなくされたら、わたしたちにどこで祈りを捧げよというのか。

ことを複雑にするだけだ。

つまり、イスラム教にとってもこの壁は神聖なものだ。コーランでは、ここに、ムハンマドが夜の旅といわれる天に昇る旅に出かける前に、彼の馬をつないだとされる。さらに、彼らは神殿の丘を管理する権利について異議を唱えていた。パレスティナでユダヤ国家建設をめざすシオニストが所有したいという要求を、彼らは断わった。聖なる場所の中核が、たとえどのような宗派であれ、一信者のものになることは許されない。祈るのは結構。ユダヤ人は壁で、イスラム教徒はモスクの中で。

しかし、所有するのはだめだ。

それと、スペイン風の壁がどう関係するのか、慌ててやって来たユダヤ教のラビたちは知りたがった。

それは壁ではなく建築上の措置だと、シャイフたちは言う。

なんだと？　おまえたち、気でも狂った《メシュガ》のか？　こんな歪んだ木枠が？

そのとおりだ。おまえたちこそ遅かれ早かれ神殿の丘すべてをくすねるつもりで、この場所を断続的に変え、壁をシナゴーグの状態にするために、それを設置したのだから。

お気の毒《ネビシュ》さま！

盗人め！

スペイン風の壁にまつわる話を書くとすれば、こんなぐあいだ。この一件は政治問題になるだろう。どのみちむきだしになっている神経を逆なでし、シオニストと委任統治を行なうイギリスから所有権を奪われ、この土地から追い立てられるのではないかと、イスラム教徒の不安を煽る。なぜユダヤ人がここで祈りを捧げるのか、その理由は広く知られていないのだろうか。ユダヤ人は、自分たちの救世主《メシア》の降臨を待ち焦がれている。神殿の丘には二つの荘厳なモスク、アルアクサ・モスクと岩のドームがその頂を飾っている。だから、ユダヤ人のメシアの降臨は三つ目の神殿に引き下がるしかなかった。イスラム教徒はわたしたちの信心深い感情を踏みにじり、イギリスがパレスティナにユダヤ人の入植地を建設するというバルフォア宣言など、どこ吹く風で——

「ママ？」

ラヘルは息をすることができなかった。

牛たちですらじっとしている。

感情というものはすっかり失われてしまった。八月の夜、この竈《かまど》のように蒸し暑いところに、干し草や牛の糞の悪臭にさらされて、どのくらいしゃがんでいるのだろうか。もう何時間も過ぎたにちがいない。屋根の隙間に朝の光を見たような気がする。ほんのわずかだが夜空が明るくなった。夜明けを迎えられれば、せめてもの救いだ――小屋の前の砂利道をやって来る足音が聞こえなければ。

かすかな足音。忍び歩き。

「来たわ」

ヴェーラがささやいた。

ラヘルは二人のわが子を見下ろした。

いつのころかエフダとビンヤミンの重さが苦になり、二人を藁の上に寝かせていたのだ。すぐわきの柱に立てかけてある干し草用の熊手を右手で握りしめる。まったくの丸腰でここに隠れているのではなかった。男たちは博物館もののショットガンとピストルを一挺ずつおいていった。二人の少年がそれで防戦しなければならない。善意に万歳。一瞬にして少年たちは、震える手で自分のつま先を撃ってしまいそうな顔に変わった。大丈夫、この武器庫には、鋤に、つるはし、シャベルが充分にあるから。

干し草用の熊手で相手を突き刺し、シャベルで頭蓋を叩き割ることができる。

相手のほうが素早く、おまえの頭蓋が先に叩き割られなければ。

それとも、もっと残忍なことをするのだろうか。

ヘブロンであったような。

ラヘルの体に戦慄が走る。

彼女自身はあのとき家々の中に目をやらなかった。けれども伝え聞いた描写は、残忍な光景として彼女の大脳皮質から消えることはない。狂った画家が何百リットルもの絵の具をぶちまけたような、血の滴る壁。玄関は暗い色のぎらぎらとした血でぬかるみ、絨毯はじっとり濡れて、家具は凝固した血で覆われ、死体も、虫の息の人間も区別なく積み重なっている。同じ光景が、通りや建物の入口、通路や商店に広がっていた。アラブ人と隣りあうユダヤ人の住居、職場、祈りを捧げる場所であればどこでも、同じ光景が見られた。あっさり射殺されれば、まだ幸運だといえるかもしれない。たいていの者は暴徒に石を投げつけられ、殴り殺されるか、絞め殺されるか、刺し殺されるか、生きたまま焼かれるかしたのだから。

子どもは首をはねられ、男は性器を切り落とされる。

女は短剣で犯された。

老人や若者は、見るに堪えない姿となって死ぬまで拷問される。指や手を切り落とされ、目をくり抜かれ、舌を引き抜かれて。

ヘブロン、古くからの聖なる町。

血の海に沈んでしまった。

ラヘルの心の目にすべてが映っている。腸は引き裂かれた腹から飛びだしてとぐろを巻き、骨はただ転がり、殺された者たちの顔は驚愕の表情のまま凍りついている。どうしたら、こんな事態にまで発展するのだろうか。数百年のあいだ、共存から信頼が、信頼から友情が生まれることはなかったのだろうか。

今、ヘブロンに、生きたユダヤ人は一人もいない。一九二九年八月二十四日の朝、六十七名が死亡し、生き残った者は逃亡した。

二日前のことだ。

そしてエルサレムでも、ウイルスがいたるところを暴走するかのごとく、暴徒が荒れ狂った。武装集団を積んだ車列がユダヤ人の村や農場に押し入ると、憎しみで盲目になったアラブ人は住民たちを襲った。エルサレム近郊のモッザですら、一家全員が犠牲になった。父親と母親、三人の子どもと、たまたま居合わせた友人たちが。いつしか始まった暴動の波の残忍なクライマックス……

そう、いつ始まったのだろうか。

去年、わたしたちがここに到着して十カ月も経たないころだ。ラヘルは薄暗がりの中で思い出していた。あの木枠の壁をめぐるばかばかしい争い。一月に、わたしたちは船に乗り、九月には火縄に火がつけられていた。

木枠の壁!

歴史家は始まりを愛するものだ。

では、木枠の壁を？

始まったばかりなのだろうか……？

ある疑問――なにがユダヤ人をユダヤ人にするのかという疑問は。

遺伝子？

信仰？

終わりのない迫害という宿命？

本棚においた教典、シナゴーグに定期的に、あるいはたまに訪れること？

ユダヤの宗教的な成人式《バル・ミツワー》？

小さな帽子？

頭の中だけではなく心にも宿り、一体化して、アイデンティティを確立するユダヤ人としての目印は、そもそも存在するのだろうか。

一八九七年、世紀末を目前にした第一回シオニスト会議で、その答えがだされた――どこにも同化できない、あるいは同化するつもりのないユダヤ人のために、パレスティナに公法で守られた故郷を創出することに、シオニストは尽力する。

もっと愉快な表現ができたかもしれないが、まさにここに答えがあるように思われる。著しく神話に偏ったアイデンティティ。

確固たる一つの民族国家の中で。

しかし、まずパレスティナは、当事者たちを統一するなにものでもない。

パレスティナは分裂している。

ヨーロッパのユダヤ人の中には、手に負えないアラブ人で溢れかえる砂漠に歴史をまとめることに、まったく意欲を感じない者もいた。そうこうするうちに権利を得た。ブルジョワジーによってこねまわされ、結果、自身をヨーロッパのブルジョワジーと同じだと考え、宗派や信仰を考慮することなく結婚した。そもそも敬虔だといえるのだろうか。

敬虔である必要はない。

それが問題を複雑にした。信仰においては、永遠ともいえる時と奈落のごとき深い溝を越えて皆が一つになるが、そうした時は過ぎ去った。われわれはきらめく黄金の一九二〇年代にいる。石鹸の泡のように輝くダンスフロアで踊り、金を借りてのパーティ。どうでもいい、みんな依存し合っているのだ。もうまっすぐ立つことはできないから。紅茶にラム酒を入れて、夜ごと羽目をはずし、週に七日。堅実に生きる者ですら、酔っ払いたちの気分に流される。酔っ払いの最も頼りになる表情にも精神性は欠けているが、ふらつく足で生みだす創造性や、芸術の開花、無神論者の勝利すらも。

そんなパーティの前からすでに世俗的だった、ヨーロッパで暮らすユダヤ人の多くは、今はさらに世俗的になっている。

シオン？

それはあとで。

パレスティナを望む者、望まない者も、核心では一致している。つまり、ユダヤ人国家建設計画は宗教的な姿勢は要求しない。まったくその逆であるということで。何世紀にもわたって報復にさらされてきた民族のための避難所の問題だった。そうした安全な場所が緊急に必要になると考える者もいれば、必要ないと考える者もいるが、とりわけアイデンティティの問題であったのだ。

というのも、もし、アイデンティティの確立としての宗教が欠落すれば……なにが世界中のユダヤ人をまとめるのか。

国家がないのに、そもそも民族でありうるのか。

人々の視線の先では、神は廃れている。ユダヤ人がキリスト教徒と結婚し、またユダヤ人と結婚し、またキリスト教徒と結婚する。風習も伝統も軟化していき、立って、こう言うことができる土地はどこにもない。

これは……私の……

アイデンティティだ！

自身の民族国家が欠けているならば、キリスト教徒とユダヤ教徒とイスラム教徒が依存し合うユートピアのような世界を想像することだけで、遅かれ早かれユダヤ主義の消滅につながると、シオニストたちは必ずしも結論しなくてもいいのだろうか。

いや、ユダヤ人国家は敬虔であることを決して要求するものではない。

世俗的な計画なのだ。

ユダヤ人という民族のための故郷。混乱したわれわれを救済する試み。一九二〇年代の恍惚感の中で語られる、夜明けを見た者たちの、もう時間がないという目つき。

パーティは悪い結末を迎えるだろう。

実のところ見通しはきかなかったのだから。

では、なぜ誰もその申し出を利用しなかったのだろうか。

まず――砂漠、アラブ人、まずい食事、オペラハウスが一つもないから。

次に、聖書の歴史にはまったく意味がないから。

さらに、故郷とは出身地という意味だから。パレスティナから来た者がいたら、挙手してくれ。

最後に、なにもかもそう悪くはないから。

われわれはそれを把握している。

反ユダヤ主義は多様で、カモフラージュの達人だから。一九二〇年代の黄金時代、反ユダヤ主義者は大衆にまぎれ、ユダヤ人の音楽家、役者、画家や作家に拍手し、芝居をした。自分の正体や居場所を偽る。武器を向けると、分別を失った者は自分にさしのべられた手だと思う。確かに目がくらむのもしかたない。ベルリン版ブロードウェイの光。輝く笑顔で粋なジゴロたちは颯爽とステップを踏む。国民に愛される行進曲で社会の秩序が乱されることはない。それは、ダンス曲の『チャールストン』に、ほとんど気づかないくらい、こっそりとまぜてあり……。

ただ……

どのようなことも気づかれないままというわけではない。

ことは起きている。麻痺しているから、なにも気づかないだけだ。ドイツ、一つになった祖国は、今まさに――

完全に麻痺していた。

けれども、ラヘルとシャローム・カーンは麻酔にはかからなかった。

二人が敬虔だからでも、予言能力があるからでもない。たとえ教養は高くなくても充分だった。ユダヤ人であることを公言していたが、イデオロギーを吹聴するわけではない。二人は金物屋を営んでいた。商売は低調で、そのためラヘルは週末には、上流階級のご婦人たちに素敵なダンス用のドレスを縫っていた。隣人たちは親切で、敵にまわすような者はいない。少なくとも、気づかなかった。

ところが、シャボン玉に映るしかめっ面を見てしまった。

そこで、ラヘルのお腹に双子がいるあいだに、二人はベルリンを去り、パレスティナに出発した。ナチスが恐ろしい災いを引き起こす前のことだった。

二人にとって経験しないですんだことだ。

けれども、二人の身に降りかかったこともある。

「あのアラブの屑どもが憎い」

ヴェーラがハスキーな声で言った。

「いいかげん静かにして」

先ほどの女が彼女を叱りつける。

外がはっきりと明るくなったのがわかる。牛小屋の前で聞こえた足音は消えたが、それでラヘルがほっとできるものではない。鼾《いびき》のようなものだと、彼女は思った。たとえば夫のシャローム。彼はジェリコのトランペットと比べても遜色ない大音響で鼾をかくが、やがて鼾は止まってしまう。彼女がかたわらに横たわって待っていると、もっとひどい鼾が始まるのだ。

まだ終わったわけではない。

それを裏づけるかのように、誰かが押し殺した咳をするのが聞こえた。

人声、衣ずれの音。

戸口には閂《かんぬき》を下ろし、鎖を巻いてしっかり閉じてある。けれども、怒りとともに振りおろされる斧には太刀打ちできない。

ヘブロンでは、そうやって扉が打ち破られたからだ。

ラヘルは干し草用の熊手を握る手に力をこめる。

気配が牛小屋にまで届いた。女たちは子どもを抱き寄せ、ひと塊りになって戸口から離れた。そうしていれば、なんとかなるかのように。しかし、人間も本能に駆られた家畜と同じだ。ラヘルは少年の一人がショットガンを構えるのを見た。木の葉のように震えている。銃身も一緒に揺れているが、大丈夫だ。ショットガンは誰でも命中させられるから。それでも打ち損じるのは目が不自由な者だけだ。

誰かが鍵をはずそうとしている。

少年はショットガンを頬にあてた。

ラヘルは耳を澄まし……

「だめ！　撃たないで！」

何時間ものあいだ、彼女は幻影に苦しめられていた。夫たちの血だらけの死体。バーヌースというアラブ人が着る長い外套に身を包んだ人影が、死体にかがみこんでポケットを探り、鍵を見つける。柵を打ち壊し、丸太小屋に火を放つ。強姦し、拷問し、殺しをはたらくつもりで牛小屋に向かう。ところが今、戸口の鍵が外から開けられ、懐かしい声が聞こえ……

少年はショットガンを撃とうと……

彼女は熊手を放りだし……

その場を飛びだし、両肘で人々をかき分けながら駆け、少年めがけて跳びかかり……

戸口が勢いよく開いた。

シャロームが牛小屋に足を踏み入れる。

ショットガンが火を噴き、薬莢が炸裂し、耳を聾する音とともに弾が一斉に命中する。

ラヘルは悲鳴を上げた。

親愛なるロスチャイルド卿

国王陛下の政府を代表して、閣議に提出され承認を得た、ユダヤ人およびシオニストの尽力に賛意を示す宣言を、次のとおりお伝えできますことを光栄の至りに存じます――

――国王陛下の政府は、パレスティナの地に、ユダヤ民族のナショナルホームを建設することを寛大であるとみなし、彼らが容易にこの目標を達成できるよう最善をつくします。そのさい、パレスティナに存在する非ユダヤ人社会の公民的、宗教的諸権利、また、他の国々におけるユダヤ人の諸権利および政治的地位が疑問視されるという事態が起きませんことを、ご理解賜りますよう、お願い申しあげます。この宣言をシオニスト世界機構にお知らせいただければ恐悦至極に存じます。

あなた様の忠実なる僕、アーサー・バルフォア

一九一七年十一月

ロスチャイルド卿は、世界シオニスト機構の有力な活動家で、イギリスのバルフォア外相からのこの書簡に口づけしたかもしれない。

〈国王陛下万歳？〉
〈シオニスト万歳！〉

イギリス政府は、パレスティナのために国際連盟の委任をとりつけることに尽力した。そこに、まるで呼ばれたかのようにシオニズムが到来する。ヨルダンのユダヤ人のために故郷を建設するということは、卑劣な権力要求を美化することになった。委任統治領における、必要条件を満たすという約束で追加がなされる。シオニスト首脳陣の側としては、イギリスの支援を気に入っていた。

衝突コースにある列車が動きだしたのだ。

イギリスとフランスは肩を組み、オスマン帝国のわずかな残りをアラブ人の支配者のために粉砕した。彼らの独立を約束して。それは公式には承諾されていたが、すでに彼らの土地はケーキナイフで切り分けられ、植民地主義者のあいだをまわされていた。アラブ人にユダヤ人と同じ土地が約束されたことは、イギリスにすれば巧妙な駆け引きに思われた。分割《ディヴィデ・》統治《エト・インペラ》。互いに首の締め合いをさせれば、さらに容易に両者を支配できる。バルフォア宣言はそのように読むことができるのだ。すべてを約束するが、世界シオニスト機構の代表であるハイム・ワイツマンの頭を悩ませるようなことは、具体的に述べられてはいない。

ユダヤ人がなんの制約も受けずに押し寄せてきたら、アラブ人はどう反応するだろうか。

それはどのように機能させるべきなのか。

ワイツマンは自らこの件に乗りだし、ファイサルI世と会談を持つ。メッカの太守の王子エミールから、のちにシリア王とイラク王になる人物だ。話し合いの核心は、〝それぞれに、それぞれの国家を〟。そちらは宣言を受け入れ、ユダヤ人の入植を明らかにする。われわれは、そちらの独立に強力に支持し、このすべてに関して、宗主国から文書による言質をとる。

ファイサル＝ワイツマン合意だ。二人は握手を交わした。

ファイサルは議事録をとらせている。〈ユダヤ人とアラブ人は血族的にきわめて近い関係にあり、二つの民族のあいだには性格の葛藤は存在しない。われわれのあいだには、絶対的な合意が成立する〉

絶対的な！　イギリスもそう言った。

合意はうっかり失われ、無視され、種が蒔かれた――

憎しみという。

戸口に向けて銃を放った十三歳のにきび面の少年に、ラヘルは女とは思えない勢いでのしかかっていた。

弾は命中しなかった。

彼女が少年の腕に飛びこんだから。

上体を起こし、服についた藁を叩いて落とす。豚のように、汚泥と厩肥にまみれていた。

女には戦えないだろうと言う者もいる。けれども、二人一緒に囲いに飛びこむほどの勢いで、彼女は少年にぶつかっていた。幸いにも囲いの中に牛はいない。昨日、仔牛は売り払ってしまったからだ。そのあとで、きれいに掃除したのは幸いだったのだろう。

そして今、彼女は笑うしかなかった。

大笑いするしかない。

まわりで緊張の糸が切れた。何カ月も会わなかったかのように、女たちは夫のもとに駆けていく。まだ八時間しか経っていないというのに。シャロームが駆け寄り、動転しつつも安堵しながら妻を助け起こす。

ラヘルは夫の胸に身を寄せた。

「あの少年」

彼女は言った。できれば少年を殴りたい夫の気持ちは、よくわかる。しかし、そんなことはしてほしくない。少年にいったいなにを期待できるというのだ。ヘブロンの事件を妄想し、今にも、殴られた犬のように逃げだそうとしている少年に。

シャロームは少年の袖をつかんで引き戻した。

少年はすすり上げ、彼の顔を見ようとはしない。

「おまえが撃ったのか？」

答えない。

一瞬の静寂。

頑として、口を開かない。

「そうか、じゃあまた撃ち方の練習をしような」

シャロームは笑って、少年の頭をくしゃくしゃに撫でた。それを見て、ついにラヘルはわっと泣きだした。

〈わたしは涙してもいいのよ！〉

シャロームは妻を抱く腕に力をこめ、ささやく。

「おまえは英雄だ。おまえたちはみんな英雄だ」

お褒めの言葉をありがとう。ラヘルは思った。でも、わたしたちが泣くのを聞いても、英雄だなんて言わないで。

「なにがあったの？」

彼女は尋ねた。

シャロームは肩をすくめる。

「なんでもなかった。誤報だったんだ。なぜやつらが襲ってこなかったのかは、神のみぞ知るだ」

〈全知の神よ、もしご存じなら、おっしゃらないでください。明日の夜、わたしたちを待ち受けるものと一緒にして、おっしゃってください。できれば明後日の夜のものと、その次の夜のものと一緒に〉

二人は朝日の輝く外に出た。シャロームは伸びをする。

「さて、やっと落ち着ける」

落ち着く？

わたしたちは間違った場所でそれを探していたのよ。パレスティナに安らぎは、そんなに早くめぐってこないわ。

彼らは落ち着くためにここにやって来たといわざるをえない。到着してまもなく双子が生まれた。二人に違いがなかったとはいえないだろう。まずエフダが生まれた。まるまるとして満足そうな顔で。当然だ。

お腹にいるあいだ、彼はすっかりくつろぎ、子宮の大部分を占領し、胎盤から栄養素や抗体の大半を奪って。貪欲な小さな王子。意気揚々として――新生児をそう表現できるとすれば、彼は風通しのいい新たな故郷に畏敬の念を表わしていたのだろう。いずれにせよ、赤ん坊の産声は、愛される土地というより賞讃される土地であるパレスティナを、まるで自分が肯定する精神に確信させるようだと、すぐに病棟看護師たちのあいだに広まった。〝素晴らしい逸材！〟――誉れ高いシオニズムの指導者たちであれば、そう表現するかもしれない。

それからビンヤミン。

あとから生まれてきた赤ん坊。

懸命に頑張って、ついに、ぬるぬるした小さな頭を外に突きだした。ところが、先に生まれた兄弟の輝かしい誕生と比べると、彼は〝追伸〟だった。エフダの肺は声帯と一緒になって、空腹や自意識や体力について、いつまでも語りつづけるのに、ビンヤミンはそもそも人生が始まる前から、すでに憔悴しきっているように見えた。

彼はエフダよりもしわくちゃで、小さく、おとなしい。

やっと産声を上げるが、その響きはまったく違っていた。

か細い響き。

そのわりには、かんかんに怒っているような響き。

やって来たばかりの者たちの怒り。

モシャヴと呼ばれるユダヤ人入植村の一つ、クファール・マラル村に彼らは落ち着いた。シャロン郡にある村で、テル・アヴィヴから北東に三十キロメートルほどのところだ。その一帯には肥沃で広大な農地が広がっている。この数十年のあいだに開拓者たちが沼地を干拓して、モシャヴや、キブツと呼ばれる集産的集団農場がいくつも生まれた。現在ここでは柑橘類やイチジク、オリーヴやワイン用の葡萄が栽培され、ゆったりとしたバーヌース姿のアラブ人ではなく、筋骨たくましいユダヤ人開拓者たちに守られた家畜の群れを見かけることが多くなった。土地は変化し、ヨーロッパ風になってきた。

なんという発展だろうか！

無からの発展。

まだオスマン帝国だったころ、このパレスティナは漠然とした田舎だった。そこでは祈りの時間で分割された一日がゆっくりと過ぎていった。神話とラクダで溢れる、未開の古風な土地。海側には沼地が点在し、背後には砂漠が広がっていた。

どれ一つとっても、約束の地とはまったく異なるものだ。

ある共通の記憶という嵐に、キリスト教徒、ユダヤ教徒、イスラム教徒が巻きこまれて吹き寄せられるまでは。

そして、突然その全員がやって来た。

聖書ロマン派、汎神論者、山師、変人、開拓者、逃亡者、商売人、自称告知者。ある者はメシアの降臨を期待して。またある者は、自然とのつながりを讃える歌を歌いながら。恍惚とユダヤ教の法典タルムードをつぶやく者と肩を並べて、神を信じない野暮な社会主義者、発明家、学者、農場主、医者、建築家、芸術家、労働者、農夫、ロシア人、ポーランド人、ドイツ人、オランダ人、ペルシャ人、モロッコ人、エジプト人が、ときに供を連れて、ときに大切なものを肌身離さず身につけて、そして、まるで四週間もクルディスタンの荒れ野を歩いてきたかのような姿でやって来た。こうしてさまざまな人々が集まったパレスティナに比べれば、天まで届くバベルの塔を造ろうとして神の怒りを買い、違う言葉を与えられた人々のほうが、まだ互いに理解し合えたと想像できる。しかし、それでも驚異的な信頼によって、人々は不可能を可能にすることで一致したのだった。

人々はパレスティナにやって来て溢れた。

松林やアザミの咲く草原、レモン農園のあいだに、ミニチュアの故郷が再現された。ロシアの玉葱形をした丸屋根の塔、ドイツの大聖堂、黒い森《シュヴァルツヴァルト》の山小屋、オックスフォードの大聖堂。常に新たな入植者がやって来た。頭のおかしい者なら誰でも大歓迎だという噂も広まっていたから。

そして、開拓者は例外なく頭がおかしいといわざるをえない。

そうでなければ、いたるところで人の目についただろう。

パレスティナではないところで。

一つの地方が丸ごと新たにできあがった。ほかの場所にはすでにあるものすべてが、約束の地の中で、きらびやかな二度めの初演を祝う。正真正銘の人間が初めてガリラヤの山を車でがたがたと登った。移民がアイスクリームをこしらえて、驚く子どもたちを喜ばせた。ルーマニア人の教師が幼稚園を開いた。ウクライナから来た指揮者がオペラ協会を設立した。オランダ人のキリスト教徒がガリラヤの人々にエスペラント語で話してはどうかと提案する一方で、ポーランド人のユダヤ教徒が『不思議の国のアリス』をヘブライ語に翻訳し、パレスティナ人のイスラム教徒は、ガリラヤにアラブの大学を創立することに専念した。大勢の小トルストイたちが流れこんできて、朝早くから夜遅くまで猫背をさらに丸くして、熱風が吹きわたる砂漠の自然の中から、一番いいところを手に入れようと努力した。真のマルクス主義シオニズムだ。キリスト教徒はほとんどがエルサレムに引っ越した。山師と教養人は地中海の輝く真珠を夢見て、一夜にしてテル・アヴィヴを生みだした。開拓者たちは土地を開墾した。

そういうわけでカーン一家は開拓者だ。

しかも両親は献身的だった。

双子のわが子をわけへだてなく愛した。双子は互いのものを欲しがるが、よくしたもので、結局、それぞれの個性にぴったり合ったものを手に入れる。ビンヤミンは年寄りじみた古風な精神の持ち主で、二人のうちで賢いほうであることは間違いない。その彼は本を手に入れた。

双子が六歳になると、彼は山積みの本を手に入れた。

エフダは棍棒を手に入れた。

あのアリクのように。

一九三四年

ビンヤミンも棍棒が欲しかった。

けれども、彼がそれをうまく使いこなせるとは誰も思っていない。

それが彼の問題だった。

入植村《モシャヴ》をアラブ人背教者の襲撃から守らなければならず、危険にさらされた村では、『オデッセウスの冒険』を読むより、村を守るほうがずっと名誉なことだったからだ。ホメロスやディケンズやスウィフトに反対するわけではない。ここでは教養人は相手にされないだけなのだ。すでにここには多すぎるほどの教養人がいた。生意気な者たちがひと束。村人は彼らの前では落ち着かなかった。あのサムエル・シャイナーマンは、連れ合いの横柄なヴェーラ・シネオロフとともに、グルジア東部の町トビリシから、グルジアのボルシェヴィキに追いまわされる前に逃げてきた。彼はただの農場主ではない。大学出の農場主だ！　そしてヴェーラは何学期か医学部にいたことが自慢だった。息子のアリクが四歳のとき、ロバから落ちて尖った石に頭を打ちつけ血が出ると、信じようと信じまいと、アリクを生け贄の羊のように両腕に抱えて、隣り合うクファール・サバ村に運んだ。夜の畑を走っていったのは、自分の村の医師をまったく信用していなかったからだ。こんなことが考えられるか？

　教養人？

　教養人はもうたくさんだ。

　教養人はテル・アヴィヴに。

　キリスト教徒はエルサレムに。

　真のシオニストは――

　この地に！

　ある朝、シャロームは自分の所有する狭い地所を見て言った。

「そうすると私は真のシオニストだな。ベルリンの金物店を、ガリラヤのサツマイモ畑と取り替え、山羊を四頭飼っているんだから」

　ラヘルが答えて言った。

「そうするとあなたは真の偽善者ね。いまいましいアメリカなんかに移住したくないって振りをしてるから。ただお金が足りなかっただけなのに」

　そう言われれば、シャロームはうなずくしかない。

　彼らが腰をおろした入植村《モシャヴ》クファール・マラルは、第一候補というわけではなかった。実のところ、エルサレムを考えていたのだ。さらには、移住した都会人の最善をつくしたいという欲求を満たしてくれるテル・アヴィヴを考えていた。しかし正直なところ、妻が双子を宿し、職もない身で、世界のどんな都市にも漂流する気にはなれなかった。そこで知り合いの勧めに従って、片田舎のクファール・マラル村にやって来たのだ。ここなら仕立屋と指物師の能力を認めてもらえるし、自分たちの農場も営むことができる。

とにかくモシャヴだ。そこなら集産主義的集団農場のキブツよりましだ。キブツは、ブルジョワのカーン一家に、できもしないマルクス主義者のストレッチ体操をしろと要求するにちがいない。子どもの教育は社会の仕事で、土地の私有は一切認められない。ばかげた話だ。確かにモシャヴでも、農機具や車輛は村の持ち物だが、少なくともそれぞれの家計は個人で管理できるし、自分の土地を耕し、そこで栽培するものは自分で決められる。おしゃべりなボルシェヴィキたちが小屋にたむろし、内輪で蓄えを飲み干すようなことには決してならない。ベルリンの金物屋を売った金で旅費を賄い、この古く小さな家を農地と一緒に購入できた。彼らはここで少なくともプライバシーを保つことができる。

ラヘルとシャロームは家族で過ごすことを好んだ。シャイナーマン一家がそうしているのと同じくらい頻繁に——しかし、この村のたいていの者たちにとって、それは高嶺の花だった。

カーン一家の隣人は太った女性画家だ。九十歳の母親と二人暮らしをしている。ある日、お茶の時間に、ラヘルに皮肉って言った。

「結局、ここの文明化の程度が高いのは、こっちに駆けこんできたシシカバブを食べる者たちを、さっさと追い払わないおかげね」

ラヘルも、一九二八年一月十五日、身重の体でパレスティナに降り立ったときから、いつもしてきたように、自分の怒りは口にだして片づけている。

「駆けこんできた者たちって、ここにいる全員のことなのでは」

ラヘルはそう言って考えこんだ。

「ばかばかしい」

「違うの？」

「そう、まったく違うのよ。自由な意志でここにいる者たちと、パレスティナに逃げてきた者たちとのあいだには、違いがある。いずれにしても、その違いによって、逃げてきた者たちの、自由なシオニスト社会を形成するための誠実な意欲が、疑問視されるべきではないわ。でも、入植者は逃亡への激しい衝動があるだけだと思うことで、すべてを中傷することになる。

時なら、ユダヤ人はそのために、時の始まりから戦ってきたのよ」

時なら、ユダヤ人が生まれる前に始まっていた。ラヘルは思った。

「でも、シャイナーマン一家はとても親切よ」

女画家は陰気な目をしてカップの縁を見つめる。

「あの人たちが親切だと思っているの？　本当に？」

「もちろんよ。ヴェーラは、たとえばわたしをかわいがってくれるし。それに、サムエル・シャイナーマンは骨の髄まで信念を持ったシオニストじゃない。彼は逃げてくるしかなかったんだろうけど、確信してこっちに来たんじゃないの？」

「あの男は違う！」

それについては女画家はまったく疑っていない。

「──あいつは、マルクス主義シオニストのユダヤ人労働者組織、ポアレ・シオンの活動家。そうね、共産主義者にあんなに苦しめられなければ、あいつは優雅にグルジアに残っていたかもしれない」

「じゃあ、ヴェーラ・シネオロフは？」

「あの二人がここに来たのは、シオニスト的な冒険に、ほんのわずかな情熱があったからだというような妄想を、ラヘル、あなたは抱いてはいけない。彼女がここにいるのは、夫のためなら、北極までもついていくからなのよ。彼女はシオニストを憎んでいるわ。いずれにせよ、彼女が集団から孤立しているのは驚くことではないのよ。それに、彼女の夫は上流気取りの俗物でしょ？　そうでなければ、自分たちの地所を柵で囲む理由はないわ。このモシャヴでたった一軒よ！　普通じゃない。ラヘル、あなたにはその説明がつくの？」

「家族水入らずでいたいのよ」

「ふん！　水入らずねえ。門戸が閉ざされていたら、いつ友情という日の光がさしこむのかしら？」

ラヘル・カーンは黙りこんだ。

「カーンさん！　門を開けておくことは、心を開く鍵なのよ。そんなふうに考えるから、わたしたちは共産主義者というわけ？　違う、わたしたちはまともな人間の集団なの。それぞれは自分のために、そして互いのためにここにいる。お茶のおかわりはいかが？」

ラヘルは熱い代用紅茶をすすりながら、ヴェーラ・シネオロフのことを思った。たった一人の友人の。

白ロシアで、彼女は六人の兄弟とともに育ったが、家は貧しいはずがない。裕福で洗練された家庭で、彼女はいい学校に通い、オペラや芝居に連れていってもらったのだ。ヴェーラは社会という板張りの床を歩くことを学び、的を射た鋭いもの言いをするための話術に磨きをかけた。おかげで、結婚したい青年たちが、彼女により一層いい印象を持つようになった。グルジアのトビリシでは医学生としてきらめきを放ち、農業経済を専攻するサムエルと出会う。フランス語、ドイツ語、ラテン語、ヘブライ語に堪能で、ユダヤの哲学に通じ、バイオリンを弾けば歌も歌う、ヴェーラの知性に彼は魅了された。

コーカサスでは反ユダヤ主義が花盛りで、ボルシェヴィキは国を根本から変えはじめていた。一九二一年、赤軍がグルジアを急襲したときもなお、ヴェーラは、人々が偏見から解放され、異なる者同士がともに生きていける共産主義のユートピアを信じていた。一方、サムエルは、赤軍の兵士がユダヤ人大学生をかき集めて連行し、処刑するところを目のあたりにする。

しかも、彼はシオニストの労働運動組織ポアレ・シオンの幹部だ。自分が彼らになにをされるか、想像するまでもない。

十月革命がすでにユダヤ人を裏切っており、それだけで充分だった。彼はヴェーラに求婚し、一緒にパレスティナに逃げてくれと懇願した。ラブコールを送られたヴェーラは学業を八学期で中断し……

それで、二人はここにやって来た。ヴェーラがハイファに上陸したときの気持ちが、ラヘルには痛いほどよくわかる。それは自分自身が感じたことにほかならないからだ。

ひと言で言うなら——驚愕。

約束の聖なる地。

薄汚い砂山、緑に乏しく、そこらじゅう沼地だらけで、おまけに会合でも開いているかのような蚊の集団。アラブ人の港湾労働者にヴェーラは怯えた——のちにはアラブ人なら誰にでも怯えるようになるのだが。入植村のシオニストはマルクス主義者の本性をあらわにし、共産主義とシオニズムは黴臭い農民の生活圏だと判明し、彼女はその中で干上がっていく自分の姿を目にした。そして、まさにそのとおりになったのだ。何度か迷ったのち、二人はクファール・マラル村に到達した。彼らの資金で、太陽に焼かれた未開拓の土地一ヘクタールを辛うじて購入できたが、彼女は医学生の外科用メスを鋤一本に取り替えてしまったのだと悟ったのだった。

「いつでも、わたしは簡単にわかるのよ」

彼女はラヘルに言った。

ラヘルには、彼女に備わる霊感のようなものには慣れていた。それでも、中東にも大学はあると言って、ヴェーラを励ました。

「大学はいつでも卒業できるじゃない」

「なにを学んで？　獣医にでもなるの？」

そう言うヴェーラの口もとには、人を軽蔑するような皺が寄っているが、その表情はすっかり身についてしまったものだ。偏狭さとシオニストの哀愁のほかに、彼女が直面するものはないのだからしかたない。ラヘルがある種の期待をよせていた隣人の女画家ですら、よく観察すれば、趣味が能力にまったく匹敵しない、オーストリアの元郵便局員だとわかった。

おまけに、ヴェーラはロシア語しか話そうとしない。

こうした厄介な状況のせいだけではなく、シャイナーマン一家とモシャヴは初めから敵対していた。サムエルは徹底した理想主義者だ。彼のシオニスト像は、勤勉だが洗練されていて、言うまでもなく世界平均を超える社会の像だった。ヴェーラのように隣人たちを軽蔑し、人から人間嫌いだと思われるような態度をとった。ユダヤ人の故郷というヴィジョンが、逃亡者や狂人やブルジョワによって変えられるのを目にすると、彼の中に肉体的な苦しみが広がっていった。そういう人々の出現や知性は、新たなユダヤ人のプロパガンダに描かれた理想にはまったく合わないからだ。哲学者たちの構成概念の中に存在する人類が、燕尾服を着た猿のように場違いに見えるという事実を、彼は受け入れることができない。サムエルの世界で理想は、人間の中にある欠陥を照らしだすことに使われていた。しかし、ともかくそれが彼の本質で、彼には好きな人間はおらず、彼を好きな人間もいなかった。

ラヘルとシャロームがクファール・マラル村で生活を始めたとき、二人はシャイナーマン一家の隙間風の入るロッジを家畜小屋だと思った。サムエル・シャイナーマンは自宅を自力で建てたのだが、さまざまな才能のある男も、大工仕事では役立たずだと証明したのだった。ぐらぐらとした柵が、彼らの地所を囲っていた。

クファール・マラル村に、柵をめぐらす者は一人もいない。

たとえどういう人物であれ、そこに暮らす人々に、たちまちラヘルは同情を抱いた。モシャヴの住民たちからは、シャイナーマン一家は高慢で、頭がおかしいと教えられた。皆が栽培するものを植えずに、彼らはオレンジや蜜柑、綿花やアボカドを試しに栽培していた。おまけに、収穫した作物を誰もがするように組合に売るのではなく、サムエルは行商人のように道端で売った。

彼らとはかかわりを持たないほうがいい。

「おもしろそうね」

ラヘルはシャロームに言った。二人が、モシャヴの事務所で彼らのことを散々吹きこまれたあとのことだ。

「そうだな、彼らは組合とは距離をおいているわけだ」

「そのとおりね。わたしも柵が欲しいかもしれない」

そして彼女は真っ直ぐアウトローたちに会いにいき、知り合いになったのだった。

「ようこそ」

ヴェーラは言った。

「ありがとう」

「クファール・サバでは、わたしたちの素敵なクファール・マラル村をなんて呼んでるか、もう聞いた？」

いや、まだ聞いてはいない。ラヘルは、自分のヘブライ語で充分にやっていけることにほっとした。クファール・マラルは、ユダヤ人学者モシェ・レイブ・リリエンブルムの頭文字M・L・Lにちなんでマラルと名づけられた。

「くだらない。わたしなら、クファール・ウムラル……哀れな村って呼ぶわ」

ヴェーラは、ラヘルの足もとの砂地に吐き捨てるように言った。

「ついこの前までここは、エィヌ・ハイと呼ばれていたんじゃなかったかしら——命の泉と」

「たぶん、アイン・ハイのほうよ」

生命はないという意味だ。

その言葉で、ヴェーラが新たな住みかとなった土地に、どれほどの不滅の愛を燃え上がらせていたのか推し量れるというものだ。

まあいいだろう、水道もなければ、電気もない。

確かに厳しい。

けれども生命がないとは……シャロームは初め少し苦労した。トラブルメーカーと親しくなることで、村の全員を敵にまわしたくなかったのだ。協調しないとどうなるか、よくわかる。ちょっとした諍いがあってからというもの、シャイナーマン一家と村民のあいだは戦争にも似た状態になっていた。

モシャヴの代表が説明してくれた。

「つまり、こういうことだったんだ。ここからほど近い、ラマット・ハシャヴィムを知ってるだろう？」

隣村だ。

寒村。

さらにみじめな小屋ばかりの。

「彼らに土地を提供しようと村の議会で決めていたんだ。それぞれが少しずつ提供するということで。シャイナーマン一家はそれに反対する旋風を巻きおこした。そこで、新しい境界がどこになるか印をつけるために、われわれで鉄条網をめぐらしたんだ。それをヴェーラが夜陰に乗じて切ってまわった。それから、われわれに隠れて新たに交渉し、自分たちの土地だけは提供を免れることにし、隣村はそれに同意したんだ。これまでここでは抜け駆けする者などいなかった！　結局、われわれ全員が土地を失い、シャイナーマン一家だけが失わずにすんだわけだ」

「考えてもみてよ」

ラヘルはシャロームに言った。

〝考えてもみてよ〟は、彼女の口癖になっていた。

「そうだな、いったい個人とはなにかということか?」

シャロームは驚いている。

「少なくとも、なにかではあるわね」

シャロームは首を振った。しかし、自分たちとシャイナーマン一家の共通点は思っていたより多いと、しだいにわかってきた。

子どもたちも同い歳だ。

ラヘルが、クファール・サバにあるトタン張りの産院でエフダとビンヤミンの双子を産んだとき、ヴェーラもそこで男の子を出産した。産声を上げる前から、その子のあだ名はアリクと決まっていた。彼女にはすでに娘が一人いて、名前をエフディットといい、ディータと呼ばれていた。あれやこれや二人の女性のあいだの内なる絆のおかげで、友情を深めることになった。ラヘルにはまったく教養というものはなく、ただのお針子だが、ベルリン出身で、劇場やキャバレーに行ったことがあり……

しかもロシア語を話す!

ラヘル・エリザベータ・カルポフ。ドイツ人の母と、ロシア人移民で赤色戦線戦士同盟の活動家である父を持ち、サンクト・ペテルブルクで生まれ、ドイツ語とロシア語の二カ国語を母国語として育った。

村のほかの女性たちと比べれば、文化に飢えるシャイナーマン一家に彼女は天からの使者に見えたにちがいない。サムエルはヴァイオリンの名手だった。かたやシャロームは高貴ではない楽器を弾く。バンドネオンだが、やはり玄人はだしだ。歌はサムエルほどうまくないものの、情熱をこめて歌った。

「みんなから敵視されていることを、あんたたちはどうやって耐えているんだ？」

ある夜、シャローム・カーンが尋ねた。

「どんなことでも耐えられるものさ」

サムエル・シャイナーマンは応じる。

「肉体的なことならね」

ヴェーラがつけたした。

「ラマット・ハシャヴィムの村民に、あんたたちの農地をわずかでも提供すべきだったんじゃないだろうか」

「どうして？」

「愛すべき平和のために」

「土地など提供しない」

以上、終わり。彼らはシャイナーマンの家で、干しイチジクなどをつまみに安物のワインを飲んでいた。子どもたちはソファで眠っている。サムエルはナツメヤシを口に押しこむと、アリクとディータに身をかがめた。二人は、今夜は特に情熱的だったヴァイオリン演奏から逃れ、クッションの後ろで絡まり合っている。サムエルは二人にささやきかけた。

「土地なんか……提供……しないさ」

シャイナーマンの宇宙には自然の三原則がある。
一　上を見ること。
二　たとえ命という犠牲を払ってでも、原理原則は尊重される。
三　家族の団結はあらゆる嵐に抵抗する。
ほかの家の子どもたちが、シャイナーマン一家の果物を略奪しようといつも企んでいたからだが、彼らはとっくに暴力沙汰を引き起こしていてもおかしくなかった。もしそんなことになっていたら、モシャヴはサムエル・シャイナーマンが大学で受けた高等教育の恩恵にあずかれなかっただろう。農業経済学士様は、われわれには決して思いつかないアイデアを提供してくれると、村の協議会は歯噛みしながら認めるしかなかった。

彼がとりわけ発揮したのは勇気だ。

このシャロン郡にユダヤ国民基金を設立していた協同組合は、どこも常に危機的な状況にあったからだ。この地で暮らすアラブ人のすべてがトラブルを起こすわけではなく、なかには商取引までする者たちもいるが、総じて雰囲気は悪かった。カーン一家が移住する数年前、村はアラブ人山賊の略奪にあったことがあり、決して安心できない。脅威は組合を揺るがしていた。たとえシャイナーマン一家がほかの住民と敵対していても、クファール・マラルとその住民を守るために、彼らは命を危険にさらすだろう。

サムエルは逃げなかった。それを息子のアリクも学んだ。

アリク五歳の誕生日に、サムエルは豪華な短剣のレプリカを息子に贈った。グルジアから持ってきたものだ。

今年、六歳になると、彼はヴァイオリンを贈られた。

そして、あの棍棒も。

ここで話をビンヤミンに戻そう。

ビンヤミンはアリクをうらやんでいた。双子の兄弟エフダのこともだ。このごろ彼は脱穀用のから竿を手にして走りまわっている。長い竿はビンヤミンの手にずしりと重いが、彼にとって竿は憧れが一体となった悪友だった。

彼もそういうふうに一体となりたかったからだ。

ビンヤミンは自分の本を憎んでいた。

自分自身を、世界中のどんなものより憎んでいた。

息子が苦しむのを見ていたラヘルは、それが彼の中でどういう姿をしているのか痛いほどわかる。彼のことを本当に理解していたのだ。

一体になれないという感情。

中東にやって来てから、彼女はそうした感情を使い果たしてしまった。ヴェーラと彼女がとても親しいのも当然だ。ラヘルは、わが家を失った喪失感と上手に付き合うことを覚えた。そして今、自分にとってすべてだが、故郷だけでは決してない土地を、故郷と呼ぶしかないという現実の意味を知った。すなわち、絶対に故郷にはならないということだ。悲観的な気持ちは抑えこむことができる。けれども、ラヘルはなにものにも左右されない明白な事実を知っている。ヴェーラが、ふたたび大学で学ぶという夢は夢のまま終わることを知っているように。ラヘルは、この土地で二人は干からび、まるで怪物が息を吹きかけているような、荒れ野を吹きすさぶ風に貫かれ、決して怪物の住む大地に根をおろすことなく死んでいくのだと感じている。そもそもベルリンを去ったのであれば、ベルリンにいては危ないという兆候はそれほど曖昧ではなかったのではないのか。ディアスポラと呼ばれる離散の地が、かつて彼女のわが家だった。今も彼女はディアスポラに住んでいる——先駆的なシオニストの思索家たちによって提供された、この新たな世界に。

〈もしかすると思索家たちの言うことは正しかったのだろう〉

〈彼らの言うとおりであることは確かだ〉

伝説という黴臭さがはびこるパレスティナに、彼女は優しい気持ちにはなれなかった。熱心にサツマイモを栽培するシャロームも途方に暮れているようだ。彼はドイツにいるときからシオニストの夢を熱く追いかけ、ここでの希望に満ちた生活を待望し、自分に魔法をかけて約束の地では敬虔になろうとすら思っていたのに、パレスティナにやって来てからというもの、そうではなかったことに心を痛めるばかりだった。

この地で暮らすことは、シオンへの憧れを満たしてはくれない。

ますます大きくなるだけだ。

そういうふうにして、シャロームとサムエルはそれぞれ自分なりに苦しんでいた。一方、ラヘルとヴェーラは、制約と熱いイデオロギーでできた檻に閉じこめられているように感じている。彼女たちは、できればそのまま暮らしていたかった国から逃げてきた。夫たちは、一人は中程度に絶望し、もう一人は、サツマイモ畑に自己を実現の道を見つけたのだと、自分自身に信じこませようとしていた。

一九三五年

たとえ彼らがすぐ近くに住み、それぞれの両親がモシャヴの村民には理解できない友情を育んでいるとしても、子どもたちが互いを意識するようになったのは学校に行く年齢になってからだった。

まずエフダが、アリクのことを意識するのはたまにしかないと気づいた。

なぜなら、アリクは一人でいることが常だったからだ。

春になると、クファール・マラル村のまわりは夢のような風景に変わった。シャロン郡は、畑やプランテーションに区分けされており、柑橘類、ザクロ、イチジク、オリーヴがたわわに実る木々が、兵隊のようにきちんと並んで幾列も続いている。さまざまな色合いや織り地の農地は農道に縫い合わされて、一枚のパッチワークになっていた。そのところどころに手つかずの土地、ゼラニウムやトケイソウ、アネモネが咲き乱れる野趣溢れた草原が残っている。緑の大波を、涼しげでひっそりとした森の始まるところまでたどっていくと、アザミや花粉の匂い、遠い海の潮の香や、肥料や山羊の糞の臭いが漂ってくる。空気は虫の羽音に振動し、土地は繁殖に酔っていた。何週間かすれば、暑さが大地を干上がらせ、あらゆる色を焦がしてしまうが、今ここはエデンの庭だ。

あるいは、そうなのかもしれない。

昨年は、一九二九年の事件からすれば静かな年だった。新任の高等弁務官の庇護のもと、ヘブロンに初めてのユダヤ人家族が戻っていった。憲兵にエスコートされ、唯一無二のわが家に移り住んだ。あたりを見まわせば、アラブ人たちは目をそらす。怒りからそうする者もいたが、たいていは恥じて目をそらした。その一方で、荒れはてた家の修繕を手伝う者もいた。委任統治国の秩序正しい軍隊が、ヘブロンをかっこで括るように駐留している。エルサレムでは、静けさを正常化の証しだと解釈した。「かつての関係を再構築することは、唯一時間の問題で、見てのとおりうまくいっている」と、高等弁務官は夜会で得意げに語った。

それは彼の見当違いだ。

実際には暴力は続いている。殺害までするような暴徒が、町から消えただけだった。むしろ散発的に燃え上がり、こちらの農場、あちらの居住区というぐあいに暴力沙汰は日常に忍びよる。それは悪天候のようなものになっていた。

腹立たしいが、一時的な現象だ。

第一章が終わりを迎えたことは確かだった。

もう取り返しはつかない。

ヘブロンの事件のあと、ユダヤ人とアラブ人は、ものごとを互いに他者の目で見るようになっていた。不和の種は相変わらずイギリスの移民政策だった。移民の流入に、うまく制限をかけられないのだ。実際には、過激なシオニストたちだけはやって来なかった。多くの者は、ヨーロッパやコーカサスで生じた不幸から逃れようとやって来る。一方、アラブ人の目には、移住が抑制されなければ、結果、自分たちが追われる身となることは避けられないと映った。アラブの国民運動は、力でシオニズムに抵抗しはじめる。それぞれの側の急進派は、平和裡の共存には失敗したと宣言。ヤッフォ、ハイファ、ナブルス、エルサレムの町の通りは、抗議の名のもと穏やかに揺れていたが、その陰ではテロという卵が孵化していた。

こうした時代、大人が子どもたちから目を離すことはない。通学路をはじめ、子どもたちの生活すべてが厳しい監視下におかれるようになった。

けれども、子どもとは水のようなものだ。

エフダとビンヤミンが、二人の腿に達するほど背の高い草が生い茂る原っぱで駆けっこの練習をするとき、家々は密生した木々の向こうに隠れ、大人の姿は見えない。子ども時代の天国。そんなものは昔も今も存在しないのだが。

エフダは丘に駆け登った。そのとき、ビンヤミンが転んだことに気づいて立ち止まり、踵を返す。

くそ！

なんで転ぶんだ。

エフダはこのごろでは、双子の兄弟の、自分が年長であるかに感じていた。

きっとビンヤミンがあんなに小さいからだ。

おまけに息づかいも弱々しいし。

その反面、ビンヤミンはずっと賢かった。それは事実だ。びっくりするほど呑みこみが速い。誰かから話を聞くとき、エフダはぼんやりと鼻をほじっているのに、ビンヤミンはたちまち理解してしまう。だから、エフダは小柄な兄弟を少しうらやんでいた。たとえ、ほかにできることがないときでも、おつむにはなんの価値もないのだと、ときどき彼にはっきり教えてやらなければならない。

そもそもビンヤミンにできることは多くない。

木登り。じゃれ合うこと。

走ること。

今も、ずっと遅れて荒い息をついている。ぐっしょり汗をかき、真っ赤な顔をして。そのときエフダは、まるで自分の後ろめたさが真っ青な空から降ってくるような声を聞いた。はっきりいえば、ラヘルの声なのだが。

「エフダ、ベンはおまえみたいに丈夫じゃないのよ。あの子のことを気にかけてあげて。見ててあげてね」

それは母親の言った言葉だ。

じゃあ、ベンがどれだけ薄のろか、非難がましく話すのはやめてくれ。

いかにも嫌そうに。

ふん!

あいつが歩調を合わせられないことを、母さんはよく知っている。子どもが感じる、そうした後ろめたさは、大人の後ろめたさとはまったく異なるものだ。あたかも罪でできた空が頭上に落ちてくるどころではない。自分はカブト虫のように小さくなり、すっかり恥じ入ってしまう。まるで世界の終わりのように。

自分にあるのは――

罪。

償わなければならない。

「ぼく、いんちきしたんだ」

エフダは大声で言った。

ビンヤミンはやっとのことで丘を登りきり、草の上にどしんと倒れこんであえいでいる。

「いんちきって、どうやって？」

「走ってるときにだよ。本当はおまえの勝ちだ」

「そんなばかな」

「いや、そうなんだ」

「走ってるときに、どうやっていんちきなんかできるのさ」

「そうだな、ぼく……」

いつもこうだ。最後まで考えていないから、行き詰まってしまう。ビンヤミンはとにかく勘が鋭く、こうしたくだらない嘘はお見通しだ。エフダはすぐにも違う口実を思いつくしかない。あたりを見まわし……アリクが目に入った。手にした枝で、赤いアネモネの花を叩いている。花びらが宙を舞っていた。

「おい、で……」

エフダは唇を固く閉じる。でぶ。そう言おうとしたのだ。村のたいていの子どもたちが、シャイナーマンの息子をそう呼ぶように。アリクはエフダたちがいることにまだ気がついていない。そこでエフダは彼を観察し、ちょっと考えてみることにした。腰まわりがでっぷりしている。見た目はそれほどかわいくもない。だから、そういうあだ名がついた。しゃくにさわるが、エフダはビンヤミンのことでちょうど思いっきり後悔したばかりだったから、呼び方を改めることにした。

「おい、アリク！」

返事はない。

「元気だった？」

アリクは目を上げるが、すぐまたそらす。アネモネの花を叩き落とす仕事に没頭する。おやおや、これはしぶといぞ。けれどもエフダは罪滅ぼしをすることに頭がいっぱいで、諦めたくなかった。

「そこでなにやってるの？」

「なんにも」

「そんなふうには見えないよ」

アリクは肩をすくめた。咲き誇る花の海にどっちつかずで立って、日の光に目を細めている。

「一緒に遊ばない？」

「なにをして？」

「駆けっこはだめだ」

草むらに倒れているビンヤミンがうめいて言った。

「灌漑用水のタンクまで行って、泳ごうよ」

アリクはためらっている。

やがて、手にした枝を引きずりながら、ようやく二人のほうに丘を登ってきた。

孤独感が漂っている。自分の欲求不満を花にぶつける子ども。そうして一人でいれば、ほかの子どもが彼に意地悪をするという機会は生まれない。彼らはアリクをからかい、バレーボールとか木登りごっことかが始まっても、彼を誘おうとはしないのだ。自分たちの両親が、シャイナーマン一家がアレルギー性の痒みのように嫌っていれば、それは子どもたちにも伝わるものだ。

その一方で、子どもは子どもだ。

わずか六歳なのだ。

まだそのくらいの年齢だと、先入観を打ち壊す経験はたっぷりできる。おまけに、クファール・マラル村は視界が悪いわけではない。アリクは、どこに行けばほかの子どもたちに会えるかわかっていた。しばしばそこに行けば、きっと彼らは仲間に入れてくれる。けれども、彼にはそうする勇気がなかった。

雨が本格的に天から降ってくるようなときは、一人で家畜小屋にしゃがんで、藁を裂いてはもの思いにふけっているほうがいい。

おまけに父親は彼に厳しく接した。彼は農場であくせく働いた。彼とは違い、エフダとビンヤミンの双子の兄弟は、暇なときは泳ぎに行った。畑を耕すとき、鮨手でならすとき、鋸を引くとき、肥料を撒くとき、餌をやるとき、収穫するとき、畜殺するとき、荷車に積むとき、アリクは手伝わなければならない。新しいことを試すのが好きなサムエル・シャイナーマンの努力は報われはじめていた。サツマイモ、ピーナッツ、アボカド、オレンジ――どれも、初めモシャヴでばかにされたが、今では利益を生んでいる。さらに、彼は常に旅をしていた。農業経済の専門家として雇われ、トルコから仕事が舞いこむことすらあったのだ。飢えに苦しむ時代は終わった。いつしか彼の収入は村の平均をはるかに超えるようになっていた。だからといって、彼が人から好かれるようにはならない。村では、怒りと妬みと評価がいりまじって激しく渦巻いている。おまけにアラブ人の山賊が襲ってくる危険もあり、一家は四六時中、警戒を怠らなかった。

それでアリクには単純に遊ぶ暇がなかったのだ。

「一時間でいいよ。夕ご飯の前に」

エフダは彼を説得した。

「そのあとで砂爆弾を作るんだ。一緒に行こうよ」

ビンヤミンは言った。

砂爆弾作りは、すごいことだ！　誰かが持ってきた古新聞のページを破り、その上に濡れた砂をのせて、一緒に団子にまとめれば爆弾のできあがり。

そのあと、敵にぶつける。

それも力いっぱいに。

子どもたちは毎回大はしゃぎし──母親たちは服の汚れを洗って落とさなければならず、おもしろくないのだが、ビンヤミンですら一緒に遊んだ。彼は投げるのも下手だし、爆弾もうまく作れない。たいてい爆弾が宙を飛ぶあいだに砂がこぼれてしまうのだが、そのことで笑いものにされた。しかし大声で笑った者は、エフダとかかわることを覚悟しなければならなかった。

アリクは木立のほうに目を向けた。その向こうからモシャヴが始まっている。憧れのまなざし。

「一緒に行きたいけど」

「けど？」

「父さんの手伝いをしないと。家には不愉快なことが」

「不愉快なことって、どんな？」

アリクはとまどった。答えが喉に引っかかり、蛙のような声だけをだす。

「教えてよ」

「母さんが部屋から出てこないんだ」

「どうして？」

「それは……母さんには手紙の日があって」

アリクは陰気な目をして言った。

「おかあさんのなに？」

エフダは、アリクの母親には自分の日なるものがあると聞いたことがあった。いらいらして、子どもにびんたをくらわすことの言い換えであるのは明らかだが、手紙の日というのは、いったいなんだろう。

「母さんが手紙を書くんだ」

「誰に？」

「母さんの両親に。トビリシにいるんだ。ぼくの伯母さんに。伯父さんたちはヨーロッパに住んでて、その伯父さんたちにも。みんなに山ほど手紙を書くんだ。アフガニスタンに友だちもいるし。みんな手紙を貰うんだ……」

アリクは言葉につまった。

「……ぼくたちとは口をきかない」

ぼくたちとは、サムエル、アリク、姉のディータ。

おもしろそうだ。

二人は根掘り葉掘り話を聞きだした。アリクのほうでも、思いがけず二人の興味を引いたことに触発されて饒舌になっていた。彼は、モシャヴじゅうが彼らの敵だから、家族だけで農場にいるのがどれほど怖いか話した。村八分になる気持ちを語った。父親はそのことでひどく心を痛め、母親は自分なりのやり方で耐えている。

「母さんはお医者になりたかった。でも、今ではもう無理だ。畑での重労働のせいだって、母さんは言ってる。昨日、母さんは泣いて、父さんを怒鳴りつけたんだ。こんなところに来たくなかった。こんな惨めな暮らしをしてるのは、父さんのせいだと言って」

「惨めな暮らし？　ぼくたちの暮らしは惨めじゃないと思うけど」

エフダはおうむ返しに言って、あたりを見まわした。

「ぼくたちのことを好きな者は一人もいない」

「そんなことないよ。ぼくたちの父さんと母さんは、おまえの両親のことが好きだよ」

アリクの顔つきがますます暗くなる。

「でも、たったの二人だけだ。知ってるだろ。去年、あいつらはテル・アヴィヴで、なんとかいう労働者のリーダーみたいな男を撃ち殺したんだ。クファール・マラルでは、みんな言ってる。しゅうりょう……しゅうせい……修正主義シオニストたちが殺したって」

そう言うのも当然だ。ほかにどう言えるのだ。シャイナーマン一家をのぞき、モシャヴの全村民は、マパイと呼ばれる、あのダヴィード・ベン・グリオンが指導者する労働者政党の党員だった。カーン家ではしばしば話題にのぼり、だからエフダもグリオンの考え方を聞いて知っていた。ユダヤ人とアラブ人は互いを受け入れ、それぞれが自分の土地を持てるよう、一緒にパレスティナで生きていくべきだと、彼は言う。修正主義シオニストは違う。とんでもなく複雑な言葉だ！　いずれにせよ修正主義シオニストは、パレスティナ全土をユダヤ人に与え、そのためにできるかぎり大勢のユダヤ人を入植させるという〝元来の目標〟を意識するよう要求している。去年の夏、労働者のリーダーがテル・アヴィヴの港湾地区で撃ち殺されると、犯人は修正主義シオニストだという噂が、すぐにマパイのあいだで広まった。そのことで、アリクの父親は村民たちと口論になった。彼が犯人はアラブ人だと主張したからだが――おかげで今では、村民たちは彼を右だとののしるだけではすまず、狂信者だと言ってののしっている。

アリクは手にした枝を握りしめ、顎を突きだした。

「でも、ぼくは父さんを支持する。頑張り抜けば、どんな敵でも倒せるのさ。まだ敵がそんな強くないうちなら」

一語一語に、父親のサムエル・シャイナーマンが言うのと同じ響きがある。

ビンヤミンはうなずいた。

「ぼくたちの母さんも悲しそうにしてることがあるよ」

「そうだな、でも手紙の日なんかないだろ」

エフダは言って、ばかのように笑った。

「じゃあ、なんで悲しいんだ？」

アリクが尋ねる。

「ベルリンのせいだ」

「ベルリン？」

「父さんと母さんはベルリンから来たんだ。母さんの話では、あっちに残っていたかったけど、出てくしかなかったんだって」

「父さんが言ってたけど、ドイツではユダヤ人が殺されてる」

ビンヤミンは肩をすくめ、

「だから出てきたんだよ。ぼくにもなぜだかわかんないけど、それでも母さんはホームシックにかかってる。いつもは笑ってても、たまに……そうだな、やる気がなくなるっていうか」

「そうだ、ぼくもそう思う！　やる気がなくなるんだ！」

ホームシック。

無気力。

おやおや、そんな言葉はエフダの口からは出てこなかっただろう。だからどうということはない。ビンヤミンのほうが彼より雄弁なのだ。

時間は過ぎていった。まるで二人はアリクに初めて会ったかのようだ。初めて会ったのは幼子のころで、互いの両親が一緒に楽器を演奏するとき、ソファに一緒に寝かされていたのだが。そこには、サムエル・シャイナーマンの友だちがいる近隣の村や町から、楽器の名人たちが応援にやって来ることもしばしばだった。子どもたちは、サムエルがロシア人詩人の詩を朗詠するのを、たったの一語も理解できないのに聞き入った。きいきい騒ぎながらテーブルや椅子の下を這いまわり、お互いのことを知ったのにちがいない。

けれども、当時はまだ赤ん坊だったのだ。それは数には入らない。しかも、その後はしばらく付き合いがなかった。

今になってようやく、互いのことをちゃんと知った。どうやら共通点が山のようにあるようだ。

たとえば、無気力な母親。

「大変だ！　うちに帰らないと。犬に餌をやらなきゃ」

アリクが突然立ちあがって言った。

「どんな犬？」

エフダは、シャイナーマンの農場で犬を見たことがあったかどうか思い出せない。

「昨日、父さんが二匹持って帰ってきたんだ」

アラブ人や、マルクス主義のシオニストの間抜けどもに対抗するために。

威嚇のためだ。

「じゃあ明日、一緒になにかして遊ぼうよ！」

アリクは笑みを見せた。

ついに、ほほ笑んだのだ。

枝は引きずって家に帰る。

アネモネの禁猟シーズンだ。

カーン家の双子と出会ったことは本当によかった。それにしても、あの二人はずいぶん違っていた。それは驚きだった。ちびで弱々しいビンヤミン。けれども、明らかに彼のほうが賢いとわかる。だからといって、エフダと友だちになるのは好ましくないとは思えない。強くて、なにごとにも甘んじず、彼とならどんなことでもできそうだ。

アリクは自分に友だちができたのだと、はっきり感じた。

その瞬間、石をぶつけられる。

二の腕に命中して痛みが尾をひいた。すぐに何人もの笑い声が彼を追ってきた。

少年二人が茂みから姿を現わす。

アリクの知った顔だ。二人はほかの子どもたちに負けず劣らず、彼のことを嫌っている。絶えず敵対的な態度をとっていた。

「でぶ!」

アリクは腕をかばった。

「でぶ、脂ぎったでぶ!」

彼の目に涙が溢れでる。怒りの涙が。持っていた枝を振り上げ、威嚇するように二人に近づいた。

二人は彼をかわして、笑い声をたてる。

「でぶ、でぶ、でぶ、酒瓶みたいに間抜け！　空っぽの酒瓶！」

そう囃し立てて逃げていった。

アリクは家に向かった。きっとこっぴどく叱られるだろう。とっくに戻っていなくてはいけなかったから。彼の中では恥が煮えたぎっている。けれども、いつもとはどこか違っていた。いつもは黙って落ちこむのだが、エフダならそれをなんというだろうか。

ビンヤミンは？

今、自分には友だちがいる。

もう、なんでもかんでも我慢することはない。


サムエルはヴェーラを元気づけることに気をとられ、結局、息子が遅く帰宅したことに気づかなかった。その夜、アリクは一睡もできなかった。

自分にははっきりわかったのは、なにか土台から変わらなければならないということだ。

しかもすぐに。

明日になれば、それがなになのか、自分にもわかるはずだ。

一日中、彼は自分の仕事を辛抱強く片づける。畑や納屋や家畜小屋で両親を手伝い、ようやく午後が近づき休みがとれた。

そこで、ほかの子どもたちが遊んでいる場所に向かう。

木の枝は捨ててしまった。

手には、今年の誕生日に貰った棍棒がある。子どもたちは追いかけっこのような遊びに興じていた。ちょうどいい。もっとも卑劣なやつらが山と集まっている。彼を好んでいじめるグループと、当然そこには昨日の首謀者たちも一緒だ。

アリクはひと言も口を開かない。

あの二人のうち、初めに彼に気づいた少年めがけてまっすぐ歩いていった。少年は彼の姿を見たときは、世にも稀なばか面をさらしていたが、やがて口もとを緩め、見下すようににやりと笑った。

「ふうん。いったいなにしに、ここ――」

アリクは勢いをつけて棍棒を少年の右腕に振りおろす。ぽきんと音がした。

「うう！　この間抜けな――」

「間抜けな、なんだ？」

もう一度。さらにもう一度、振りおろす。

「でぶ？」

そのまたさらにもう一度。

「ううう！　うわっ！」

初め相手は抵抗したが、やがて身を守るだけになった。数秒後、すすり泣きながら地面に伸びた。一方、アリクは麻痺したように立ちつくす子どもたちの視線を浴びながら、驚愕した相手に話しかける。

「でも、ぼくはおまえになにも……」

たった一発でたくさんだった。

そして涙がこぼれ落ちる。

アリクはその場を去りながら振り返った。

「もう一度でぶと言ってみろ、お前たちをこてんぱんに打ちのめしてやるからな」

荒々しい満足感を味わった。ほんのわずか、後ろめたさも。自分でもやりすぎたとわかっている。あんなに激しく殴ることもなかったのだろう。

しかし、効き目はあった。

彼らは気づいたと、アリクは思っている。ぼくになにかしでかす者には、三倍にして返してやろう。

三倍？

十倍だ。


あらゆる共通点があるものの、サムエル・シャイナーマンとシャローム・カーンは政治のことでは考えが合わなかった。

たとえばアラブ人に関して――

「彼らのことも理解してやらないと」

ある晩、サムエルが一杯やりに立ち寄ったとき、シャロームが言った。

「なぜだ？　初めにここに来たのは彼らのほうだという、ばかげた話のためにか？」

サムエルはうなるように尋ねる。

「ここは、われわれの土地であるように、彼らのものでもあるんだ」

「だが、彼らは初めにここに来たんじゃない。われわれのほうが先に来たんだぞ」

「誰のこと？　おじさんなの？」

エフダは自分の父親からサムエルに視線を移して尋ねた。

「私じゃないよ。われわれだ」

エフダには理解できなかった。われわれという言葉はいつも耳にするが、ほかの者たちのことを言っているように思えるのだ。

とりわけ、ずっと前に死んでしまった者たちのことを。

百年前に。

それとも三百年前。そんなこと誰がわかるんだ？

「パレスティナには、みんなに土地があるさ」

シャロームがミントの葉をかじりながら、なだめるように言った。

「わたしには、クーダム通りがないと寂しいわ」

ラヘルが言った。

エフダは黙りこんでいる。

彼に世界は謎だった。

「ねえ、クーダムってなんだか知ってる？」

翌日、シャイナーマンの息子アリクが一緒に学校に行こうと玄関口に立ったとき、エフダが訊いた。昨日からずっとクーダムのことがひどく気になっていたが、尋ねる勇気がなかったのだ。

クーダムが、自分の母親を悲しませている。

アリクが肩をすくめ、

「さあね」

「どうしてそんなこと訊くんだい？」

ビンヤミンは尋ねた。

「母さんは、それがないと寂しいって言うんだ」

ビンヤミンは小首をかしげ、やがて農場の向こうの私道のほうを指さした。開いた門の先に通りが見える。その向こうには、わずかに登り勾配の草原が広がっていた。

「きっと、そこの家畜が追い立てられてくあたりのことだよ」

「そこがクーダム？」

「わかんないけど、そうだよ。違う？」

「それがすぐそこのことなら、じゃあ母さんは、どうしてそれがなくて寂しいんだ？」

「おまえたち、いったいなんの話をしてるんだ？」

アリクは尋ねた。さっぱり事情がわからないのだ。シャイナーマンの家で話されているのはヘブライ語とロシア語だから、ベルリンの目抜き通りクーダム——正式にはクーアフルステンダム通りの名前の由来となった選定侯《クーアフルスト》の発音から、雌牛《クー》が連想され、さらに畜牛《リントフィー》、そこから侮辱する《リントフィーヒェルン》と連想が発展するのだが、ドイツ語がわからないと、まったく理解できない。ヘブライ語のほかにドイツ語も話すエフダとビンヤミンは、その点ではアリクに勝っていた。母親のラヘルは子どもたちに二カ国語を教えていたのだ。彼女は家ではドイツ語を話すのが好きだった。ロシア語よりはずっと——

アリクの母親ヴェーラは、あたかもボルシェヴィキが自分には親切であったかのように、家ではロシア語を話している。ある日ヴェーラはラヘルに言った。

「じゃあ、忌み嫌うべき国の言葉を、あなたが好んで話す理由はわたしにはわからない」

「わたしは汚いナチのならず者どもに、わたしの母国語を台無しにさせはしない！」

ラヘルは応じた。それは彼女の母国語ではまったくない。そう感じているだけだったのだが。それから二人は一緒に買い物に出かけた。沿道には〈ユダヤ人よ、ヘブライ語を話せ！〉と、太い文字で書かれたプラカードが並んでいた——

「もしかすると、ラヘルおばさんは、そっちに行く勇気がないんだ。アラブ人のせいで」

アリクが言った。

「じゃあ、あいつらはなにをやってるんだ？」

ビンヤミンが尋ねる。

「なにをやってるか、おまえも知ってるじゃないか。あいつらは、ぼくたちを襲い、ぼくたちからなにもかも奪って、ぼくたちを殺すんだ」

七歳の子どもの多様な世界観。エフダはあたりを見まわした。すでに彼らが茂みの陰に身をひそめているかのように。

「ばかばかしい。ぼくたちは、いつも彼らのところでザクロを買ってるんだ」

「ぼくの母さんは、アラブ人は一人も信用できないって言ってる」

「ここは、ぼくたちの土地であるように、彼らのものでもあるんだ」

エフダは、昨夜、父親がサムエルに言うのを自分が聞いたとおりに繰り返した。

「でも、ここはそうじゃない」

「どうして？」

「ここは、ぼくたちがベドゥインから買い取ったんだぞ」

「おまえの父さんがか？」

「ぼくの父さんじゃない。ぼくたちが守ってるんだ――」

ぼくたち、という謎めいた言葉。

「――だから、彼らはぼくたちからまた取り上げようとした。今は、ぼくたちのものなのに。夜ごと彼らはやって来た。ぼくの母さんが話してくれたけど、母さんはぼくを連れて家畜小屋にうずくまってたんだ」

「どの小屋に？」

「あっちの大きな牛小屋さ」

「あはは！　あははは！」

ビンヤミンがその光景を想像して笑い声を上げた。

ヴェーラ・シネオロフが息子のアリクと一緒に牛の糞にまみれてしゃがんでいる。

「おい、おまえたちも一緒だったんだぞ。みんなあそこにいたんだ！　アラブ人がなにをするつもりだったのか知らないのか？　ぼくたちの手を切り落とす。首を切り落として、子どもたちを食べる。本当だぞ」

「そうなのか？　ぞっとするな」

ビンヤミンは身震いした。

「ばかなことを言うな。ぼくたちの父さんはアラブ人を大勢知ってるんだぞ。ぼくたち、テル・アヴィヴに行ったときはいつでも、パイプや煙草を売ってる臭い店に寄って、父さんたちは一緒に話をして笑ってる」

エフダが言った。

「とにかく彼らを信じちゃだめだ」

アリクは陰気な声で言った。

彼は大げさな話をしてる。アラブ人が子どもを食べるという話は、ヴェーラ・シネオロフは絶対にしなかったのだから。しかし、牛小屋で過ごしたあの夜以来、彼女がアラビア語を話す者や、アラブ人の顔をした者にパニックになるほどの恐怖を覚えることは、紛れもない事実だ。

それが彼女のトラウマになっていた。

息子アリクの口に、不信感をスプーンですくっては流しこむ。

アラブ人を信じるな！

絶対に、なにがあっても。

すぐにアリクは、母親の言わんとすることを学んだ。

一九三七年

にわか雨が大地を濡らした四月の夜、真夜中を少しまわったころ、ムハンメド・イッサディーン・アルカッサムが墓から身を起こし、クファール・マニン村に災いを運んでいく。彼の指は燃えさかる薪。彼の息は大地を焦がす。

ウラジミール・マニンは彼の足音を聞いた。

狙いをつけろ。

死者に。

パレスティナは〝復活〟にとてもなじみのある土地だといわざるをえない。死後、魂となってさまよい、人々を怖がらせて天国に行くことは、いわゆる礼儀にかなっている。けれどもアルカッサムのように、あの世から戻ってくるのはやりすぎで、人々に不安を与えるきっかけとなる。彼は五カ月前に埋葬されたが、しばらくすると、エルサレムの高等弁務官が公邸を離れるより頻繁に、自分の墓を離れるようになっていた。もし、新約聖書に出てくるような亡霊に出くわし、さらに二言三言、言葉をかわすことがあれば、それは、このごろ頻繁に呪文で呼びだされ、支持者たちの姿を借りて不吉な結果とともに現われたアルカッサムだ。

アルカッサムは殉教者だった。

あらゆる亡霊の中でも、殉教者はたいていの者たちに迷惑をかけるものだ。

その男、アルカッサムについて簡単に見ておこう――シリアの識者で狂信的な国家主義者。かなり早い時期に外国との対立路線をとり、なににつけても信心深い。だから、帝国主義者たちの命を脅かした、まさに張本人だった。一九一一年、イタリアがリビアを占領すると、彼は不信心者たちに対するジハードを宣伝する。世界大戦ではトルコ人兵士を精神的に支援し、戦後は、自国の占領者である、偉大なる祖国《ラ・グラン・ナシオン》フランスとの戦いに情熱を注ぎこむ。とはいえ、フランスは巧妙な煽動者ぶりを発揮し、どのみち内部抗争に明け暮れる抵抗運動を分裂させた。シリアは混迷に陥る。ファイサル王子が王位に就き、シリアは占領され、アルカッサムはベイルート経由でハイファに逃亡。そしてその地で、自身の神秘化を開始する。すなわち、イスティクラル・モスクの導師《イマーム》、イスラム評議会の寵児、エルサレムの指導者《ムフティー》の側近、神に望まれたアラビア国家の説教師というぐあいに。

ユダヤ人にとっての修正主義シオニストは、アラブ人でいえばイスティクラル派だった。

基本的には、両者は同じ目標を掲げている。

超国家主義的な情熱を広めること。地中海とヨルダンのあいだの土地は、すべて自分のものだと主張すること。大英帝国からの独立を推し進めること。一方は大イスラエルを、もう一方は大アラビアを夢見ているだけのことだ。

集合論でいうところの、二つは交わりを持たない。

シオニストは自分たちの進む道で、神をむしろ邪魔だと見ているが、アラブ人は自分たちの利害を押し通すために、神は新たな存在だと気づいた。入植者や帝国主義者たちは、おまえからおまえの土地を奪うのか。おまえの誇りを、おまえの存在を奪うのだろうか。

神はおまえを見ている。

おまえを見て、こう言う——おまえの身に不当なことが降りかかるときはいつでも、私はおまえに二倍いいことが起きるようにしてやろう。ひたすら信じよ。私のために戦え、そうすれば私はおまえのために戦おう。

なるほど、天国の話だな、わかった。

けれどもその前に——

叛乱だ！

そして、ムハンメド・イッサディーン・アルカッサムほど巧みに、宗教的なアラブの国家主義を利用する者はいない。

彼の煽動的な演説は巡礼の群れを誘いこんだ。何千もの人々が彼の演説に聞き惚れた。彼は厳しい言葉で大英帝国を懲らしめる。イスラムの聖地を汚し、アラブ人から彼らの土地を奪うことを始めたシオニストであれば、いかなる者にも彼は地獄を見せてやる。

あの世の地獄ではない。違う、違う、違う。

地上の地獄だ！

地雷、爆弾、事故、待ち伏せ。

おまえたちが泣き叫んで敗走するまで、必ずわれわれは戦う。ヘブロンの事件を忘れるな!

その熱狂ぶりには想像がつく。けれどもアルカッサムはただの人間だ。ふたたび逃亡せざるをえなくなると、彼は大勢の若い男たちを潜在的なテロリストに仕立てるほどの力を持っていたにもかかわらず、急速に活躍の舞台を奪われ、影響力を失った。イギリスに対して群衆蜂起を起こす計画は、イスラム教指導者《ムフティー》の優柔不断さのせいで頓挫する。たとえ、のちの伝記には、その人数を数千人だったとでっち上げられたとしても、当時、彼に従って山岳地帯に行ったのは、ほんのひと握りの人々だった。状況は紛糾しており、彼のことが忘れ去られる、いい機会だったのかもしれない。ハイファの港にユダヤ人移民が上陸しない日は一日たりともなかった。武器密輸業者はイスラム教徒とイギリスに対抗する二面戦争に備えて、修正主義シオニストたちを武装させた。その結果、穏健派のアラブ人ですら、自分たちの殲滅をシオニストが計画していると思ったにちがいない。シリア、サウジアラビア、エジプトでは人々が自治の夜明けを目にする一方、パレスティナは暗闇の中にあったのだ。

大英帝国は、アラブ人にも国家を約束したのではなかったのか。

なのに、何十万ものユダヤ人がこの土地になだれこみ、入植地を踏み固め、アラブ人の民間人をだまし討ちするのであれば、その約束はいったいどうなるのだろうか。大英帝国は「ごめんね」と言って見物しているだけなのか。

アラブ人はどうなってしまうのか。

彼らは救ってはくれない、イギリス人は。そこかしこで緊急事態が起きていた。ヒトラーは世界をカオスに陥れ、ムッソリーニはエジプトを併合するというのに、大英帝国はなにをしているのだ？

女王陛下、首相……

なにもしない。

麻痺したかのように。

しかし、どうすればいいのだ。パレスティナ人の冒険はばかげたことだとわかった。やがて、イギリスはあのいまわしいバルフォア宣言を悔やんだ。高等弁務官はエルサレムの居城にこもり、さらに三度は宣言を悔やんだ。

われわれは、いったい、なにをした？

ユダヤ人とアラブ人に故郷を約束したのか？

両者に？

われわれは正気じゃなかったにちがいない。

あれほど苦労したのは、なんのためだ？　おかげで今や彼らはわれわれに唾を吐く！　われわれは、全員が満足するように尽力しなかったのか？　一方に肩入れしなかったか？　敏感になりすぎて、われわれ自身が消耗したのではないのか？　その報酬はなんだった？　彼らから非難され、爆弾で吹き飛ばされる。今日はイスティクラル派に、明日は修正主義シオニストに。

パレスティナなんかに行かなければよかったのだ！

恩知らずのならず者。

イギリスがせいぜい利用できるのは、ユダヤ人殉教者かアラブ人殉教者だと見ていた。まさにその殉教者を、彼らは手に入れる。委任統治部隊が、パレスティナ北部ヤーバード近郊の洞窟に、弱ってやる気をなくし、ほとんど抵抗もできないアルカッサムが潜んでいるのを突きとめ、射殺したのだ。しかし、その男を殺害したものの、一つの神話を創ることにもなった。アルカッサムの葬儀には群衆がつめかけた。アラブ人の国民運動は、ついに、彼らが長きにわたって待ち焦がれた英雄を獲得することになったのだ。

そうした英雄を、彼らは探していた。

英雄はいたるところに急き立てられる。

さあ、おまえの墓を出て、働け！　アッラーのために、アラブ人の誇りのために、国家統一のために。

アルカッサム！　アルカッサム！

イギリスは慚愧に堪えず、なぜアルカッサムを、あのまま洞窟で黴が生えるまで放っておかなかったのかと悔やんだ。

死んで彼は、かつてないほど快活だ。存命中には決して手にしなかった偉大さに近づいたのだから。彼の血の、大地にこぼれた一滴が、新たな抵抗運動グループの芽をふかせているようだ。過激な理想主義者たちにとって、ありふれた犯罪と並んで略奪や暴行は重要で、エスカレートした犯罪に熱狂した。シオニストの財産のすべてが燃やされ、占領軍の補給ルートに地雷が埋められ、待ち伏せされた。イスラム教徒が暮らす村々には、オスマン帝国の忘れ形見のサーベルや銃、大砲が備蓄されている。そのすべてが彼らに押収された。誰に向けても火を噴けないほど錆びついた銃は一挺もない。もし、アッラーがよかれと彼らにフランス製のマシンガンを持たせたら、イギリスのパイロットは不意に撃ち落とされることを想定しなければならないだろう。

大英帝国には、対抗する手立てはほとんどない。

暴動の首謀者を討つことが必要だろうし、彼らの拠点を暴くことも必要だが、そんなものはどこにもない。戦士たちは機動性に優れた小グループで行動しているからだ。寝るときは戸外で、数時間おきに居場所を変え、抵抗運動に必要な諸々をラバに背負わせ村から村へと運ぶ。必要に迫られれば、村人に隠れ家や食事を強要する。いつしかアラブ人の村人にとって、自分たちの解放者のほうが、シオニストを全員集めたよりも恐ろしい存在になっていた。シオニストは、気がつけばよき隣人になっていたのだ。一方、アラブ人ゲリラのフェダイーンは略奪をはたらき、いわゆる用心棒代や暴動税を値上げし、協力者を独断で処刑する。しかし、彼らは協力者ではなく、そうした暴動が、個人的な争いごとを解決する貴重な機会を提供しているだけだった。いずれにせよアルカッサムは、墓で安らかに眠っているどころではない。かなりの数の〝武装勢力〟にすれば、彼の描いたヴィジョンなどまったくどうでもいいのだが、彼らがイギリス人やユダヤ人、あるいは同胞を襲うときはいつでも、アルカッサムの名を唱えたのだった。

あの四月の夜も。

ウラジミール・マニンは、まるでアルマゲドンの前兆であるかのように、耳に息がかかるのを感じて目が覚めた。

部屋の壁や天井を鬼火があてもなくさまよっている。

彼はベッドから飛びだし、窓の外を眺めた。クファール・マニン村の上空に深紅の光ででききた大聖堂が見える。まるで空一面が燃えているようだ。武器をつかむと、起きろと家中に叫び、悪態や呪いの言葉を口にしながら寝間着姿で外に走りでた。

アルカッサムの破壊分子たちがうろついているのがわかる。松明《たいまつ》を持った人影が入り乱れ、マニンの畑に火を放ち、彼のオレンジの木に火をつけ、小屋を燃やした。

真っ赤な炎を背景にした真っ黒な人影は、彼にはまるで悪魔に映る。けれども恐ろしくはなかった。彼は悪魔を恐れないし、悪魔の使いを恐れることも決してない。彼は家長であり、クファール・マラル村のほど近くに居住するロシアの小さな民族集団の長であり、独裁者だ。七十六という歳は若くはないが、鋭い眼光と行動力に恵まれて、そこにいるやつらに正しい道を教えてやれるくらいの力は充分に蓄えている。この瞬間、その彼の怒りほどめらめらと燃え上がったものはほかにない。

彼は狙いを定め、引き金を引いた。

人影の一つがくずおれる。

弾をこめ、次の襲撃者に狙いをつけた。引き金にかけた指を曲げ、発射の反動に備え……

彼の頭の中に火花が散った。

気がつくと、彼は地面に横たわっていた。両脚をつかまれ、湿った土の上をしゅーしゅー音をたてながら引きずられていくのを感じる。同じように家から出てきた息子たちや兄弟、義兄弟の声を耳にした。

わき腹に蹴りをくらう。

マニンはうめいた。

恐ろしいまでの無力感にとらわれ、もがき、激しく体を揺り動かした。その抵抗もむなしく、いくつもの手でつかまれ、引き起こされ、首に縄をかけられる。

やつらはおれをリンチにかける気だ。

だが、そうはいかないぞ。なにかの間違いにちがいない。おれがボルシェヴィキの恐怖を乗り越え、監獄や拷問や尋問に耐え、必死で逃亡し、新たな門出を迎えたが、それは今こうして、こいつらに縛り首にされるためではなかったはずだ。

おまえたちにそんなまねはさせない！

彼は反撃に出た。顔をしたたか殴られる。縄がオレンジの木の枝に投げかけられ、そこまで彼は引きずられた。その縄がぴんと張られ、縄の結び目が皺だらけのかれの首に深くくいこむと、喉仏を砕いて呼吸を奪う。

やめろ！　やめろ！

そんなことはやめろ。

彼は直立していた。地面に触れているのはつま先だけだ。すぐそこにある自分の家、納屋、家畜小屋が、まるで靄がかかったように見えた。合法的に手にした地所。購入を祝って、アラブ人の地主と一杯やったこともまだ覚えている。イスラムの教えに従って、彼らはお茶しか飲まないが、地主はおれのウォトカをとても気に入っていた。それが今、おれの未来、おれの家族も一切合切なにもかもを、炎が呑みこんでいる。

おれの家族！

なんとかして逃れなければならない。たとえなにがあろうと、おれは家族を守ると誓ったのだ。今こうして木にぶら下げられるわけにはいくものか。こんな終焉は許さない！

目を覚ませ、ウラジミール。おまえは夢を見ているんだ。

そうだ、これは夢だ。夢を見てるんだ。

起きろ！　目を覚ませ！

背の高い人影が一つ、地獄を背景にして現われると、こちらに向かって駆けてくる。

長男だ。

おれの名を呼んでいる。

処刑人が笑った。マニンの両足が宙で揺れる。こいつらにはっきり教えてやるにはどうすればいいんだ。おまえたちは間違いを犯そうとしている。おれを殺す気なんかなくなるだろう。おれの歴史をおまえたちに語ってやれば。そうすれば、おまえたちは理解する……

愚かな老いぼれ。

理解する？　処刑人が？

だったら、おれを殺せ。だが、おれの家族は見逃してくれないか。彼らはおまえたちになにもしちゃいない。おまえたちの知らない人間を殺せるはずがない。まず、彼らの話を聞いて……

銃声が一発、彼の耳に轟いた。彼の体をそれまで支えていた指が、力をなくして滑り落ちる。鈍い音をたてて、彼の前の地面に死体が転がった。彼の視界が真っ赤に染まる。騒々しい耳鳴りがしはじめた。もうなにも見えない。なにも考えられない。わかるのは痛みだけ。

やがて、それすら消える。

しぶとい男だ、このウラジミールは。大勢が彼の息の根を止めようとした。しかし、息子の銃がふたたび火を噴いたときには、すでに彼の心臓は止まっていた。

それでよかったのだ。

弾が命中した処刑人が地面に倒れる寸前、松明を持つ手を伸ばした。炎がマニンの寝間着に燃え移り、全身が松明に変わるのを、彼は知らずにすんだのだから。

「水パイプ？　それとも煙草にするかね？」

「いつだって煙草だ」

「いいかげん乗り換えたらどうだ。水パイプのほうが粋というもんじゃ」

トゥフィク・アズアズーリはそう言うと、エジプトの煙草サイモン・アルットを三箱、押してよこした。

「やめてくれよ。ラヘルがなんと言うかな？　私があぐらをかいて、水パイプを吸って、モカコーヒーを飲んでたら」

「洗練された男だと言うじゃろうな」

シャローム・カーンは笑って代金を支払った。

「私がそんなことをすれば、あんたたちの自尊心を害するだけだと思うが」

アズアズーリはにやりとして、

「あんたが本当の間抜けであってくれたらいいんじゃが。また、あのシオニストのくだらん策略かと言いたいところじゃな。今では、あんたたちがわしらをまねすることで、わしらをぶちのめそうとしているんじゃ」

シャロームは箱の封を切り、一本をアズアズーリにさしだした。

「とんでもない！」

彼は両手をあげて断った。

シャロームは煙草に火をつける。

「ああ、そうだったな。私が店を出ていって、あんたが一番にやるのは、この一本に火をつけることだった」

なぜなら、あんたたちの国家主義者のリーダーは、委任統治国の習慣を喜んで取り入れているからだ。西洋の衣服、甘ったるいミントティーよりアールグレイがお好みで、イギリスの上流社会の代表者たちとおしゃべりするときは、協調という繭をすっぽりかぶり、キューバ産葉巻の煙をたなびかせる。

「それなら今は変わったんじゃよ」

アズアズーリは笑みを浮かべた。

「あんたがそう言うならそうだろう」

「わしの話を信じんのかね?」

「自分自身でも信じてないくせに」

「アラブ高等委員会の代表者たちは、エルサレムの〝陰謀の山〟で、このごろアラビアのモカコーヒーと水パイプを要求してることに、気づいたほうがいいんじゃないか?」

〝陰謀の山〟――エルサレムの南、ある丘にイギリス総督の公邸があった。その丘を、聖書に登場する、ユダに裏切られたイエスが裁判にかけられる場となった、大祭司の館があったとされる山と、敬虔なユダヤ教徒やキリスト教徒ですら混同しているのだ。本当の山はまったく違うところにあるというのに。

占領者たちはどこに鎮座しているのだ?

シャロームはうなずく。

「アラブ人国家建設のために、重要な一歩だな。あんたたちはきっと成功するよ」

「冷やかしとるのか？」

「いや、そう望んでるんだ」

世間の風潮のように責任を負わされて、二人のあたりさわりのない会話も別の場所であれば、つかみ合いの暴力沙汰に変わったかもしれない。しかし、ユダヤ人とアラブ人のあいだでは、アジテーターの同志愛よりも深い友情を育んでいた。ユダヤ人の集産主義的集団農場キブツでは、自分たちだけでかたまっていることが好まれた。アラブ人の村々では、シオニストを地獄に送ることが望まれた。けれども両者は、経済的には結びつき、文化的には織りまざり、感情的には合う合わないで、もつれ合っている。

しかし、憎しみは月の裏側のように、見えないところにあった。

シャローム・カーンはトゥフィク・アズアズーリと知り合って七年になる。煙草商のアズアズーリのことで悪口を言えるとしたら、自分のお気に入りの銘柄をいつも切らしていると文句を言うくらいだ。

「自意識を持たない国民は、砂漠に咲く花のように干からびるにちがいない」

アズアズーリは言った。マッチを探して狭い店の中を見まわし、

「シャローム、じゃあ自意識とは、どこで生まれると思うかね？　自分たちの文化への意識か　伝統や価値観か？」

「そういうものを、あんたたちの宗教指導者は、今ではナチのところで探している」

それはドイツだけではない。ムッソリーニのもとにも陳情にいっているのだ。イギリスに任命された、パレスティナ・アラブ人の利益代表は、何年にもわたって二重の役柄を演じてきた——騒乱を煽動し、それから外交官の手に委ね、高等弁務官にこびへつらって敬意を表し、イシューヴと呼ばれるユダヤ人共同体に仕え、まさに自分に合うように、改めて火遊びをする。そういうことはもう終わった。アラブの暴動は彼に選択肢を与えず、今、立場をはっきりさせなければ、叛乱は彼を運び去るだろう。だから、このごろでは革命家を演じている気になり、アラブの国家主義への支援を外国で探しているのだ。

イギリスとユダヤ人を同じように厄介払いしたい者は、このごろでは、誰を訪ねればいいのだろうか。

この世は賭け屋だ。

たいていの者はヒトラーに賭ける。

ムッソリーニについてはなんとも難しい。彼は印象的に幕の向こうから舞台に出てくるが、冷徹な知性の持ち主であるヒトラーに比べると、オペレッタに出てくるファシストのようだ。ゴージャスなのは二人ともだ。イタリア人のほうはお笑いぐさで、ドイツ人のほうはグロテスクだが、誰が競争するのだろうか。

むしろスターリンなのか。

イスラムの宗教指導者はなにが気になるのだろう。彼にとって、一つや二つの計画に敬意を示すことは重要ではない。重要なのは、この聖なる地で、次に舵を握るのは誰なのかという問題──言い換えれば、誰をタイミングよく使って、自分の役に立てられるのか。

「ヒトラーは大勢の客を迎えておる。いつの日か、あんたたちの一人も受け入れる」

アズアズーリがシャロームの支払った金を懐に入れて言った。

「とんでもない！」

「じゃあ賭けようか？」

「ユダヤ人はナチスとは取引しない」

アズアズーリは顎で外の通りを示し、

「どのユダヤ人？　あんたたち同士は、少なくともわしらと同じくらい対立しておる。あんたたちのうちの一人は、きっと取引するさ」

われわれは仲間内で嘘はつかない。シャロームは思った。

道理に二つはない。

結局、われわれはなにをしているのだろうか。ヨーロッパの文化を輸入し、ヘブライの文化にラベルを付け替える。けれども、ユダヤの伝統文化は、離散したユダヤ人社会にできればおいておきたい。われわれには、いたたまれないから。犠牲者神話にとらわれた敬虔なことや、感傷的なことを。われわれは、もうそういうものはいらない。だから、パレスティナに行こう。大いなるチャンス。新たな始まり。ここでなら新しいユダヤ人になることができる。ただ、こうしてまわりを見わたせば──

いったいここはどこだ？

われわれは、互いに嚙みつき合う犬のように一つになっている。

労働運動と修正主義シオニストとのあいだの溝は広がるいっぽうだった。そのあいだに、ダヴィード・ベン・グリオンは抜け目なく策略をめぐらした。散り散りになっていた左派に故郷をこしらえてやり、イスラエル労働党マパイを創立したのだ。そもそも〝イスラエル〟という概念を使ったことが、きわめて巧妙だった。そのおかげで、彼は感動をもたらした。労働組合をとりこんだことは、ユダヤ人の地下軍事組織ハガナの支援を確実なものにした。しかし、それは彼に修正主義シオニストへのより一層の憎しみをもたらしたのだが。両陣営は、妥協することなくにらみ合いを続けた。過激な小集団が影響力を増し、シオニスト右派の軍事組織イルグーンが民衆の中に生まれた。イルグーンは、かの有名なロシア出身のシオニスト、ヤボティンスキが設立し、ベン・グリオンの穏健的な政治を拒否したシオニスト右派から枝分かれした組織だ。ベン・グリオンがイギリスの委任統治を喜んで受け入れ、アラブ人との友好的な共存に苦心する一方、イルグーンは妥協する用意のある者たち全員に戦いを告げた。

アラブ人のための国家はない。イギリスの委任統治の延長はない。パレスティナはすべてシオニストに。

はっきり言えば——襲撃。

テロはテロに混ざり合う。アラブ人は全土でストライキを宣言し、武力蜂起を組織した。

イルグーンの活動家たちはイギリスの警察署を爆破し、カフェやレストランなど公共の場に爆弾を仕掛け、線路や電柱に破壊工作をし、可能な場合は委託統治軍と戦い、アラブ人の民間人を脅し、やる気を奪い、追い立てる。離散《ディアスポラ》ユダヤ人に未来はないぞと、ヤボティンスキはののしった。なぜなら――

「あっちにいるユダヤ人は全員が殺されるにちがいない。唯一確かな未来は、約束の地イスラエルだ。われわれが自分たちの民族を救うつもりなら、今こそ彼らは移住しなければならない！　ディアスポラの問題を解決しないかぎり、われわれがそれに抹殺されてしまう！」

追記――われわれには場所が必要だ。われわれにはパレスティナしかない。かたや、おまえたちアラブ人には中東のすべてがあるじゃないか。

見わたすかぎり、アラビアだ。

トランスヨルダン、シリア、エジプト、リビア、サウジアラビアの友だちのところに行け。

「ばかばかしい。彼らはわしらの友人ではないぞ」

アズアズーリが言った。

「じゃあ、なぜ彼らはあんたたちとの団結を、いつも強調するんだ？」

「わしらがここに残ることを望んでいるからじゃよ。そのためには、わしらには国家が必要なんじゃろうな。でなければ、あんたたちのシオニストがわしらの分の土地を取ってしまうから、わしらは移住するしかなく、彼らに苦労をかけることになるんじゃ」

なぜなら、アラブ人はアラブ人のお友だちではないから。

しかし、ユダヤ人もユダヤ人のお友だちではない。シオニスト。武闘派ユダヤ人。新ユダヤ人。民族主義者。修正主義シオニスト。非宗教倫理主義者。超正統派ユダヤ教徒。

いったいわれわれは何者なんだ？

この問題には、別の取り組み方を考えたほうがいい。シャローム・カーンは賑やかなテル・アヴィヴの通りに出ていきながら、そう思った。

われわれが何者か。そう問うのはやめろ。

そうではなく、何者でありたいのかと問うべきだ。

「シャローム！」

名を呼ばれて、彼は振り返った。

ファーストネームで呼び合う仲になるのは簡単なことではない。

男が一人、通りを駆けてくる。というより、まるで右脚を引きずるようにして、ぴょんぴょん跳ねていた。手押し車や自転車やバスのあいだをすり抜け、騒々しいエンジン音を立てる車をかわし、歌を歌う青いシャツ姿の工兵、値切り交渉をする商人、紳士や高価な衣装で着飾った淑女、リトアニアから来たユダヤ教正統派のグループ、しきりに手ぶりをつけて会話するユダヤ教のタルムード学校の生徒、けらけらと笑うアラビア人の少女をまわりこみ、時代から脱落した恋人たちに恥ずかしそうな視線を向けながら、その男はやって来る。

デイヴ・カーマイクル。

シャロームははっとした。

痛めた脚でディゼンゴフ通りをそんなに急いでやって来るとは、なにごとだろうか。イギリス人カーマイクルの経営するカフェは、アズアズーリの煙草屋の斜向かいで、獣医の診療所とアングロ＝パレスティナ銀行のあいだに押しこまれるようにして建っていた。そこはユダヤ人やイギリス人のインテリ層に人気のカフェで、彼らは朝食をとったり、英字新聞を読んだり、カフィーヤと呼ばれる頭巾をつけ、モカコーヒーをするアラブ人にアラビアのロレンスの話を持ちかけたりする。

「聞いたかい？」

「え？」

カーマイクルは通りの喧噪に負けじと声を張り上げる。

「クファール・マニンのことを聞いたか？」

「いや、いったいどうしたと？」

「マニンが死んだ」

彼は立ち止まってあえいでいる。右手には布巾を持ったままだ。

「マニン？　え？　ウラジミール・マニンが？」

「あのいまわしい狂信者だ！　農場を襲われ、畑が焼かれた。木にぶら下げられて、火をかけられた。もう充分だと言いたいね」

シャロームは痩せた小男を見下ろした。口髭と、唇の下に生やしてある髭はきちんと刈り整えられており、どこか観賞植物を思わせる。カーマイクルはかつて委任統治部隊の士官だったが、八年前の暴動のさいに、脚をサーベルで斬りつけられて除隊した。キャリアの終わり。以来、彼はコーヒーをテーブルに運ぶことのほうを優先している。

「言っとくが、あれは蜂起だ。もう事件なんかじゃないぞ。われわれに対抗して、暴徒が集結してるんだ」

〝われわれ〟とはいい言葉だ。シャロームは思った。イギリス人とユダヤ人はもう決して憎しみ合ってはいない。しかし、武装したアラブ人を目にして、とにかく〝われわれ〟という一体化した代名詞を使うのはもうたくさんだ。

ぞっとする。

クファール・マニン村。

すぐ近くだ。

「ヤッフォで死者が九人、先週――」

カーマイクルは怖がらせるような口調で続ける。

「――そしてまず、補給部隊の車列。聞いてないのか？　まだ三日と経ってない。ハイファから山岳地帯を通って北部のスファットの軍事拠点に向かうところだった。われわれの若い兵士の一人が車で踏んだんだ。あるのは左足だけ。あとは残っちゃいない。ブーツを履いた彼の左足。そのあとやつらは車列に砲火を浴びせたが、こっちもやってやった。全能の神よ！　十七歳だぞ！　残ったのは片足だけ。なんてことだ、やつらはわれわれに宣戦布告したんだ！」

それなら彼らはとっくの昔にやってる話だ。シャロームは思った。われわれも彼らに。そして全員がイギリスと一緒に。

襲撃事件があとを絶たなくなると、ヘブロンの町はすっかり変わってしまった。当時からこれまでに、一万件を超える襲撃があったといわれている。二千人以上が死亡し、その三分の一がユダヤ人で、アラブ人の死者を上まわる大勢のイギリス人が死んだ。そして今、七年という歳月が過ぎ、一万件の襲撃のことを人々が口にするうち、すっかりそれは日常茶飯事となってしまった。しかし、今日にいたるまで、シャロームが暮らすクファール・マラル村は一度も襲われていない。

けれども、それもあとどのくらいだろうか。

「マニンのことはどこで耳に？」

カーマイクルは布巾を振って自分のカフェを示した。

「イスティクラルのごろつきどもが大挙して店に来やがった。おれのお客をののしり、自分たちの殺人鬼を殉教者だと讃えたんだ」

「で、襲撃者たちは死んだ？」

「公平な神様というものがいれば、そのとおりだ！　ひどく若い小僧どもだったそうだ」

小僧？　まだ子どもだ！　一方はイギリスの軍服姿、もう一方はアラブの男たちが着るバーヌース姿。どちらも人を殺したと言って威張り、愚かな若者の不可解な笑みを浮かべて武器に手を伸ばす。しかし、ユダヤ人入植地の警官も彼らと似たり寄ったりだ。

〈六歳の子どもに棍棒を持たせ走りまわらせるとは、われわれはどこまで来てしまったのだろうか〉

〈われわれは皆、常軌を逸してしまったのだろうか〉

カーマイクルは唇に生える髭をひねっている。

「シャローム、わかってると思うが、おれはアラブ人に反対じゃない。アラブ人の友だちもいるし、ユダヤ人の友だちもいる。十人十色なんだ。でも、あいつらは狂ってる。こんなとでは終いにはカオスになるぞ。さあ、家族のもとに帰ってやれ。家族を守るんだ。それ以外のことは今は考えてる場合じゃない。さあ、行ってくれ。だが急いてはだめだぞ。店にちょっと寄って、コーヒーを飲んでけ。そのくらいの時間はあるはずだ。女王陛下万歳」

「国王陛下」

シャロームは無意識に応じた。

三十六年前から。

「ああ、そうだった。おかしな話だ。昔は夢があったのに。どうでもいい。ここは、人の頭を混乱させるところだ」

カーマイクルは首を振って言った。

シャロームは、もちろんカーマイクルの店でコーヒーは飲まなかった。昼間、しかも都会では襲われる危険はたとえ少ないとしても、テル・アヴィヴでの買い物は切り上げることにした。

〈間違ってるぞ、シャローム、違う〉

〈わずかだった〉

彼は老いぼれ馬を駆り立てた。荷馬車でがたがたと家路を急ぐ。当然、そういうことはすでにわかっていたので、武器を手にした男たちが入植村《モシャヴ》の周囲や進入路を固めている。

「無事に帰れてよかった。わたしたち、すぐに出発よ」

妻のラヘルが彼を迎えて言った。

「わたしたちとは？」

「あなたと、わたしと、ヴェーラにサムエル・シャイナーマン、セーリヒ一家とミロヴィチ一家。身のまわりのものをまとめておいたわ。いるものだけ」

「どこに行くんだ？」

「もちろんクファール・マニンよ。ほかにどこがあるの？」

双子の兄弟エフダとビンヤミンは一緒に行くと言った。

「だってアリクも行っていいって！」

このひと言が決め手となった。

「わかったわ」

「ちょっと待ってくれ」

シャロームは口をはさむ。彼には、あまりにも速くことが進んでいくからだ。ラヘルをわきに引っぱっていき、声をひそめて言った。

「クファール・マニンに行って、子どもたちにどうしろと？」

「ヴィジョンを描くのよ」

「なんのヴィジョンだ？」

ラヘルは夫を見つめた。その視線は厳しく、瞳にはダイヤモンドのような輝きがあった。

「世界観。世界はどんなふうなのか」

「いいアイデアには思えないな」

「そんなことない。世界はどうあればいいか、わたしたち、子どもたちにずいぶん教えてきたわ」

世界がどんなふうなのか、それは焼けた林檎の木が告げてくれる。哀れな光景だ。真っ黒に焼け焦げた枝が、死の苦痛に悶絶する人間を彷彿させるからだ。

マニンはまだどこかの枝にぶらさがっているのだろうか。

もちろん、そんなはずはない。シャロームは自分が愚か者に思えた。

〈けれども、これは野蛮人ではないのだ〉

ところが、ピックアップトラックがクファール・マニン村の点在する建物に近づき、母屋の前の広場に曲がって入ると、シャロームは自分の考えに急に自信が持てなくなった。少し離れたところの地面に黒く曲がった物体が転がり、人々がそれを囲んでいる。大きな泣き声がこちらまで聞こえてきた。

そうだ、あれが老ロシア人の残骸であることは間違いない。

世界がどんなふうなのか──

ラヘル、どうもありがとう。

「見るんじゃない」

彼はビンヤミンとエフダに言った。

当然ながら、二人はそちらをじっと見つめている。

シャロームが見るかぎり、母屋に損傷を受けた形跡はない。一方、納屋や家畜小屋は骨組みしか残っていない。畑の一部は、まるで焼畑と見まごうばかりだ。マニンの誇りだったレモンの木立からは、もう木炭しか生産できない。

手伝いの者が二人死んだ。

マニンの長男もだ。一人でアラブ人六名を片づけたあと、頭を撃たれたのだ。そのあとでようやく、農場労働者とマニンの家族は襲撃者たちを押し返し、通りまで追っていき仕留めたのだった。

最後の一人は、マニンの妻が片づけた。

男は地面に倒れている。

彼女は男に馬乗りになって散弾銃を男の額に押しつけ、名前を尋ねた。

「アフマド」

「おまえは地獄で焼かれてしまえ、アフマド」

彼女は引き金を引いた。

それから夫を探しに向かう。

しかし、夫の姿はもう目にしているのに探しつづけた。マニンは、一緒に燃えて黒焦げになって裂けた木と、まったく区別がつかなかった。夜が明けてようやく、その変形したものの正体に気づき、力ずくで地面におろした。

結局、そこにあった指輪で夫の死体だと確認したのだった。

彼らは精一杯のことをした。

なぐさめるしかできないが。

いまだに建物の残骸からは炎がめらめらとあがり、めくれた樹皮には残り火が赤く輝き、畑には火がくすぶっている。シャロームは、双子の息子たちが一緒に来ることを許したラヘルに腹を立てていた。マニンが最期を迎えた木のほうに、二人が駆けだそうとするのを目にすると、反対の方向に連れていき、家を失った労働者たちに暖かな毛布とお茶を持っていかせた。

二人はぶつぶつ言いながら父親の命令に従う。

母屋では女たちが食事を用意していた。シャロームはサムエルやほかの男たちとともに、納屋や家畜小屋の残骸から、燃え残った品々を拾い集めた。馬だけは逃れることができたが、山羊や乳牛にとっては板囲いが仇となった。煙を上げる残骸から、家畜の焦げた脚が突きだしている。高熱で腹が破裂し、あたりには焼けすぎたバーベキューの臭いが漂っていた。一瞬、食欲をそそられるが、次の瞬間には吐き気をもよおす悪臭だ。

シャロームは、老マニンがどんな臭いをさせているのか知るのが怖かった。

男たちは鶏の黒焦げになった死体に足をとられ、胸苦しさを覚えながら歩きまわった。サムエルはアラブ人のことをののしっている。

全員を。

例外はない。どのみち彼は、パレスティナ全土はユダヤ人のものだと主張する修正主義シオニストだ。宗教的理由ではなく、政治的理由からだが。その彼が、今、憎しみを口にしている。シャロームは、自分も彼と口を揃えていることにふと気がついた。

だめだ。

しかし、それはまさに彼らがしようとしていることだ。

憎しみを煽ること。

いかなる意思疎通もできなくすること。

実際には、盗賊は例外だった。今でもアラブ人はユダヤ人と同様、大多数が暴力を拒絶し、よき隣人関係を築くか、少なくとも共存の道を歩んでいる。ここには一方が、あそこにはもう一方がというように。それぞれには、それぞれの場所がある。そのほかでも、互いの邪魔をすることはない。もうどうしようもなくなれば、イシューヴと呼ばれるユダヤ人共同体は塀をめぐらす。百五十万のユダヤ人のための広大なゲットー。塀の外で、アラブ人は好きなことができる。

肝心なのは、もう誰も死ななくてもいいということ。

暴力に訴える過激派は代表的な例ではないと、シャロームは思い出した。シオニスト右派である、ユダヤ人ではないし、昨夜のならず者もアラブ人ではない。怒りと悲しみの中では困難かもしれないが、殺人者の誰一人にも騙されまいと、シャロームは心に決めた。

サムエルにその気持ちを伝えると、彼は驚いて首を振るだけだ。

そして、シャロームを残して行ってしまった。

同じ問題が、息子のエフダという姿になって、シャロームに戻ってきた。まだ片づけの最中のことだ。

「なんだ、どうした？」

エフダはあたりをうろついていたが、やがて勇気を振りしぼって父親に尋ねる。

「どうしてぼくたちはアラブ人と仲よくしてるの？」

シャロームは眉根を寄せる。

「どうしてそんなことを思ったんだ？」

「トゥフィク・アズアズーリは父さんの友だちじゃなかったの？」

トゥフィク・アズアズーリはおれの友だちなのか。彼は、おれがテル・アヴィヴで煙草を買う店の店主だ。パレスティナのアラブ人で、ヘブロンに住む彼の家族は、かつてユダヤ人襲撃のさいに、賛美に値いする行動をとった。

「父さんは彼が好きだよ」

「でもどうして？　アラブ人はぼくたちの敵じゃないか。あいつらみんな残忍だ。みんな殺人鬼なんだ」

「誰がそんなことを？」

エフダは口をつぐんで焼けた畑を見やった。

シャロームはため息をついた。息子が聞きたいと思う答えを言ってやれれば、どれほど楽なことか。そうだよ、アラブ人はわれわれの敵だ。そうだよ、彼らと付き合うつもりなんかない。サムエルの言うとおりだ——シャロームはアラブ人の友だちだと言いふらすサムエルの。

彼ら全員を敵だと見なせば、ことは簡単なのだろう。

シャロームはエフダの正面に腰をおろした。

「あのな、おまえがまだ赤ん坊のころ、ここパレスティナではひどいことが起きていたんだ。

たぶんおまえは、ヘブロンの大虐殺の話はなにも知ら――」

「もちろん知ってるさ」

エフダは偉そうな口をきく。

「そうなのか？　どこで聞いたんだい？」

「アリクの母さんが話してくれたんだ」

ヴェーラか。当然だな。彼女だと、すぐに思いあたってもよかったのに。

「いいだろう。じゃあおまえは、当時、なにがあったかわかってるんだな？」

「アラブ人がユダヤ人を皆殺しにしたんだ」

「皆殺しじゃないぞ」

「アリクの母さんがそう――」

「当時、ヘブロンで暮らしていたユダヤ人の大半は助かったんだ。ヴェーラは、それも話してくれただろう？」

エフダは首を振る。

「だが、そうだったんだぞ。彼らは生きのびた。アラブ人の隣人が、彼らをかくまってくれたおかげだ。自分たちの命を危険にさらしてまでして。そういうアラブ人は、ユダヤ人の友だちを助けるためなら、どんな危険も冒したんだよ。彼らの多くは、そのときひどい怪我を負った。彼らは遠巻きにして見てるだけでもよかった。でも、手を貸したんだ」

そのおかげで、大勢の命を救うことができた。それは歴史の違う一面だ。そこには、そのあとエルサレムやハイファ、ナブルスなどいたるところで、ユダヤ人がアラブ人を追い立てたことも含まれる。怒りで盲目になり、アラブ人を殴打したことも。深く考えないで行なったリンチ。モスクを襲撃し、イスラム教の聖域に火をかける。

暴力という波は、犠牲者から犯人を、犯人から犠牲者を生む。何百という死者や負傷者を、両者に平等に残していく。両陣営はイギリスが充分に守ってくれないと非難し、イギリスの委任統治の面目をつぶした。

では、どうやって希望のない人員不足を乗り切れるのだ？

実際にイギリス兵は、アラブ人からユダヤ人を、ユダヤ人からアラブ人を守ろうとして命を落としたというのに。

ヘブロンは癒えることのない傷だった。

それを息子に話してやるべきだろうか。この焼けた畑を前にして。息子は賢い子だし、九つだ。理解できるかもしれないが、やはりこの子には荷が重すぎるだろう。そこでシャロームは、ユダヤ人とアラブ人は友人でありうるということを、息子に話して聞かせた。

エフダは眉をひそめる。

「でも、いったいどんなふうに？　あいつらはぼくたちを憎んでいるんだよ。それに、ぼくだってあいつらが憎い！」

エフダは顔をしかめて言った。

「人は誰を憎んでいるのか、往々にしてわからないものなんだよ」

「それは違うな。たいていわれわれが憎むのは、なにかの考え方だけだ」

説明するのは難しい。

〈それなら頑張れ！〉

「なあ……おまえとビンヤミンが生まれる少し前に、われわれはこの地にやって来た。母さんと父さんだ――」

「知ってるよ」

「でも、おまえたちに、きちんと話したことはなかった。なぜかな」

エフダは首を振る。

「それはな、われわれを憎もうと決めた人々の前から逃げるしかなかったからだ」

「母さんと父さんが？」

「ユダヤ人みんなだ」

「どうして？ ユダヤ人がそいつらになにかしたの？」

「なんにもしてないさ。われわれは、ただそこにいただけだ。その人たちはユダヤ人を憎むと決めた。自分たちの問題の責任をかぶせられる誰かが必要だったからなんだ。けれどエフダ、憎しみとは毒のようなもの。たとえ難しいときがあっても、憎しみを自分の心に残してはだめだ。わかるな？」

「うん」

「ぼくはわかる」

「アラブ人も、ユダヤ教徒も、キリスト教徒もいないんだ。人はそれぞれ違うもの。おまえはいつでも、まず人を見なくてはいけない。相手がおまえと向きあったらだ。相手はどんな人間か、親切なのか、そうじゃないのか、信頼できるか、おまえの友だちになれるか、そういうことを見つけだす努力をしろ。先入観を持って人に会ってはいけない。いいな？　相手を判断するのは、判断できるくらい充分に相手のことを知ってからだ」

エフダは自分の足もとに目をやる。一度よく考えてみなければならないと思った。シャロームはまず満足した。残念なのは、ビンヤミンにも同じように話してやれなかったことだ。

そもそもあの子はどこにいるんだ？

ああ、あそこだ！　アリクと二人で、大声で話をする男たちのグループと一緒にいる。

サムエルがののしる声が聞こえてきた。

アラブ人すべてをののしり、大声で叫んでいる――ここは彼らの土地じゃない。パレスティナはユダヤ人のものだ。そうだ、神の言葉でも、ユダヤの教典トーラでも！

アリクは頰を紅潮させて聞き入っている。

ビンヤミンはうなずいた。

クファール・マニン村の悲劇の一ヵ月後、ビンヤミンは人のものとは思えない声を聞いた。

声は彼を駆り立て、彼を押しとどめ……

彼を駆り立て、彼を押しとどめ……

内なる声。彼の一番大きな憧れとともに、一番大きな心配を解説してくれる声――直滑降。

夢と悪夢。

彼は昔の道を見下ろしている。指は、大きすぎるオペル・ブリッツのサドル支柱をつかんでいるが、重い自転車のバランスを保つことができない。

身の毛がよだつ。

彼の勇気は、三日のあいだ直射日光にさらされた牛糞のように萎んでいた。けれども、やるしかない。おまえにそれほどの屈辱を与えるのは他人ではなく、おまえ自身だ。さらに尻込みすれば、屈辱は二乗になる。

きっと大丈夫。彼はつぶやいた。

そうだ、ほかの者たちだってうまくいくんだ。

彼は自転車を立て直す。そこは道路というより農道で、テル・アヴィヴに向かうルートから分岐した、恐ろしいほど急勾配の下り坂だ。かつてはクファール・サバ村に向かう道だったが、もっと広い道路が建設されて、こちらはみるみる野生化してしまった。それでも、なかなかの光景だ。道は松や糸杉で縁取られ、並木のあいだには、まるで風景画家が白とピンクの絵の具で憂さを晴らしたかのように、キョウチクトウの花が咲き乱れている。クファール・マラルは近くだが、まだ先だった。

ここは寂しいところだ。

とても寂しいところ。坂の下に目を凝らすと、呑みこまれてしまいそうだ。下り坂が終わると、道はぽっかり口を開けた丸いトンネルに消えている。もともとここには線路が通っていたらしいが、レールすら残ってはいない。トンネルの向こう側には整地した土地があり、モシャヴの住民たちが農業機械をおいているが、普段はいつも無人だった。

子どもたちは別として。彼らはここがお気に入りなのだ。想像の世界を創りだすには最適の場所だった。ここではどんな遊びもできる。地球の中心に向かって旅をしたり……

〈トンネルは地下世界への入口〉

月旅行……

〈トンネルは宇宙船〉

アラブ人襲撃……

〈それならトンネルはいらない。でも、トンネルの中のアラブ人はずっと恐ろしい〉

そしてもちろん……

直滑降だ！

クファール・マラルは新しい技術の恩恵に浴していないとは、誰にも言わせない。多くの家庭がここでは自転車を持っているのだから。

ある者は、自転車は便利だからと言う。

またある者は、自転車はシオニスト的だと言う。

ある女性が世紀末の風景をうまく記述している。

〈マロニエの並木道で、素敵な男性が自転車に乗る練習をしていた。漆黒の顎鬚と、きらきら輝く黒い瞳には、ドレスよりも、アラブの男性が着るバーヌースのほうがよく似合う。テオドール・ヘルツル――シオニズムの創始者〉

その彼はシオニズムのためにもがき苦しんだだけではなく、純粋な喜びから、彼の視点で次のように書きとめている。

〈自転車は、個々の人々がふたたび権利を持つことを助けてくれるものだ。歩行者は不可解なほど遅い速度で、憂鬱そうに足をひきずっている。自転車のペダルを一度踏みこめば、彼らに追いつく――われわれにとって近すぎるものはないし、遠すぎるものもない。こうして、われわれにとってこの乗り物は、理念という運命のための、あなたがたの苦悩、そしてあなたがたの有終の美のための、意義ある枠組みになるはずだ〉

なるほど。

聖なる地で、自転車なしですますことなど考えられない。

ヘルツルはなにを運転するのか。人が追随する理念？

オペル・ブリッツ。

だからクファール・マラルには、オペル・ブリッツが何台もあった。サドルが低く、トップチューブが後方に向かって下がった女性用の自転車すらあった。年長の子どもたちは通学や畑に行くときなど、機会があればいつでも自転車で走りまわっていた。その急傾斜の旧道を、どのようにして楽しむか、いつしか子どもたちはこつをつかんだにちがいない。勢いよくスタートして坂を下りおりる。どんどんスピードが上がり、当然、ブレーキは禁止だから、楽しいと同時に肝試しでもあった。坂を下ると、そのままトンネルに突入して走り抜け、最後は惰性で二、三回エレガントな弧を描く。

一番遠くまで行って止まった者が勝者だ。

ビンヤミンはその光景を何度眺めたことだろう。エフダとアリクも一緒だ。自分たちより年長の子どもたちがスピードを上げ、トンネルに向かって飛んでいくのを、息を呑んで眺めていた。

歓声と悲鳴。

そして思った。あんなことは絶対にしない。

そして、あんなことをしないかぎり、ぼくは――

何者でもない。

エフダとアリクは入植村《モシャヴ》を守るために棍棒を持っている。真の男たち。たとえエフダがそれまで棍棒を自慢するだけだったとしても、なにかと信頼はされていた。では、アリクはどうだ。自分の身は自分で守れるということを、あの日、彼は印象づけた。皆から恐れられている少年たちのうちの二人を叩きのめした日のことだ。まだ学校に上がる前の出来事で、以来、彼は尊敬をほしいままにした。たとえ、その一件が自分の身に怒りを呼んだとしても――

―シャイナーマン一家対その他すべて。子ども戦争の章。

やがてアリクは村で一番の砂爆弾名人になった。

しかし、最も注目すべきは――

アリクとエフダが〝それ〟をやったことだ。

二人は大人用のかさばる自転車に乗るには、まだ小さすぎたのだが、アリクは知ってのとおりの子どもだ。当然すぐに試したにちがいない。自尊心のために。なぜなら、年長の子どもたちが「くそちび、まあ見ててやろうじゃないか、おまえになにができるか。おまえが悪戦苦闘するところを」と言って、彼に自転車をさしだしたからだ。そう言われたアリクはどうするのか。彼は平然とサドルに乗った。猿のようにその上にしゃがみ、野次が飛ぶ中、サドルを押しだした。そして、彼が皆の鼻をあかしたことは賞讃に値いする。のろまで、のけ者だった彼が、その日一日、クファール・マラルの支配者だったのだ。そうなるともうエフダは参加しないわけにはいかない。そこで彼もこの地獄の自転車競争に参加を表明した。ところが、それどころかトンネルを抜けた広場では、ほかの全員より半分多く弧を描いたのだった。

ビンヤミンにとって一番つらいのは、どんなことだろうか。

自分が尻込みをすることではない。

もっとつらいことがある。

みんなが自分にはなにも尋ねなかったことだ。

だけど、みんなに目にもの見せてやる、全員に！　自分が臆病者なんかじゃないことを。だから、まず一度、さえずる小鳥を証人にして一人でこっそり試すために、今こうして母親のオペル・ブリッツを持ってきたのだ。

盛大なショウの始まり。

〈やつを見ろ、ちびのベンを！〉

〈すごい！　とんでもないやつだ。今まで見損なってたんだな〉

〈フレー、フレー、ビンヤミン！〉

そんなふうに想像するのは楽しかった。

目の前にある現実は楽しくない。

心臓は、やめろと言わんばかりに高鳴る。

臆病者。彼は自分を叱咤する。ほんの短い坂道じゃないか。なのに、おまえはここに根をおろして、びびっている。

彼はつま先立ちしてサドルによじ登った。女性用の自転車なのだが、まあいいだろう。お披露目のときは、男性用の自転車に乗せてもらうことにしよう。小柄なことは恥でもなんでもないのだ。サドルの高さは一番低くしてあったが、それでもまだ高い。革のサドルが股間を強く圧迫し、小さな睾丸がつぶれて痛かった。つま先が地面に触れるやいなや、筋肉や腱をぴんと張る。拷問椅子に座らされているように自転車のフレームに固定されていることを、座っていると表現できるなら、彼は自転車に座っていた。

急な坂道を見下ろす。

まるで初めて目にする道に思えた。苔が筋状に生え、舗装がはがれたところには雑草が茂っている。砂と砂利。最後は腹を空かせたトンネルが口を開けている。恐怖はあっという間にどこかに消えてしまった。

両脚を引き上げると、勢いをつけて体重を前方に移動する。

タイヤが軋んで動きはじめた。

タイヤがまわる。

スタートだ。

思っていたよりずっと簡単だった。

そして、彼もいきなり飛んだ。


息を呑むようだ。

前へ！　前へ！

ビンヤミンはハンドルにしがみつく。どうやってスピードを上げるかはわからない。タイヤが波打つような地面の起伏や苔を踏んで飛び跳ねる。馬みたいだ。野生の馬。馬に乗れば、こんな感覚がするにちがいない。いや、乗馬よりずっとすごいぞ。最高だ、素晴らしい、ほかに比べようがない。最も注目すべきは——

彼は思い切って挑戦した。

それを——

やった！

歓喜に襲われる。言葉では言い表わせない誇り。松や糸杉に囲まれて、籠から飛びだした鳥のように歓声を上げながら、トンネルの半円形の入口に向かって彼は運ばれていった。自転車はスピードを上げ、どんどん速く、どんどん、どんどん速くなり——

信じられない！

どこまで速くなるんだ——

どこまで——

——制御がきかなくなるまで？

そんなはずはない。

ところが、この瞬間まで素晴らしいと思っていたことが、にわかに反転、恐怖を感じる。頭上をトンネルの天井が飛びすぎていく。オペル・ブリッツが暴れ、バウンドし、横揺れしながら大きくジャンプした。だめだ、ビンヤミン、余計なことをするな、バランスはひとりでに戻ってくるから。ところが彼の両手は言うことをきかない。反対のことをしようとしている。このスピードでは最悪の結果を招くことを。ハンドルがあらぬ方向に曲がる。

ビンヤミンは飛びつづけていたが、もう自転車と一緒ではなかった。両腕をぐるぐるまわすだけで、驚きのあまり悲鳴も上げられない。しかし、落下時間が二秒もあれば充分だ――恥を知るには。

やっぱり臆病者だったのだから。

笑いもの。

そのとき、地面に叩きつけられた。砂利の上を勢いよく滑り、鋭い角が肉にくいこむ。ぽきんという音を耳にし、唇を嚙みしめ、あえぎ、転がり……

仰向けになって震えていた。あたりは暗く、じめじめとして、不気味で、トンネルのぎざぎざになった天井が、まるで彼を見下ろしているかのようだ。

本当にそうだった。

天井は彼を見下ろしている。

おまけに彼に話しかけようとしている。

ここはおまえにちょうどいい。虫けらめ、ここはおまえにふさわしいところだ。石の下にもぐりこめば、おまえはそこに這いつくばって目にすることができるぞ。エフダが立派な男になるところを、誰からも好かれていないが、アリクの肩を叩く者がいるところを。おまえはどうなのだ？　おまえは好かれる価値もない。わかるか、おまえは存在していないのだ。だから、今そこに横たわっている。

ビンヤミン、ここは落伍者のための場所だ。水の滴る穴、軽蔑という奈落。

終着駅。

そこにそうして横たわっていろ。おまえがいなくて寂しがる者は一人もいない。

ビンヤミンもトンネルの言うとおりだと思ったから、じっと横たわっていた。まわりは静寂につつまれた。

いや、そうでもない。

天井のアーチのあたりから、しくしく泣く声が聞こえてくる。泣き言がこだまする。

ほかにも誰かいるのだろうか。

興味を引かれて、彼は上体を起こす――おしゃべり女のようにめそめそ泣いているのは自分だ。たちまち自己嫌悪に陥る。

〈むかつく。弱虫め！〉

けれども、トンネルの中で、自分の泣き言を聞きながら衰弱したくはない。結局、屈辱にまみれ、よろよろと家路につくしかないのだ。家に帰れば、ひどく怒られるだろう。母親のオペル・ブリッツを壊してしまったのだから。でも、おかげで生きていられたんだ。あとは嘲笑されるだけ――

彼は勢いをつけて立ちあがった。

くるぶしに痛みが走る。まるで斧を打ちこまれたかのように。

ふたたび長々と床に伸びた。

いったい、どうしたんだ？　目に涙が溢れる。脚は、脚はどうなったんだ？　どうやってトンネルから出るんだ。外には出られない。ここでこのまま――

彼ははっとした。

なにか聞こえる。

「誰なの？」

か細い声をだした。

自分のほかに誰かいるというのか。

「誰かいるの？」

答えはない。

濡れた目をしばたたき、上体を持ち上げる。天井のアーチが溶けてなくなってしまったかのようだ。頭上には真っ白い光が溢れている。涙のヴェールを通して見えるのは、なにかの輪郭だけだった。細部はわからないが――

人影だ。

ビンヤミンは痛みを忘れた。口をぽかんと開けて、現われた影に目を凝らす。

それは光の中に浮かんでいた。のっぺらぼうだ。天使。

黒っぽい天使が急速に近づいてくる。

腕を大きく開いて。

羽ばたく羽の影が彼をおおう。

ビンヤミンにははっきりわかる――

一巻の終わり。

もちろん、それでお終いではなかった。

　けれども、くるぶしの骨が砕け、大腿骨を骨折して、眼球が涙の海で泳いでいれば、誰でもオーストリア人の肥満した女画家を羽の生えた怪物だと思うだろう。少なくともビンヤミンには、彼女が光を浴びた地獄の生き物に見えた。自分をわしづかみにし、黄泉《よみ》の国に運んでいこうと鉤爪を伸ばす生き物に。

たとえ彼女がなにを羽織っていたとしても――

彼女が近づいてきたとき、トンネルを風が吹き抜けていったにちがいない。たっぷりとした生地が煽られ、それが巨大な羽に見えたのだ。

ひゅう――……

太ったシュタットラー夫人と羽。

医者からもっと運動するよう勧められていた彼女が、その日の午後、クファール・サバから入植村に農道をぶらぶら歩いて戻ったのが幸いだったのだろう。そうでなければ、あと何時間も彼はそこに横たわっていたかもしれない。直滑降をして、災難にあったのは愉快な話ではない。真実を告げることが憚られたので、ひどい怪我だと彼が知るのはずっとあとのことだ。しかし、いつしか自分でも薄々勘づいていた。

足のことは忘れられる。

神格化されたあかつきには。

おまえは現世ではもう英雄にはなれない。

今では誰もが彼のことをひどく心配するのは、それなりの理由があるものだ。彼を叱る者はいない。母親のラヘルは、首の骨が折れたのではなくてほっとしていた。歪んだハンドルバーを見れば、そうなっても不思議ではなかったとわかる。父親のシャロームは彼のことを再発見したようだ。『白鯨』、『海の狼』、『ガリヴァー旅行記』、『ヴィネトゥー』といった本の陰に隠れている小さな息子を、おとなしい子どもが本に夢中になっているだけだと、折に触れ思っていた。落ち着きのないエフダとは正反対で、ビンヤミンはまったく影が薄かったのだ。

それが今、彼はいきなり中心に立っている。

もっと驚くべきなのは――彼を嘲笑する者は一人もいないということ。

そうする機会を、彼は皆に提供したのだが。

ところが、入植村の子どもたちは恥じ入っている。自分たちの卑劣な態度が彼を狂気の沙汰に追いやったのだと、少しは理解しているようだった。だから、彼のことを笑う者はいない。それでもまだ顔をしかめようとする者は、謝るより早く、アリクとエフダから痛い目に遭わされるのだった。

三頭政治は一致団結していた。

一方では。

その一方で、ビンヤミンはもう自転車に乗ることはできない。長い距離を歩くこともできず、駆けっこも木登りも、同じ年ごろの少年が熱中するようなことは一つもできなかった。だから、三人が一緒にいることはめったにない。

やがて、本の中に出てくる、かつてはあれほど大好きだった命知らずの登場人物たちも、彼には負担となった。

血を分けた兄弟、『白鯨』のクィークェグ。残忍なカリスマ、『海の狼』のウルフ・ラーセン船長。『ヴィネトゥー』に出てくるうぬぼれ屋のシャッターハント。彼らの英雄気取りの態度、ありあまる体力に、ビンヤミンは耐えられなかった。自分がそういう者たちの一人にはもう決してなれないとわかり、彼らとのつながりをなくしてしまった。彼らは秘密の存在という地位を失った。創作であるとわかれば、彼らは活字でしか残っていない。

彼らの残したものは、恐ろしいまでの空虚。

ビンヤミンは無口になった。そもそも自分はなぜこの世に投げだされたのか、彼は疑問に思いはじめていた。自分の存在理由を探し、痛みと失望の真相を探る。

それでもむだだった。

自分は役立たずだ。

どんな小さな意味すらも見つけられない。

一九三九年

この年のテル・アヴィヴは、ほのかなきらめき持つ真珠にたとえられる。真っ青な海の書き割りを背景にした、白く輝く近代建築の実験の舞台。ヤシの並木が美しい大通り、商店、銀行、映画館、バール、劇場、カジノ。エルサレムに見られる骨董品のような荘重さは一つもない。歴史的に重要なモニュメントもなければ、超正統派のユダヤ教徒が暮らすエルサレムの街区メア・シェアリムのような、リトアニア風のユダヤ人コミュニティ、小都市を意味するシュテットルを追体験できるものもない。また、東洋の茶目っ気もまったくなかった。テル・アヴィヴを建設した者たちは、初めから、この豊かなメトロポリスを可能なかぎりヨーロッパ的に形づくろうと苦労したようだ。わずかにアメリカ的なところすらあるが、とにかく世俗的だった。

当然ながら、エルサレムのダンスフロアのほうがきらびやかだ。

そこでは大英帝国が踊るのだから。

エルサレムの、あの〝陰謀の山〟で踊っていた。

騒々しいレセプション、巨大な舞踏会。砂漠のアラブ男に理性と体で憧れる、青白い顔をしたイギリスの貴婦人。

シャンパングラスを手にした、聖書支持者や変人。

暑苦しい装飾の喫煙室に集まった士官、外交官、ビジネスマンは、アラブ人たちは不当な扱いを受けており、ユダヤ人移民の流入を制限しなければならないという考えで一致する。プライドをかけての試み。九年前の、パスフィールド白書のことだ——ユダヤ人はあと二、三千人。アラブ人もあと二、三千人。それで終わりにする。

その試みが成功しなかったのは残念だった。なぜなら、シオニズム運動の指導者ハイム・ワイツマンがイギリス政府にバルフォア宣言を主張し、あまりに感動的に裏切りの愛について語ったおかげで、イギリスはユダヤ人移民の制限を中止したからだ。

アラブ人の激しい抗議。

ワイツマンがイギリス政府を密かに操り、彼の望みをラムジー・マクドナルド首相に口述筆記させたことを、政府の代表者たちが真摯に受けとめ、そのためイギリスはくじけて、ワイツマンに、実際には持っていなかった権力を承認してしまった点が、きわめてよくなかった。流感の再来とともに、ユダヤ人が世界を牛耳っているという噂が広まった。たいていの陰謀のセオリーと同じで奇抜な噂だが、いつまでも消えない噂だ。以来、アラブ人は侮辱されたと思い、イギリス人は驚き、笑いものにされたと感じた。ユダヤ人のナショナルホーム建設の望みを叶えるための施策を、なにも行なわなかったということだ。

それでも彼らは恩知らずだ。

貪欲。

妥協するつもりなど微塵もない。

結果、大英帝国はアラブ側と同一視された。それは、アラブ人の叛乱者が委任統治国の施設よりも、ユダヤ人入植地のほうを襲撃したからでもある。当然、暴力は心配だ。アラブ人のゼネストは、どのみち脆弱なパレスティナのインフラを真っ二つに折ってしまうだろう。無制限のユダヤ人移民に対抗する、イスラム教徒の終わりのないデモは、神経を逆なでしはじめていた。けれども前述のように——

「アラブ人が失望したことはわかってやらないと」テル・アヴィヴのカフェのオーナー、デイヴ・カーマイクルが、自家製レモネードをこぢんまりとしたテラス席に運んできて二人に言った。

シャローム・カーンが応じる。

「じゃあ、われわれの失望は？　バルフォア宣言が承諾されたことはどうなったんだ？　われわれのユダヤ人国家建設は、いったいどうやって——」

「ユダヤ人の故郷だ」

煙草商のトゥフィク・アズアズーリが訂正した。

「ユダヤ人のナショナルホームだ！」

カフェのわきを、少年のグループが通りすぎていく。まだ十七歳にも達していないアラブ人だ。やる気のない、だれた態度だった。千鳥足になるほど泥酔している者もいる。なにやら調子のはずれた歌をがなりたて、ふらふらと横町に消えていった。

彼らの行く先は明らかだ。その道はテル・アヴィヴの裏町に通じている――売春宿、賭場、阿片窟に。

アズアズーリは少年たちの後ろ姿を目で追った。

「あれじゃあアラブ国家の誇りもへったくれもない」

「くそっ。悲しいが真実だ」

カーマイクルは言って、ナツメヤシやナッツを入れた皿を二人の前においた。

「堕ちるところまで堕ちたら、導師《イマーム》があいつらのことを気にかけてくれる。あいつらはまだ知らないが、あっち側の友だちの曖昧な約束のために、あんたたちの血を流す準備をすぐに始めるにちがいない」

「古きよき時代を懐かしんでるわけだな。え、紳士諸君？　女や政治のために面《つら》を磨いてたころを」

「デイヴ、それは違うぞ。あっち側はいつだって役を演じてたんだよ」

トゥフィク・アズアズーリが首を振りながら言った。

シャロームはピスタチオを口に放りこむと、

「そうかもしれない。でも、こっち側を荒廃させることを、釈明として使ってはだめだ」

「いや、本当だ！　シオニズムが最後には勝利する理由を言ってやろうか？　このわれわれが、あっち側を打ち負かしたからだ。われわれの側では、はっきりしている」

「じゃあ、あんたはそれを強みだと考えてるのか？」

「トゥフィク！　神と暴力は、新しい政治システムを世間に認めさせるために使われる道具ではないんだ。ユダヤ人の政治システムもなければ、アラブ人のものもない。よき隣人関係は、交渉から生まれるものだ」

「よき隣人関係が重要だと、誰が言っとるんだね？」

「バルフォア宣言だ」

「同意が守られないと、あんたは嘆いておったんじゃなかったか？」

「それは別の問題だ。宣言がそうした――」

「まんまと騙されたんじゃよ。ユダヤ人社会からではない妨害が存在しないユダヤ人の故郷を、わしはあんたにお願いする」

「そのどこがそんなに深刻なんだ？」

「なんにも。ただ、あんたたちはそれを守らないということだ」

「ばかばかしい」

「いや、そうじゃ。あんたたちは、自分たちのためになにもかも望んでおるからな。そうでなければ、移民制限に激しく抵抗するのはなぜなんじゃ？」

「なるほどな」

「それなら、日に何人のアラブ人がパレスティナに移住してくると？」

「とるに足らん数じゃ」

「その数字をこの目で見てみたいものだな」

アズアズーリは腕を広げて大通りの喧噪をさししめし、

「見てるじゃないか。まわりを眺めてみなされ」

「あんたたちに、土地を分ける気はない」

アズアズーリは大声で笑う。

「なんじゃと？　今まさにハイファの港に船が着いて、何千というユダヤ人が上陸しとるのに、ぬけぬけとそんなことが言えるもんだな。制限を妨害しているのは、このわしらじゃない。わしらなら即刻同意する――」

「ああ、そうだろうとも」

「たとえ彼らがわしらを罰しても！　だが、イギリスが規則をこしらえるために突進するときはいつでも、あんたたちのハイム・ワイツマンが――」

「ちょっと待ってくれ――」

「違うというのかね？」

「ワイツマンが頼んだのはただ――」

「頼んだ！　ユダヤ人が自分たちの望みを、あのイギリス人に口述筆記させたんだぞ」

「おいおいトゥフィク、その次にはなにをほざく気だ？　われわれが世界を牛耳っているとでもぬかすのか？」

「あんたたちは、わしらの世界を牛耳りたいというだけでたくさんじゃ」

「くだらない。この老いぼれの駱駝使いが！　あんたが私の友だちじゃなければ、あんたには金輪際なにも言わない」

「おやおや」

カーマイクルはつぶやいた。女性を連れたイギリス人の歩兵たちが隣のテーブルに座り、彼は痛めた足を引きずってそちらに向かう。

トゥフィク・アズアズーリは黙りこんだ。本当にちょっと気を悪くしたようだ。

シャロームはナッツを指でもてあそんでいる。

「じゃあ、見方を変えてみよう。バルフォア宣言は正しい道をはっきり示しているということには、われわれの意見は一致しているんだな？」

「彼らができもしない約束をしたことを度外視すれば、そうじゃ」

「すべてのユダヤ人にとってのナショナルホームが、約束だ。われわれとそう約束した。そのためには、ユダヤ人全員がやって来られるはずだな？」

「わしらをこの土地から追いだすために」

「私があんたを、あんたの土地から追いだすつもりだと？」

「それは違う。そんなことをすればあんたは、将来、サイモン・アルツトの煙草をどこで手に入れるか、悩まなくてはならなくなるからな」

「始まりは、少数派のわれわれには国家は形成できない――」

「ほら！　それじゃ。わしらを言いくるめることが問題なんじゃ」

「違う、あんたばかじゃないのか。二つの国家を約束したことが問題なんだよ。あんたたちに一つ、われわれに一つ。あんたはシオニズムを、どこかの狂人の趣味だとでも思ってるのか？　地上のユダヤ人すべてを、おもしろ半分に不毛の地に送りこもうという実験だと思ってるのか？　西は湿気が多すぎ、東は乾燥しすぎる土地。その地の真実を甘受するため、その歴史を好きになるしかない土地に」

「なるほど、わかったぞ！」

「なにが？」

「あんたは自分が愛してもいない土地に漂着した心の痛みを、自分が熱烈なシオニストだと思いこむことで、麻痺させようとしているんじゃ」

「トゥフィク、ばかなことを言わないでくれ。われわれはアメリカに行きたかった。それは隠し事ごとでもなんでもない」

「じゃあどうしてあんたの話すことには、ワイツマンの演説を流す蓄音機みたいな響きがあるんじゃ？」

「耳の穴かっぽじってよく聞けよ。ラヘルと私は、いつか出ていかなければならないとは思ってもみなかった国を出てきた。誰にとっても明らかなことを、われわれも感じたからだ。ナチスがわれわれの殲滅を世間に訴えている。それだけじゃないぞ。世界のどこにでも怨恨が生まれるような、伝染病みたいなものがすでにあったんだ。それに真っ向から向き合えと？　びっくりしろと？　違う。われわれの民族は追放された。今回、世界はいい仕事をしようと決めたらしい。あんたが気に入ろうと入るまいと、パレスティナはユダヤ人にとって生きるか死ぬかの問題なんだ。広大な避難所。新たな故郷の理想ではないが、じゃあ、われわれはどこに行ったらいいんだ？　われわれに、ほかにどこが残っているんだ？　われわれはなにもかも責任を負わされることに、すっかりうんざりしてるのが、あんたにはわからないのか？」

シャローム・カーンは平手でテーブルを叩いた。

「――自分の家から追いだされておいて、それと同時に、他人を彼らの家から追いだすためだけに自分の家を出ていったと非難されたら、あんたはどう思う？」

「けれど、ちょうど同じことが起きとるんじゃ」

「でもわれわれは、ダビデの星を胸に縫いつけ、隔離してくれと頼んだわけじゃない。われわれを集団墓地に埋めてくれと、ボルシェヴィキに要求したわけじゃない。われわれは――」

「分別のある者で、あんたたちがひどい扱いをされてることを疑う者はいない」

「それはどうもありがとう。この瞬間、われわれの時代の分別ある人間は一つの空間にふさわしいらしい」

シャローム・カーンはあざけるように言った。

カーマイクルが知らぬ間にテーブルにやって来ていて、二人の肩に手をおいた。

「紳士諸君！　この世が天国だってことで意見が一致すれば、われわれ三人の望みは叶えられるさ」

シャロームは鼻梁を揉んだ。

「この世を天国にするには、まずあんたがナッツを補給しないとな」

アズアズーリが言った。あとは笑うしかない。

結局、二人とも笑った。テル・アヴィヴに漂着した酔っ払いのアラブ人たちの、次の集団が店の前を通りすぎるまで。

「シャローム、もうこれはわしらの手の中にはないんだよ」

「じゃあ彼らの手に？」

アズアズーリは身を乗りだして、

「だから暴動が生じる。だがシャローム、暴動とはなんだ？　獣だ。でかくて、強くて、激情を掻きたてられた獣。その獣がどういう態度をとるか、歯を剝くのか、吠えるのか、猛り狂うのか、ただ威嚇するだけか、それとも、また鎖で繫がれることを許すのか。それは、獣が頭の中で考えていること次第だ。獣が事実や、追体験が可能な現状をもとに考えているかぎりは、頭は肉体を制御でき、力を真っ直ぐ目的に向かって投入できる。パレスティナはアラブ人とユダヤ人の両方にわけへだてなく場所を提供することはできないから、シオニストたちの移住は制限されてもしかたないという結論にいたれば、それに反対する行動を、頭は肉体にとらせることができる。四年前、ヤッフォやナブルス、ハイファ、エルサレムで起きたことのように。それでも効果がなければ、ストライキを命令する。わしらは必ずパレスティナ全土でゼネストに入るわけだから、ちょうど今と同じじゃ。それは、かつてイギリスがシリアのファイサル王に与えた約束を、彼らが思い出すまで……」

一九一九年、パリ平和会議。アラブ人はパレスティナをシオニストに引き渡すことに合意。そのかわりに、宗主国がアラブ人に自治を認めるなら。アラブ人の王国の隣にユダヤ人国家。二つの夢は――

はじけた。

「だがシャローム、獣が頭を失ったらどうなる？　頭がないまま前進だ！　理性でなく、交渉する意欲でもなく、憎しみだけがその行動を決める。さっき、ここを通りすぎていった騒々しい集団は農夫じゃ。土地の単純な若者たち。なぜ、彼らはここにいる？　テル・アヴィヴでなにをやってるんじゃ？」

シャロームは黙りこんだ。そんなことは誰でも知っている。彼らは村から都会に引っ越してきた。彼らの家族は農業では生きていけないからだ。アラブ民族主義運動の代表者が説得力のある口調で解説するように、農民が何世代にもわたって生計を立ててきた借地の、所有者が変わったからでもある。今はユダヤ人のものなのだ。ヒスタドルートと呼ばれるイスラエル労働総同盟は、ユダヤ人労働者とアラブ人労働者を取り替える策略をいくつも用意していた。畑や大農園でも建設現場でも、より大規模なシオニストの入植地が新たに生まれるところならどこにでも。ユダヤ人労働者をより高い賃金で雇うことで、アラブ人労働者を押しのけたのだ。この土地で彼らはなにを糧に生きていけというのか。よりどころを奪われて都市に流入するが、そこでも展望は開けない。彼らのほとんどは教育を受けたこともなく、読み書きもできなかった。その彼らになにができるのか。ユダヤ人が彼らの存在の根本を盗んだこと以外に、無知な彼らに、なにがわかるというのか。

シャロームが口を開く。

「あんたたちのご立派な民族主義運動が、教育制度を改善するための金を自分の懐に入れているという理由で、イギリスがアラブ人の学校を建設しなかったら、あんたたちは今でもトルコ語をしゃべってるかもしれないな」

「アラブ人に責任がないとは、わしは言わなんだぞ」

「われわれにひどくいきり立つ、あんたたちの指導者が、値段さえ折り合いがつけば自分たちの土地をユダヤ人に売るのにまったく問題がなかったのは、珍しい話じゃないのか？　金で買えば、そこに住んでる人間への責任から解放されるのか？」

「そのとおりじゃ」

「それに、あんたたち都会に住むアラブ人は、田舎暮らしの同胞に対して、ユダヤ人でもしないような見下した態度をとっているんだ」

敗者を山のように生みだす全面的な裏切り。彼らは安上がりな娯楽に逃げ場を探し、大酒を飲み、映画館やカジノや酒場にたむろし、娼婦のところで余った金を賭け事ですり、ドラッグで靄がかかった頭で怪しげな政治談義をして、やがて最後に残った誇りすら失ってしまった。

「そこに導師《イマーム》がやって来る」

彼らをお粗末な自分に直面させる。自分という罪深く絶望的な存在を示してやる。

そんな彼らを救えるのはただ一人。

アッラーフ・アクバル《アッラーは偉大なり》！

「もうどんな理屈も通用せん。絶望した者たちを信仰が引きこんだら、もう理性はなんの役にも立たん。もう頭では獣を制御できん、脳みそではできんのじゃ。あとはひたすら神のご意志と、導師たちの意志。あるいは枢機卿やラビの。わしらは公平でありたいんでな」

アズアズーリはそう言って笑みを浮かべた。

そうした光を浴びると、バルフォア宣言は本当にくだらないものだと、シャロームは思った。よき隣人関係の問題——

違う！　道はあるにちがいない。

「われわれは宗教指導者たちの前から退却することは許されない。過激な民族主義者たちの前からも」

「あんたは気づくのが遅すぎたんじゃないのか」

「当時、ファイサルがなんと言ったか知ってると思うが——ユダヤ人はアラブ人のすぐ近くにいる。二つの民族のあいだに、性格の対立は存在しない。ファイサルの言うとおりだった！　トゥフィク、われわれみたいに話し合いをしているかぎり、理性が勝利するものだ。アラブ人と親交のあるユダヤ人、ユダヤ人と友だちのアラブ人は――」

「あるいはイギリス人とだ」

カーマイクルはにやりとして言うと、ナッツの入った新たな皿を二人の前においた。

「まずはこれだな」

シャロームは笑った。

太陽の色をしたレモネードのグラスを掲げ、二人の友人に乾杯を捧げる。一瞬、テーブルは互いの意志が通じた心地よいムードに包まれた。

テーブルの天板の下に包みが貼りつけてある。

点火装置も。

タイマーも一緒だ。

ここに持ちこんだのは、アラブ人の民族主義者かもしれないし、ユダヤ人の修正主義シオニストかもしれない。イスティクラル派のアラブ人かもしれないし、イルグーン団のユダヤ人なのかもしれないが、両者に違いはない。

そのダイナマイトは、カーマイクルのカフェを火炎地獄に変えるに足りた。

郊外の港町ヤッフォまで、その爆音は届いたのだった。

一九四四年

父シャロームの死で、ビンヤミンは関心の的からふたたびはずれ、心配されることもなくなった。

もう彼にかまっている暇などないのだ。母ラヘルと双子の兄弟エフダは農場で馬のように働き、シャイナーマン家のアリクは自己実現の機会を入植村《モシャヴ》の警備に見いだした。彼は予想外にリーダーとしての頭角を現わし、ユダヤ人共同体《イシューヴ》の若者で構成されるガドナと呼ばれる民兵組織に、教官としてスカウトされるほどだった。かつて醜いアヒルの子だった少年は、立派な白鳥になることを経験し、勇気と規律と戦略に長けることで世間から注目されている。エフダは広い背中と強靭な筋肉の持ち主になっていた。おれたちは一緒だと、二人はビンヤミンに断言した。おれたちの将来はなおさらだと。ビンヤミンもそれはわかったが、自分自身には今も不満が残っている。

なぜ、自分はここにいるのだろうか。

自分に課せられた仕事とはなにか。

しかし、意義はあるにちがいない。

つまり意義とは――

神。

まずは実践的に考えてみよう。おまえになんの価値もないのなら――自分には価値がないと考えるとき、おまえは価値がなければ創造されなかったのだろうから、おまえがなにかの役に立つという事実が存在することになる。

これで筋は通っているな？

すると、神は計画をお持ちなのだ。

その計画を、ビンヤミンは、向こう見ずな男になろうとすることで妨害した。だから神は、ぼくが兄弟に倣って偉大な少年にならなくてもいいとはっきり自覚させるため、坂道を直滑降するとき、ぼくを自転車から放りだしたわけだ。

おまえは偉大な者のために呼ばれたと、エホバは語る。

おまえは私の小道をさまよっている。

私のかたわらにいる。

しかし、ビンヤミンが農場の手伝いをしたいと思うのは愚かなことだ。不自由な足でどうするつもりなのか。

神は、それに代わるお考えもお持ちなのだろうか。

もちろん、お持ちだ。それについては、彼はラヘルから聞いて知ることになった――肉体労働は彼の健康に悪いから、母のラヘルがエフダと一緒に働いている。さらに、モシャヴを失うことなく、長年にわたってシャイナーマン一家と親交を結んできたという偉業は、今、隣人同士の助け合いという形で報われるのだそうだ。

「おまえには、別のやり甲斐のあることが待っているんだよ。おまえは学校の勉強がそんなにできるんだから」

そのとおりだ。

彼とエフダとアリクは、現在、テル・アヴィヴにある有名なゲウラ学校に通っていた。とりわけアリクは、イデオロギーの話を延々聞かされる実家から逃れられて喜んでいる。農家の子どもが上の学校に行くことは、モシャヴではめったにない。マルクス主義者は教育には懐疑的だからだ。教育とは、自分たちの特権を増やし、正直な労働者を抑圧することが目的の、怠惰な資本主義の余暇のお楽しみだと見なしている。カーン家とシャイナーマン家では別の見方をしており、息子たちはそれぞれなりのやり方で感謝していた。アリクは学校の教師より、民兵組織ガドナのほうで多く賞讃され、エフダも学業を巧み乗り切ることには苦労している。一方ビンヤミンは最優秀の成績を修めていた。特に宗教、哲学、ヘブライ語の科目では。そのためラヘルは、息子は畑仕事よりも精神修養に専念するべきで、末は息子を博士と呼ぶ日がくる。弁護士や医者になることも期待できると口にした。

「おまえの賢い頭で思いつくことをやりなさい」

ラヘルはそう言ったが、息子の膨張する宗教心が自分には不気味に思えることは口にしなかった。

この子になにがあったのだろうか。

シャロームは神を信じていなかった。ラヘルも信じてはいない。エフダもまあそうだ。彼の信仰心は一時的で、戦略的なものとでもいおうか。もしかすると彼は、無神論者として人生の最期に不当に扱われることを恐れているのかもしれない。すでに失格だとわかっているのに、最後の審判までぶらぶら歩いていく者がいるだろうか。彼は十六歳の誕生日、自分は神を想像できないと宣言して、神について考えることをやめたのだった。

それはエフダだからしかたがない。ものごとを深く掘り下げて考える人間ではないから。

彼を見ろ！　畑からこちらにやって来るのは、一人前の男へ通じる扉に立つ若者。抑揚のない旋律の口笛を吹き、よく日に焼けて、筋骨たくましく、髪には明るい金髪がまじっている。シオニストのポスター画家が立派なユダヤ人を描く。彼は、それがすべて希望的観測にすぎないものではないという生き証人だ。若い娘たちが彼のあとを追いかけてくることを、エフダは学んだ。自分が努力しなくても、娘たちのほうから寄ってくる。彼は十六歳で、その年ごろには似つかわしくない分野の知識を身につけていて、そのため、学校の成績は憂鬱なものだった。ラヘルは、息子の男性ホルモンで曇った頭を学業のほうに向け直そうと、精一杯の努力をした。その一方で、息子を非難することはできない。エフダは農場で二人のために働き、自分なりに父シャロームの代わりを務めていた。一家がクファール・マラルの生活を諦めずにすんだのは、彼の根気強さのおかげだ。それが決め手になったのだった。

　では、いったい彼らはなにをすればいいのだろうか。

一九四四年のパレスティナは、生活基盤を変えるのにふさわしい時代ではなかった。中道左派マパイに属するベン・グリオンは、武器を手にしてイギリスを支えることを要求し、シオニスト右派組織のイルグーンは、武器を手にしてイギリスと戦うことを要求していたのだ。真っ向から対立する中、労働党のマパイが議会で過半数を獲得。とはいえ身内のテロをやめさせることはできなかった。ノルマンディーでは連合軍が上陸作戦を決行し、パレスティナのユダヤ人共同体《イシューヴ》では、ドイツのユダヤ人を救出する作戦が活発化した。結束するのは、今をおいてほかにない。ところが、ユダヤ人社会では溝が深まっていく。商売や経済は打撃を受け、都市には失業がはびこり、どの家庭も貧困に苦しんでいる。

　では、ラヘルはエフダにどう説明すべきなのだろうか。

農場のことはいいから、本でも読んでいろと？

　彼女は考えこんだ。

　答えは目の前にある。

　それは、ますますユダヤの教典タルムードに傾倒するようになったビンヤミンの姿の中に、ずっと以前からあったのだ。あれほど卓越した成績を修めた生徒が、今では不健全なほど宗教に夢中になっている。

　しかし、彼はうんざりしているだけなのかもしれない。

彼には仕事が足りないのか。時間があれば、そのあいだだけでも。

エフダの勉強でも見させればいいのだろう。

そして、その作戦は――

――うまくいった。

まず、近所の手前、エフダが恥ずかしい成績をとることを、ビンヤミンは阻止してくれたのだから。次に、おかげで彼の補習授業の先生としての優れた手腕の噂が知れわたったからだ。

噂はテル・アヴィヴまで知れわたった。

あなたの息子は勉強に困っていませんか？

それなら、クファール・マラル村出身のビンヤミン・カーンに尋ねてごらんなさい。ぜひとも彼に頼んでみなさい。

ラヘルはそのアイデアに口づけしたいほど喜んだ。考えていたより、ことはずっとうまく運んだのだ。息子はもう母親のすねをかじってはいない。それどころか金も稼いでくれる。誇りと愛情と温もりで、彼女は胸がいっぱいになった。少しだけれど、心も軽くなった。人生から冷遇されたビンヤミンが、ついに世間に認められたとわかったのだから。しかし、自分ではそれまで心配のあまり、ビンヤミンを認めようとはしてこなかったのだろうか。

おそらく多くの人々の交流が彼を現実の道に戻してくれたのだと、彼女は考えた。

うまくいかない計画もある。

それは、大イスラエル構想を抱くポーランド人活動家の、子だくさんで裕福な、ある一家によって妨害されたのだ。シマンスキ一家はワルシャワから真っ直ぐパレスティナにやって来た。テル・アヴィヴで、古びたバウハウス様式の屋敷に居を構えたが、日も経たないうちに、ヘブロンに引っ越す計画を立てた。アブラハム、イサク、ヤコブの近くにいて、メシアの降臨を体験するためだ。

こうした人々は一般的な修正主義シオニストではない。

彼らは民族主義だ。

彼らは敬虔だった。

そのどちらに対しても、エヴェレストを高くすることより、さらに想像を絶する困難に立ち向かうのだという情熱を抱いて取り組んでいた。

シマンスキ一家の長女をレアという。

そのレアが、自分のメソッドでビンヤミンに補習授業を行なったのだ。

二〇一一年

十月十九日　リビア　シルト

　彼のズボンの修理が終わったことを知らせようと、ケルスティンが電話をかけたのは、まさに榴弾が小型バスに命中した瞬間だった。

　その数秒前に、犬の悲しげな遠吠えのような特徴的な音が上がり、しだいに大きくなっていく。いきなり車体が膨張したかと思うと、驚いたことに炎も上がらないまま爆発し、バスは四方八方に飛び散った。爆煙が立ち昇り、とてつもない爆風に、ハーゲンの両脚はまるで梃《てこ》のように高々と持ち上げられる。体が地面に叩きつけられて転がった。両腕で頭をかばう。榴弾の破片がアスファルトの路面に突きささり、吹き飛んだバスの瓦礫が家々の窓ガラスを叩き割り、建物の壁や塀に穴を穿ち、土埃が灰色がかった黄色の円柱となって頭上を飛んでいった。彼は飛び起きる。目も気道もセメントの細かい粒でいっぱいで、粉末になった文明の味が舌の上に広がるのを感じながら、相棒のあとを追って走った。

「アッラーフ・アクバル！」

入り乱れて上がる悲鳴。車列は止まった。ハーゲンは目の前の通りの様子から、この出し物の答えを汲みだす――旧ソヴィエトの自走式ロケット砲カチューシャ、迫撃砲。記者やカメラマンは、そこらじゅうに停めてある車のあいだをすり抜け、掩体となる建物の入口に逃げこんでいる。荷台にカチューシャを積んで車軸がたわんだジープがバックして、後続車のラジエータにぶつかる。スナイパーがシートから投げだされ、ぬかるみに転落。その男の咆哮が、あたりに飛びかう悲鳴に加わる。暴徒たちは悪霊にでもとりつかれたかのように発砲しつづけ、建物を穴だらけの廃虚に変える。

解き放たれた狂気。

「トム!」

自分の名を呼ばれて、ハーゲンは足を止める。バスはばらばらになって、まるで抽象画家ポロックが絵の具をぶちまけたかのように道路に散乱している。グロテスクに折れ曲がった残骸のわきで、胸や顔を真っ黒に焦がした男がのたうちまわっていた。痙攣する両脚は宙を蹴っている。

「ここだ!」

ペッターか。あの臆病者はどこだ?

「おい、こっちにこい!」

あそこだ! 砲撃で崩れた塀の上に顔をのぞかせ、両腕を振りまわしている。

「早く! そこでなにやってるんだ?」

そうだ、おれはなにをしてるんだ。

スタッカートの砲撃音が宙に響きわたる。催眠術のように単調なリズムの爆発音。そこに軽快な周波数が混じる。ときどきついでのように、カラシニコフが銃弾を吐きだしているのだ。窓の向こうにぽっかり開いた眼窩のような暗闇から、カダフィの残された側近たちが最後の抵抗をみせていた。身を隠したほうがいい。それもすぐに。ところが、ハーゲンはそうする代わりに、重傷を負った気の毒な男に駆け寄った。アルジャジーラのカメラマンがブービーカメラをまわしながら猛ダッシュしてくるのを目のすみでとらえる。一方、暴徒たちは負傷した男を射線から引きずりだそうとしていた。ハーゲンはベルトに手をやり、アイフォンを取りだす。

「トム！　どうかしてるぞ！　いいかげんこっちにこい！」

ペッターの声は彼の耳には入らない。シャッターを押す。

瓦礫に向けて、クリック。

新たな顔が必要だが、決して手にすることはない負傷した男に向けて、クリック。

MGライフルで大通りを一斉掃射する、ミスラタ旅団の兵士たち。絵葉書のように淡い水色をした空に、煙の柱が立ち昇っている。カチューシャから発射された地対地ミサイル。よりよい取材場所を求め、腰をかがめて走るCNNの記者。さらに前方の死体。海に浮かぶ島のごとく、通りに溢れる死体の海に浮かぶ負傷者に、クリック。彼が次々と撮影しているのは、前々から予告されてはいたものの、想像を超えた壮絶な破壊の光景だ。ロックバンド、フー・ファイターズのアルバム『ウェイスティング・ライト』に収録された『ブリッジ・バーニング』のサウンドトラックにぴったりの光景。ボーカルのデイヴ・グロールが天に向けて絶叫している。

デイヴ・グロール？

ハーゲンの携帯電話の呼び出し音。

誰かが電話をかけてきた。

ふたたび空気が振動を始めた。なじみ深い、神経を逆なでする音が増幅していき、今度ばかりはハーゲンも駆けだす。塀に隠れるペッターの隣に滑りこみ、身を縮めた。その瞬間、ほとんど自分の頭を撃たれたかのような、耳をつんざく轟音がすぐ近くで上がった。地面が揺れる。身を隠す塀の反対側に、ドラムを連打するかのように瓦礫が次々とぶつかった。

デイヴ・グロールが『ブリッジ・バーニング』をまだ歌っている。

ハーゲンは通話ボタンに触れた。

「トム？」

ケルスティンだ。平和に満ちた世界に住む。

ハーゲンは反対側の耳を手でふさいだ。電話の相手はハーゲンの社会常識のなさを連呼しているが、彼は息をするのもままならない。

「不誠実で、無責任で、冷たいくそ野郎。まったくそのとおりだわ。あなた、生きてるうちにズボンをとりに来るつもりがまだあるの？」

ズボン？

ああ、そうだった。いいかげん新しいズボンを買ったらどうなのという、彼女の抗議の声を無視して、ズボンの修理を頼んだのはいつのことだったのか。先週、去年？

「ケルスティン？」

「なに？」

「あとでかけ直してくれないか？」

「だめよ。いったい今どこにいるの？」

「きみの声がよく聞こえないんだ。ズボンはいくらだ？」

「あなたの興味はそれだけ？　わたしがどんなズボンを直したって思ってるの。あなたのくそズボンじゃないの？」

「きみに会えなくて寂しいよ」

ペッターは目を丸くして彼を眺め、ばかばかしいという手ぶりをしてみせる。その隣では、ガーディアン紙の女性記者が塀にはりついていた。この仕事に喜びは感じていないらしい。

「トム？　そのとんでもない騒音はいったいなんなの？」

問われても答えられない。

「ケルスティン、今は話してられない」

「明後日、わたし、休暇で二週間の旅行に出かけるの。だから、店はお休み。その前にズボンが必要なら――」

「その必要はない。今、銃撃戦の最中だ」

「え？」

「銃撃戦！」

「いったいどこの話？」

「シルト。リビアの」

一瞬の間。

「なんてこと、トム、そこから脱出しないと」

ハーゲンは笑って呟きこんだ。

「頭は大丈夫か？　私はこれが好きなんだよ！」

「あなた、どうかしてる」

「もう切るぞ。こっちから電話するよ」

ケルスティンがはっと息を呑む音が聞こえる。

「トム！　なんてひどい人なの。わたしたち一緒にいるものだと思ってたわ。そっちに行くって、ひと言も教えてくれなかった。なのに——」

彼は通話を切った。ハンブルクは地理的に二千五百キロメートルのかなただ。ハーゲンのサイズ直しが終わったズボンと、二人の関係という幻影ともども。そのとき塀の反対側にピックアップトラックのエンジン音が上がり、彼は危険を承知で顔をのぞかせた。どうやらミスラタ旅団は予期せぬ抵抗に驚いて、逃亡を始めたようだ。自走式ロケット砲が次々と急転回していた。金属の軋む轟音が上がる中、歩兵はばらばらに逃げていく。男が一人、つまずき転倒して車に轢かれ、トラックの荷台に引きずり上げられた。

このカオスの真っ只中に、男の子が立っている。十二歳くらいだろう。もうもうと立ち昇る煙の向こうから、こちらを見ていた。少年がなにを感じているのか言葉で言うのは不可能だ。ハーゲンは少年の見開いた目にアイフォンを向けた。そのとき、行ってはいけない方向に、少年は駆けだす。

ペッターがようやく塀の向こうに顔をのぞかせ、カメラのピントを合わせたときには、少年の姿は消えていた。

「もういい。脱出しよう」

ハーゲンは言った。

建物内からの砲撃は激しさを増していた。迫撃砲部隊とスナイパーは廃虚に陣どっていた。そのとき、シルトは陥落したのも同然だと誰もが思っていたにちがいない。抗生物質に抵抗する耐性菌のように、暫定国民評議会側に抵抗するカダフィの残党が立てこもる最後の居住区の引き渡しは、すんなり終わると思われていたのだろう。それが難航したのは、細菌のほうからは抗生剤を見ることができ、狙いをつけられるのに対して、車列の側からは、どの窓から、どの建物の屋上から狙われているのか見当もつかないからだった。かつてリビア一の美しい町と讃えられ、今では砲弾の穴だらけの町に、さらに十や二十のクレータを穿ってもむだだ。計算能力や兵器では優勢であるにもかかわらず、彼らは行きづまっており、血まみれになった鼻っ柱を大急ぎで危険ゾーンから引っこめるのを、黙って眺めているしかない。

ギアをバックに入れたまま逃走する車もあった。障害物はすべて踏みつけて走っていく。昔ドイツではフルスピードで車体を揺らしながら、安価なスポーツカーのオペル・マンタを乗りまわす低所得層の若者たちがいたが、まさにそんな風貌をしたスナイパーが荷台に取り付けたMGライフルに覆いかぶさるようにして、やみくもに撃ちつづけていた。虹色の輝きを放つセメントの埃がビルの谷間に立ちこめ、反対側がどうなっているか一目瞭然だ。そこで、ハーゲンやペッターやほかの記者たちは命からがら駆けだすが、振り向きながら手ぶれしても写真を撮りつづけた。

これが解放戦争なのか。ハーゲンは考えた。

ばかばかしい。

木っ端微塵にすることで町を解放する。

彼らは、建物の角をまわったところに咳きこみながら逃げこんだ。滑走路のように広い通りが戦場になっている。かつては手入れの行き届いた大通りが、今や破壊の光景に変わっていた。車は、津波で通りから一掃されたかのようだ。白鳥の首のようにすらりと背の高い街灯は、草の茎のように折れ曲がり、中央分離帯のきれいに剪定された低木はずたずたに引き裂かれている。建物は隣り合う建物と支え合って、なんとか倒壊を免れている状態だ。いわばデスゾーンだが、少なくとも暫定評議会側に掌握されている。

ハーゲンは鼻をこすった。

ピックアップトラックが一台また一台とタイヤを軋ませて入ってくると、荷台から男たちが飛び降りる。にわか仕立ての救急車に負傷者を積みこみ、ドアが閉まらないうちに急発進する——英語で「ゴー、ゴー、ゴー！」と声が上がり、すぐにアラビア語で「アッラーフ・アクバル」と続く。神と強力で頑丈なディーゼルエンジンと協調した、善のパイオニアたち。

ハーゲンは心臓が早鐘のように打つのを感じた。

ロケット弾の発射音に喉もとでシンクロするかのようだ。

ぼん！　ぼん！

くそ、もうだめだ。息もできない。おれはどうなってしまったんだ。

トム・ハーゲン、鼠の尻尾のようにぐったりとして。

「おい！」

ペッターの声。彼はなぜ自分がここにいるのか、ようやく思い出したらしい。滑稽なステップを踏んで、しきりに写真を撮っている。

「さっきのは誰だったんだ？」

「誰って？」

「ケルスティン。きみに会えなくて寂しいよ」

ペッターがハーゲンの口調をまねる。

「私のお針子」

「あんたの……」

していた。ペッターは目をしばたたいた。ヤモリのように、まぶたが上下に開いては閉じるを繰り返している。

ハーゲンは唾を吐いた。

「もういいだろ」

「あんたには、お抱えのお針子がいるのか？」

彼は肩をすくめた。自分がどんな容姿かわかっている。だらしないといわれれば、それはまだお世辞だろう。向かいから歩いてきたら、自分でも避けて通りたいくらいのタイプ。ひょっとすると、さっきのはムアンマル・アルガダフィが三十分前にヒューマン・ライツ・ウォッチ・アウォードを受賞したという電話だったと、主張すればよかったのかもしれない。

「服を縫うより、あんたの面倒のほうをみてくれるんじゃないの？」

ペッターはにやりと笑う。

「彼女が私の面倒をみていると、どうしてわかるんだ？」

「きっとおれたちが撃たれるって、どうしてわかるんです？」

ハーゲンはばかにするように口もとをゆがめ、

「ふーん、きみもようやくわかったのか？」

ノルウェー人カメラマンのペッターはカメラを持つ手を沈めた。

「これからどうすれば？」

ハーゲンは建物の壁から体を離すと、アスファルトのはがれた道路を渡ってピックアップトラックに近づいた。戦闘地区で上がっていた重火器の音は静まっている。カラシニコフの乾いた咳のような音が聞こえるだけだが、先ほどよりは連続して響いていた。

「きみは隠れてろ。それだけだ」

「あんた、ばかじゃないんですか？　あいつらおれたちに榴弾を撃ってきたんだ！」

「ああ。だが、そのあとで顔をのぞかせてもよかったんじゃないのか？」

「顔をのぞかせる？」

「自分の仕事をするってことだ。写真を撮る」

「自分の仕事ならやってる」

「やってないな」

「おい！　ちょっと待てよ」

ペッターは怒ってハーゲンのもとに飛んでくる。

「——おれは映画に出てくるいまいましい〝アイアンマン〟なんかじゃない。あんたはそう思ってるかもしれないが。銃弾の飛びかう中には入っていかないし——」

「きみは私のカメラマンだ。違うか？」

「RPGの集中砲火を浴びて撮影するカメラマンなんかいるもんか。あんなことするのはごめんだ。トム、本当にとんでもないくそだったんだぞ！　ヒーローごっこは。そんなことやっても、いい写真は撮れないし、身を危険に——」

「なんだと、いい写真が撮れなかったのか？」

ハーゲンは激高する。

「それはつまり――」

言おうとしたペッターの鼻先に、彼はアイフォンを突きつける。

「ほら！　写真で満杯だ！　素晴らしい写真ばかりだぞ！　きみが、そういう写真を撮らなきゃならないんだ。いいかげんわかったか？　そういうのが売れるんだ。きみがここで撮ってる書き割りみたいな写真。戦闘が終わって、わめいたり歯嚙みしたりする者たちの写真は、きみみたいな負け犬でも撮れる。そんなのはネットにごまんとアップされてるんだ。きみはもっと根性のあるやつだと思ってた！　だが違った。聞こえよがしに屁でもこいてるだけの野郎だ。そこらの壁の陰にでも消え失せろ！」

ペッターの息づかいが荒くなる。

「トム、あれは許してくれ。あんたには簡単なことじゃなかった――」

「じゃなかった？」

「おれたち二人ともわかって……」

彼は最後まで言わなかった。ハーゲンは小首を傾げ、

「なんだ？」

ペッターは黙りこむ。

「つまり、私と一緒に行動してくれる者がいるだけでも喜べ。そう言うつもりだったのか？」

「あんたは、なんかにとりつかれてる」

「とりつかれてる、か」

「どうしてトリポリに行かないんだ？　こんなシルトの写真なんか売れるもんか。移行政府内閣が発足してからずっと戦闘が続く町には、みんなうんざりしてる。まだここに誰が残ってるか、自分のまわりを見てみるといい」

「アルジャジーラ、ＣＮＮ――」

「はいはい、彼らはどこにでもいるんだよ。あと二、三社、どうでもいいようなところも。だけど、新しい響きはトリポリから聞こえてくる」

「ここは、そこらの戦闘が続く町じゃないんだぞ」

「あんたは執着してるが、彼はここにはいない」

「ここにいるんだ」

　ペッターはだるそうに首を振る。

「いないな。とっくに高飛びしてる。いいかげん目を覚ましたらどうだ。彼はいない」

　彼はいないのだろうか。

　この数年で、多くのものが自分から失われたかもしれないが、本能はあてにできる。ほかの者たちのようにトリポリでリビア国民の退屈な歓声を取材するのではなく、ここシルトに残っていたほうがいい理由を、本能ははっきりと教えてくれた。

カダフィがここにいる。

ハーゲンにはわかっていた。そうだと感じていた。

最後の幕は、この町で下りる。

「どいて、どいて！」

彼は道を開けた。医者が二人、ひどいやけどを負った男を担架に乗せて彼のわきを運んでいく。男の顔と上半身は、火山が噴火したあとの風景に似ていた。真っ黒で、かさぶたができ、皮膚がはがれたところは膿んで赤い筋になっている。片方の目は閉じ、もう片方は頭上をにらみつけている。腐ったような死臭がする。命の灯火は、点滴バッグが空になるよりも早く男から消えるだろう。

男はなにを考えているのか。思考できる状態にあればだが。

もしかすると——天国は黄色いなとか？

至福の国の前室は、いずれにせよ黄色だ。

卵の黄身の黄色。

暴徒たちの一時的な野戦病院として使われている、逮捕されたカダフィの子分の邸宅は、壁や天井が大胆な黄色に塗られていた。シルト郊外にある巨大なアルガダービャ貯水池の近くで、敷地はナツメ椰子とオレンジの木に囲まれている。カダフィが最後に招集した、驚くほど精度の高い部隊が投入したグレネードランチャーの、そこは射程外だった。

問題は、建物の屋上に配置された偵察兵だ。

彼らは見つからないように屋根の切妻や棟の陰に身をひそめ、周囲を観察して、迫撃砲の砲手に発射する方角を教える。三階建ての建物の屋上であれば、数キロ先まで見わたせた。リビアの国土の大半はクレープのように真っ平らで、こっそり近寄る戦法は時代に合わない。ミスラタ、バンガージー、ブレガ、バニ・ワリードといった町では、これまでも毎回同じ光景が繰り広げられてきた――車列が六、七キロまで近づくと、銃撃戦が慌ただしく交わされ、やがて挨拶代わりに八十二ミリや百二十ミリ迫撃砲が飛んできて、撤退を余儀なくされる。前進と撤退の繰り返しだ。防衛側の戦略は、攻撃側との距離を保つことを目的としている。攻撃側の戦略は安全な距離から撃ち返すこと。壁とともにモラルが崩壊するまで、力のかぎり。

あとは特殊部隊が引き継ぐ。

「彼らはもう一度突入するんだ。今夜だが」

医師の一人が訊かれもしないのに言った。負傷したCNNのプロデューサーを外に運びだすのを、ハーゲンが手伝ったときのことだ。

プロデューサーは片脚に包帯を巻いていた。戦闘のさいに榴散弾の破片がふくらはぎに刺さったのだ。血のついた小さな包みを手にして、左腕でハーゲンにつかまっている。アブダラという名の医師が破片を摘出して、包帯を巻いた。

リビア土産――

戦争を、テレビのバラエティ番組〝リアリティTV〟のロケと取り違えている人々に見せるためだ。

三人は銃弾を受けた六本脚の動物のように、足を引きずって廊下を歩いた。車輪付きのベッドが壁に沿って並んでいる。辛苦の操車場。うめく者、虚空をぼんやり見つめる者、頭や手足に、あるいは、ついさっきまで体の部分があったところに包帯を巻いた者。二週間前、ここは人で溢れんばかりだったことを、ハーゲンは思い出していた。それからしばらくして、最悪の時期は乗り越えたかに見える。少なくとも彼らは、絶えず友人たちを縫い合わせたり、埋葬したりする必要はもうないと思っていた。カダフィ支持者の拠点であるワガドゥーグー大会議場に、革命旅団が軍旗を掲げたのち、予想よりも早まった勝利の知らせに焚きつけられた誤った結論。そこでは彼らは単に「勝った！」と叫んでいたのにちがいない。何カ月も、ほとんど耐えることができない圧力を受けつづけ、限界にさらされていたことから解放されたのだ。シルトの事件で、リビアの暫定国民評議会は解放を宣言するつもりだった。だから、この現状は彼らの側に責任がある――みんな、ばか騒ぎはやめろ。がんばれ。すべて終わった、なにをまだぐずぐずしているんだ？

殺《や》ってしまえ！

彼らが展望を得たのは不思議ではない――「勝ったぞ！　アッラーフ・アクバル」と、叫んでも。

そして死んでいく。

ここではまだなにも終わっていないのだから。

廊下の反対側からやって来た別の医師が笑みを浮かべたと思ったとたん、その目から涙が溢れでた。アブダラに抱きつく。三人は彼を泣かせておくしかなかった。

誰かが持ちこたえられなかったのだ。

友人。

「それで、彼らがシルトに？　〝敵〟が？　どうして、彼らはいいかげん諦めないんだ？」

CNNのプロデューサーは、外に出て取材クルーのところに送り届けられると尋ねた。

アブダラ医師は肩をすくめる。彼の目は、疲れきっていて答える気もしないと語っていた。ハーゲンが、特殊部隊はどこに突入するのか尋ねると、「ブハディ」と答え、卵の黄身の色をした手術室に戻っていった。

シルトの街区の一つ、ブハディ地区。

彼らは今日そこから追い立てられていた。

特殊部隊はたびたび市内に入っていたが、今夜、決着をつけなければならない。そうすれば、現代の〝フライボーイズ〟たちがあとは一気に片づけることができるだろう。制空権は国際部隊が掌握していた。フランス軍のラファール戦闘機とミラージュ２０００、アメリカ軍のF16、B2ステルス戦略爆撃機、サンダーボルト戦闘機、イギリス軍のトルネード攻撃機、アパッチ攻撃ヘリ。スペイン、イタリア、ノルウェー、カナダ――世界はコックピットからリビアを眺めていた。国連決議可決後の軍事作戦は、三月三十一日以降、正式にNATOに引き継がれた。ユニファイド・プロテクター作戦はすさまじい勢いで独裁者に襲いかかる。地上部隊は決議には盛りこまれていないため、空爆による介入だ。

だから地上部隊はそこにはいない。

ただし、少なくとも地上部隊の概念を、戦車でなにもかも蹂躙していく重装備の部隊ととらえた場合だ。一方で、部隊というものは哺乳類のように細分化される。種があり亜種があり、さらにそれぞれの隙間を埋める種類がある。たとえば特殊部隊だ。NATOの偵察兵は土地の者に手引きさせて、夜ごと包囲した場所に忍びこみ、防衛ラインを探り、レーザーポインターで爆撃のためにマーカーをつける。

彼らも部隊に所属するのだ。

しかし、そういう彼らも当然そこにはいない。

なぜなのか。

実際に、地上の特殊部隊なくして空中戦が存在しないことは子どもでも知っている。それはNATOの広報室の者たちも承知していて、すでに何人か現地入りしていると、ジャーナリストに対して認めていた。もちろんアメリカ人でもイギリス人でもない。父親がリビア人、母親がイギリス人かフランス人といった者たちだ。彼らは土地の生まれで、国連決議に抵触しない。

いったい何名？
二、三名というところか。
彼らは自分の任務を綿密に遂行したといわざるをえない。ミスラタ、ベンガジ、バニ・ワリードで。NATOの爆撃機が目標を探すところならどこでも、彼らは裏切りという道標を残していった。翌日、朝日が昇ると、衝撃波で空気が膨張を始める。早朝の青い空に現われた銀色の光点は小さなものだが、それらが落としていったものは、抵抗の士気をくじくには充分だった。四十八時間後、たいていのケースでは反政府軍は町の中にいて、大多数の住民たちの称賛を浴びた。市民はカダフィとなんのかかわりもない者たちで、たとえ町の景観が砲撃戦で変わってしまっても、ついに解放されたことを喜んでいた。

シルトだけは、そうではない。

シルト、独裁者の心室。

この町でカダフィは生まれた。

それだけの理由で、彼はこの海辺の町をどこよりも愛していた。一つの町に惚れこむと、その町を際限なく栄えさせる。だから、カダフィ一族や側近たちの邸宅がこれほど密集するところは、リビアのほかの町では決して見ることはない。どうやら混乱状態に陥っている暴君が、彼が今うずくまっている鼠穴から、シルトを新たな首都だと宣言するために、自分の出身地の運命を利用することは、事態をさらに悪化させるだけだ。この町のどこで同盟者を探せというのか——土地に詳しい者たちは、夜ごと特殊部隊とともに家々のまわりを這いまわっていた。この町のように、王様の側近たちが中性子星のごとく密集した環境ですら、大勢が変革に憧れているが、それがなんの助けになるというのだ？　この町で反政府軍を助ける者はいない。シルトで協力者として暴かれるのは、なによりも想像もしたくないことだった。

そういうわけで、町はいかなる最後通牒をも無視していた。

来る週も来る週も譲歩せずに。

彼らの没落は進んでおり、暫定国民評議会はさらに交渉を続けるつもりだった。その外交的な適性が立証される。なぜなら、いざこざを起こす西側は、アラブ人そのものを人権の当然の敵だという型にはめることに疲れを見せないだろうからだ。NATOは人殺しをするかもしれない。ユニファイド・プロテクター作戦を、国連は藩基文という慢性的にうろたえつづける先唱者を起用し、耳触りのいいオペレッタを演奏する術を用いて巧みにアレンジした。出撃には大金がかかる。国連は、西側が民主主義体制に投資するとみなしている。さらに、新たな民主主義がどのような外観を呈するか、国連はかなり詳細なヴィジョンを描いている。そこに、シャリーアと呼ばれるイスラム法のような言葉は現われない。

西側はリビアをこの試験に合格させるつもりだ。

まさにそこに問題があると、ハーゲンは考えている。欧米では、アラブの春をある種の適性試験だと誤解しているのだ。

最も意にかなうアラブ人は誰なのか。

現時点では、いずれにせよ一人もいない。

カダフィを失墜させるため、八カ月前に加わった向こう見ずな人々の群れは、過酷な戦闘経験を積み充分に武装して、ある種のエリート部隊に進化した。シルトの北西二百キロメートルに位置するミスラタ出身の者たち。かつてカダフィの寵愛をめぐって叩き落とされたライバル。このミスラタ旅団が、孵化し、毛繕いをして、民主主義や人間愛についてさえずる政府に、たっぷり話してきかせた――われわれは独自のやり方ではっきりさせる。さもなくば、愛すべき同志指導者、嘘つきのドブネズミに、われわれは永遠にいいように操られることになる。

そして彼らはシルトを徹底的に銃撃した。

まったく言葉どおりに。

それぞれの建物を穴だらけにするのではなく、彼らは別のことを試した。どうやらそれは、一つの町を原子レベルに分解しようということらしい。彼らの妬みや恨みが迫撃砲から放たれる最中、特殊部隊は苦労して町の中心部への到達を試みる。これまでは特殊部隊が成功を収めればいつでもNATOは空から攻撃し、反政府軍の足止めとなるものを破壊する。ところが、シルトの町はしぶとかった。

戦いは長引いている。

いつまで続くのだろうか。

「それは神のみぞ知るだ」

「もっと厳密には？」

「今夜、偵察兵が成功すれば、NATOが夜明けとともに爆撃する」

ハーゲンは、反政府軍の司令官の一人が庭の椰子の木と花壇のあいだにいるのを見つけた。どうやら、つかの間の貴重な休息を探していたようだ。その休息を、ハーゲンはすっかり台無しにしてしまったが、それは自分にとっても同じだ。彼とはベンガジ以来の知り合いで、気が合って、よく話をする仲だった。

「つまりそれは、明日、われわれはまた市内に入るということ？」

「その直後にだ」

その直後とは、シルトに立てこもる者たちが、爆弾の嵐に大混乱をきたして、指が震えて狙いがつけられなくなった直後という意味だ。

「で、カダフィはどこに？」

「あんたはまだ諦めてないんだな？」

「あなたがたが彼を捕まえるときに、的はずれな場所にいたくないだけでね」

司令官は胸ポケットからくしゃくしゃになったマールボロの箱をだした。一本とって火をつけると、ハーゲンに箱をさしだす。

「いや、結構」

「彼がここにいると確信してるのは、どうしてなんだい？」

「心理ですよ」

司令官はにやりと笑う。

「なるほど。なにかつかんでいて、おれにはまだ教えてくれてないんだと思ってたよ」

「カダフィはこの国を出ていけるほどまともな心理状態じゃない。そうじゃなきゃ、いったいどこにいると？」

「おれたちが相反する情報をつかんでいるのは事実だ。息子たちと、シルトのブハディに立てこもっているという噂もある。そうかもしれない。今日、われわれを出迎えてくれたように。また、アルジェリアで目撃されたという者もいるんだ。チャドにいるのかもしれないし。それにナイジェリアかも。どこにいるか知らんが、相当な数のカダフィがいるわけだ」

ハーゲンは身震いした。かすかに風が出てきた。蟬が鳴いている。空は薄い雲に覆われ、町で上がるいくつもの火の手が、めらめらと雲に赤く反射していた。今いる場所とは正反対の予兆。車輛や武器や人だらけであっても、この邸宅の敷地には見せかけの平和が広がっている。ずっと東のほうでは、町を逃げだした二万人もの人々が過酷な砂漠で野宿していた。停戦状態が二日続き、シルトから逃げだした住民たちだ。

この国に調和するものはなに一つない。

まあ、それが戦争だ。

どうすれば調和が取り戻せるのだろうか。

「私を連れてってもらえませんか？」

「いつだ？　明日か？　本当にもう一度、危険に身をさらしたいのか？」

司令官は煙草の煙を吐きだしながら言った。ハーゲンには、もう少しすれば町の上空に立ち昇る煙の柱の先触れに思えた。

いったいおれはどうすればいいのだ。カダフィはおれの犯した罪の許しだ。二〇〇八年以前に戻るための切符。彼らが隠れ家からカダフィを引きずりだすところに、おれが立ち会い、最初の写真を撮り、最初の記事を書き、彼本人か、彼を捕まえた者たちにマイクをつきつけ……

彼はこの町にいるにちがいない。

おれはこの町にいなければならない。

「もちろん同行してもかまわない。よかったら、私のトラックに乗ってくれ」

司令官はそう言うと、まだ半分も吸っていない煙草を捨てる。

「あんたのカメラマンはいったいどこにいるんだ？　あの――」

「ペッターのことなら、出ていった。つい今しがた」

「トリポリに？」

ハーゲンはうなずいた。

「おれの正直な気持ちを聞きたいか？　もうシルトには、死者また死者しか目にするものはないぞ。カメラマンのあとを追ったらどうだ」

「今日よりひどいことにはならないはずだ」

「事態はエスカレートする一方だってことは、あんたもわかっているだろう」

「私はここを離れるわけにはいかないんでね」

投げやりに聞こえなかっただろうか。ハーゲンは自分の言葉にそういう響きを聞くのが嫌いだ。

司令官は肩をすくめた。

「あんたの好きにしてくれ……おい、またなにが起きたんだ？」

わめき声。戦闘。

ピックアップトラックのまわりが慌ただしい。荷台に積まれたマシンガンを掃除し、油を差し、銃弾を引きずって持ってくる。一台の車から、蛇つかいのメロディがスピーカーをがんがんいわせて響き飲食よりも騒々しいが、少なくとも彼らは、旧政権の旗印や奪いとったカダフィの肖像画、似たような代物を庭で燃やすことはやめた。ハーゲンは、彼らが戦いで頭を叩き割られるところを何度も目のあたりにした——独裁者に死を！　夜ごと銃をぶっ放して、おまえらはばかか？　アッラーフ・アクバル！　やつらはおれたちを砲撃して町から追いだす気だ！　黙れ、アッラーフ・アクバル！　おまえこそ黙れ、ばかが！

これこれしかじか。

彼らは、まるで金儲けでもするかのように戦っている。

なぜなのか。それぞれは、本当はまったくわかってないことを、自分はよく理解していると思っているからだ。いったい彼らは何者なのか。学生、労働者、大学出。ジーンズにスニーカーを履き、ランボーの外見を寄せ集めた冒険野郎のようなアルバイト兵士。奪った武器の直し方、使い方、人殺しの仕方をひと晩で覚えなければならない市民。カダフィの兵士が次々と離反していくと、傭兵の割合が大きくなったが、厳しい統制のとれた戦闘はまったく見られない。

映画『マッドマックス4』の世界とでもいおうか。

ハーゲンはあたりを見まわした。

二台のランドローバーに注意を引かれる。ぴかぴかの新車。申し分のない足まわり。武器と弾薬は屋根にきちんと積まれている。車内を覗けば、最新鋭の無線機を拝めるだろう。警察署や兵営を襲撃して奪った一般的なトランシーバーなどではない。

そのため二台は、ここにはいない外国の地上部隊の車輌に見えた。

ハーゲンはにやりと笑うしかない。

二、三名と予告されていたNATOのアラブ人偵察兵が、十名ほどローバーのまわりにたむろして、明らかに子どものころから慣れ親しんでいるとわかるコックニーで話している。彼らがこの土地の出身ではないことを考えると、かなりかしましいが、少なくとも外見はアラブ人に見えた。陽気に笑っている。そこから少し離れたところでは、二人の男が大声で口論していた。互いに拳を振りまわし、荷台に斜めに取り付けた巨大なUB-32ロケットランチャーをさし示している。どうやら取り付け方を間違えたようだ。

「いったいどうしたんだ？　がーがー騒いで、気でも狂ったか？」

司令官がアラブ人たちを怒鳴りつけた。

二人は話に加わった司令官の注意を引こうと、同時に大声で応じる。ハーゲンは耳をそばだてた。彼のアラビア語は日ごとに上達しているが、二人はまるでサブマシンガンのウジーが弾丸を吐きだすがごとくの早口で、しかもベンガジ訛りだ。

どうやら二人は、軌道を最大限に改善したいようだ。

司令官は頭の後ろを掻いた。

「そういうふうにうまくいくのは確かなんだな?」

NATOの偵察兵の一人が彼らのほうを見やった。グループを離れて歩みよる。

「そういうふうにはいかないぞ」

アラブ人二人は押し黙る。外国の特殊部隊、とりわけ彼らの軍事的な知識には、二人はとてつもない敬意を払っているのだ。

「どこが間違っているんだね?」

司令官が尋ねた。

「角度だ。急すぎる。そのポジションから発射したら、反動が車のガソリンタンクを直撃するぞ」

それに薬莢でおまえたちの顔が吹き飛ばされる。ハーゲンは思った。

そんなことは初めてではないだろう。

男二人は、どうすればいいのか尋ねている。

偵察兵は、角度をもっと平らに保てとアドバイスした。

二人は失望を隠せないままうなずいている。かなりの距離から高い軌道で町に撃ちこむという画期的なアイデアを思いついたのだから。けれども、高い軌道と平らな角度？　マッチするのか？

偵察兵はきっぱりと首を横に振る。

「こういう代物をピックアップトラックに積んでもどうしようもないぞ。金属《M》不活性ガス《I》溶接《G》するか、特殊な砲架に取り付けるかしないと」

「でも、そういうのが戦車についてるのを一度見たことがある」

一方の男が反論する。

「ああ。戦車ならな」

「わかった、こういうのはどうだろう？　角度を平らにして、その代わり車高を上げる」

男は、自分が思いついた素晴らしいアイデアに感激して目を輝かせている。先ほどまで彼と口論していた相棒は熱烈にうなずいた。男は先を続ける。

「そうだ、ピックアップを後ろに傾けようぜ。そうすれば前方が浮きあがり――」

「そんなことをしたら反動が地面を直撃する」

「でも、少なくともタンクを直撃じゃあねえ」

「おんなじだ。車はひっくり返るから」

「じゃ、もし――」

「それはそのままにしておけよ」

二人は悲しそうな顔をして佇み、そうすれば答えを教えてくれるかのようにUB-32を眺めている。

こういうやつらと一緒に、おまえは本気でもう一度出かけるつもりなのか。ハーゲンは自問した。

その答えは――そうだ。何カ月も前からそうしているように。自分の才能を三流のオンラインマガジンに浪費するためリビアに来てからというもの、そうしているように。そのおかげで、この二年、辛うじて暮らしてこられたのだが。

今はカメラマンがいないだけだ。

おまけに車もない。

あれはペッターが借りた車だった。

実のところ、あの男はそう悪いやつではなかったのだ。彼とは偶然、ベンガジで知り合った――文才のないカメラマン。ハーゲン自身は相棒に逃げられた特派員。この何週間か二人はうまくやってきたが、ペッターは意気地のないやつだ。リスクテイカーとはほど遠いとでもいおうか。もっと厳密にいうと、自分が生き残ることに、あまりに執着する男。

簡単にいえば、ミスキャスト。

とはいえ、写真は撮ることができた。

そもそも、最も才能あるカメラマンたちはスカンジナビア出身者だ。北の果ての地では、地方紙が重要な役割を果たしており、小さな出版社ほど鮮烈な写真にこだわっている。シルトにカダフィがいると推測する特派員はいないからか、彼らのシルトへの興味はほぼゼロに等しい。その一方で、とりわけスカンジナビア出身のカメラマンは、ピューリッツァー賞をものにするべく、大挙して戦闘地域をうろついていた。

そういう輩を一人捕まえることができるかもしれない。明日、反政府軍が町になだれこむとき、協力するということで。

新たなペッターと新たな同盟――

いや、結構だ。

写真なら自分で撮れる。

「あんたの写真に興味を持つ者などいないぞ。トム、おれたちは騙されてるんだ。豚野郎はとっくにずらかった。あんたは時間をむだにするだけだ」

司令官はハーゲンにそう言うと、終わりのない無駄話をしに姿を消した。

十月二十日

シルトに花が咲いた。

真っ赤に輝く花は、上空数百メートルにまで生長しながら漆黒に変色する。

閃光から生まれた花。

幾十もの花の、燃えるような花びらが一斉に開く。薄気味悪いが、魅力的な光景は、地上の惨劇をなに一つ伝えてはくれない。とてつもない熱で燃え上がり、ばらばらに引き裂かれる人間のことを。地獄から逃れるチャンスもなく、生ける松明のように通りをさまよう人々のことを。

爆弾の雨が降りしきる中でも、命の灯火はそう簡単には消えないのが現実だ。

すぐに消えれば、それは幸運というもの。

そうでない者たちは苦しみ抜いたあげくに息絶えていく。

手脚をもがれ、焼かれ、殴り倒されて。

真っ暗闇の中、埋められていることに気づく。頭上に覆いかぶさる何トンもの瓦礫が軋む。コンクリートの細かいかけらが幾筋もの流れとなって、肌を下り落ちていくのを感じる。やがてその流れは滞り、今度はどんどん堆積していく。

そのとき、天井が一気に沈む。

わずか数センチだが、人から理性を奪うにはそれで充分だ。

人々は震えはじめる。過呼吸。

悲鳴。

そんなものは上げないほうがいい。ただでさえ足りない酸素を急速に消費するだけだから。まあ、生き埋めになった者にそう教えてやれ。人々は泣きわめき懇願する。肺はセメント屑でいっぱいになる。初めはまわりのものを軽く叩いてみたが、やがて、誰かがやって来て掘りだしてくれると、はかない望みを抱き、監獄の壁に狂ったように拳を叩きつける。わずかに体を動かせる空間であがいても、誰も助けに来ないのだからむだだ。なぜなら、もうそこには誰もいないのだから。

知っているかぎりのコーランを唱える。第十一章一〇六〜一〇七を思い浮かべれば、自分たちは祝福された者であるということ——哀れな者たちは地獄の業火の中にあり、大声で泣きわめく。そして、おまえの神がそう望めば、天と地があるかぎり、おまえは地獄で暮らすことになる。

神は望まない。今日は望まない。

だから自分たちは窒息死する。

ゆっくりと押しつぶされるよりは、まだましだ。

この時間、シルトはもはやシルトではない。

そこはジャハンナム。

地獄だ。

「彼は独自の美学を持っているんだ。われわれが誤解しているってことじゃない。それにしても、あれは大スペクタクルじゃないか《グラン・スペクタークル・ネス・パ》？」

フランス人カメラマンがハーゲンに言った。

まったくそのとおりだ。

午前二時になろうとするころ、まだ空に爆音が轟く前に、特派員やカメラマンは邸宅の屋上に上がって場所を確保した。ボックス席、バルコニー席、一階席、二階席。町は舞台のように地平線に横たわっている。すべては野外劇場のようだ。ただ芝居の演出について長々と論じながら、手を伸ばすシャンパンやオードブルが欠けているだけで。それに先だって、偵察兵が、絶えずNATOの作戦本部と連絡をとりながら抵抗勢力の中心に侵入し、防衛の重要拠点にマーキングして、シルトの死刑執行を解禁した。そうやって反政府軍は空爆が始まる時間を正確に知り、そのおかげでジャーナリストたちの知るところとなった。

彼らはなにかにとりつかれたかのように、カメラをまわし、写真を撮った。

新たな着弾——閃光がきらめき、真っ赤な花が咲く。

一瞬で煙が上空百メートル、二百メートルと立ち昇る。煤けた煙の柱ができあがり、しだいに町を覆う。形はきわめてゆっくりと変化し、生きた巨大な地球外生命体がいるかのようだ。

ハーゲンには、宇宙からやって来たモンスター植物に思えた。

宇宙戦争。

望むと望まざると、そうした連想をしてしまう。ハリウッドは地獄を永遠に美化してしまった。超新星、巨大な波、噴火、嵐、炎上する町、物騒な事件。どれをとってもなじみ深いものばかりだ。

現実はフィクションを呼びだす。

着弾。少し遅れて爆音が轟く。津波のように、音波が猛烈な勢いで押しよせると、体の細胞の一つひとつを通り抜けて不気味な振動に変えていく。何キロも離れたここですら、爆発の勢いを感じ、まるで巨人に平手で胸を叩かれたかのように、ショックで心臓が止まる。

閃光、開花。

今度は北の方、海岸通りの近くだ。

暴徒は右に動いている。

目標にピントを定める。

今ではユーロの将来や、身近に起きる衝動殺人のほうに興味を持つようになった世間が理解しやすいように、この不名誉な芝居を、細部まで一つ残さず記録する。庭では爆音が上がるたびに、反政府軍兵士がアドレナリンをだして興奮し、「アッラーフ・アクバル」と叫んでいる。

ハーゲンは自分の考えにうんざりして、アイフォンを持つ手を沈めた。

開花……地球外生命体……

彼は顔をそむける。

重苦しい倦怠感に襲われる。いったいここで誰の没落を記録しているのだろうか。一枚一枚写真を撮っても、自分の挫折の年代記にさらなる章をつけ加えるだけだ。同一の素材を前にして、エージェントのハードディスクは同じような写真で満杯だから、ピックアップトラックの陰で丸くなり、この惨めな爆撃のあいだ寝て過ごしてもかまわない。

違う写真が必要だった。使い捨ての、こんなくず写真ではない。

あの写真が必要なのだ。


空爆は午前五時過ぎまで続いた。

そのあいだにも反政府軍は中庭で夜明けの礼拝《ファジャル》を行なった。メッカの方角におじぎをするさまは、心の目をよりよい世界に向け、ひょいと頭をひっこめて、つい先ほど歓声を上げたばかりの爆発の衝撃をかわすかのようだ。

アッラーのご加護とともに。

おまえたち、そんなことは忘れろ。ハーゲンは思った。

アッラーはおまえたちの守護神なんかじゃない。おれがアッラーだったら、おまえたちの頼みなどにべもなく断わるだろう。おまえたちはよりよい世界を望んでいるのか？　そんなものは、お願いだから自分たちで組み立ててくれ。古い世界は自分たちの手で壊したじゃないか。

けれども、ここで本当に責任があるのは誰なんだ？

アナリストや政治家、リビアへのNATO派兵を支持する者も反対する者も、いわば宇宙船から眺めている。それでオーケーということだ。エスカレーションしていく過程をなぞり、歴史の蛇行する三角州の中に責任者を明らかにするには、相当な高度から眺める必要があるのは間違いない。あとは、いわゆる世論が面倒をみてくれる。ただ、トークショウのくだらないコンセンサスにおいては、厄介事が実際に抑えられるところでは、それぞれは自身の妥当性を失う。カダフィがこの紛争を始めたということを疑う者はいない。つまり、それは抗議から始まった。妄想にとりつかれた同志指導者は、犯罪者や麻薬中毒患者の大群が自分に向かってくるのを目にした。西側の挑発者の口車に乗るゾンビたちを目にして、彼は自分の民族に砲撃を始めた。

ところが今では、民族が民族に復讐の応酬をする事態だ。なにもかもが、コンセンサスに甘やかされてきた西側が考えるより、ずっと複雑になっている。われわれが今いるリビアは、革命で復活し、カダフィというハンサムなカリスマの姿として実体化したリビアだということを忘れてはならない。今では大勢が彼を厄介払いしたいと思っているが、そうではない者もたまにいるのだ。四十年も独裁体制が続けば、ある者はこちらの側に、またある者は別の側に立つ理由はいくらでもある。

問題は、どちらが〝別の側〟なのか。

別の側は、いくつ存在するのか。

カダフィ支持者たちはいまだに一致団結しているといわざるをえない。なぜなら、彼らは最も多くのものを失わなければならないからだ。一方、革命家たちは、なにかを得るためではなく、なにかに抵抗して戦うことにおいてのみ一体となっている。さらに深い溝の上に身を乗りだして互いの腕をとっているだけだ。ほかに選択肢がないだけなのだ。殺すか殺されるかに、どんな選択肢があるというのか。正しいことを間違った手段で行なうか、なにも達成しないかに、どんな選択肢があるというのか。いったい国際社会はどのような選択を持っていたのだろうか。制裁もいいだろう。けれども、誰かがおまえの喉を掻き切ろうとしていたら、ナイフの販売禁止を考えても役には立たない。NATOは空爆を実行するにちがいない。ならば彼らは抵抗し、人を殺し、町を破壊するしかない。

彼らは善人であるにもかかわらず。

すべてが正しいのだ。

ただそれでも、反政府軍とカダフィ支持者たちが、双子のように揃って憎しみにとらわれてしまった事実はもう変えられない。悲しい現実だが、武器は、人々がそれを使っているかぎり、それぞれを堕落させる。暴力とは、段階的に増大する現象かもしれない。びんた、鼻をへし折る。しかし、一度でも人を殺してしまえば、人殺しになる。もう、とりかえしはつかない。

おまえを苦しめる者がおまえにできる最悪の行為は、「おれに銃を向けて引き金を引け」と、おまえに強いることだ。

虐待者はおまえに選択肢を与えない。

ついに爆撃機が引き返していった。

二十分後、ハーゲンはアイフォンとハンディカムの準備をして、司令官のトラックにうずくまっていた。

車列でできたドラゴンが動きはじめる。シルトとベンガジを結ぶ道路を、リゾート地を思わせる、あきれるほど真っ青な海を右手に見ながら、くすぶる町に向かってばく進した。夜明けの光の中、煙の柱が広がって消えようとしている。町のぎざぎざしたスカイラインに漂っている煤けた靄が、風で陸地のほうに押し流されている。ハーゲンはリアシートで、ダーウードとイブラヒームの二人にはさまれ揺さぶられていた。ダーウードは疲労から、まるで薬物中毒のようにとろんとした目をした兵士。小学校教諭のイブラヒームは、二重顎のために顔を左右に動かせないほどの肥満体型だ。

イブラヒームが立てつづけに話しかけてくる。

「私のせいで死ぬ者はいない。わかるか、たった一人もだ。というのは、私はベンガジ出身で、シルトの者たちとはまったくもめてないから。本当はそうじゃないが、少なくともミスラタの者たちよりはましだ。あいつらには、いくらか憤懣が鬱積してるから。でも私のせいで――」

イブラヒームはまったく憎しみを感じないのか？

「感じない。なんで憎まなきゃならないんだ？」

彼はちょっと驚いたふうだ。

シルトの者たちはかなりの数の反政府軍兵士を殺した。昨日だけでも二十人以上だ。

「確かにそうだが、じゃあ彼らはいったいどうすればいいんだ。つまり、そうだな大部分がカダフィ支持者で、彼の部族の者。あいつらは老獪なろくでなしのもとで、悪くない暮らしをしてきたんじゃないのか？　なにもかも彼のためにやってることなんだろう。ところで、一つ思いついたことがあるんだ、わかるか？　ＮＡＴＯの空爆がどんぱちあって、カダフィの影武者全員が彼のテントに呼びつけられるんだが、そこにはセイフ・アルイスラムしかいないんだ。カダフィの息子だよ、知ってるだろ。あいつは偉そうに歩きまわって、影武者たちにこう言うんだ。『諸君、いい知らせと悪い知らせがある。まず、いい知らせだが、私の父は生きている』」

イブラヒームは体を起こし、二重顎を満足そうに揺らす。

「『それから悪い知らせだが、父はリビアのために英雄的に戦って、左腕と右目と右脚を失った！』」

車内にどっと笑いが起きる。

イブラヒームという男はいいやつだ。ついこのあいだまで、エアライフルで雀《すずめ》を撃つことすら考えもしなかった。

ところが今では、自分が何人殺したのかわからないほどだ。

シルトの環状道路で車は渋滞した。別の部隊の車輛がなだれこんでくる。車列は路肩で停まった。最後のブリーフィングだ。ハーゲンも軽く足慣らしした。ふたたび動きだすと、車列が二手に分かれている。

フロントシートに座る司令官がその理由を説明してくれた。

「挟み打ちにするんだ。部隊の半分は、第三エリアの南からシャビーヤを通ってアルドッラーまで行き、そこから町の北をめざす。われわれは旧市街と緑の広場に沿って、反対方向から分かれた部隊に近づく」

「それはそうとホテルはクリーンですよ」

運転手が言った。

緑の広場にあるホテル。何週間にもわたって抵抗勢力の牙城だったところだ。司令官は荒い鼻息をたてる。

「ホテルは先週からクリーンだ。おれがまだ知らないことを話してくれ」

「あなたの奥さんが寝たのは……」

誰かの名前が挙がって笑いが起きる。どんな冗談もつまらなすぎて、緊張を解くにはいたらない。とにかく、なにかをネタにして笑うしかない。彼らの顔は疲労の色が濃かった。何カ月も続く栄養不足。最近では、口にするのはトマトソースのパスタだけだ。この痛めつけられた国で、どういうわけか、それだけは底をつくことはないようだが。見知らぬ建物で夜を明かす。トラックしか場所がないときもしばしばだった。当然、誰もがボンネットの上で寝たがる。エンジンの熱が残っていて体を温めてくれるからだ。けれどもボンネットは狭い。だから荷台の砲台の陰に身を横たえる。それでも地べたに寝るよりましだった。地べたで寝る者はいない。砂漠は生きている。危険な虫が這ってきて、噛みつき、針を刺す。小さな口でおまえを食いつくす。

笑いが消えた。

「アッラーフ・アクバル」

ダーウードが独り言のようにつぶやいた。答える者はいない。歓声を上げるのは、すべてが終わってからだ。

ばかなまねはするな。ハーゲンは思った。とにかく歓声を上げるには早すぎる。戦争とは長い触手を持ち、おまえたちが戦争はとっくに終わったと思っても、犠牲者を連れ去っていくものなのだ。


午前八時、北地区への進入路。

不気味な静けさ。

彼らは、昨日、砲撃を受けて撤退した街区に近づいた。町は跡形もなく破壊されている。できたての廃虚は、無傷の建物のゴースト像が空にそびえ立っているかのようだ。空中に漂うセメントの粒子が日の光を反射して虹色にきらめき、目を射た。一方、大通りは完全に水没している。破壊された下水道から悪臭を放つ水が流れこんで泡立っていた。そこに、車が原型をとどめないほどのがらくたに姿を変えて浮かんでいる。荷台から骸骨の指が突き出ているが、重機関銃の銃身が非難するように空をさしているのだ。

爆発した大砲があたり一面に散らばっている。

彼らは抵抗勢力の中心に向かってじりじりと前進していった。これで終わったと示すものはなにもない。昨日の残忍きわまりない興奮は張りつめた警戒心に道を譲り、仕留めた肉食獣に近づくように、彼らは前進していく。車輛はギアを落とし、歩く速度と変わらない。大勢が車を降り、ゆっくり這うように進む車列のわきを固めていた。武器を構え、小走りで、瓦礫の陰に身を隠し、周囲の安全を確保してから先へ進む。

ふいに呼ぶ声があがり、動揺が走った。

「撃つな！」

埃まみれの男が三人、手をあげて進入路からよろめき出てきた。一人がロケットランチャーを交換品のように高々と掲げ、別の一人は持っていたカラシニコフをこれみよがしに投げだした。迫撃砲部隊。顔には、戦いが終わったことを理解できないでいる敗者の、救いようのない焦燥感が刻まれている。三人の顔には、あの男の権力を守るために戦ったが、その男のやり方よりも寛大に、自分たちを扱ってくれるのかとも書かれているかのようだ。しかし、三人もあまりに憔悴しきっていて、そもそもなにかを尋ねるどころではないのかもしれない。

車列は先へと進んでいく。

ハーゲンも、ダーウードやイブラヒームとともに車を降りたところだ。水が膝まで達するところもある。一歩踏みだすたびに、源泉がどこかはっきりわかる臭気が鼻をつく。ハーゲンは動画と写真を交互に撮った。レンズを、二翼からなる高層アパートに向ける。唯一、倒壊を免れた建物で、正面は、銃弾が貫通した穴や榴弾が開けた円錐形の穴で埋めつくされている。一方、隣接する建物は瓦礫の山に変わっていた。彼は水で洗い流された通りに、死体を探して視線を走らせる。グロテスクに四肢を曲げた、黒焦げの塊がいくつも目に入った。ここに死体は多くない。昨夜亡くなった者たちの多くは、瓦礫の下に埋もれているのだろう。

カダフィもそのうちの一人だろうか。

そうであれば、彼の死体を瓦礫の山から掘りだすには何週間もかかってしまう。そもそも、死体の一部でも見つかった場合だが。

それとも同志指導者は逃亡したのか。

包囲網をかいくぐれたのであれば。

自分はこれで諦めようと、ハーゲンは考えている。

すべてがむだだったというわけだ。

ムアンマル、くそったれのラクダ乗りめ！

おまえはどこに隠れているのだ。

もう一組、迫撃砲部隊が投降した。

ふたたび武器が所有者を変える。

彼らは広い居住区のすぐそばまで来ていた。あと数分で、二手に分かれたもう一方の車列が見えてくるはずだ。合流すれば、反政府軍がこの街区を制圧したと報じる。それをもって、抵抗勢力の最後の重要拠点が陥落したことになるのだろう。

カダフィはここにいるにちがいない。

ハーゲンはいらつく気持ちを苦労して抑えこんだ。捕虜たちがピックアップトラックに積みこまれる様子に目を凝らし、アッラーの思し召しのままに《インシャラー》と一人つぶやいた。あの老弧を狩りだすのは、われわれのほうではないのかもしれない。反対側から迫る彼らの腕に駆けこむのかもしれない。それもよし。彼らが捕まえれば、こちらに一報が入り、ほかのカメラマンより先に、おれは現場に行っている。大原則は――アルジャジーラより早く。今のところ、それは可能なようだ。彼らの姿はまだ見かけないから。少なくともこの車列にはいない。ガーディアン紙もCNNも、今日は尻込みしているらしい。

なおさら結構。

おまえたちはのんびり引っこんでろ。

ふたたび車列が動きだした。イブラヒームとダーウードは隣で汚水をかき分けて進んでいる。ダーウードがハーゲンを見やり、にやりと笑うと言った。

「あと少しだ。アッラーのご加護のおかげで」

イブラヒームが当惑して自分の喉もとをつかんだとき、死体はまだ体をぴくりと動かすものだと、ハーゲンは知った。

その一瞬前、鞭で打つような乾いた銃声が上がった。誰かが彼らを狙って撃ったのだ。イブラヒームの肥えた首から血がぶくぶくと噴きだしている。泉が湧くように。頭がわきに傾き、鯉のように口がぱくぱく開いたり閉じたりしている。ハーゲンをじっと見つめる。まるでこう言いたいかのように——よくもこんなことを。

イブラヒームは木のように地面に倒れた。

「スナイパーだ！　隠れろ。車列を組め」

司令官が無線機に向かって叫んでいる。

ハーゲンは一瞬、麻痺したかのように立ちつくした。

アパートを見上げる。

影が走る。

身を翻した。

彼らの後ろを進んでいたピックアップトラックのフロントガラスに、丸い穴が二つ開いている。運転手の体がぐったりと沈んでいるのに、重い車は容赦なく転がってくる。真っ直ぐ彼のほうに。最後の瞬間に、彼はわきに身を投げた。タイヤがイブラヒームの巨体に乗り上げ、荒れた海を進む船のように車体を大きく揺らしながら越えていく。まわりでは、反政府軍の兵士たちが電気ショックを浴びたように車から飛びだし、アパートに向けて銃を撃っている。車列は斜めになって停まりバリケードを作った。その陰にスナイパーたちが身を隠し、ほかの者たちは瓦礫の山に逃げこんだ。ダーウードと司令官がぐったりしたイブラヒームを引きずっていく。鞭を打つような銃声が宙を引き裂き、水しぶきがあがった。彼らは一台のランドクルーザーに急ぐ。車体に取り付けたロケットランチャーが昨夜のことを思い出させた。ハーゲンは車の陰の悪臭を放つ水溜まりに身を投げる。廃虚に逃げこんだほうがいいと理性は告げていた。車が砲弾に耐えるのは映画の中だけだ。現実世界では、7・62ミリ機関銃から放たれた銃弾はどんな車体も貫いてしまう。頭で考えるより足のほうが速いが、どのみち今は遅すぎた。

隣では、呆然としたダーウードが武器を胸に押しあて、水に浸かってひざまずいている。顔の左半分に浴びたイブラヒームの血はついたままだ。

「どうして、あいつらはまだここにいるんだ？」

彼はあえぐように言った。

司令官は自分の無線機に向かって命令を叫んでいた。

「なぜだ？　あいつら、どうしてまだここいられるんだ？　なぜあいつら――」

声を張り上げるダーウードを司令官が怒鳴りつけて遮る。

「NATOは害虫駆除はやらないからだ。シルトを空爆したが、ガス抜きはしちゃいない。それを頭に入れておけ」

司令官は名前を挙げた。誰が突入し、誰が援護射撃するのかを。

ダーウードの唇が声はださずに形を変える――なぜだ。

なぜだと思う？

なぜなら、彼らはこれまでずっとここにいたからだ。ハーゲンは思った。おまえもよくわ

敗走するときはいつでも、小人数の出迎えチームを残していく。どんなに血が流れても、もかってるじゃないか。だったら、とっとと失せろ。追い立てられてばらばらになった部隊が

かってるじゃないか。だったら、とっとと失せろ。追い立てられてばらばらになった部隊が敗走するときはいつでも、小人数の出迎えチームを残していく。どんなに血が流れても、もうなんの役にも立たない男のために、収支を合わせてやるのだ。それは戦略の問題ではなかった。権力の引き渡しが、反政府軍にとって可能なかぎり過酷なものになることが重要なのだ。わずかな人数でも、こうした自爆部隊を高い位置に配置しておけば、一つの町を恐怖に陥れることは充分可能だった。彼らは最後の一発まで戦い、反政府軍の兵士を、まるで射撃場に並ぶ的のように平然と射殺する。情け容赦はしないし、自らも情け容赦など期待せずに射殺される。

カダフィの兵士たちは、未払勘定を自らの命で支払うのだ。

それがここではさらに厳しくなっていた。自爆部隊を一人残らず排除するには、何時間もかかるだろう。バニ・ワリード、ミスラタやベンガジでは、少なくとも住民の大半が彼らの味方だった。

しかしこの町では、彼らに味方してスナイパーに対抗してくれる者は一人もいない。

ハーゲンは写真を撮った。

ダーウードの大きく見開いた目。バリケードの陰に身を隠す反政府軍。居住区。開けた口のように見える窓。その奥に人影は見えない。けれども体を起こせば、すぐさま彼は撃たれるにちがいない。

「カメラをおろせ。低くなれ」

司令官が鋭い声音で言った。

ハーゲンは頭を引っこめる。

司令官はリアタイヤを掩体にとっていた。タイヤやリムは、比較的に強固な防備になる。ただし、銃弾がガソリンタンクを引き裂いたり、荷台のロケットランチャーに命中したりしなければだが。この手作りの、神への信仰に結びついた戦闘車輛が爆発すれば、どこにうずくまっていようと同じだった。

「撃ち方やめ！」

さらに銃声が上がる。

「やめろというのが聞こえないのか？　撃つのは、おれが命令してからだ！」

緊迫した状況では、命令とはそういうものだ。やがて重火器から上がる轟音もやんだ。ライフル銃があちらこちらで火を噴き、それに呼応して、狙いすましたスナイパーが放つ乾いた銃声が響くだけになる。

世間話をする武器。

司令官は部下の編成を行なった。ほぼ戦術どおりに。左右の翼に分かれてアパートに突入し、すぐに上階に向かう。外科手術のような襲撃。彼の視線がハーゲンにはりついた。

「一緒に行くか？」

「え？」

「一緒に行きたいんだろう。もしかすると彼は中にいるかもしれない。おそらくあれは彼の手下だ」

「行く。行きますよ！」

「じゃあ始めるぞ——」

司令官は無線機に向かうと、

「——援護射撃を！　持てる武器をすべて使ってくれ」

ランドクルーザーの陰をあとにする。

通りに出る。

駆ける、水しぶきを上げて。

新たに砲撃の嵐が始まった。たったったったっ。銃声が空気を切り裂く。煙が上がる。ハーゲンは動画を撮った。断片的に。手がぶれて映像がぼやける。武器を構えた兵士たちが、彼らのほうに突進してくる。大通りの反対側を、別の兵士たちが全速力で駆けていく。アパート。そこに到達する寸前、男が一人転倒してすぐに起き上がる。盛大な防御射撃でスナイパーを封じこめる。彼らの頭上で、アパートの壁が何カ所も吹き飛び、埃でできた経帷子が膨らむ。降りそそぐ塵の雨、銃声、悲鳴……

そのとき彼らは突入した。

「アッラーフ・アクバル」

ダーウードがささやく。

涼しい。

つかの間の中断、息つぎ。

つい最近まで、ここは立派な明るいロビーだったのかもしれない。大きな窓、レセプション・カウンター、観葉植物、磨きぬかれた大理石のフロア。今は、天井の半分が落ちて床に散乱し、豪華さをすっかり覆いつくしていた。陽光がさしこんでいるにもかかわらず、ありとあらゆるものが宙を漂っているために薄暗い。細かな塵がハーゲンの口腔に溜まると、唾液を糊に変え、舌を上顎に貼りつける。溶けたケーブルの刺激臭が鼻をついた。どうせ壊れているエレベータは無視して、階段を忍び足で登る。今も昔も階段は、敵を奇襲するには恰好の選択肢だ。

二階。廊下、扉。

三名が命じられて居室を調べる。

三階。同じ光景。

グレネードランチャーの轟音が消えた。沈黙を余儀なくされたのだ。建物に味方が突入した以上、外では重火器を使えない。スナイパーの放つ銃声がよりはっきり聞こえるようになっていた。

「もっと上のほうから聞こえてくる。ずっと上だ」

一人の兵士が言った。

「やつら、屋上にいるんだ。豚野郎どもは」

「くそったれめ！」

「静かにしろ」

司令官が手ぶりもつけて部下たちを黙らせる。小首を傾げ、銃声に聞き入ると、

「屋上じゃないな」

「おれはそうだと思う」

「いや、違う」

「ではどこに？」

「その下の階だな」

「そもそも、このくそったれた箱物は何階まであるんだ？」

「なんだって？　もう疲れたのか？」

別の兵士がからかって言った。

「六階、いや七階か」

また違う兵士が応じる。

「おんなじだ。とんでもなく部屋があるんだから。いったいどうやって一室一室を——」

「そんなことしなくていい。上に行くぞ」

彼らはそろりと階段を登っていく。罠を期待して次の階に近づくが、瓦礫しか発見できない。荒れ果てた部屋の壁に開いた砲撃の穴から、空が顔をのぞかせていることもあった。建物がいまだに崩壊していないのは本当に奇跡というものだ。

最上階の一階下。声をひそめて話し合う。

「みんな、一つ確かなのは、おれたちが登ってくるのを、やつらはわかってるということ」

「もう一つ入口は？」

「別翼のほうに」

「そっちにも、おれたちの仲間が突入したんだろう？　この上で、やつらを挟み打ちにできればな――」

「それはあてにできないぞ」

「くそ」

「左右の翼がつながってるかどうかわからないからな」

「で、これから？」

彼らの視線はそこにある階段にさまよった。左に曲がりこんで、エレベータシャフトの裏に消えている。ハーゲンは、口の渇きが、あたり一面を漂う埃のせいだけではないことに気がついた。

おまえは怯えているのだ。

怯えきっているんだ。

すぐさま彼は、自分の恐怖をもっと大きな中立の空間におくことで、距離をとろうとした。身をくねらせる動物のように、彼はそこにある恐怖を調べることができる。パニックに陥った生き物が、本能的な逃亡の欲求に従う直前に。まず、その惨めな姿を眺める。震えるわき腹、縮めた尻尾、まったく非理性的で滑稽な本質を眺める。彼はその恐怖という生き物を完全に支配し、さらにそれに覚醒効果を獲得させる。

ドラッグの効果。

その作用のおかげで彼はいつもうまく切り抜けてきた。だからこそ彼は今、敵意を抱くスナイパーたちの一つ下の階にやって来たのだ。周囲の者たちの顔をのぞきこむ。配管工、教師、露天商、寝返った兵士。どの顔を見ても、そこにあるのは恐怖。

今この現実は、六キロメートル離れた場所からロケット弾を町に向けて撃ちこむこととはまったく違う。昨日、あれほどまでに苦しめられた過酷な市街戦だった。

まだ終わったわけではないようだ。

「やつらはその角の向こうで待っているんだと思う。賭けてもいいが、まず撃ってくる」

ハーゲンは小声で言った。

司令官が愉快そうに眉を上げる。

「じゃあ、先に行きたいのか？」

ハーゲンはカメラを掲げ、

「弾が違う」

司令官はにやりと笑う。

「まあ、あんたのほうが、あんたの国の外相よりも肝《きも》がすわってるな。突撃準備だ」

彼らは最後の階段を忍び足で登った。初めの角を曲がったところには誰もいない。その次の角の向こうも無人だ。光がさしこんできた――

その光に人影が浮かび上がる。

階段室の一番上、敷居のところに立つ人影がカラシニコフをぶっ放した。小隊は一斉に撃ち返す。影は音もたてずにくずおれた。

戦術なのか？

戦術なんかくそ食らえだ。

状況を把握する間もなく、彼らはばらばらに階段を登って攻めこむ。とにかく銃を撃ちつづけ、弾倉が空《から》になる。複数の人影が彼らに向かって身を翻した。何人いるのかわからないが、三人、五人、いや、もっとだ。ハーゲンはハンディカムをまわしつづけながら身を隠すことに務めた。容易なことではない。最上階に部屋はなく、仕切り壁すらない。頼みの綱となるものは皆無だ。そこはがらんとした巨大空間で、無数の窓や天井に開いた穴からさしこむ陽光が、すみずみまで明るく照らしていた。コンクリートむきだしの洞窟に、銃声や撃たれた者の悲鳴がこだました。スナイパー二人がぐったりと床に伸びている。そのとき反政府軍の兵士が一名くずおれた。ふくらはぎを押さえ、犬のようにうめいている。その兵士を捕まえていた男がマガジンを取り替える。司令官は狙い定めた一発で男の頭部を吹き飛ばした。

脱帽だ！　プロの仕事だとハーゲンは思った。

こんなことは初めてではない。

もう一人、スナイパーが床に倒れた。磔にされるがごとく両腕を大きく広げている。なにもかも、驚くほどあっという間のことだった——そのとき、雷に打たれたかのように、ハーゲンにある考えがひらめいた。ここにいるやつらは、カダフィの隠れ家を知っている。

「やめろ！」

彼は叫んだ。

一瞬でも引き金を引くのをやめる者はいない。

「やめろ！　殺すな。彼らは知ってるんだ。わかるか？　あいつの居場所を知ってるんだ！」

スナイパーの一人がはっとしてうろたえ、踵を返すと腰をかがめて逃げだした。

最後の一人は武器を投げだす。

兵士たちの前にひざまずいた。

ハーゲンが駆け寄る。

「いいぞ、それでいい！　きっとその男――」

ダーウードがピストルを抜く。

「きっと――」

男の胸に二発撃ちこんだ。

スナイパーはうつ伏せに倒れこみ、ぴくりともしない。ハーゲンは男をじっと見つめた。

そうしていれば、生気のない男の体が魔法のように起き上がり、カダフィの隠れ家を教えてくれるかのように。けれどもスナイパーが死んでいるのは間違いない。

「ばかどもめ」

彼はつぶやいた。

彼に注意を向ける者はいない。肩を貸して負傷した仲間を立たせると、全員、慌ただしく階段を下りていった。

もう一人はどこに？

あの逃げた男は？

ハーゲンはがらんとした空間を見まわした。柱は細く、その陰に隠れることはできない。

そのとき梯子が目に入る。

屋上に通じる梯子が隅にあった。

梯子に駆け寄り、頭上を見上げる。青空が広がっていた。梯子を登りはじめる。男は武器を持ったまま逃げたのだったか？　わからない。はっきりしているのは、なんとしても男を生け捕りにしなければならないということ。おそらく男は待ち伏せしている。気をつけろ。

亀のように、頭をそろりと伸ばす。

さっと視線を走らせる。

誰もいない。

少なくとも撃ってくる者はいない。

梯子の上に体を引っ張り上げる。

建物の東翼の屋上にいることが、ようやくわかった。防水シートの上を、何本ものケーブルがくねくねと走っている。バッテリーにつながれた給水タンクが一列に並んでいる。建築資材がそこかしこに散乱していた。どうやらこの建物は完成前だったらしい。眺めを楽しむというなら、屋上から町を一望できる。けれども、実際に視界に入るのは破壊の跡と火事と煙だけだ。

ハーゲンは西の方角に少し移動した。

両手をメガフォンの形にして口にあてがう。

「おい！　出てこい。きみに危害をくわえるつもりはない。私なら助けてやれる！」

自分に話せる最高のアラビア語で言った。

もう少し先まで歩いて周囲を見まわす。

「私はきみの友だちだ！」

おいおい、なんとまあ安っぽい表現だろうか。このおれがおまえの友だち？　ドイツの小説家カール・マイが書いた砂漠の冒険物語の映画に出てくるような、陳腐なセリフだ。

「大丈夫だぞ！　きみを助けてやる！」

そのとき、鞭を打つような乾いた銃声が響いた。ハーゲンは熱くなった防水シートに反射的に身を投げ、ヒラメのように屋上にはりつく。防水シートに染みこませたタールの臭いを思いきり嗅いだ。ふたたび銃声が響く。けれども、明らかに自分が狙われているのではない。

なにがあったんだ？

スナイパーを一掃したんじゃなかったのか？

ハーゲンは跳ね起きると、服についたタール屑を払った。屋上から銃が発射されているように聞こえるが、そうではないふうにも聞こえる。彼が追っている男一人では、これだけの銃弾をぶちまけられない。撃っている者は、ここには少なくとも二名いる。

もう一つ巣があるにちがいない。

彼はゆっくり足を進め、周囲を見まわした。

あそこだ！

給水タンクの後ろに、ほっそりとした人影がさっと現われた。東翼と西翼の境にある細い柵をめがけて走り、その柵を飛び越える。危なっかしげに着地すると、また走りだした。

「おい！」

なんの反応もみせない。

「ちょっと待て！　助けてやるから！」

おまえの枢機卿閣下が、今どこで糞も出ないほどびびっているか、おれにこっそり教えてくれたらだ。もっとも、おまえになにをしてやれるかは、おれにはわからない。もっと正確に言えば、なにをしてやりたいか、だが。

彼は逃げていく男を追った。

男がふらつきだした。疲れているようだ。ハーゲンは差を縮めた。バリケードをひと飛びし、男が別の梯子の穴に消える前に成果を上げるべく呼びかけた。

「私はきみの友だちだ！」

男が走るのをやめないのは、ハーゲンのアラビア語のせいではないかもしれない。言葉に問題はないが、信頼形成がうまくいっていないようだ。男は動じることなく西の端に向かった。そこからは町の第二エリアと、ミスラタに向かう道路が見わたせる。

そして、そこには——

なにもない。

屋上に通じる出入口も、梯子も。

逃げ道はない。

ハーゲンは歩を緩めた。階下の窓から、銃弾が激しく吐きだされている。西翼でスナイパーを無力化すべき小隊は、明らかに劣勢だった。誰が誰を排除したのかは疑問だ。そうこうするうち逃亡者は自ら罠に落ちたことを悟った。片手を前に突きだし、屋上の端に向かって、よろめきながらあとずさっていく。五本の指を大きく広げているが、防御に使えるものはそれだけだ。だらりとおろしたもう片方の腕は、体のわきでぶらぶらと揺れている。血が滴っていた。目には驚愕の色が浮かんでいる。名もない恐怖。

茶色の大きな瞳——

ハーゲンは立ち止まった。

「くそ。まだ子どもじゃないか」

少年の下顎が震えている。せいぜい十四歳だ。涙が両頬を伝わって落ちた。すすり泣き、首を振り、悪夢から目覚めようとするかのように体をくねらせる。

ハーゲンには理解できなかった。何百回も同じ光景を目にしていたのだが——

少年兵。幼い神の戦士。

スナイパー！

くそ、やつらはおまえたちになんてことをするんだ？　こんな汚いことを、なぜやつらはおまえたちにするんだ？

彼は通りを見下ろした。

一台のピックアップトラックが慌ただしくギアを切り替え、後退と前進を繰り返している。前輪を使って、瓦礫の山を登ろうとしているのだ。

あの車は確か……

そうだ。荷台には、これみよがしにUB－32ロケットランチャーをのせているが、据え付け方に問題のある車だ。おまけに今は、さらに車体を後ろに傾けていた。

急がなければ。ハーゲンにはもう時間がない。

「大丈夫だ」

彼は少年に呼びかけた。

少年は激しく首を振ってあたりを見まわし、さらに一歩あとずさる。もう少しで屋上から転落してしまうだろう。ハーゲンは右手を伸ばし、声のトーンを下げて言った。

「きみを助けてあげる」

本当にそう思っていた。このうろたえた子どもに悪事をはたらかせた責任が、何人の人間にあろうが関係ない。

「カダフィがどこにいるのか教えてくれ。彼がどこにいるか、知ってるな」

少年はあえいで足を止めた。ハーゲンは膝をついて身を低くする。少年をじっと見つめて、

「きみにとって、私は頼みの綱だよ、わかるな?」

不信、絶望、希望。

反抗。

少年の瞳には、すべて読みとれる。

「約束する、きみをここから出してあげよう。きみを助けてあげる。私に教えてくれれば。どこに……」

ハーゲンの視線が少年からそれた。

たっぷり一キロメートル先、エリア2でなにかが起きている。建物のあいだから車が一台飛びだしてきた。ミスラタに向かう幹線道路に曲がる。その車を追ってもう一台、また一台。

タイヤの軋む音が、ここまで聞こえてくる。

十台。二十台。

三十台。

車列を組んで逃げようとしている。

誰が逃げていくのか明らかだ。

ハーゲンは跳ね起きた。下では小隊が建物から飛びだしてくる。男二人が負傷者を運んで

出てくると、すぐさまスナイパーたちの銃声が激しさを増した。司令官が無線機に叫んでいるが、彼の声は屋上のハーゲンには届かない。しかし、聞こえなくても同じだ。みぞおちに激しい衝撃が襲ってくるのと同時に、彼は悟った。司令官はこの西翼の破壊命令を下したのだ。

しかも二人はその屋上の端に立っている。

「走れ！」

少年に向かって叫んだ。

次の瞬間、切り立ったビルの谷間に砲撃の爆音がこだまする。少年はさらに一歩あとずさった。下ではUB‐32が向きを変える。架台となる車が傾いていることで、建物の上層階を狙うことが可能だ。切り株のような鼻先が、二人のほうを向いた。

発射。

反動が地面を襲った瞬間、ピックアップトラックが爆発する。ハーゲンはそれを目にして駆けだした。炎に包まれた車が宙返りするあいだに榴弾が屋上に突き刺さり、建物の北西の端が少年もろとも吹き飛ばされた。とてつもない衝撃波を受けて、ハーゲンの体は羽根のように宙を舞う。飛ばされながら両腕を振りまわし、屋上に叩きつけられた。立ち上がって駆けだし、東翼との境をなすバリケードを越える。出入口の穴をめざし、梯子を下り、階段を駆けるのではなく飛び下りる。下へ、下へ、下へ。エントランスホールの瓦礫を乗り越え、外に出た。

「カダフィ！　逃げてくぞ！　エリア2！　逃げてく、カダフィが逃げてく！　彼が……」

ハーゲンはわれを忘れて叫んでいた。

廃虚の位置が変わっている。

空と水溜まりが一つになって、ばさりと彼に降りかかる。狂人の描く水彩画。

なにもかもが入り乱れて飛んでいる。

やがてなにもなくなった。

十月二十一日

カダフィは、結局、世の中をまったく理解しなかったといわれているが、そうばかりでもない。

最期になって、彼は世の中をよくわかっていた。

世の中を、ありのままの姿で見ていたのだ。

同志指導者が急に悟りを開いたのかといえば、そうではない。境遇に対する従順さという観点からすると、本当にそうではないのだ。なぜなら、かれはシルトの無人の家々を転々とし、自分でお茶を沸かし、コーランのページを必死でめくることに慣れてしまったのだから。

昔からの同志マンスール・ダオ、最期まで彼に付き添っていたかつて革命親衛隊の司令官ですら、そんなことはしなかったかもしれないのに。

ただ八月のあいだは、カダフィはまだずっとわかっていなかった。彼が息子ムアタシムの強い要請で、側近十名とともにシルトに逃れたときは、彼のおかげで巨万の富を得た陽気な億万長者が迎えてくれた。その人物が、彼が幻想を持ちつづけられるよう、まさに奮闘したのだ。メディアが、カダフィはブルキナ・ファソかナイジェリアか、ベドゥインのテントにいるのではないかと憶測していたころ、彼は取り巻きたちの豪華な別荘を闊歩し、メシュイヤと呼ばれるチュニジア風焼き野菜サラダ、ブリックというチュニジア風餃子、スパイスをきかせたクスクス、ナツメヤシ、羊肉のソーセージ、フェンネルの肉詰めを食べ、ハリッサという唐辛子ソースを添えた茄子、ツナの餃子、葡萄に舌鼓を打ち、アラビアコーヒーを飲み、自分はあらゆるオプションを持っていると思いこんでいた。彼のホストは、彼が聞きたい話を語って聞かせた。人気に後押しされて衛星電話をつかむと、仲のいいシリアのアル・レイ・テレビに、とにかく頑張り抜こうという風変わりなスローガンを放送させる。〈百万の民よ、蜂起せよ、トリポリを解放せよ！〉とかなんとか。呼びかけは、砂嵐の周期と同じ頻度で行なわれ、同じくらいの感銘を残した。つまり、まったく人々に感銘を残さなかったのだが、当然カダフィには、誰もが感動して叫びましたと伝えられた。

八月のあいだは、彼はまだ支配者だった。

少なくともシルトでは。

やがて反政府軍がシルトを包囲する。

九月九日、攻撃が始まった。億万長者たちは逃げだした。高射砲や榴弾が彼らの邸宅を廃虚にした。NATOの爆弾がどこに落ちるのか、わかったものじゃない。いずれにせよカダフィは、彼らの邸宅にはもういられない。そのときはまだ、秘密警察の情報員、出身部族の兄弟たちや志願兵からなるネットワークが存在し、彼が最も必要とするものを可能なかぎり提供してくれた。包囲された最初のころは、それから起きることに比べればピクニックのようなものだ。やがて、家々は中にある文明化の成果と表現されるものはすべて破壊されて、見捨てられた。気がつけば、悪夢の連続。二晩ごとの引っ越し。電気も水道も、ラジオもテレビもなにもない。あちこちにいる息子たちとよく話した衛星電話は電源を切るしかない。だから彼はうずくまっていた。目も見えず、耳も聞こえず、口もきけないまま。

そして包囲網が狭まった。

包囲された専制君主は、たいてい誰でも同じ態度をみせるといわざるをえない。みすぼらしい隠れ家に身をひそめ、減っていく食糧、不衛生な環境、迫りくる攻撃を目のあたりにして、彼らは子どもじみたセンチメンタルな振る舞いに出る。目を見開いて、なにが起きたのだと尋ねるのだ。私は大統領だぞ。愛される指導者だ。行動力をすべて奪われて、宇宙の摂理すら疑問に思いはじめ、人生を不公平に感じる。

まったく期待どおりの態度だ。

カダフィは、世の中を呪った瞬間、社会の根底にあるドラマツルギーを理解した——主人公たちが、自らの手で発展させた脚本によって、至高の力に同情も割りあてられないまま、舞台装置から追い払われる茶番。自身を不公平を引き起こす張本人として理解することを、カダフィは決して思いつかない。だから、それからのちマンスール・ダオは、嘆き悲しむず男を連れて歩くことになった。電気や水道を求めて大声で叫んだと思ったら、次の瞬間には、無関心な顔で虚空を見つめる涙もろいモンスターを。

これが専制君主の問題だった——彼らは自身を苦悩する犠牲者にしか想像できないのだ。自分自身を。

まったく皮肉なことに、カダフィは自覚する以上に反政府側と多くの共通点があった。パスタがその一つだ。いつだったか一九三〇年代、イタリアの植民地時代に、パスタ料理はリビアの食卓にするりと入ってきて、今では最前線の両者はパスタのおかげで真っ直ぐに立っていられる。

二つめは、カダフィ自身が書いた『緑の書』。その中に綴られた第三の世界理論によると、真の民主主義は国民によって作られるべきもので、その代表者によってではない。まさにそれに準拠して彼ら子どもたちは、今、彼を追い払った。実のところ、彼は誇りを感じているのかもしれない。あちこちで泣き言を言ってまわり、NATOの空爆への恐怖を全員に訴える代わりに。

そんなことをしても、なんの救いにもならない。

彼らはシルトを出ていくしかない。

あの前夜、炎の花が夜空に昇ったときのこと。

ガソリンを満タンにした七十台以上のランドクルーザーが、エンジンをかけて待機していた。出発は午前三時の予定だ。まずミスラタに向かう高速道路を走り、それから砂漠地帯に入って国境を越える。どの国でもよかった。もしかすると最寄りの空港になだれこむか、船を略奪するつもりだったのかもしれない。ある者はこうしたい、またある者はああしたい。カダフィは隣国に行く気は毛頭なかった。この数週間は一発も撃っていないが、持ち歩くのが常になっていた黄金のピストルを振りまわしている。

では、彼はどこに行くつもりなのだろうか。

当然、権力の座に戻りたい。

マンスール・ダオはうなずいた。もちろん、お安いご用です。そして出発を迫った。ところが出発は遅れた。計画は、すべてが思っていたほどうまく準備されていなかったのだ。ダオは怒り狂い、彼のボスは世の中の不公平を憂えて黙りこんだ。何カ月ものあいだ、自分は己の胸のうちをはっきりと表現してきたのではなかったか？　勝者か殉教者か。亡命してどうしろというのだ？　ムアンマル・アルガダフィは亡命はしない。彼には作戦があった。南に行って、蜂起するつもりだ。

町の上空で、爆撃機が爆弾を投下していた。

ついに出発準備がすべて終わったが、それでも彼らは出発できなかった。ＮＡＴＯがあまりにも密に展開していたからだ。空の上でコックピットに座るくそ野郎どもに、重装備の逃走車輌七十台を見せてやること。それよりもっといいアイデアがある。

すなわち、不安に震えながら、もうしばらく持ちこたえること。

あと五時間。


ついに八時三十分前、出発の合図がだされた。

西に向かう大通りに最高速度で曲がり、郊外を苦労して走った。カダフィはランドクルーザーのリアシートにダオと並んで座り、口をつぐんでいる。話し合いをすべて拒否したのだ。南に向かうのはよし、以上。

驚いたことに、彼らは包囲網を突破しなければならないが、まったく抵抗に合わなかった。車列が猛スピードで走ってくるのを見た者は、あまりに驚愕して、停止させることができなかったのだろう。それに、そんなことをするのはいいアイデアではないかもしれない。ピックアップトラックは武器だらけだからだ。また、彼らを通したのは、ほかの誰かが彼らの面倒をみるだろうとわかっていたからでもあった。偶然、道端で撮影していたアルジャジーラのクルーがびっくりして、すぐに車に飛び乗ってあとを追った。電波がうなりを上げる。

車列は距離を稼いだ。

しだいに希望が湧いてくる。シルトはずっと後方だ。出発して、すでに三十分が経過した。

そのとき爆撃機が現われる。

のちにNATOの関係筋から漏れた情報によると、車列に誰がいたのか知らなかったという。思いがけない幸運。出発が失敗に終わると決まったのは、前夜、カダフィが理性に逆らって衛星電話の電源を入れ、南部にいる同盟者に電話をかけたときだった。一万二千人の男たちが彼のために立ち上がる。解放戦争のための集団で、その頂点に彼が座る。秘密警察は色めき立った。

そこに彼がいる。懐かしのムアンマルが！

たとえ誰が盗聴したとしても、それどころか、のちにデイリー・テレグラフ紙が、NATOはその時点で、カダフィの居場所をとっくに特定しており、一週間以上前から、彼の足どりを監視していたと書いたことが当たっていようと――とにかく、午前九時、アメリカのドローン無人機一機と、フランスのミラージュ戦闘機二機が現場に到着し、車列を爆撃して瓦礫の山に変えた。

一台、また一台と炎に包まれる。

カダフィはパニックに駆られてランドクルーザーを飛びだした。ダオと側近二、三名があとを追う。近くには農場が点在していた。けれどもジェット機の出現で、開けた畑を逃げることは不可能だ。そうするうちにも、焼けた車から上がる煙が反政府軍を招き寄せた。ミスラタ旅団の兵士たちで、かつてのボスのことを特に悪く言い、今ではサメのように血の臭いを追っている。

いよいよアマチュア映画監督たちの出番が到来する。

カダフィとダオは大通りの下を走る土管にうずくまった。上空では派手な攻撃はなくなっていた。ていた。ことは終わった。追いつめられた者は投降した。同志指導者の捜索が始まる。そして、下水管にはあるはずのないものを発見した。

彼らはカダフィを引きずりだした。

動画が撮影された。さんざん痛めつけられる様子を映したもの。まだカダフィは元気そうだが、やがて血を流していた。何者かが彼に発砲する。ある者は脚だと言い、肩の下、頭部だと言う者もいた。もちろん誰もが彼に危害を加えないように苦心した。人権尊重の考えが全員に行きわたっていたし、カダフィを法廷に立たせるつもりでもあった。だから、何人かが彼をピックアップトラックの荷台に引きずり上げ、尻に鉄棒を押しこみ、体のあちこちを斬りつけたのは、見間違いだったのだろう。きっと彼はとんでもない転び方をしたのだろう。

銃創は？

銃撃戦の跳弾。

その時点で、銃撃戦は起きていなかった。

カダフィは幾層もの運命を体験した。

あらゆる死に方が考えられる。

一度ならずアルジャジーラはその真相に迫った。死の状況の謎を解き明すには充分でないとしても、好都合な報道番組を約束してくれる材料だ。彼らが一番に報道し、ＡＰ通信とロイターが取り上げ、光速でネットを駆けめぐり、次々とニュースが重なっていった。カダフィのホラーショウはあらゆる家庭のテレビ画面を飾り、記事を書くことができる者は、全員が書いた。

ハーゲンが書きたかったストーリーを。

けれども、トム・ハーゲンは一行も書かなかった。というのも……

彼は一時的に昏睡状態にあった。ちょっと覚醒し、吐き、すぐまた意識を失う。彼が破壊されたアパートから飛びだした瞬間、降ってきた瓦礫があたってできた裂傷を、野戦病院で縫い合わせてもらうあいだも意識は朦朧《もうろう》としていた。身柄はトリポリに向かう医療チームに委ねられる。トリポリのマティガ病院に収容されたが、なにがなんだかさっぱりわからない。六週間前、彼はニュース報道をするため、この病院にいた。そこで別々の部屋に収容されていた反政府軍とカダフィ軍の負傷兵にインタビューしたのだ。患者の逃亡を防ぐため、カダフィ側の病棟は厳重に監視されていたが、むしろそれは彼らを守るためだった。治療の代わりにリンチされる危険に、彼らは常時さらされていたからだ。

その病院に、今、彼自身が横たわっている。

当時は、誰もが叫んでいた――〈打倒カダフィ！〉

今日なら、彼らは歓声を上げたいところだろうが、彼らにはその時間がない。地上霧のように、部屋には消毒剤の臭いに紛れて死臭が漂っている。病院は救いようのないほど人で溢れかえっていた。それにもかかわらず、医療スタッフはハーゲンの頭蓋を心配し、ＣＴに押しこみ、最善の治療を施すのだが、それからの二十四時間、彼は病院に足止めさせられる。

彼は抗議した。

彼らは肩をすくめる。

彼は怒りを爆発させた。

やみくもに。

できることなら逃げだしたかった。けれどもそれは無理だ。体を起こせば、いつでも必ず世界がまわっている。脳みそが耳から飛びだしそうだ。ミスラタにいるのでもない。仕留めたワニのように、そこで公開されているカダフィの裸の死体に、最初のドイツ人ジャーナリストとして視線をくれてやることもできない。

死んだ独裁者をひと目見ることすら叶わないのだ。

医者が言うには、ハーゲンは喜ぶべきだそうだ。頭蓋底骨折をすんでのところで免れた。なんという悪運の強い男だ。

ハーゲンの見方は違う。

もし決定的な瞬間に、いまいましい石のかけらが命中して地面に伸びたのが幸運なら、幸運の女神は加虐趣味の自堕落な老婆ということだ。

やっと快復すると、ハーゲンは病院を放りだされた。彼らにはベッドが必要なのだ。悲惨な光景ばかりだが、患者たちのムードは明らかに高揚していた。少なくとも犠牲が報われたことを、彼らはわかっていた。ハーゲンが身のまわりの品をまとめていると、ヴィクトリーサインをする者もいた——おれたちのことを書けよ。おれたちはもう反政府軍じゃない。自由リビアの市民なんだ。

書けるものなら書きたいところだ。

おれに書けると思ってるのか。

オランダの特派員チームが彼をシルトに連れていってくれた。そこでは暴力が無意味な無限ループになって爆発していた。勝者の大多数は、敗者に対して、尊敬の念と思いやりに満ちた扱いをしていると認めなければならない。昔も今もどちらの側に立っていたかに関係なく、シルトの人々を苦しめるのは、実際に、ミスラタ出身者ばかりだ。ミスラタでは、シルトの住民は全員が大金持ちだったと思われているようだ。ここにも、ほかと同様、貧しい庶民は大勢いるのだが。そんなことはどうでもいい。この町は興味のフォーカスから遠ざかってしまい、もっとよく見ようとする者は一人もいないのだから。町の通りを支配するものは傭兵のメンタリティだ。略奪、暴行、銃撃。ここでは解放戦争はまだ続いているといえるかもしれない。

ハーゲンは知った顔を探した。誰かが彼を射線から引きずりだし、安全な場所に連れていったはずだ。ダーウードか、司令官か、とにかく誰かが。

だが、知った顔には一人も会えなかった。

司令官はベンガジに戻ったと、教えてくれる者がようやく現われた。

そうか、じゃあベンガジに行ってもいいな。

礼を言いに。

北朝鮮でもいいじゃないか。

できることはたくさんあるだろう。

たとえば、金正日が神格化される前に、最期のインタビューをする。はちきれそうなほど太った息子にまずまず明瞭な言葉で誘導質問を試みる。ふらふらと内戦に向かっているシリアを旅する。もうすぐカダフィと同じ運命が襲うにちがいないバッシャール・アルアサド大統領を監視する。死のまぎわにマイクを突きつけてやる専制君主は、いったい何人いるのだろうか。

これをやってもいいし、あれをやってもいい――

おかしくなってもかまわない。

生きるチャンス。

耳もとを通りすぎていった。

しゅーっ！　それだけ。

一日じゅう、彼はあてもなく町をさまよい歩いた。計画を立て、すぐに捨てる。屋上に立つ少年の姿が目に浮かぶ。あまりに多くのものが目に浮かんで組み合わさり、まるで板塀のように彼の前に立ちはだかった。塀の向こうにある未来を、彼は見つけることができない。

彼はダマスカスに飛んだ。酔いつぶれるために。

一九四八年

イスラエル　テル・アヴィヴ

一九四八年五月十四日の昼下がり、太陽が輝きを増すと、ロスチャイルド大通りの椰子の並木は緑を濃くし、空気は澄みわたり、どんな音も明るく響いた。人の群れが押し寄せる、切り立った直方体をしたテル・アヴィヴ美術館の建物が、たとえ冷静な目で見ても塹壕の魅力を放っていたとしても、世界都市の崇高な印象を見る者に与えていた。ドイツの総合芸術運動の一つであるバウハウスに傾倒する気運は、この町に大失敗の数々も含めて、他に比類ない外観をもたらした。まもなく第十六番目の建築も、そんなふうにしないほうがいいという例として世界に知られることになるだろう。今日、そこは世界の中心だったからだ。

「それで、確かなの……？」

ラヘルは最後まで言わなかった。瞳に浮かぶ疑いと希望の色が、その先を語っている。

「絶対に確かだよ」

エフダはそう答えて笑みを浮かべる。

「ちょっと言ってみただけ。噂だから」

「それは十一月から誰でも知ってることで、必ず起きるんだ。それも、とにかく今日起きるんだよ」

「誰も来てないのに」

「え？」

「だから、わたしにはとにかく誰の姿も見えないわ」

「テル・アヴィヴの半分の人が通りに出てるというのに、誰の姿も見えない？」

「ばかだねえ。彼らの姿は一人も見てないということよ」

「そりゃそうだよ。彼らはまだ誰も来てないんだから」

ラヘルは黙りこんだ。自分の姿を見下ろす。ブラウスの腰のあたりを直し、襟の先を引っぱって整えた。ベン・グリオンは自分のためだけにやって来るのだと、思っているかのようだ。

「もしかすると。でも、それは」

ラヘルは考えこんだ。

「もしかすると。でも、って？」

「もしかすると、もう中にいるのかも」

「それは絶対にないよ」

「どうして？　わたしたちが来るのが遅すぎたんじゃないの」

「母さんったら」エフダは母親役を交替したかのように、ため息をつく。

「おれたちが来るのが遅すぎたんじゃなくて、彼らが来るのが遅すぎるってことだよ。だから、おれは気にしない」

ラヘルは笑って、息子の髪をくしゃくしゃにした。

「おまえは楽天家のおちびちゃんだね」

楽天家のおちびちゃんと言われたエフダは、地上百九十センチの目の高さから、人々の中に知った顔がいないか探している。

「招待状には十六時と書いてあったから、もうそろそろだ」

ここにやって来るときからずっと、間に合わないかもしれないと言って、ラヘルは彼を困らせていた。そもそも、本当にそれが開催されるとしてなのだが。招待状を受け取っていない者はいうまでもなく、午後の日差しを浴びて耐えている者たちの誰一人として、この催し物に招待されていないと、冗談でささやかれている。それでも、招待状には、ドレスコードは〝ダークスーツ〟とあり、さらに、〝この招待状の内容および開催時刻は他言無用をお願いします〟と記されていることは広く知られており、この催しの衝撃性がうかがえる。

どうやら、それは成功したようだ。まさにテル・アヴィヴ。山火事になるずっと前に、この町ではニュースはすっかり広まっている。

エフダは、いっときの妄想に満ちた広場に歩いてやって来る二人を見つけた。

「ほら、あそこ。ベンとレアだ」

「どこ？　ベン！　ここよ！　ここだよ！」

ラヘルはつま先立ちになって手を振った。

レアの名前は呼ばない。

絶対に呼ばない。ラヘルはレアという女性を特に評価しているわけではない。彼女に懸命に優しくしようとしているが、彼女のまわりの空気に優しくしているように見えてしまう。

「ベン！　ベン！」

ビンヤミンの姿は遠くからでも見分けることができた。独特の歩き方をするからだ。左足が地面に触れると、ほんの少しのあいだだが、そこに根が生えたかのようになり、ビンヤミンはその根の生えた足を力ずくで引き抜かなければならない。少なくともそう見えるのだ。そのさいに、体がネジのように回転する。かわいそうなベン。けれども彼はくじけなかった。機会があればどんな場所にも出かける。先の世界大戦でドイツの落下傘兵はストラップ一本で落下傘を背負っていたため姿勢制御ができなかったとされるが、ビンヤミンは彼らのように、自分の精神が宿る不自由な背骨の言いなりにはならなかった。彼のわきを、レアが悠然と歩いている。評判の悪い、人をはねつける視線。髪は控えめに水色のスカーフで包んである。

「狂信者の小娘」

ラヘルが鋭い声音で言った。まだレアは、その声が聞こえるほど近くには来ていない。

「母さん、今はだめだ」

「ベンが結婚して、あんな家族の一員となるのを許さなければよかったんだよ」

挨拶、ハグ、偽りの温もり。

まわりが人で混み合ってきた。

「わたしはいまだに信じられないんだけど……そうだね、もしかすると、このすべての正体は……なんて言うか……」

ラヘルはビンヤミンに、疑いを臭わせた中途半端な言葉をかける。

ビンヤミンは双子の兄弟のエフダに愉快そうな目を向けると、

「母さんは信じてないんだね？」

「今朝からずっと、おれはそれを聞かされてるんだぜ。もしも、でも、でも、もしも」

ラヘルは肩をすくめ、

「それがどうしたの？　わたしは、いいことは絶対に起きると信じてるけど、悪いことも起きると考えてしまう性格なのよ」

「ものすごく人が集まってる。母さんは、これは群集心理のせいだと思うのかい？」

「群衆になにができるか、このわたしに説明しないでちょうだい」

エフダは腕時計に目をやると、

「ねえ、もう聞いた？　彼らは裸体画にカーテンをかけて隠したんだってさ」

そう言って話題を変えた。

ビンヤミンが驚いてエフダを見る。

「どこの？」

「下のホール」

エフダは思わずにやりと笑った。ビンヤミンは自分よりずっと物知りだが、なんでも知っているわけではない。そこにある、斜めにスリットを入れたような窓の建築物について尋ねたら、答えはピストルから弾が発射されるように、ビンヤミンの口から飛びだすだろう。一九〇九年四月十一日、まさに同じ場所。砂漠の風に吹き寄せられた砂山。ユダヤ人の六十六家族が不毛の土地を分け合い、抽選で地所を貰い、町が誕生する――テル・アヴィヴ。ほら、市長公邸が必要だろ！――かつて、テル・アヴィヴ初代市長メイル・ディゼンゴフの公邸だったところは、一九三〇年からテル・アヴィヴ美術館になった。印象主義、キュービズム、未来派、クリムトからカンディンスキーまでの作品……

けれども、裸体画？

ほら見ろ、ベン、おまえはなんにも知らないじゃないか。

一度も中に入ったことがないからだ。おれはあるぞ。それが、おれたち二人の違いだ。おまえは理論に重きをおくが、経験は避ける。おれは経験を積みたいが、その経験をどこで探せばいいのかわからないだけだ。本なんか読んでないから。バリ島にブサキ寺院があるってことも知らないのに、どうやったらそれに興味を持てるんだ？　おまえが本の中を這いまわってるときに、おれは農場の面倒をみなければならなかった。理論を学んでいない実務家と、実務経験のない理論家。それがおれたち二人だ。

そろそろコスモポリタンになるときが来た。

さあ、自分たちの国家の幕開けだ。

ベン・グリオンがこの国の設立をよりによって美術館で宣言するには、さまざまな理由があった。まず、絶妙な立地。それは式典の聞こえをよくするはずだ。まさにここに最初のユダヤ人の首都が生まれたと表現できるが、その首都と同じ場所に、二千年来の最初のヘブライ人国家が誕生することになるのだ。もう一つの理由は、美術館の巨大ホールは半地下にあり、防空壕代わりになることだ——もちろん、これからの数時間に、誰かがロスチャイルド大通りに爆弾を落とそうと思いついたとしてだが。

エジプト人、シリア人、ヨルダン人、サウジアラビア人、イラク人……

誰かまだ忘れていないか？

「期待できないな。全部秘密にされてたようなものだ」

ビンヤミンは言って、展示品に視線を流した。

彼にはユーモアがある。その点は認めなければならない。

「キャンバスで覆うなんて。ばかばかしい、芸術でしょ」

ラヘルが首を振って言った。

確かにそうだが、独立宣言は、ユダヤ人共同体《イシューヴ》の主要な代表たちの眼前で読み上げられなければならない。主催者がふいに思いついたからだが、そこには宗教の代表も含まれる——ちょっと待て！　壁にはそこらじゅうに裸の女の絵がかかってないか？

急げ、布を！

「売女《ばいた》を描いて、それを芸術だと詐称しても、いいことはないわ」

レアが高慢な口調でまくしたてた。彼女のそういうところをラヘルは我慢できない。

なるほど、売女か。エフダは思った。

じゃあ、ぽん引きは誰なんだ？

ミケランジェロ、ルーベンス、ゴヤ、ピカソ、マチス？

ビンヤミンはレアの肩に腕をまわし、申しわけなさそうな笑みを浮かべて一同を見わたす。

「そんな厳しいことを言うなよ。それがぼくの兄弟を美術館に誘うことに貢献しているんだったら、ぼくがそれを許したってことだよ」

エフダはそれ以上相手になるのをやめた。

今日は、誰かを鼻であしらう日ではない。

今日は、永遠の事実をこしらえるべき日だ。この数日がそうだったように、最後の瞬間まで——

時間に追われていた。

四月十二日、イスラエル暫定国会が招集された。アメリカの主導で、まずは公式政府の設立を宣言すべきか、すぐに独立を宣言すべきかの判断を下すためだ。前者であれば、十一月から不満を隠そうともしないアラブ人との停戦に有利に働くだろう。しかし、もう防衛は充分だった。ならば国家創設だ。

しかし、どの国境で？

国連が国境案を提示していた。地図で見ると、ユダヤ人国家の形は、ばらばらにちぎったパンケーキのひとかけらのようだ。国際監視のもとで中立ゾーンにおいたエルサレムとともに、飛び地をざっくり合わせたものだ。

ベン・グリオンが見たとおりのパッチワークだった。

それでもヘブライ人国家ではある。

何年それを待ったのか。

三十年……

二千年……


結局のところ、どのような役割を果たすのだろうか。テロによって気力が萎えて、ついに大英帝国はくずおれた。関係をばらばらにする結果を伴うバルフォア宣言の、約束を果たす努力を四半世紀にわたり続けたあと、国際連盟を時代に合った呼び名に変えられた国連に、大英帝国は委任統治を叩きつけた。

今、イギリスは怒っている。

パレスティナは？

もはやわれわれの好みではない。

仕事に疲れた委任統治国に、撤退を断念させようと説得してもむだだ。それはベン・グリオンが試みたことだった。彼がイギリスをこよなく愛していたからではない。彼は自分の軍事組織ハガナが軍隊と呼べるものであっても、アラブ人との戦いにはまだ対処できないとわかっていたからだ。しかも戦争にいたることは避けられず、この地を自立させたほうがいい。ユダヤ人共同体《イシューヴ》は時間をかけ、ベン・グリオンと論じる。

もうあと二、三年。

それは結構だが、新しいイギリスのクレメント・アトリー首相は親シオニストとはいいがたく、今はそれほどパレスティナ寄りではないが、世論を必要とする。彼の兵士はわが家にいて、頭に思い浮かべるのは、シオニスト右派の武装組織イルグーン団の底なしのテロ。まだ肩を組んでナチスドイツに対抗していたころの、両者に共通するよき時代――いったいどのよき時代かわからないが、それを思い出してもしかたがない。確かに、一九三九年には、壊れた友好関係にふたたび花が咲いたかに見えた一時期もあった。アラブ人の蜂起は、いわゆる内破した。六カ月におよぶゼネストは被害を受ける者より、主唱者のほうをずっと大きく揺さぶった。人はなにかを糧にして生きていかなければならない。だから全員がふたたび職場に戻ったのだ。ヒトラーはポーランドを襲い、不景気が国中を這いまわった。五月には、イギリスはあらためて白書でユダヤ人移民の制限を行なった――ドイツ人につきまとっていた概念の中にある、アラブ人の共感を取り戻すという不充分な擬装を施した試みだったが、いずれにせよエルサレムのイスラム教宗教指導者《ムフティー》は鼻風邪をひくのと同じ頻度で、ドイツと秘密裡に会合をもうけることができた。しかしながら――

「われわれは白書と戦う。まるで戦争などないかのように。そして、イギリス軍を支援する。まるで白書などないかのように」

ベン・グリオン、これにて終わり。

つまり、ナチスが撲滅されれば、自動的にユダヤ人国家が存在する。これは一たす一が二であるのと同じくらい確実だ。

しかし、それが成功するのは、ここで全員が団結した場合のみだ。

だから、一致団結しろ。

口論なら、あとからできる。

この呼びかけが人々の心をつかんだ。なぜなら、パレスティナをイギリス軍の巨大な補給物資の砦に変えることで、経済の弾み車を再始動させたのはイギリスだからだ。民兵組織イルグーン団を創設したヤボティンスキですら、自分の対アラブ強硬派が大英帝国に肩入れしていることを秘密にはしていない。イルグーン団はさしあたりテロを諦めた。イギリスの指揮でユダヤ人の工作員がアラブ諸国でテロを犯すという、息のあった協調の時代が幕を開けた。地下軍事組織ハガナの部隊はイギリスに手を貸して、ロンメル将軍の北アフリカを台無しにした。ユダヤ人とイギリス人は並んで立っている。

テル・アヴィヴに爆弾の雨が降った。

イタリアの爆弾。

ムッソリーニがヒトラーの意志を実現した。ヒトラーは、自分の生気のないサメの視線が大地を焦がして穴を穿つところを、天から見下ろしていた。

おまえたちは東側にもぐりこんだのか

無意味だ。われわれはおまえたちを捕まえる。

ここでも。

まったく本気ととれることだった。もし、ヒトラーがまずエジプトに侵攻すれば、すぐにヨルダンに到達するだろう。そのあとは察しがつく。単なる想像はとんでもない影響をおよぼした。ユダヤ人共同体《イシューヴ》の半分がパニックに陥る。数千人が逃げだし、ある者は要塞や修道院に立てこもり、またある者はシアン化合物を調達した。亡命するより死んだほうがましだからだ。ユダヤ人指導者層の避難計画は進み、超正統派のラビたちは唖然とするアラブ人に訴えかけた――そのときがきたら、シオニストたちに埋め合わせをしてほしい。われわれはシオニストではない。ユダヤ人国家を獲得しようと努力したことはない。話し合いはできる……

パレスティナのユダヤ人は、ヒトラーに支援を申し出た。

もちろん本当だ。

テル・アヴィヴに住むアラブ人の煙草屋トゥフィク・アズアズーリが、一九三九年、テロでともに亡くなった友人のシャローム・カーンに予言したように。

われわれを生かしてくれ。そうすれば、きみたちが最後には勝利するように手を貸そう。

一九四〇年、イルグーン団に兄弟集団ができた。あのアヴラハム・シュテルンが指揮する組織、レヒだ。彼が所属していたイルグーン団は、彼にすれば急進的ではなく、しだいにそれが問題になっていた。彼はマルフト・イスラエル——イスラエル王国を夢見ていた。パレスティナ全土を包括するユダヤ人の大帝国だ。彼はナチの将校とベイルートで密かに会合を持つことが、自分にとって不利益になるとは思わなかった。

イギリスを倒すためなら、どんな同盟も大歓迎だと、かつてヒトラーは言わなかったか？

ここで敵とは誰のことだ？

大英帝国。不誠実なアルビオン《大英帝国》。

あいつらのいまいましい白書ともども！

ユダヤ人の同盟者としてのヒトラー。まず、それを思い出さなければならないが、レヒの創設者シュテルンには独自の論理があった。総統はユダヤ人のいないドイツを望んでいるのか。それなら手にできる。簡単だ。われわれにイスラエル王国を実現させ、全ユダヤ人をそこに来させればいいのだから。われわれがホロコーストで迫害された者たちを救い、総統は彼の新たな世界秩序を手にする。反対に、もしわれわれがチャーチルに味方して彼を勝者にすれば、大英帝国はヨルダンまで拡大し、イスラエル王国となんらかの問題を起こす。シュテルンは、反ユダヤ主義者にとって目標を達成するためには、シオニストの支援を確かにするしかないとドイツに論拠を示した。最後のユダヤ人が、あなた方の国を自ら進んで去るように、われわれが面倒をみているあいだ、あなた方は手を汚す必要はないのではないか？　そのためには、自分たちの国家が必要だ。あなたがたの支援で。

ついにわかった――ユダヤ人だけが、あなた方をユダヤ人から解放できる。こうした不当な要求のために、アヴラハム・シュテルンは、一九四二年、イギリス人警官に頭を撃たれたのだった。

彼の支持者たちは商売を続けることができた。今度はレヒという商号のもとで。

レヒは、イルグーン団よりさらに非道な地下武装組織だった。兵営、橋、鉄道、発電所を爆破し、敵への協力者を殺し、所場代を脅しとり、銀行を襲う――銀行強盗と自由のための闘争がどう関係するのだ？　そうだ、テロには金がかかる！

冗談のうまい者は、〈兵士になって、世界を知れ〉というイギリス軍の徴募スローガンを、〈パレスティナで兵士になって、次の世界を知れ〉ともじって言った――そこで轟く雷鳴は、とてつもない嵐がもうすぐ委任統治国を襲うことになると予感させられるものだ。

というのもイルグーン団は、まだなりをひそめていたから。そう配慮していたのはメナヒム・ベギンだった。ベギンは、イルグーンを創立したヤボティンスキとは昔からの同志であり、狂信的な修正主義シオニストだ。聖書に記されたイスラエルの地への要求を掲げ、生粋の縁故主義者たちとは敵対せず、やがて再建される第三神殿について、メシアを呼び寄せる手段だと演説をし、自分のオムレツにはしかるべき卵を使ってほしいと知らせた。

簡単に言えば――国を救済することだ。

かつてシュテルンの単独行がイルグーンを弱体化させた。ベギンは往時の衝撃力を再生しなければならず、そのために今はまだおとなしくしていたのだ。しかし、遅くとも総統の鷲の羽が麻痺したのがわかったときには、連帯は終わっていた。

休戦は？

水に流してくれ。

イルグーン団の活動家たちは活発になった。イギリス軍の補給廠を襲撃し、武器を略奪した。イギリスは捜査を命じ、ユダヤ人の集団農場キブツやモシャヴを徹底的に調べ、いまわしい光景が繰り広げられた。世界のいたるところで火の手があがる。ヨルダン川をはさんで全員が監視し合っているかのようだ。ドイツ国防軍は赤軍に抵抗して衰弱し、ヒトラーはルーマニアの同盟者を失い、チャーチルはギリシャからナチスを追いだした。結束の時だった。そうする代わりにベギンはイギリスに宣戦布告し、レヒはイギリス人高等弁務官の殺害を図った。

失敗だったこと。

ヒトラーの兵士たちはリガから逃げだし、ブダペストをめぐって戦った。チャーチルとルーズベルトは、今なお危険なベルリンの狂人に終止符を打つ戦略を論議し……

ユダヤ人は、ヒトラーの側近であるヒムラーやアイヒマンと交渉した。新車のトラック一万台を、ハンガリーのユダヤ人百万人の命と引き換えに、ドイツに移送すること。自暴自棄の行動が、イギリスの中東相でチャーチルの信任が厚いモイン卿を阻止した。

ヒムラーとの取引？

ほかになにが？

レヒは、モインのユダヤ民族への裏切りを告発し、彼を〝ユダヤ人難民の目の前で、パレスティナへの扉を閉ざした主責任者〟だと表明した上で、命の灯火を吹き消してやると誓った。

成功したこと。カイロでのモイン卿暗殺。

では、チャーチルは？

目をそむけた。

パレスティナ、バルフォア宣言、シオニズム、ユダヤ人の故郷や終着駅を、自分の語彙から削除する。

どのみち一つも存在しなかった友好関係の終焉。

ベン・グリオンにとっては大災難だった。

チャーチルの支援を失うことで、彼の不安は広がった。ある意味では、彼の労働党もイギリスと同様、修正主義シオニストの照準に入っていたのだ。しかたなく彼はベギンと折り合いをつけることに決めた。少なくともユダヤ人同士の内戦を回避するためだ。イルグーンの主導者であるベギンのことは嫌いだったが、理解に役立つのであれば――役立つことはなかった。

ドイツでは、第二次世界大戦の唯一歓迎すべき銃弾が放たれた。銃はヒトラーの指を滑り落ち、イルグーンはエルサレムのキング・ダヴィード・ホテルの南翼を瓦礫の山に変えた。その下に、委任統治国の大勢の代表者が、ユダヤ人と大英帝国とのあいだに最後まで存在していた信頼とともに葬り去られた。

野望と幻想の四半世紀が。

埋められた。

高等弁務官は事態をはっきりさせる――イギリス兵はユダヤ人とはもう接触しない。ユダヤ人のレストランやバー、商店を訪れない。ユダヤ人の若い女と関係を持たない――特に密接な関係は。海岸には、不法移民を満載した船が押し寄せる。夜ごとやって来るのは白書のせいだ。茶番だった。イギリスは労働党と修正主義シオニストの権力闘争の後始末をしなければならず、双方の前線のあいだですりつぶされて憔悴し、目をそらしたのだった。

ベン・グリオンは幻想の虜にはなっていない。

今、国連の分割案に賛成すれば、彼が夢見たもの――エルサレムを含めた、美しく形づくられた巨大な国家を手にできないことになる。だが、今は夢などどうでもいい。大英帝国は確実にパレスティナから撤退し、アラブ人は一丸となってユダヤ人を襲う。独立国でなければ正規軍は持てない。防衛のために正当に武器を行使できる可能性はない。ホロコーストを生きのびてドイツの難民キャンプに収容された十万人が、入国できる可能性はない。

グリオンは分割に同意するしかない。分割の形などどうでもいい。

そして、可能なかぎり速やかに、独立を宣言する。林檎は酸っぱいが、長いこと憧れて、ついに手に入った独立という考えは、彼にとっては甘い。

しかし、そもそも――

少なくとも、それは林檎だ。

イギリスの委任統治時代の終わりは、宿命的なことに、一九一七年のエルサレムという町を思い出させた。

当時、オスマン帝国が崩壊し、町は混沌の海に沈んでいた。今は、イギリスが荷物をまとめているあいだに、ふたたびあらゆる社会秩序が崩壊している。イルグーン、レヒ、労働党のそれぞれが大英帝国を追い払ったと主張し、勝者が頭に戴く月桂冠を要求した。それには、全員がアラブ人に感謝しなければならないだろう。彼らの暴動がイギリス人に、ユダヤ教徒やイスラム教徒と仲よくするくらいなら、蛇や鼠と友だちになったほうがましだと認識させたのだから。けれどもアラブ人には、感謝の声明を受け取っている暇はなかった。風変わりな競争に深く引きずりこまれてしまったから。憤慨して、いかなる二国間解決案をも拒否することに、あまりに忙しかったからだ。

おまけに、それは愚かなことだった。

きわめて愚かだった。

なぜなら、拒否することで、自分たちの将来を国連の手に委ねてしまったのだから。見知らぬ者に運命を決めさせる者がいるだろうか。アラブ人は国連決議をまだ阻止することができたのかもしれない。思慮分別のある代案を提出することでだが、それでは共通する立場が必要になるだろう。しかし、当時、共通していたのは、エルサレムにあった委任統治国の庁舎の前から、ユニオンジャックが最後におろされる瞬間への期待だけだったのだ。

では、いまいましいシオニストめ、われわれはおまえたちを襲ってやる！

おまえたちに、われわれの怒りを感じさせてやろう。

そのときが来たら、われわれは躊躇しない。


「あそこ！　彼らが来た」

リムジンの車列が進んでくると、群衆は道を開けて代表団を通した。威厳をたたえて前方をじっと見つめる者もいれば、笑みを浮かべ、手を振りながら、自分たちがこれからすることが、自分でも信じられないという驚愕の表情で、あたりを見まわす者もいる。ベン・グリオンの純白の髪が陽光を浴びて輝いていた。彼がすぐ目の前を通りすぎていくとき、エフダは思った。

この髪！

ふわふわのまっ白な羽が、頭の左右に一つずつ生えているようだ。

ラヘルの指がエフダの腕にくいこんだ。母の目が輝いている。誇らしいのだろうか。いや、違う。目が濡れていた。母は、父シャロームのことを思い出しているのだ。

母の心には、癒えることのない穴が開いている。

エフダは母の気持ちが理解できた。

彼もよく父親のことを考える。けれども、父が爆弾でばらばらになったとき、まだ彼は十一歳だった。その後、彼の人生はすぐにもとどおりに修復した。

ラヘルの人生は違う。

母はほがらかな女性で、四十半ばでも、道ですれ違った男たちを振り返らせる。たいていは、今を楽しんで生きていた。しかし、虚空を見つめていることもしばしばだった。そして彼女は心の内を眺める。そこには過去が住んでいるのだ。そんな瞬間、彼女は山の上に向けて石を転がしている。夫の死から逃げているため、シャロームが死んだという逆説を解消しようとしているのだ。かつて二人が成り行きに任せ、まだベルリンで暮らしていれば、夫は今も生きているかもしれない。

ドイツのユダヤ人は全員が殺されたのではなかったか？

わたしたちに、生きのびるチャンスはなかっただろうか。

アメリカに行っていたらどうなっただろう。シャロームが煙草屋のトゥフィク・アズアズーリと友だちでなければ、あの日、カーマイクルのカフェには行かなかったかもしれない。

もしも……

彼女は苦しみから過去の事実を省略していき、自分たちにはアメリカに行く金がなかったことや、当時すでに入国が厳しく制限されており、アメリカ当局は彼らに入国ビザを与えなかったことを、忘れている。

惨事の合間の休憩でほっとして、安全は幻想だということを忘れてしまっている。

安全な場所などどこにもないということを。

自分の頭の中にすらないということを。

群衆が拍手喝采を送り、彼らは美術館の中に消えた。ダヴィード・ベン・グリオン、ゴルダ・メイル、レヴィ・エシュコールなど、国家の誕生を助けた者たちは、誕生の二十四時間前はまだ、子どもをどう呼ぶべきかわからなかった。

シオン？

ユダヤ国？

古代パレスティナを意味する、ユデア？

ヘブライ人を意味する、イヴリ？

ベン・グリオンは、神とともに戦う者という意のイスラエルを提唱した。さらに、国連が描いた国境線を独立宣言には取り入れないことを提案した。あのパッチワークのような国土では、エルサレムもアラブ側のど真ん中にあるのだから。

国際管理下として。

お笑いぐさだ。

国際管理下？　町は包囲された。ユダヤ人地区は、アラブ人義勇兵に占拠された。そういう様相を呈している。ユダヤ人共同体《イシューヴ》が分割案を受け入れてからというもの、そのパレスティナでは、ユダヤ人同士の血みどろの戦いの嵐が吹き荒れていた。イギリスは去った。暴力は続く。そこにアラブの隣人が入りこんできた。イギリスの撤退後すぐに、ヨルダンがヨルダン川西岸を掠めとり、エジプトがガザに色目を使い、イスラム指導者たちはパイのひと切れをものにしようと狙いをつけた。そこにユダヤ人国家は想定されず、ゆえにパレスティナ分割案は反故《ほご》だ。いずれにせよイスラエルには選択肢は一つしかない。つまり、来るべき戦いの勝者となること。そのあとの国境がどうなるかはいわずもがな。

ベン・グリオンはあらゆる点を主張した。

いつものように最後の最後で作業が始まる——独立宣言の草案だ。文章を簡潔にし、削除し、補足する。英訳。美術館のホールを、青と白の旗で縁取った、シオニズム運動の創始者テオドール・ヘルツルの巨大ポートレートで飾る。

演説台を作らせる。

昼には、国会の宗教代表者たちが、独立宣言に神が欠けていると苦言を呈した。「神はどこだ？　神は加わらなければならない。イスラエルの神が」すると、非宗教派が抗議する。「神の国など望まない。神を信じない。神を信じない権利がある。シオニズムは神がいなくてもうまくやっていく。神は締めだすべきだ。存在する場合も、しない場合も」両者は独立宣言が暗礁に乗り上げそうになるほど対立した。結局、神を礎《いしずえ》だとして但し書きを加えるアイデアを誰かが思いつき、ようやく決着をみた。

〝ツル・イスラエル〟。イスラエルの礎。

素晴らしいアイデアだ。

そうすれば、ある者は誰のことを意味するのかわかる。またある者はこう言うかもしれない――

「おい、モシェ、神という名の国会議員がいるのか？」

すまないね。

それから、独立宣言の文書をタイプしなければならない。

タイプライターのキーの上を滑るように指が動く。待ちわびる秘書官が、いらいらと腕時計に目をやる。まもなく式典が始まる予定だ。ようやく終わった。さあ、早く行こう。だが、なにで？　秘書官は本当に車を手配するのを忘れていたのだ。通りに駆けだして、ちょうど走ってきた車を止め、美術館に向かう。急げ。制限速度、赤信号――くだらないことを言うな。なんだって、運転免許証を持ってない。かまわない。おい、どうして停まるんだ。行く手を阻む男は誰だ？

ああ、警察か。

運転免許証、車検証。

「きみたちは国家の設立を遅らせる気か！」

秘書官は警官を怒鳴りつける。それではっきりわかるだろう。

タイヤを軋ませ……

最後の瞬間に……

「……われわれはイスラエルの礎に、将来への確信とともに、この宣言に証人としてわれわれの名を添える。ここテル・アヴィヴの、われわれの故郷の地で、暫定国会本会議において」

ベン・グリオンはひと息おいた。

「イスラエル国は設立された。本会議は終了だ」

歓声が沸く。数分後――

「承認！　承認！　スターリンがイスラエルを承認した。ソヴィエト連邦がわれわれを認めた。トルーマンも！　アメリカ、アメリカが！」

満場一致の歓声。

数時間後――

「エジプト、サウジアラビア、ヨルダン、イラク、シリア、レバノン――」

「なんだって？　それがどうした？」

「われわれに宣戦布告した」

「そうか、彼らは国家を認めないと宣言しているのだな。正式な宣戦布告だ――」

たとえ彼らが正式に聞こえないよう努力していたとしても。ベン・グリオンは薄笑いを浮かべ、言葉少なに、

「――彼らが同じ論理で戦うなら、彼らの負けだ」

そうでなければ――彼は思った。

けれども、それを口にはしなかった。

クファール・マラル村

彼らは家族全員で、日が暮れたころに帰宅した。家族全員といっても、ビンヤミンとレアは、この入植村《モシャヴ》にはずいぶん前から住んでいないのだが。ビンヤミンはテル・アヴィヴにあるユダヤ教のタルムード学校に籍をおいていた。エルサレムが解放されるまでの一時的だと、彼は言っている。解放後は、メルカズ・ハラヴ・コークというタルムード学校に進学するつもりだ。伝説的なラビ、アブラハム・イサク・コークの息子で、ツヴィ・エフダ・コークが

校長を務める、世に知られた宗教学校だ。

「それには時間がかかるだろうな――」

エフダが言った。いずれにせよ今は、エルサレムには入れないし、出ることもできない。

ヘブロンについては……

「――おまえたちは今もあっちに行きたいのか？」

「もちろんだ」

「おれには理解できないな」

「そんなに難しいことかな？」

「アラブ人の手にしっかり握られた町に、どうしてそれほど固執するんだ？」

ビンヤミンは肩をすくめ、

「それはまだだ。きっと変わるさ」

「いつ変わるんだ？」

「そのうちきっと」

二人は畑の道を歩いていた。ビンヤミンのゆっくりとした歩調に合わせている。ビンヤミンとの散歩はとめどもない。二人でする話にも、歩いて行きつくところにも。

「ベン、ばかなことを言うな。なんにも変わりはしないんだ。それは、四年前にレアがおまえの耳に吹きこんだ戯言なんだぞ」

「彼女はそんなことしていないよ」

「いや、したんだ。レアと、レアの両親が――」

エフダが言うのを、ビンヤミンはにやりと笑ってさえぎる。

「エフダ、ぼくはずっと前からあっちに行くつもりだった。ヘブロンが、ぼくたちユダヤ人にとってどんな意味を持つのか、いつもいつもあらためて説明する必要はないだろう」

ビンヤミンは、エフダなど何者でもないかのように言った。

「おまえたちにとってどんな意味があろうと関係ない。あそこには、そこらじゅうにヨルダンの兵士がいるんだ。なあベン、ヘブロンはイスラエルの一部じゃないんだぞ」

エフダは首を振って言った。

「どこがイスラエルの一部なのか、きっとそのうちはっきりする」

意図してなのか偶然なのかわからないが、二人の目の前に廃虚となったトンネルが現われた。十年前、ビンヤミンがこの坂を自転車で直滑降して事故を起こしたトンネルだ。いつの間にか小道は緑に覆われてしまった。見わたすかぎり、鮮やかな緑や白やピンクや金色をした草花で埋めつくされている。陽光が地面や植物を焦がしたところには、茶色も混じっていた。花粉と農業の臭いがする。

ビンヤミンの視線がトンネルの入口にさまよった。

彼を変えてしまった闇の中に。

彼の心の中でなにが起きているのかを口にするのは難しい。

「それで？　勉強のほうはどんなぐあいなんだい？」

彼はわれに返って言った。

エフダはラズベリーを片手いっぱいに摘むと、口に押しこんだ。

「おまえに言わせれば、おれは昔と同じ怠け者だ」

「手を貸そうか？」

「おまえは必ずおれを救ってくれたんだったな。でないと、おれがどこに行ってしまうか、誰にもわからないから」

エフダは笑う。

「結局、いつでもトラクタに乗ってるじゃないか。それとも女の上に」

ビンヤミンはにやりと笑う。

そのとおりだ。エフダは農業が好きだった。

もちろん、もう一つのほうも。

「今度は手助けはいらない。向こうから来てくれるんだ」

なぜならエフダは農民であることが好きだからだ。昨年、彼は幼なじみのアリクとともに、ヘブライ大学農学部に願書をだした。結局、エフダだけが合格した。それは、エフダも同じ田舎者なのに、なぜ自分だけが不合格なのかと、アリクを悩ませることになった。彼はマルガリットというかわいらしいルーマニア娘と一年前から付き合っているが、どこで知り合ったのだったか？　テル・アヴィヴのパーティ？　地下軍事組織のハガナ？　そのどこでもない。畑で知り合ったのだ。オレンジの収穫のときに。

アリクは間違いなく農業が似合う。

けれども、軍隊のほうがずっと似合っていた。

エフダはかなり昔からそう思っていたが、アリク自身も気づいているかもしれない。ハガナに転向したあとで、アリクは村の警察に貢献し、やがて小隊長になっていた。人に、限界まで要求する厳しい男だ。上官たちは、彼が輝かしい出世をするだろうと予言したが、それは彼に協調性があればの話だ。

よりによってアリクは口論好きだというのに。

いや、おまえは大学にいたら死ぬほど飽きるぞ。おまえは戦士なのだ。エフダはそう思った。

それに、きっとおまえはうまくやっていける。

エフダ自身は大学で、気の合う友人たちを得ていた。彼らは大いに飲み、かたにとらわれない生活を信奉し、問題の少ない国々に住む同世代の若者よりも、ものごとをずっと気楽にとらえていた。だから結論として、きわめてまともだということだ。

とりわけヨウゼフは。

ヨウゼフ・アルサカキニはアラブ人だった。パレスティナがイスラエルになった十日前、彼はパレスティナに住んでいた。だから、独立宣言によって自動的にイスラエル国民になったのだった。イスラエルは純粋なユダヤ人国家なのかという問いは、そもそもイスラエルは純粋なユダヤ人国家でありうるのかという問いに変わってしまった。

答えは、純粋なユダヤ人国家になるつもりだ。

いずれにせよ、エフダはヨウゼフのことを理解している。ヨウゼフは気のきいたユーモアの持ち主だった。ところが二カ月前、そのユーモアが彼から消えた。ユダヤ人民兵組織がエルサレムの包囲網を突破しようとして、ディル・ヤシーン村で大殺戮を行なったときのことだ。イルグーンとレヒは単独で、女や子どもを含めた大勢の村民を虐殺した。次々と家々の開いた窓に手榴弾を投げこめば、いったいなにが起きるというのか。ベン・グリオン、ハガナ、ユダヤ機関は、最も恥ずべき行為と非難したが、ヨウゼフの伯父が生き返るはずもない。

ベンヤミンはうなずいた。

「卑劣な犯罪だ。でも、イルグーンとレヒは、このイスラエル《エレツ・イスラエル》の地に道を開いたんじゃないのか」

その二つの地下軍事組織はもはや存在しないということは別としてだ。独立を宣言したその日、ベン・グリオンはハガナも含めてあらゆる民兵組織を解体した。唯一存在するのは、国際的にはイスラエル国防軍《IDF》として知られるツァハルだけだ。

イスラエルの軍隊。

「ベギンと彼の一味は、いまでもまだイスラエル全部を欲しがっているんだ。修正主義シオニストの民兵は、最近、政治に路線変更した」

エフダが軽蔑するように言った。現在、彼らは自由を意味するヘルートの名のもとに集まっているが、実質は武器を持たないイルグーン団だ。おかげでベギンはクネセットと呼ばれるイスラエルの国会に議席を得た。そこでは彼は嫌われ者で、ベン・グリオンなどは彼の名を口にすることすら拒み、ただ〝バデル博士の隣席の議員〟と呼ぶほど忌み嫌っている。

「しかも当然ときている。ベギンがいまだに大イスラエルを望むのは」

エフダは言って嫌そうに顔をゆがめる。

「それはそうだが、その理由は間違っているんだ」

ベンが応じる。

「正しい理由があるのか？」

「もちろんだ。二千年前から。もっと古くにも。彼の理由は、そういうものとはまったく違う。彼は自身が敬虔なユダヤ教徒だと信じこんでいるのかもしれない。安息日《サバト》にはシナゴーグに駆けこんでるからな。でも、彼は誰の目も欺けない。たとえおまえが車庫に駆けこんでも、決して車にはなれないだろ。そうなんだよ、ユダヤ人の民族主義はもっと高い目標を達成したほうがいい。宗教の役に立つべきだ」

「じゃあベン、おまえは間違った国にいるわけだ。この国は宗教だけじゃないんだから」

「そのことでは、ぼくも確信が持てないんだ」

エフダはラズベリーの小枝をつまみ、

「ベン？」

「なに？」

「兄弟なら、どんなことでも尋ねていいだろう？」

「そんなことを訊くなんて、なにを考えてるんだ？」

「そうだな、まあ今は二十世紀だ。十日前から、おれたちはイスラエルに住んでいる。おれたちは世界に躍り出るんだぞ。彼らはおれたちを爆撃し、銃を向けるかもしれないが、そういうことすべてを、おれたちは乗り越える。おれには自信があるぞ、やる気満々だ！　おまえは尊敬されるラビにきっとなる。アリクは将軍に昇りつめ、おれは――」

「農業大臣はどうだい？」

「そうこなくっちゃ！」

「で、ぼくに訊きたいことって？」

エフダはラズベリーの果汁で汚れた指に目をやった。

「それは、おれたちは結構たくさんのものを手に入れた。それでもこの土地の全部が必要なのか？　なんのために？　聖書に神の約束のことが書かれているという理由だけだからじゃないのか？」

「それだけって？　おいエフダ、それが重要なんだぞ」

「それは重要じゃない。シオニズムの中でも、国連の分割案の中でも、独立宣言の中でも」

「シオニズムは間に合わせの解決策だ」

「おまえは本気で……すると真剣にメシアの降臨を信じてるのか？」

ビンヤミンは、まるで子どもに話しかけられたかのように笑みを浮かべた。

「エフダ、ぼくはイスラエルの地の存在を信じている。たとえどこに追いやられても、ユダヤ人は全員が離散の地《ディアスポラ》から戻ってくると信じている。第三神殿を建てることが、ぼくたちの義務だと信じている。そのあとなにが起きるのか、ぼくには言うことができない。でも、きっとなにかが起きる。そして、それが世界に平和をもたらすんだ。ぼくは、それがメシアの降臨のことだと思ってる。たとえ、ぼくにそれが想像できなくても、ぼくはそれを信じているんだ」

「じゃあ降臨しなければ？」

「なにが言いたいんだ？」

「もし誰も来ないなら？ そもそも誰もいないんだから」

「誰かはいる」

「どうしてわかるんだ？」

ビンヤミンは胸を叩き、

「ぼくにはわかる。感じるんだ。誰もいなかったら、感じるはずがないだろう？ ぼくたちには、この地を解放する任務がある」

「わかったよ。それなら起きたんだ。おれたちには国家がある」

「エフダ、すべての地だ。それを手にするためならどんな苦労でもしがいがある！」

「血を流してもか？」

「誰が、血を流すと言ってるんだ？」

「目を覚ませ。ベン、おれたちは戦時を生きているんだ！ ここでは毎日、人が死ぬ。アラブ人と折り合いをつけて――」

「もういい！」

「――初めておれたちは――」

「……あいつらは折り合いをつけようなんて思っていない」

「とにかく！　彼らが、おれたちを認めるようにもっていくのは、骨の折れる仕事になるにちがいない。それで彼らはこの地すべてを望んでいるのか？　それがなにを意味するのか、おまえはわかってるだろ？　そのために何人の人間が死ななきゃならないんだ？　彼らが分割案に激しく抵抗しても、おまえたちにパレスティナ全土を引き渡すと思ってるのか？　それに離散しているユダヤ人だ。パリに、ニューヨークにいる彼らが、一日でも早くイスラエルに来たいから、不満を表わして足で床を鳴らすと思うのか？　母さんのことを考えてみろ！　あっちでひどいことがあってもまだ、ドイツを懐かしんでいるんだ。外国で暮らしていて、パレスティナになんの感情も持たないユダヤ人に、おまえはなんと言うつもりだ？　間違った人生を送っているとでも言うのか？　おまえがなにをすれば、彼らはやって来るというんだ？　催眠術か？　それに第三神殿だ。その建設のためには、まず神殿の丘を制圧しなきゃならない。そこには岩のドームやアルアクサ・モスクが建っているが、それを取り壊すのか？　そんなことをしたらどうなるか、わかってるのか？　言っておくが、そのときこそアルマゲドンだぞ。なんのせいでだ？　神の単なる思いつきのせいだ。思いつきのための戦争。おまえの意識がなくなる一瞬前に、天国を垣間見るんじゃなくて、誰もいない虚無を見るのだと想像してみたことはないのか？」

ビンヤミンは彼をじっと見つめている。その瞳に、刹那、怒りの色がきらめいた。

「ぼくは誰もいない虚無を見ている」

彼が言うと、エフダは沈黙した。

「おまえの中に」

「おれの中に」

「でも、ぼくはそんなに簡単にはおまえを見放さないよ。彼もだ」

ビンヤミンはふたたび笑みを浮かべ、天を指さして言った。

「そうだな」

エフダはため息をついた。

こうしていつも話は終わる。どんなときも、あまりに信心深い者たちにひどい目に遭わされて。彼らは思春期の子どもに向き合うように、おまえに悪意のない押しつけがましい態度で接する。六百五十万年のあいだ、人間の観察能力では、林檎は下に落ちることは当然だった。しかし、神が望めば、林檎は上に落ちると人々は言う。彼らはかたくなに妖精たちの存在を信じている。少なくとも疑わしい理由が千とあることに、おまえは気づく。彼らは一途なままだ。笑みを浮かべ、よくわかっている。おまえは彼らと真剣に話し合うつもりだが、神はそれでもおまえを愛していると、くだらないことをおまえに言う。

まるで助走をつけてマットレスに駆けこむようなものだ。

クファール・マラル村への帰り道、二人は話題を変えた。ビンヤミンが障害のある足で苦労して歩く様子に、エフダは耐えられないが、ビンヤミンはそれを望んだ。彼が歩きたいなら、二人は歩く。十年前、アラブ人の山賊がマニン一家の半数を焼き殺した現場へ。焼け焦げた木々はとっくに枯れてしまい、廃虚は取り壊されている。母屋の裏にある墓だけが、あの夜の狂気の目撃者だった。

終わりのない狂気。

どうしておれは、メシア信仰者に憤慨するのだろうか。エフダは自問した。アラブ人の軍事侵攻は、おれたちを不安にさせるはずだ。イスラエルを叩き壊して、自分たちで分割してしまえと、隣国はたたみかけてくる。さらに、過激派メナヒム・ベギンという男の、政治的に動機づけされた大イスラエルの夢のことも考えなければならない。彼らはひと握りの宗教的な狂信者よりもずっと危ない存在だから。

超正統派はイスラエルを拒絶するのだろうか。

まあいいじゃないか。

敬虔なユダヤ教徒はユートピアを思い描いているのだろうか。

それを楽しんでいる。

彼らにどのような成果が上げられるのか。

イスラエルは非宗教的な国家だ。

自分が全部間違っているという感情を、なぜエフダは追い払えないのだろうか。

次の日も、その感情につきまとわれた。夕方、ようやく征服したヤッフォの町をひと巡りしようと、ヨウゼフに会いに行くため出かけたときも、その感情はまだ残っていた。さらに、ものを見る目について、父シャロームが言いのこした言葉も頭の中をさまよっていた。

〈信仰とは、盲目であること〉

わずかに違う。今、彼は思った。

信仰とは、自ら盲目になることだ。健全な人間の理性を故意に否定することは、あまりに敬虔すぎる者たちを危険な存在にしてしまうのかもしれない。

いつかそのうち。

さて、ヤッフォは絵に描いたように美しく、数々の歴史がある町だ。古代にはカナン族が居住し、のちにフェニキアの港町になり、やがてローマ人が手に入れ、ついには十字軍の拠点や、中世の貿易都市として発展し、結局、オスマン帝国下で巡礼の中心地となった。今でも町には活気がある。歴史的な落ち着きとは好対照をなしているのが、徴募兵を満載した軍のトラックやバスだ。新しいイスラエル軍の戦闘能力に、エフダは大して信頼をおいていない。法令で定められただけの軍隊。かつての民兵組織の混成部隊には、今も昔も装備が不足していた。しかも兵士の数が少なすぎる。若い国家はもうアラブの徒党を相手にするのではなく、ヨルダン、エジプト、リビア、シリア、イラクが一つにまとまった優位な敵に直面していた。

「軍はあいつらをどうするつもりなんだ？」

ヨウゼフが疑り深そうな口調で尋ねた。

すり切れた服を着て、青白い顔をした若者たちが分散してバスを囲んでいる。全員が同じ途方にくれた表情を見せていた。制服を着た兵士が労働者を指揮して、箱や包みをトラックに積ませている。

エフダは、ヨウゼフがなにを考えているのかと自問した。

本当はなにを考えているのだろうか。

ヨウゼフはヨルダン川西岸や隣国に逃亡するたいていのアラブ人とは違い、新たな国家の国民になるほうを選んだ。逃亡者の波は未曾有のものだった。ヤッフォは、かつてユダヤ教徒、キリスト教徒、イスラム教徒が同じ割合だったが、今ではアラブ人住民の七分の一が残っているだけで、町は死に絶えたかのように見えた。残った少数派としての気持ちをヨウゼフに尋ねたら、彼は目を丸くしておまえを眺め、こう言うだろう。

「少数派だって？」

なぜなら、彼は今ではイスラエル人なのだから。

とにかくイスラム教徒のイスラエル人だ。けれども彼はイスラエル人の国家側についたわけで、それが多くの場所で不快感を呼び起こした。

アラブ人がイスラエルに忠誠でいられるのか？

ヨウゼフは答える。

「もちろんだ。国家のすることに、すべて同意する必要はないが、それはきみたちユダヤ教徒も同じだ」

「ちょっと！　道を開けて」

エフダは腕をつかまれ、わきにどかされた。

「おい落ち着けよ」

彼は文句を言った。

そして押し黙る。

その娘は小柄で、華奢《きゃしゃ》といってもいいほどだが、野性のエネルギーを発散していた。エフダは遠隔操作でもされるかのように道を開け、医療機器や包帯の入った箱を満載して重い手押し車を押す彼女を先に行かせた。艶やかな黒髪が肩に溢れている。

「きみは、なんて立派な紳士なんだ。ぽかんと見とれてないで、押してやれよ」

ヨウゼフがあざけるように言った。

そのとおりだ。エフダはそう思って、彼女のあとを追う。

「手伝おうか？」

「じゃあ、これ。あそこに。積んだら戻って」

彼女は手押し車の持ち手を彼に押しつけると、一台のトラックを指さした。

ひどいヘブライ語で、アメリカ訛りが聞きとれる。おまけに語彙も多くない。

「悪いけど、おれたち時――」

「わかってる。三十分、それでいい。なに突っ立ってるの？　ゴー・アヘッド！」

眉根を寄せて彼を見ると、彼女はそう言った。

エフダはけおされて歩きだした。

「あれはどういう人たちなんだ？」

彼は箱を荷台に積みながら尋ねた。

彼女はリストになにやら書き込んでいる。

「ホロコースト。生き残り。あちこちのキャンプにいた。キプロスに、入国制限のせいで。これから軍隊に入って戦う。第七旅団」

「彼らはそもそも訓練を受けたのか？」

彼女は彼をじっと見つめ、

「訓練？　全員の訓練が終わるのを、アラブ人が待ってくれると思ってるの？」

エフダは新入りの兵士たちに危ぶむような視線を向けた。あそこにいる一人でも、かつて武器を手にしたことがあるのだろうか。ましてや人を撃ったことがあるのだろうか。

さぞや第七旅団は感謝することになるだろう。

「早くして！　わたしはまだたくさん仕事なのよ」

彼女は彼を急かす。

「まだたくさん仕事が〝ある〟。きみ、なんて名前？」

エフダは文法の間違いを機械的に直してから、名を尋ねた。

「フェーベ」

「おれはエフダ」

彼は自慢の笑みを浮かべる。女心と、寝室の扉を開かせる笑みだ。

「兵士？」

「違う、違うよ。農学部の学生だ。大学は、テル・アヴィヴの南のレショヴォットにあって、ちょっとヤッフォに——」

「それはまたいつか。続けて」

ヨウゼフはにやにや笑うのをやめられないまま、二人に手を貸した。フェーベは補給部隊に所属していた。女性は軍隊の中では戦闘に加わることが許されないからだ。それが間違った判断だと、エフダは確信している。女性の百人部隊がいくつかあれば、ヨルダンの義勇軍など恐怖のどん底に突き落とせるだろうに。

「きみはとてもかわいいね」

彼は言った。それは本当のことだし、ほかに気のきいたセリフが思いつかなかったからでもある。

「ただ、きみのヘブライ語はひどいものだ」

つけ足して言うと、彼女は反抗的な目をして彼の顔をのぞきこんだ。

「早く覚える。来年には、あなたよりずっとうまくなってる」

「英語で話せばいいじゃないか」

「だって、話してる暇がないもの」

彼女は自分の母国語で応じた。

「わかったよ。じゃあ、こうしよう。おれのことが必要だったら、なんでも手伝ってやるよ。で、きみたちはどこに向かうんだい？」

「フルダよ。フルダの集団農場《キブツ》」

そう遠くない町だ。激しい戦闘が繰り広げられているラトルンの近くで、安全地帯とはほど遠い。

そんなことはどうでもいい。

「一緒に行って、荷下ろしを手伝ってやるよ。きみの頼みはなんでも聞いてやるから、その代わり、おれと……散歩しよう」

「散歩」

「そうだ」

「あなたどうかしてる」

彼女はそう言ってから、ずかずかとその場を離れる。毛布の束をぬかるみに落とした二人の若い女をののしって指示をだした。エフダは呆然として顎を掻いている。

〈わたしはまだたくさん仕事なの〉

神のみぞ知る。

ヨウゼフが晴れやかな顔をして彼の肩を叩いた。

「まあ、気にするな。飲みに行こうぜ」

そのときフェーベが戻ってきた。

「散歩！　なに考えてるの？　わたしはニューヨークっ子なのよ。あなたのところの田舎娘じゃないんだから。お百姓さん、食事なら一緒に行ってあげる。テル・アヴィヴで」

「えっ……」

エフダは息を呑んだ。

「……それはいいね」

「本当に？」

「ああ、喜んで」

「よかった。じゃあ腕まくりして、もうひと仕事」

彼女は彼の驚いた顔を見て声を上げて笑った。

「ところで、レストランだけど――」

「心配いらない。おれなら、あっちに――」

「自信がないなら、わたしに任せて。これがレストランだって、あなたにはわからないレストランを知ってるから」

ラトルン

アリクは、決して存在しなかった時代の夢を見ていた。

男たちが花の咲き乱れる草原に馬を駆っていく。笑いながら川に沿って馬を進め、真っ赤に燃える太陽の前に集まる。太陽は、羽毛に乗っているかのように地平線の上にあって、やがて灰色をした羽布団に沈んでいく。するとまもなく、蠅やパンやオリーヴや、べたべたした甘いものがいっぱい貼りついた、とりもちの下に炒り卵が現われる。完璧な幸福。

まさにそれが彼に疑いを抱かせる。

完璧な幸福など存在したことは決してなかった。

彼はくんくんと臭いを嗅ぐ。

西の方角から風が吹いてきて、夜を爽快にしてくれる。内陸のここでも潮の香を嗅ぐことができた。トカゲが草の中を這っていき、平原の上空ではカラスがダンスを踊り、スズメがいらいらと、薄暗がりの中でメロディを奏でている。近くの森では、キツネが秘密の生活を営んでいる。あちこちをさすらい、下生えの中で目を輝かせる。蘇った世界。いや、どうしたら世界が蘇るというのだ。男たちが武器を手にし、彼は体の自由を奪われて、足が地面にはりついたかのように立ちつくしているというのに。

というのも、彼にはそれがはっきりわかっているから。一ミリメートルも、その場から動けないということを。

「アリク！」

父親のサムエルだ。いつになく揚々としている。

「おまえのナイフはどこだ？」

おれのナイフ？

ぎょっとして自分の体を見下ろす。

まいったな、おれのナイフはどこだ？

ベルトにさしてあるのか？　いや、そこにはない、なにもない。その代わりに、右手にはヴァイオリンがあった。弦も一緒に。

ヴァイオリン！

恥ずかしさに襲われる。ところが、父の気にはさわっていないようだ。その逆だ。父は馬に乗ったまま近づいてきて、彼に挨拶とおぼしい言葉をかけた。しかし、それも疑わしい。なぜなら、父のサムエルが挨拶をしたのは、アリクが入団年齢を満たしてハガナに入り、アラブ人テロリストとの夜戦から戻ったときの一度だけだったからだ。父親は気をつけの姿勢をとって、息子の勇気に免じて学校のふがいない成績を許したのだった。

夢の中のアリクは六歳くらいだ。その前年の誕生日に短剣を貰い、今年、ヴァイオリンを貰った。

彼の人生の二つの極。

ヴァイオリン。ナイフ。

自分はなにをすべきか。

地平線では太陽が黒ずんでいた。危険なまでに膨らみ、雲でできた寝床を破壊する。暑くなっていた。耐えられないほど暑い。アリクはなにか言わなければならないとわかっている。けれども、口の中がからからで舌が上顎にはりつき、うめくことしかできなかった。

父親が馬を彼のすぐわきに寄せた。彼のほうに身をかがめる。

「気にするな。振り返ってみろ。おまえがしてきたことのすべてを眺めてみろ」

できるならそうしたい。でも、彼には振り返ることができなかった。

「いつでもそういうものだ。初めは、皆、おまえのことをあざ笑うが、あとになれば、おまえに感嘆する」

感嘆？

どうして？

自分の部隊を破滅に導いたから？

腹に銃弾を受けて切り通しの道に横たわり、ゆっくりとだが、確実に失血死するから？

「目を開けろ」

そこで目を開けると、頭上にぎらぎらと輝く空が見える。そして――

怒り。

その怒りで彼はわれに返った。ごろりと身を転がす。この作戦のいいかげんで、締まりのない、愚かな計画を呪った。それは自分だけが非難されるべきものではない。秘密警察や作戦本部の過失のつけを、今、彼の部下たちが払わされたのだから。

彼にはわかっていたのだ。

くそ、わかっていたのに！

この作戦は初めから運には恵まれなかった。フルダの集団農場《キブツ》を出発したときからだ——午前二時。奇襲攻撃には遅すぎる時刻。今は五月半ばで、夜明けは早い。背嚢と武器を背負った、おまえはくたくたの家鴨《あひる》だ。丘の下の平原に五時前には到着することはないだろうと予想された。遅くとも、そう思ったときに、作戦を中止すべきだったのだ。

ところが、おまえは中止しなかった。

進軍を命じるのがダヴィード・ベン・グリオン自身だったとしても、中止しなかっただろう。

アリクは這って少し前進した。

わき腹をつかむ。

赤く染まった指に目を凝らした。

銃弾は腹壁を貫通し、どうやら動脈や太い血管を傷つけずに、太腿から外に飛びだしているらしい。そうでなければ、とっくに死んでいただろう。それにしても、いつ襲われたのか思い出せない。飛行機が飛んできて駆けだし、いつだったか、自分が撃たれたことに気がついた。

今、気を失ってはだめだ。

ブラックアウトを起こすな。

意識をしっかり持て。

悪臭を放つ、赤茶色の沼を囲む窪地に、間一髪、彼らは到達した。彼の部隊の惨めな生き残りが身を横たえている。無傷な者が四名。十二名が軽傷から重傷を負っていた。焼け焦げるような暑さだ。太陽は、まるで巨大な赤外線ヒーターのごとく彼らの肌を焼く。まわりでは畑が燃えて、さらに熱が加わった。火の粉の雨が降りつづき、息を吸うのも苦痛だが、なにより喉の渇きが深刻だ。

気道に火がまわる。

喉に火がまわる。

なんでもありだ。アリクは思った。おれたちは生きながら焼かれるだけじゃない。炎に退路を奪われ、それに飲み水は？

水筒すらない。

その代わり武器はある。

すごいじゃないか。この前までは、使い古しの機関銃で我慢するしかなかったというのに、今では、各人が自分の武器を手にしている。ソヴィエトから貰ったチェコ製のライフル銃だ。

ただ、弾は使い果たした。それも、この〝素晴らしい作戦〟に感謝しないと。くそいまいましいやつらめ、いったいどうしたら、ここまで惨めな敗北になるというのだ。

今では、たいていの者にとってはどうでもいいことだ。彼らは死んで、畑や斜面に散らばっているのだから。そこにアラブ人農夫が丘を下ってきて、いつもやっているように負傷者を撃ち殺して略奪する。

彼は額の汗を拭った。腕時計に飛び散った泥をこすって落とす。

十二時を過ぎたところだ。

人間がここまで持ちこたえるのは驚きだった。

まだ生きている者たちだけだが。

窪地から、すぐそこに広がる戦場が見わたせる。二十名以上の死者や負傷者が横たわっていた。アラブ人が畑に落とした爆弾に焼かれた死体もある。軍服が今もくすぶっていた。射線から這い出ようと、じりじりと前進を試みる者の姿があった。ずたずたに引き裂かれ血まみれのズボンの中で、力をなくした脚を引きずりながら。

やり遂げることはできないだろう。

そして、おれはおまえたちのためにやり遂げることはできない。アリクは苦々しい思いがした。

銃弾の雨あられをくぐり抜けることはできない。

アリクは見るに忍びず、つかの間、目を閉じた。けれども耳はふさげない。助けを呼ぶ声が聞こえる。痛みに上げる悲鳴が響く。そこにいる男たちは、想像もつかない苦しみに襲われている。なのに、彼らを助けてやることもできなかった。

それが一番辛い。

なにもしてやれないことが。

彼の小隊はそこに横たわっている。第一小隊の指揮を、彼は任されていた。十時間前は、キブツ・フルダに全員揃って、陽気に作戦会議をしていたのだ。将校も下士官も、地図をテーブルに広げ、あの情報を聞いて楽観的に——


司令官は一同にうなずきかけた。

「……ラトルンは、ひと握りの統率のとれていない村民と民兵が守っているだけだ。武器も足りず、びびってズボンの中に糞を垂れている。それでも、やつらを甘く見るな。農民でも、かなり卑劣なことをやるからな」

アリク・シャイナーマンが手をあげる。

「なんだ、シャイナーマン？」

「お言葉ですが、それに意味があるんですか？」

「きみはなにが言いたいんだね？」

今、尋ねたじゃないか。アリクは思った。ひと握りのオリーヴ農民と羊飼いに、戦略的に重要な要塞の守備を任せるやつがいるはずないだろう。ラトルンは、テル・アヴィヴとエルサレムの中間に位置するテンプル騎士団の小都市で、聖書の中には不和の舞台として登場し、最近まで、イギリスが警察の拠点をおいていた。トラピスト修道院のある丘の高台には、ちらりと眺めれば中世の砦にも見えるものがある。実際には、その塊りが設置されてからまだ六年も経っていない。そうした多くの要塞は、アラブ人の暴動で紛糾していた時代に、イギリスが設置したものだ。起伏に富んだ好立地であるため、とりわけラトルンには多い。そこからは、アヤロン谷の大部分を見わたすことができ、畑や村々、キブツ、とりわけ――エルサレムとを結ぶ幹線道路が。

イスラエル人の動脈をふさぐ。

ベン・グリオンが国家の独立を宣言して二週間が過ぎた。イギリスは荷物をまとめて庁舎まで引きずって出ていき、施設や要塞は新しい主人に引き渡した。ラトルンの警察施設は、当然ながらアラブ人の手に落ちた。そこまでならよかった。まだ三日にもならないが、ヨルダンの傭兵部隊が東エルサレムに侵攻して町を包囲し、十万人のユダヤ人を外界から孤立させたのだ。飲み水も医薬品もなく、町の西で、なんとか持ちこたえているイスラエル軍の援軍も得られない。あとどれくらいだろうか。唯一の補給ルートは、アラブ人がラトルンで待ち伏せするようになってから、通行不能になっていた。イスラエルの車輛が彼らの視界に入れば即座に砲火を浴びせられる。これまでの試みはすべて大打撃を受け、大慌てで撤退することで終わっていた。

「では、われわれに山羊の糞を投げつけるために、ひと握りの農民が陣どっていると言われるのですか？」

アリクはつめ寄る。

笑い声がいくつか上がった。

司令官は笑わない。

「シャイナーマン、われわれには秘密警察があるということに、きみは気づいているかもしれない」

アリクは躊躇した。小隊長たちの顔には興奮の色が見てとれる。夜明けまでに道を制圧するという希望と、そのあいだにも貴重な時間が過ぎていく不安。

「攻撃を疑問視するつもりではありません。問題はその時刻だけです」

アリクは落ち着いて応じた。

「それなら今だ」

「ヤディンはそう考えてはいませんよ」

司令官は不機嫌になった。アリクの階級は司令官よりもいくつか低い。彼が今していることは、不服従すれすれの行為だ。さらに、こうした論争はモラル強化には貢献しない。しかし、司令本部の作戦部長イガエル・ヤディンが違う見方をしているというのは事実だ。直近まで、彼は延期をめぐって戦っていた。

「われわれが使える兵士や資源は充分ではないと、彼は考えていたからな。だが、われわれはかつてのように競い合う民兵組織ではない。われわれは、イスラエル軍第七旅団だ！」

司令官は全員がすでに口にしたことのある粥《かゆ》を温め直して言ったのだが、今なおいい味がする。

イスラエル軍。

イスラエル国家の軍隊。

おい、外にいるおまえたち――

われわれは、一つの、国家だ。

おれはかまわない。アリクは思った。旅団が、戦闘経験のない若い移民を寄せ集めた集団であることは変えられない。キプロスに足止めされていたホロコーストの生き残りは、桟橋から真っ直ぐ軍隊に入ることを義務づけられて入国を許された。たいていの者は戦場を写真ですら見たことがないのだ。アリクは心配になるしかない。二つの状況を考えれば、落ち着くどころではなかった――

まず、この集団は、アレクサンドローニ旅団の第三十二歩兵大隊によって強化されている。もう一つは、大隊の歩兵中隊B、第一小隊の指揮官は、アリエル・〝アリク〟・シャイナーマンだということ。

司令官が話を続ける。

「首相は心配している。われわれが一日でもぐずぐずすれば、西エルサレムにいるわれわれの仲間の命取りになるだろう。だが、われわれはアラブ人の尻に火をつけてやるから、彼らは彗星のようにヨルダンのアンマンまで飛んでいく。われわれは、いまいましい道路を解放しなければならない。だから、今はラトルンを手に入れる。ほかに質問は？」

アリクのほうに、司令官は熱い視線を向けた。紛れもなく、司令官はおれを評価している。おれの厚かましい言動すら評価していた。けれど、もうたくさんだ。

「ありません」

「きみの、そのギプスは大丈夫か？」

アリクは包帯を巻いた腕をあげた。二週間前に自動車事故に遭ったのだが、彼は小隊を指揮すると主張するつもりだ。

「問題ありません。私の秘密兵器です。これで頭に一発くらった者は……」

場の空気が和んだ。

実のところ、彼が心配するのはアラブ人のせいでも、旅団のせいでもない。気になるところはほかにあった。つまり、作戦地域の地図を集中して頭に叩きこんでみたものの、いつものように覚えたという感覚がしないのだ。岩だらけの丘の下にある平坦な谷、見通しの悪いオリーヴの木立。なぜだかわからないが、その土地のすべてが彼を不安にさせた。

それがどうした。

きっと、いらぬ心配だ。

ところが、まず彼らはなにも見えなかった。

靄でできた天井が畑に垂れこめている。

不気味だ。

真夜中をはるかに過ぎて、彼らはキブツ・フルダを出発した。第七旅団の二中隊と、三十二歩兵大隊の二中隊だ。午前五時、アヤロン谷の平坦な農地が、ついに彼らの目の前に広がった。ラトルンの町と、境となる丘の連なりがその奥に見えた。濃霧は光子の罠だった。靄は、夜明けの淡い光に照らされて燐光を放ち、背後の景色を呑みこんでしまう。この霧の中で、どうやってあたりの見当をつけろというのだ。町に向かって進むとき、少なくとも霧は自分たちを守ってくれるだろうが。

有利な点は、奇襲のタイミングを自分たちのほうで決められることだ。

われわれのことを予測している者はいない。

とはいえ、予定よりも五時間遅れていた。指揮官たちが作戦の細部をめぐって口論となり、出発がかなり遅れてしまったのだ。

「止まれ」

彼は片手をあげた。

空が明るく輝いている。

照明弾だ。

「やつら、なぜ照明弾など撃つんだ？」

隣の男が鋭い語気で言った。軽迫撃砲を持ってるんだな、アズリエルだったか？　無理だ、全員の名前を覚えるのは――いや、アズリエルだ！

「おそらく日課だ」

アリクは小声で応じた。

願わくは。

照明弾が燃えつきるまで、彼らはしばらくその場に留まった。やがて前進を再開し、本道から畑に入る。背の高い小麦が密生する畑を忍び足で進んだ。一歩踏みだすごとに、長靴の下の地面がぴちゃりと音をたてる。ぬかるんだ農地を前進するのは容易ではなかった。敵は足をとられる危険な罠だ。そのとき、鈍い轟音が響いた。

次の瞬間、迫撃砲弾が鋭いうなりを上げて頭上を飛んでいく。

〈くそ！　おれたちがここにいることが、どうしてわかったんだ？　やつらには、おれたちが見えないはずだ〉

しかも、なぜ重火器を使うのだろうか。

統率のとれていない農民たちが。

なにか、はかりしれない臭いがする。

わきに並ぶ男たちも妙だと気づき、身を低くして武器を構えた。形のない世界に、形のない人影。陣形がどのように崩れたのか、彼には見えなかったが、崩れてしまったことはわかる。計画どおり、彼の隊はまっすぐラトルンに向かって進まなければならない。村と要塞施設を占領するあいだに、ほかの隊が側面から突撃を確実なものとし、第三百十四番の丘を占領する。丘はここから二キロメートル離れた地点で、ワイン畑のある斜面とオリーヴの木立に囲まれていた。

そうすることで、ラトルンを手中に収められるだろう。

ただ、あまりに早くあたりは明るくなっていた。

〈太陽よ、ギベオンの町で止まってくれ。月よ、アヤロン谷にとどまってくれ〉

アリクは心の中で嘆願した。ちょうどこのあたりで、旧約聖書に登場するイスラエルの指導者ヨシュア・ベン・ヌンは、太陽と月に動きを止めるように懇願した。そうすれば、安息日《サバト》が始まる前に、アモリ人の指導者を打ち負かすことができるだろう。太陽と月はすぐさま乗っていた馬を止め、彼の願いを叶えたのだった。

ヨシュア記第十章十二、十三。

紀元前の話だ。そのころは、ありふれたことだった——太陽を止め、海を二つに分ける。

けれどもアリクは神話など信じない。それどころか、神話は危険なものだと思っている。

神話は拡大鏡で、それを通せば、蟹《かに》でも巨大なドラゴンに見える。厄介なのは、虱《しらみ》でもそれを知っているということだ。虱どもは神話の創作に執心し、狂信的にさせた信奉者を自分のまわりに集める。彼らはどんな伝承も真実だと思いこみ、何千年も経った今でも、明晰な理性を持つ人々を狂気に追いやる。

神話教育には対抗手段が必要だと、アリクは考えている。

ものごとに自由な視線を向けること。

自然は彼の願いをすぐさま叶えてくれるのだから、考えずに望めばいい。不安にさせられるほどの速さで霧が晴れて視界が開け、畑が一望できた。単調だった朝の光の中に色が生まれる。オリーヴの木々、森、丘、斜面に這いつくばる家々……

彼ら自身にも。

見通しのいい畑のど真ん中に立つ彼らの姿が、次々と鮮明に浮かび上がる。

だめだ！

目の前にそびえる丘が火を吐きだしはじめた。紛れもなく砲口が火を噴いている。迫撃砲、榴弾砲、重機関銃。わきにいた一人が悲鳴をあげて地面に長々と伸びた。もう一人が彼の足の上に倒れこむ。そのほかの者たちは射撃体勢をとって反撃していた。要塞から地獄の轟音が返ってくる。銃弾や砲弾が雨あられと降りそそいだ。アリクはぬかるみに身を投げた。銃弾を浴びてまわりの地面が次々とはがされる。ぶーん、ひゅーん、頭上すれすれを榴散弾が飛んでいく。危険を承知で視線を上げると、仲間が駆けていくのが見えた。一人また一人と、両腕を高くあげて地面に倒れこみ、ひっくり返り、転がった。

なんてことだ。やつらはおれたちを平然と撃ち殺してやがる。

農民だと？

秘密警察は、なんとくそったれな情報を持ってきたんだ。

彼は匍匐前進した。無線機がかたかたと音をたて、やがて司令官の声が聞こえてきた。激しい銃撃にさらされた状況に役立つ有益な方策を、司令官は一つも持っていない——激しい砲撃にさらされてる。森への到達を試みた。あとは作戦どおり丘に攻めこむ。

なんだって、おまえの頭はまだ大丈夫なのか？　アリクは思った。

「あれは農民や民兵じゃない。あそこに陣取ってるのはヨルダンの傭兵軍団です」

アリクは無線機に向かって声を張り上げた。

ざーざー、ばりばり。

「少なくとも部下七名が死亡！」

衛生兵が負傷者のところに這っていくのが目に入る。銃弾の雨がますます激しさを増す中、身を隠す場所を探して視線がさまよう。一番近い場所は、第三百十四丘を縁取る森だが、ここで銃弾にさらされていては、三メートルすら近づくことはできない。

「援軍を！　こっちに来てください」

しかし、司令官は無線を切った。

ひゅー、着弾。すぐ前の地面が口を開け、飛び散った泥が彼の目に入った。ふたたび目が見えるようになると、隣に迫撃砲を抱えた男がうずくまっている。

「アズリエル。そいつをおれによこせ。要塞を狙うぞ」

「了解。あなたは砲弾を、おれが撃つから」

ずっと後方に、畑を動く点が見える。霧が晴れたとき、思っていたより南に突進していた別の者たちにちがいない。森の端に到達すれば、彼らは確実に救われる。

それに引き換えアリクの隊は――

絶対にそこまで到達できない。

しかも、撤退しようにも、開けた場所では自ら撃ち殺されに戻るようなものだ。

それではどうにもならない。ラトルンに向けて進軍を続け、丘の麓に身を隠す場所を見つけるしかなかった。そこなら、狙撃兵も簡単には撃てないだろう。彼は命令を叫んだ。迫撃砲で援護し、ほかの者たちは全速力で駆ける。同時に、砲車に積んだ六十五ミリ砲二基で一斉砲撃を行なう。榴散弾の射程距離は六、七キロメートルあるから、要塞に陣取るやつらにきっちりお見舞いできるというものだ。彼はあたりを見まわし――

砲手のいない砲車が置き去りにされていた。

あいつらはどこだ――

そこに横たわっている。死んでいた。

アリクは軽迫撃砲を自ら肩に担ぐ。アズリエルが砲弾を弾筒に押しこむのを待ち、狙いをつけて発射した。

「次を」

ふたたび迫撃砲が火を噴く。もう一発。アズリエルは迅速に次々と砲弾を詰めた。アリクは照準器を覗いて、ヨルダンの陣地に狙いを定める。と、そのとき砲弾の供給が止まった。

「アズリエル？　弾が……」

口を開けて畑にしゃがみこむアズリエルの姿が見えた。口の端から鮮血がひと筋流れだす。胸に穴が口を開けていた。視線が固まり、顔からぬかるみに倒れこむと、それっきり動かなくなった。アリクは悪態をついた。そのあいだにも周囲は明るさを増し、昇ってくる太陽が畑に燦々と光を降りそそぐ。二中隊がいる地点になら、逃げ道を開ける。右手に、干上がった河床が延びている。丘の連なりに川が流れこむあたりでは、二十メートルから三十メートルの長さにわたって底が深くなっていて――

「窪地へ！　右だ！　あの窪地！」

機関銃のたてる銃声に、彼の声は引き裂かれた。

彼は必死で駆けだす。目の前の景色が揺れ、要塞の上に明るい煙が上がっている。砲撃は収まらなかった。彼はジグザグに走って高みを登る。男たちが次々と倒れるのを目にしながら、どうにかオリーヴの木立まで到達し、窪みに腹から身を投げる。ここならまず安全だ。部下の数を数える――総勢三十六名の多くが行き倒れ、ここまで到達できた者たちも、大半が負傷していた。少し離れたところに、彼らの唯一の無線機が転がっている。無線機をつかんだとたん銃弾が命中し、彼の指の中で吹き飛んだ。

もう限界だ。

それに、この不気味な低い音はどこから聞こえてくるのだ？

アリクがその正体を見つけるのに一瞬の時間がかかる。気づいたときには、侵攻は最高潮に達していた。蠅や蚊が集まってできた雲が彼らの頭上に下りてきて、傷口に群がる。血に飢えた、もう一つの軍隊に対しては、彼らはなすすべもない。

暑い一日になってきた。

喩えで言っているのではない。

気温が上がったのだ。

彼は汗ばんだ首を傾けて空を仰いだ。太陽はまだ丘の稜線にのぞいているだけだが、すでに竈《かまど》のような熱を発散し、空気がゆらめいていた。淡い水色の空には雲一つない。けれども、雲ならそこにあるじゃないか。雲は文字に形を変える――

〈情け容赦はない〉

この次には、なにがやって来るのだろうか。

神経をすり減らすような二時間のあいだ、アリクはそれを考えていた。ヨルダンの大砲が、休むことなくこの地を鉛の海に沈めていく。

そして、彼らは現われた。

アラブ人兵士。

そうこうするうちに畑には爆煙が立ちこめていた。小さな火の手もちらほら上がっている。男たちはじっとうつ伏せになっていた。状況を見ようと、ときどき誰かが上体を起こすが、すぐに一発くらってしまう。負傷者の数は増え、アリクのほかに無傷な者は四名だけだ。それまで丘に陣取る敵から嫌というほど榴弾や銃弾や榴散弾を浴びせられたが、それが急速に静かになっていく。

以前に比べて静かになったという意味だが。

豪雨が、降りしきる雨に変わった程度だ。外に出るには、まだ雨足は強いが、傘をさせば……

なにが起きたのだろうか。

なぜ、やつらは圧力を緩めたのか。

アリクは岩に体を押しつけ、斜面が見えるところまで、じりじりと身を押しだした。

その瞬間、彼は理由を知った。

自分たちの仲間に銃弾が命中するのを避けたいのだ。

次の場面——表敬訪問。

丸い丘の頂きから、兵士の一団が武器を構えてこちらに向かってゆっくりと下りてくる。まだかなりの距離があるが、斜面はかなり急で、滑り落ちないようにバランスをとらなければならなかった。そこで足を滑らせたら、あっという間に首の骨を折るだろう。少しのあいだ、大雑把に石を積んだだけの塁壁の向こうに消え、節くれだったオリーヴの木の生け垣の下でふたたび姿を現わした。

あの軍服なら彼はよく知っている。

ヨルダン人だ。

農民とは、とんでもない！

アリクは絶望的な視線を窪地の水溜まりに戻した。男たちの一人が彼の視線に応じ、声にはださずに唇で言葉を形づくる。彼の膝に負傷者の頭がのっていた。肩の傷口は挽肉を連想させる。応急に止血はできるかもしれないが、頭の半分がすでにあの世に行っていた。痙攣する両足だけが、まだ彼が生きていると教えてくれる。

ヨルダン人は、こちらに気づいているのだろうか。

おれたちがここにいることは、知っているにちがいない。やつらもばかではないのだ。

もちろん知っているが、正確にどこにいるのかはわからない。

しかも、こちらに何人いるのかも。

それに頭を悩ましてるんじゃないのか？　できることなら、くすぶる畑に出ていって、おれたちの負傷兵を無力化して射殺し、略奪したいところだが、おれたちが待ち伏せして一発くらわせるんじゃないかと恐れている。

いいだろう。

彼は唾を呑みこもうとした。うまくいかない。まるで扁桃腺まで飲みくだしてしまいそうだ。喉の渇きに死にそうだったが、赤茶色の水溜まりの水を飲む者は、さすがにまだ一人もいない。死臭のような腐敗臭が立ち昇っていた。水面は玉虫色に輝くどろりとしたものに覆われて、誰かがそこで嘔吐したかのように正体不明の塊りが浮いている。

だめだ。

まだおれは、そこの水を飲むところにまではいってない。

いっていないなら、斜面を見上げることはできる。ヨルダン人たちは足を止め、なにやら相談し、やがて一人が武器を振って、アリクのほうをさし示した。

「エトバッハ・エル・ヤフード！――ユダヤ人を殺せ！」

くそ！

やつらは野蛮な叫び声を上げてオリーヴ畑を飛びだし、大きくジャンプしながら葡萄の木のあいだを駆け下りてくる。

「こっちに来い。電撃戦だ。葡萄畑にいるうちは、やつらの視界は悪い。やるか？」

アリクは鋭い声音で言った。

男たちがうなずく。

「出撃！」

彼らはよろめきながら立ち上がる。隠れ家から飛びだすと、狙いを定めて敵よりも大声で叫んだ。敵と窪地を分けるのは、横に細長く延びた急峻な荒れ地だけだった。ヨルダン人二名が地面に倒れる。同時にアリクの隣の男が棒立ちになり、彼のほうに傾いた。わきに跳んで男をよけると、バズーカを担いだ敵の一人が目に入る。敵が引き金を引く前に、アリクは相手を片づけた。男はバズーカともども谷を滑り落ちていく。敵の攻撃が停止した。葡萄畑に怒声が飛びかう。忙しなく身ぶり手ぶりをしながら右往左往して、隠れる場所を探している。

〈そんなことをやつらは想定していない！〉

〈それに、われわれが何人いるか、やつらにはわからない〉

アリクは大声で笑った。それから足もとに転がる死者に視線を落とす。アリクは自分の腸が痙攣するのを覚えた。

なにを感じる？

恐怖？

違う。違う！

怖くなんかない！　これまで恐怖を感じたことは一度もないんだ。部下たちの安全を確保しろ。

「撤退！　窪地へ戻れ！」

人数を数える。生存者十名。

なんてことだ、本当か、たったの十名？

十名の小さな……


さらに三度、ヨルダン兵は丘を下って突撃してきた。

毎回、彼らを押し戻すことに成功した。

毎回、犠牲者をだした。

そのうちに――無関心になる。

砲撃はさらに静かになっていた。丘の上の敵は、どうして砲弾を無駄遣いするんだ？　畑に横たわる生存者なら、あとから片づければいい。アリクの部下たちなら、喉の渇きと疲労で隠れ家から出てくるのを待っていさえすればいいのだから。おれたちがこの要塞を守っていることには敬意を払ってもらわないと。立派な戦果だ。けれども……

アラブ人の行動には、アリクにはわからないなにかがあった。

何度も彼はそれを体験している。彼らはおまえを包囲し、ひざまずかせ、おまえが無力になって地べたに伸びるまで、おまえのモラルを巻き上げる。そのあとで、彼らがおまえを本当に片づけることができるとしても——

彼らはなにもしない。

踵を返して、行ってしまう。

第七旅団の二中隊は撃退された。彼の小隊は文字どおり地面に横たわっている。もしおれが丘の上のやつらだったら、この隙に第三百十四丘を攻撃し、最後の生き残りを始末し、フルダに攻め入り、そこからテル・アヴィヴに突撃するだろう。そんな攻撃に備えている者はいない。やつらがおれたちを踏みつぶす絶好の機会になるはずだ。

それなのに、やつらは自分たちの丘を守ることで満足している。

二人のボクサーが頭に浮かんだ。一方は力尽きる寸前で、血を流してふらついている。もう一方は、そんな相手をノックアウトもせずにいる。

いったいどういうことなのか。

〈おいおい、どうしておれはこんなことに頭を悩ませているんだ？〉

〈そもそもおれたちは、ここにどのくらいいるんだ？〉

彼は腕時計に目をやった。

ガラスが砕け散っている。

針は止まっていた。

仰向けに転がり、虫の羽音に耳を澄ます。

それとも、自分の頭が作りだした音なのか？

喉の渇きがもたらす、おもしろい随伴現象だ。視覚障害、集中力低下、言語障害。舌は動物の腐った死骸のように口の中に横たわり、新陳代謝や体温調節の機能が停止する。喉の渇きで死ぬには三日か四日かかるが、こんなに汗をかいていたら、数時間でミイラになってしまうにちがいない。太陽に最後の影を窪地から追いだされてしまうと、彼らはひび割れた土の上で乾燥し、生きたまま干上がっていく。

水溜まりの周囲には死者が横たわっていた。

アリクは首をめぐらして、仲間たちの方向に元気づける言葉をつぶやいた。

憔悴しきった手ぶり、虚ろな瞳。

声をだすほどの力もないのだろう。

おれたちはここを出るしかない。ただ、どうやって。窪地の縁から頭をだせば、丘の上から狂ったように撃ちまくられて、おれたちはここで殺されてしまう。唯一の可能性は、日が暮れるまで持ちこたえること。

そうすれば、ひょっとすると夜の帳に守られて……

蠅が一匹、彼の口に這い入ろうとしている。払いのけたが、幻覚まで見えるのか。頭蓋に響く低音が大きくなって、力を帯びている。

ぶーんという音に変わった。

遠くの……

いや、これは頭蓋の中から聞こえるのではない。

アリクは目を細めて空に焦点を合わせる。頭上高く、吹いてくる熱風に畑から押されてきた雲の合間に、銀色に輝く白っぽいものが見えた。

鳥のようだ。

鳥、その鳥が……

小さな
黒い
爆弾を
落とす……

「隠れろ！」

隠れろ？　いったいどこに？

「走れ！」

次の瞬間、爆音が轟き、大地が揺れた。土砂の雪崩が兵士たちを襲う。あたりは真っ黒な煙で充満している。一面に火がついた。飛び起きられた者は、すさまじい爆発の直撃を逃れた。窪地の後ろ半分が、水溜まりと死体とともに吹き飛ばされて間欠泉に変わっている。泥の塊りが激しい雨となって、ばらばらと降りそそいだ。彼らはやむくもに走りまわり、少しでも高みに登ろうと必死だ。浴槽の縁を登る蜘蛛のように、岩陰に隠れて斜面を登る。つまずき、転び、滑り、わずかな下生えにしがみつく。

「戻れ！」

アリクは叫んだ。

「上にはやつらが――」

彼のまわりの地面が吹き飛んだ。窪地の中を光の束が彼に向かって飛んでくる。

なにかが腹を貫いた。

「かかか……」

唇が言葉を形づくる。

「母さん」

彼はつぶやいた。

膝が折れ、そのましゃがむと、丈夫なシャツに開いた穴を驚愕して見つめた。穴の縁が赤く染まっていく。もう一つ傷が――太腿だ。どうしてこんなところに？

なんてこ……

目を見開き、彼は仰向けに転がった。

膨らんでいく太陽を背にした、騎乗の男たち。

短剣か？　それともヴァイオリン？

なんてことだ、弦を引っ掻いても、まともな音は出てこない。一年か二年後、聴く者が耳をふさがずにすむくらいには上達した。楽しみを語るのは、思い上がりというものだろう。

騎乗の父サムエルが、彼の頭上にそびえたっている。燃えるように赤い空を背景にした漆黒の影。

「皆は、おまえをあざ笑うかもしれない。あとになれば、おまえに感嘆するはずだ」

感嘆する……

あとになれば……

あとになれば？

彼はぎょっとして目を覚ました。

眠りこんでいたのだ。くそ！　水を飲まなくては。そんなこと、なんの助けにもならない。腹に受けた銃弾と、そのあとの脱水症状で、すっかり力尽きていた。もうあとはない。うめきながら両手と膝で体を支え、おぞましい水溜まりに這っていった。ところが水溜まりは消えている。巨大なクレータと、死体や負傷者、引きちぎられた腕や脚が転がっているだけだ。

力が抜けてわきに転がる。

思い出すのは――

ガゾーズ。

うーん。彼の大好きな清涼飲料だ。テル・アヴィヴだと、ウィットマンズという店には、いつもよく冷えたソーダ・クヴェッレがおいてある。

驚くほど爽快なガゾーズ。

コップを唇にあてる。冷たいソーダが喉を流れくだり……

「アリク？」

部下の一人だ。エリ。頭の傷から出血しているが、まだ余力はありそうだ。ある者は這って、ある者は足を引きずり、またある者はふらつきながら集まってくる。ほとんどが負傷していたが、見た目は無傷の者もいる。爆撃も、一つはいいところがあったわけだ。煙が彼らを覆い——

ほんの一瞬のことだ。

「しっ」

アリクは唇に指をあて、耳を澄ました。葡萄畑のほうからふたたび声が聞こえる。ヨルダン人だ、間違いない。斜面を下っている。銃を放ち、「ユダヤ人を殺せ」と叫んでいるが、なにか決意のようなものが欠けていた。

「弾はまだあるか？」

彼は小声で訊いた。

「手榴弾」

エリが応じる。ほかの者は黙って武器を掲げた。

「そこらにあるものをなんでも集めろ」

〈さあ、立ち上がれ！〉

〈言えるなら、歩けるぞ〉

苦労して彼は立ち上がった。腹が脈打ち、シャツの前面が血に染まっている。けれども、驚いたことに彼は立っていた。どうやら銃弾は重要な臓器をそれて、太腿から外に飛びだした。そうに違いない。片足をもう片方の前にだす。ふらつかずに数歩歩いた。

ガゾーズを飲むところを、しばしば想像するのがよさそうだ。

ほかの者たちがライフルや榴弾銃、迫撃砲すら引っぱってきた。物音からすると、ヨルダン人はすぐそこまで来ている。煙の壁を通して、最初の人影が現われ……

アリクは右手をあげる。

「撃て！」

もう一度、全員が奮い立って突撃した。わめきながら煙のカーテンに向けて撃ちまくり、弾倉を空《から》にした。弾が命中した者の悲鳴が聞こえる。やみくもに迫撃砲を撃ち、すぐに手榴弾を投げ……

十倍の数の兵士がいるかのように、大騒音を上げた。

「撃ち方やめ」

必死の銃声がさらに続く。

「やめろ！」

静寂。

「やつら、いなくなった」

迫撃砲を抱えた男が小声で言った。

「いないのなら……すぐに戻ってくる」

エリがあえぎながら言った。痛みで顔を引きつらせ、地面に横たわっている。両脚に無数の銃弾を浴びていた。

遠くのほうで大砲が轟いた。

男たちが血走った目でアリクを見つめる。彼は最後に残った力が萎えていくのを感じていた。血と一緒に、それは腹から流れでていき、周囲の世界がまわりはじめた。

「アリク！　おれたちをここからどうやってだしてくれるんだ？」

彼は落ち着きを取り戻し、意識を失うまいと戦う。蚊の群れが頭のまわりに集まってきた。両手を追い払うと、袖を登る肥えた蟻が何匹もいる。

自然は血が好きなのだ。

「どういう意味だ？　おれはおまえたちを、まったく違う状況から連れだしてやっただろ？」

彼はしわがれた声で言った
男たちは彼をじっと見つめている。

彼は目をそらして考えこんだ。誰かがささやくのが聞こえてくる。

「今度はやれるんだかどうだか」

腹が立ったが、彼らの言うとおりだ。人生で一番厳しい決断を下さざるをえないとわかっている。そもそも一縷《いちる》でも生き残るチャンスがあるとすれば、それは今しかない。畑は焼け野原となり、いまだに鬼火のような炎がさっと走る。くすぶる大地から立ち昇る真っ黒な油煙は砂漠の風に窪地の上を押し流されていく。自分たちを守ってくれるものは煙よりほかになく、夜の帳がおりるまで、きっと持ちこたえることはできない。

「わかった……」

そう言ったあと、ぶつぶつとつぶやいたが聞きとれない。

「……畑を突っ切って道に出よう」

「やつらに見つかったら?」

煙のカーテンに隙間が生まれた。第三百十四丘の高い稜線が茶色く焦げているのがわかる。頭にカフィーヤをつけたアラブ人のシルエットが、いくつも揺れながらさっと走ってくる。勝利に酔いしれて武器を振り、死体が転がる斜面を駆け下りてくる。死者の衣服を引っかきまわし、負傷者を射殺する。

「どのみち手遅れだ。エリ……」

エリは首を振る。

「早く行け」

「なんとかおまえを――」

「行けと言ってるんだ。おれが援護してやる」

「くそ!」

誰かが声を上げた。彼らにはエリを運んでいくことができないからだ。ここにいる者は誰も他人を背負っては行けない。自分自身ですら歩けないかもしれないのに。

「アリク?」

「ああ」

「おれに……手榴弾を一つおいてってくれ。頼む」

アリクは黙ってうなずいた。ベルトから一つ取りはずし、エリの手に押しつける。この若者を、いつから知っているだろうか。二人は入植村のクファール・マラルで一緒に育った。昔、エリは、アリクを〝でぶ〟と呼ぶ者の一人だったが、一度焼きを入れてやったら、そのあとは理解し合う仲になった。

「またな」

アリクはささやいた。

膝をつき、這って前進を始める。虐げられた動物のように、四つん這いで窪地から出た。畑の端に到達し、開けたところを這い進む。ますます大勢のアラブ人が丘を下ってくるが、兵士ではなかった。獲物に誘われて、村人たちも思い切って隠れ家から出てきたのだ。アリクは銃声を一発聞いた。振り返ると、いくらか離れたところにアラブ人が一人いるのが見えた。ピストルを、足もとにぐったりと横たわる男の体に向けている。そのとき、アラブ人が彼のほうを見やった。つかの間、二人の視線がぶつかる。

死神が彼を見つめていた。

アリクはふたたび這い進み、最期のときを待つ。ところがアラブ人は興味を失った。撃ち殺したイスラエル人のほうに向き直り、しゃがんで死体の装備を物色しはじめた。


痛み。

無感覚。

前者はいつ終わり、後者はいつ始まるのか。

それを言うのは難しい。

膝をむきだした短パン姿で、ぬかるんだ大地を這えば、おまえは痛みに泣きわめくにちがいない。そして、この焼けた肉の臭い。それはアリクの膝だ。

ところが彼は痛みをまったく感じていない。

その代わりに気が楽になった。

彼の研究心旺盛な一部が、重傷を負ったにもかかわらず、自分がかなりの距離をこなす様子を分析した。いつからだろうか――左手を、若い男が這っている。一昨日やって来たばかりの、十六歳の少年だった。相当な怪我を負っているようだ。顎が砕け、首には黒ずんだ血がこびりつき、耳の下には鮮血が染みだしている。名前は思い出せないが、どのみちアリクは話しかけられないほど弱っている。少年にはきっとまだ力はあるが、気持ちを伝える能力は残っていない。

だから二人はひと言も口にせず並んで這った。

死者や、死にゆく者たちのあいだを。

短剣か、ヴァイオリンか？

畑の上空を鳥たちが旋回している。形のない、低く垂れこめる煤の塊りの中から出てきたかのように真っ黒だ。

ふたたび銃声。

今度はきわめて近い。

煙が流れ、二人はアラブ人集団のど真ん中にいるのがわかった。手を伸ばせば触れられるほど、彼らはすぐそばにいる。けれども男たちは略奪に忙しすぎて、哀れな姿の二人を撃ち殺す価値があるかどうか見きわめる暇はなかった。死体を漁り、略奪したものを笑いながら見せ合う。腕時計、サングラス、武器を高々と掲げる。誰が一番せしめたかを競う醜い争いだ。

ヴァイオリン？

二人は横たわったまま、すべてが終わるのをじっと待っていた。

短剣！

二人は這う！

前へ、前へ。何時間も、何時間も。ところが、地面は低い階段状の登り勾配になった。石の壁がそれぞれの段を区切っている。たとえ子どもでも乗り越えられる障害であっても、彼にはできそうもないことを、どうやってやれというのだ。

彼は仰向けになって這った。

奇妙な方法だ。横たわっていながら、どのようにして這うのだ？　二つのうちのどちらかの行為を、自分がしていると思いこんでいるのだ。でも、どちらを？

彼を覗きこむ顔がある。

ヤアコヴ、ああそうだった。顎を撃ち抜かれた少年の名前だ。ヤアコヴ・ブギンが、ぎらぎらとした空から彼を見下ろしている。血を流す天使。血に唾が混じってできた、赤く輝く糸がアリクの額に垂れる。力強い手が彼の肩胛骨を下から押した。

少年は自分を助けようとしている。

アリクは弱々しく右手を振った。

「……おれなら、放って……おいて……」

〈早く行け、ヤアコヴ！〉

「……おれ……ら、放っ……」

ヤアコヴは彼を引きずり上げ、次の段の石壁に押し上げる。アリクは肩で体を支えた。前方に転がる。

短剣！

でも、ぼくは音楽が好きだ。本当だよ、父さん！　ヴァイオリンのせいだ。そう、ぼくはヴァイオリンが好きなんだ。でも……

「原則に忠実になれ！」

父サムエルの足音が家の中に轟く。重い袋を床に落としたような、大きな足音が。

「原則と成果は絶対だ！　姉さんのディータを見てみろ……」

ディータ！

姉さん、どこにいるの？　視界に影が現われる。

美しいディータ。姉さんはテル・アヴィヴの医者と恋に落ちて、二人でアメリカに渡る気だ。それは両親のヴェーラとサムエルの心を傷つける。アリクもそうだ。どうしてイスラエルを離れられるというんだ？

ぼくたちの国から？

小さなヴァイオリン。慰めを与える。

でもディータは……

「……おまえより優秀だ、アリク。どの教科でも。なんてことだ！　いい生徒でいるのが、どうしてそんなに難しいんだ？　おまえは独り立ちすることを学ばなければいけない、いいね？　誰もおまえを助けてくれやしないぞ。人生は、自分の足で立つものだ。父さんはいつも一人だった――」

「ああ、だめ、だめ！　彼らはあなたを殺そうとした！」

母さんが家で怒鳴りつけている。

サムエル。

二度も。二度、アラブ人はサムエルの命の灯火を吹き消そうとした。口さがない者たちは、二度めはアラブ人ではなく、クファール・マラルの住民だったと言い張った。けれどもサムエルは難攻不落のようだ。馬の背からアリクを見下ろし――

「われわれは持ちこたえるぞ」

おまえは持ち……

「……こたえられる。頑張れ、アリク。もう遠くないぞ。頑張れ！」

なにを？

「今はへたばろうなどとは思うな」

ちょっと待って。これはヤアコヴじゃないぞ。彼は話せないんだ。

じゃあ誰がおれを運んでいるんだ？

ああ、モシクだ。モシク・ランゼット軍曹、副司令官。二人のまわりには見知った顔が。中隊のほかの者たちだ。そうだったのか！　まだ生きていたんだ。アリクは目をしばたたいて、モシクの広い背中にしがみついた。だらりと後ろに垂れたままの両脚でなんとか踏みだし、軍曹のわきを足を引きずって歩く。モシクも負傷しているらしい。頭の傷から出血している。

火薬の刺すような臭いがあたりに充満していた。

タールの黒煙。

彼らがいるのはいまだに畑だ。

おれたち……


車で走っていた。

サイドウインドウ。木々が後方へ飛び去っていく。

どうやっておれは車に乗ったのだろうか。

隣に誰か座っている。年若い新入りだ。ホロコーストの生き残りで、兵力増強のために送られてきた者たちの一人だ。彼には初めての戦場だった。まだ少年の気弱な顔をしているが、目には老けて孤独な色が浮かんでいる。

おれにはわかる。

おまえは、自分の体験から二度と解放されることはない。今日という日がすっかり昔話になってしまっても、汗をじっとりかいて眠りから飛び起きる。おまえの青春は戦場においてきたままだ。焼けつくような砂漠の風がおまえの青春を運びさり、おまえの無邪気さを奪い取った。そして今、おまえは己の中の巣くう悪魔とこれから先、どうやって生きていけばいいのかと考えている。

おまえは生きていく。若者よ、悪魔と一緒に生きていく。

今、知り合ったばかりじゃないか。

テル・アヴィヴ

来てほしいと待ちわびる見舞客もいる。無頓着なエフダは、アリクのベッドに真っ直ぐさしこんだ陽光とでもいおうか。

おやおや、なんと詩的な。

陽光というと、アラビア文学の千夜一夜物語《アルフ・ライラ・ワ＝ライラ》のように聞こえるかもしれないが、とにかくまさにそうだったのだ。エフダが病室に入ってくると、重苦しい空気が少しなくなって、なにもかもが少しばかり軽くなったようだった。心の軽さは、このごろではアリクの役に立っていた。あらゆる治療を施されて快復してから、彼は己を批判することでさいなまれつづけている。目に見える傷は癒えたが、心の傷はいまだに口を開けていた。

彼を見舞う者が一人も来ないからではない。

さまざまな人々がやって来た。同僚の兵士、上官、クファール・マラル村の友人たち。素敵なガリ——マルガリット。母のヴェーラと姉のディータ。父親のサムエルは、実の親としてのありきたりの誇りではちきれんばかりだ。しかしアリクは、満足感を感じないまま、父親が息子を認める言葉をすべて受け入れていた。

もしかすると、銃で撃たれて腹に穴が開いたからなのかもしれない。

すべてが看過されていた

しかし、おまえの腸がずたずたにされたがために、父親が感動したとみるのは乱暴だ。いつになったら父サムエルは、おまえを愛していると言ってくれるのだろうか。

もし彼の体がばらばらにされていたら？

父サムエルとの関係は独特なものだった。アリクは、自らの意志で歩んできたこれまでの道は最高の道だと信じているが、そのすべてと、両親の愛情とを交換したいと思った一時期もあった。エフダもいつも強調するように——ガリは確信しているが、おそらくアリクの両親は息子を愛しており、母のヴェーラも父サムエルも感情を表にださなかったのだ。両親の子どもへの愛情不足が、おまえの心にぽっかりと穴を開けた。この世のどんな銃で開けられた穴も比べようもないほど大きなその穴のせいで、おまえは絶えず愛情に飢えている。

おそらくそれがもとで、おれは貪欲なのだ。アリクは思った。

父サムエルはようやくわかってくれたのだろうか。

父は労働党と、それに関係するものはすべてを忌み嫌っている。息子アリクがハガナに入り、最初の任務で修正主義シオニズムのプロパガンダを壁からはがすのを見て、サムエルは心を痛めたものだ。しかし同時に、自分が生みだした戦士にいたく感動もした。ついに彼は、アリクが長いこと憧れてきた当然の尊敬を表わすが、今さら言われてもアリクには悲しいくらいで、もうどうでもいいことだった。

「こういうのことを考えてたのかい？」

エフダはにやりと笑った。スポーツバッグを振ってみせると、

「半ズボン、長ズボン、Tシャツ二枚、ワイシャツに上着、下着、靴下、運動靴だ」

アリクは目を輝かせる。

「すごいじゃないか！　ベッドの下に入れておいてくれ」

エフダは望みどおりスポーツバッグを押しこみ、見舞客用の椅子に腰を下ろした。

「これは医者が考えてることじゃないんだろう」

アリクは不服そうに、

「じゃあ、彼らはどう思っているんだ？　おれが退屈で死んでしまえばいいと？　ここにいるあいだに、医学の勉強だってできるかもな」

そうだ、もう五週間にもなる。

彼らが瀕死の彼を病院に運びこんでから、かなりの時間が経った。あと数分でも遅ければ、彼は死んでいただろう。失血死ではない。救急車が病院の正面玄関に滑りこんだ瞬間、エジプト空軍がテル・アヴィヴを空爆し、医療スタッフが大慌てで逃げだしたからだ。救急車の担架に横たわったまま、アリクは考えていた――

なるほど。死神は嘘をつくことができないんだな。

いや、今日は違う名前が死神の帳面に書かれてあったんだ。

そのあと、彼はベッドにくくりつけられる。体には無数のチューブがつながれ、ありとあらゆる薬剤が注入された。起き上がって歩きたかったが、絶対安静を命じられた。すると安静にしているところに亡霊たちがやって来た。

アズリエル、エリ、彼の小隊の死者たち。

彼らは、なにがうまくいかなかったのかを知りたがった。

彼らの両親も現われる。アリクが詳細を語れるようになるまで、彼のベッドのわきで無言で待っていた。けれども、なにを話せばいいのだろうか。銃弾や榴弾に、彼らの息子が引き裂かれた一部始終を話せというのか？　アリクがやむなく彼らを置き去りにしたあと、生きたままの彼らがアラブ人にされたことを話せというのか？

司令官は、彼らの犠牲は意義があったと断言してやまない。確かにラトルンは攻略できなかったが、アラブ人の出鼻をくじいた。秘密の迂回路の建設が迅速に進められて、六月には、エルサレムに車で入って物資を供給できるようになった。

司令官は誇らしいという。

アリクは誇りなど感じなかった。自分の軍人としての出世の道を台無しにしてしまったと確信して、胸が重苦しいだけだった。それは、何カ月か前と同じ思いだったのかもしれない。自分は農民になるつもりではなかったのか。クファール・マラルの農場を引き継いで、ガリとたくさんの子どもたちと一緒に歳を重ねるつもりではなかったのか。

「じゃあ、今は違うのか?」

エフダが尋ねた。

アリクはベッドから垂らした脚を揺らす。

「おまえだったら、自分の部下たちを死なせておいて、どうやって生きていくんだ? おまえを信頼していた者たちだったら?」

「おまえにはなにもできなかったんだ」

「エフダ、おれは小隊長だった」

「聞くところによると、おまえは英雄だそうだ」

英雄、そうか。神話を育むことほど簡単なものはない。しかし、その言葉はアリクの耳には調子はずれに聞こえた。子どものころ、合わせるのに苦労したヴァイオリンの音程のように。

「おれは英雄なんかじゃない」

「英雄以外にないだろう」

「おれは部下たちを置き去りにするしかなかった」

「ほかにどうしようもなかったんだ」

「負傷者を置き去りにするということは、自分の意志でそうするんだ。どんな状況にあろうと同じなんだ」

「もしエリを引きずっていたら、おまえは今ごろ生きてはいない」

「ヤアコヴ・ブギンはおれを引きずってくれたが、生きている」

「彼は腹に銃弾なんか受けてなかった」

「それでも、おれは――」

エフダは憤慨してアリクが言うのをさえぎる。

「もうよせ。おまえたちは罠にはめられたんだ。彼らはおまえたちに誤った情報を与えた。農民や民兵なんかじゃなかったんだ」

アリクは陰気な目をして宙を見つめた。

確かに、情報機関は失態を演じた。とんでもない失態だ。あそこで待ち伏せしていたのは、重装備のヨルダン兵千人部隊で、しかも、こちらがやって来ることを知っていた。イスラエル国防軍《ツァハル》の情報網は期待にそぐわず、権限にも乏しいというのは、すべてそのとおりだ。

アリクは顔を上げてエフダを見つめる。

「おれたちは怖じ気づいてしまったんだ。それが最大の問題だった。やつらがおれたちに攻撃をしかけたその瞬間に。おれたちにもっと自信があれば、千人の男たちと張り合えたんだろうな」

「わかったよ。やつらにそう言ってやれ」

「そうするつもりだ」

アリクは言った。ベッドの下に目をやると、

「そのへんに看護師がいないか、廊下を見張っててくれないか。そろそろ昼飯に行くころだ

から」

エフダが様子を見に行っているあいだに、アリクはスポーツバッグを引っぱりだして着替えを始めた。彼が戻ると、すでに出かける準備ができている。

「歩けるのか？　足も撃たれたそうじゃないか」

「おかしいと思わないか？　そんなこと、おれはそもそも気づかなかったんだ」

「何時間も穴の中を歩きまわっていたんだろ？」

「そうらしい」

「畏敬の念で身が引き締まる思いだ。おまえなら水の上も歩けるにちがいない」

エフダはからかって言った。

アリクはにやりと笑う。

「イエスはどこに石があるか知っていた」

そう言って腹をさすった。傷は痛むが、ここを出なければならない。ラトルン以来、あまりに多くのことが変わってしまった。エルサレムのユダヤ人地区が陥落したが、その代わりに、町の西側ではヨルダン軍の侵攻に持ちこたえている。南のアシュドッド近郊では、ツァハルがエジプト軍を押し返し、イスラエルの戦闘機がベイルート、ダマスカス、アンマンを攻撃した。運はイスラエル側にあるようで、アリクは戦うつもりだ。

「さあ、行こう」

廊下に出たときは、まだ足がふらついていた。しかし、すでに外のバルフォア通りには、自由の匂いが漂っていて、彼は体にエネルギーが満ちてくるのを感じた。

「ところで、おまえの彼女はなにをやってるんだい？　まだ名前は同じなのか？」

アリクが尋ねた。

「フェーベのことか？　まだ付き合ってるのか？」

もちろんだ。エフダも思いもしなかったことなのだが。ヤッフォで知り合って一週間、二人は恋に落ちた。しかし今では、彼女が自分を愛しているというより、自分のほうが彼女に熱を上げているのではないかと思っている。おそらく、女のことで頭を悩ませるのは、今回が初めてなのだ。

「彼女のヘブライ語は日一日うまくなっていくんだ」

エフダは自慢げに言った。

「そりゃ重要情報だな」

アリクが冷やかす。

「注目に値いすると思う。そのほかは、おまえには関係ないだろうが。考えてもみてくれ、彼女は半年前にやって来たばかりなんだ。ニューヨークではヘブライ語はまったく話さなかったというのに」

「両親にはもう会ったのか？」

「まだ合衆国にいるんだ。でも、家族の一部はこっちに来てる。だから、彼女にはコミュニティがある」

「今ではおまえのもの」

ああそうだ。エフダは思った。彼女が自分のコミュニティも利用してくれるといいのだが。これまでと同じように気楽に。

「じゃあ、ガリは？」

アリクは笑みを浮かべる。

「彼女にまた会えて、どれだけうれしかったことか！　エフダ、そういう人々はおれたちの未来なんだ――」

彼は真顔になり、

「――おれたちは、この国の人々のためになんでもしなきゃならない。おれは二度と誰かを置き去りにするものか。無か痛みか、どちらかを選ぶなら、おれは痛みを選ぶ。おれはもう決して誰も置き去りにはしない。たとえ、それでおれが死ぬことになっても」

二人は木立の下を歩いた。テル・アヴィヴでは日常の営みが行なわれている。死や暴力には動じずに。

アリクが口を開く。

「容赦はしない。おれたちの敵を許しはしない。借りは十倍にして返してやると、おれはおまえに誓う。どんな攻撃にも、やつらをもう二度と立ち向かってくる気にさせないほどのやり方で、応じてやろう」

「じゃあ、これからどこにいくつもりなんだ?」

アリクは一台の車に手を振って呼んだ。

「もちろんおれの基地さ」

「その前に、体を休めたほうが——」

「体を休めるのは、戦争が終わってからでいい」

アリクはそう言うと、ちょっとためらったが、エフダの体に自分の体を押しつけた。

「ありがとう。おまえのかわいいニューヨーク娘によろしくな。おれの幸運を祈っててくれ」

彼は小声で言った。

一九五三年

第百一部隊

暗闇の中、人影が二つ、背を丸めて先を急ぐ。

若きイスラエルの国境地帯。

特殊部隊が茂みに溶けこみ待ち伏せをしていた。兵士たちは、予想したことが起こり、二つの人影がヨルダン占領地からイスラエル領に入る様子を見守っている。

これまでのアラブ人が引き起こしたテロの収支は――

不安をかきたてられるほどのものだ。

追いやられた者たちは、夜ごと国境を越えてやって来てはイスラエルの村々を襲い、市民を殺害し、闇に紛れて戻っていく。なのにイスラエル軍はなす術がない。しかし今夜、アリクが戦闘の火ぶたを切って落とす。

人影がくずおれた。

水を汲もうとしている女が二人。

過失？

みせしめ。

探して破壊せよ。

第百一部隊のモットーだった。

実はアリクは歴史と中東文化をエルサレムの大学で学び、ガリと結婚した。しかし、アラブ人のテロに対抗する特殊部隊を、ベン・グリオンは創設するつもりだ。部隊を指揮するのにアリクほど適任な者はいない。さっそくアリクはひと握りの人間を集め、彼らがアラブ人民兵に恐怖と驚愕を与えられるように過酷な訓練を実施した。

荒々しい作戦行動ではない。

迅速かつ効果的な隠密行動。

ガザ地区のブレイジ難民キャンプ。イスラエル南部の町アシュケロンで起きた、ユダヤ人の宿屋の主人を殺害した報復。アリクと十五名の男たちがアラビアの民族衣装に身を包んで侵入するが、発覚して包囲される。

民兵ではなく、難民の家族で、丸腰だ。

次の瞬間、悲鳴が上がる。人々は折り重なるように倒れ、銃弾の雨に引き裂かれた。

部隊は退路を切り開く。

ヨルダン川西岸地区、キビヤ。

大慌てで逃げていく人々。

一軒の家が炎を吐き、煙を上げた。屋根が焼け落ちるあいだに、天に響きわたる大音響とともに隣接する建物が吹き飛んだ。

イスラエル、エフド村の報復だ。フェダイーンと呼ばれる、ヨルダンの狂信的なイスラム教徒の殺人者たちが手榴弾を家の窓に投げ入れ、就寝中の母親と子ども二人を殺害した。

今度はアリクの部下たちが手榴弾を家々の窓に投げこむ。

彼の第百一部隊は落下傘兵の支援を得て爆弾五百キログラムを携え、その村を更地にするためにやって来た。彼はアラブ人に算数を教えてやるつもりだ——エフド村の破壊された家一軒×彼の怒りは、キビヤの家五十軒の破壊に相当する。

おまえたちのやることすべてに、おれの怒りをかけ算しなければならない。

おれたちは野蛮人ではないから、警告してやろう。

おまえたちには家を出ることを勧める。出てくる者がいなくなったら、爆破する。

やがて、だれも出てこなくなった。

しかし、中にはまだ残っている。

女や子ども。

五十名。

ベン・グリオン首相は心配顔で、こうした殺戮は避けられなかったのかとアリクに尋ねた。

「私が自らたいていの家々を見てまわったんです。誰も残っていなかった」

アリクは言い張った。

さらに、キビヤでの報復以来、アラブ人の襲撃が激減していることを示唆する。

「そのために、結局、きみたちは私を呼ぶことになった。そうだな？」

「ですが、大量殺人を引き起こすためではありません」

二人は沈黙した。

外相のモシェ・シャレットが部屋の中を行ったり来たりしている。救いようもないほど落ちこみ、呆然としていた。

「これほどの規模の報復は、これまでに実行されたことはない。二度と繰り返してはならない」

外相は抑揚のない声で言った。

「決して繰り返しはしません。とはいえ、第百一部隊がきわめて大きな成果を上げるという事実を拭い去ることはできません」

特殊部隊司令官で、作戦総長を任命されているモシェ・ダヤンが言った。

「まるでプロの殺し屋のような働きぶりだ」

アリクが激怒して、

「われわれはプロの殺し屋ではない！　私の部下は、イスラエルをテロから守るためにあらゆる危険を冒しているんだ。今年の初めは、ここでは誰もテロを掌握していなかった。しかも今、あなたがたはここで——」

シャレットがアリクをさえぎって怒鳴りつける。

「きみたちのやり方は極端なのだ。海外の新聞報道を読んだか？　きみの部下は、そもそも住民たちに退去命令を伝えることなく、平然と爆破を始めたと書かれているんだぞ」

今度はベン・グリオンが激高して、

「それならきみが、メディアの取り越し苦労だと説明してやれ。問題とされる夜、イスラエル兵士で宿営地を出た者は一人もいない。そう理解していいのだな？」

モシェ・ダヤンは目を丸くして、

「おや、いなかったのですか？」

「いない。あれはどこかの村のイスラエル人だったのだ」

「五百キロのTNTを持った？」

「そういうものを家においているということだ」

シャレットが小ばかにする口調で言った。

ベン・グリオンはもうやめろと手を振る。

「いずれにせよ、明日、私がラジオで説明することになる」

「われわれの言うことを、誰も信じませんよ」

「それなら、信じるよう、きみがなんとかしたまえ。きみは国防大臣だ」

「私は先ほど外務省から電話を受けまして。彼らは逃れようがないと——」

「外務大臣の仕事は外交ではなく、国防大臣の政策を世界に説明することだ」

ベン・グリオンは間をおき、大きく息を吸って頰を膨らませる。

「それから第百一部隊の任務は、殺人者を追いつめることだ。女や子どもではないぞ」

「そういう女たちは淫売なんです。女どもは、われわれの社会に浸透し、わが国の市民を襲うアラブ人民兵にサービスしている」

アリクが押し殺すような声で言った。

「スズメに大砲だ」

シャレットがきっぱりと言った。

「言わせてもらえるなら、スズメたちは今年だけでもイスラエル人百六十名を殺害したんです」

「きみは否認するつもりか、きみ自身の部下ですらモラルを——」

「去年も同じ数の死者をだしている」

「そんなことわかってる、畜生」

「では、なにを待つ必要があると？　スズメが猛禽類に成長するまで待てと？」

「いずれにせよ、成果を上げるためなら多くの犠牲者をだすことに甘んじる部隊を、われわれは展開させるわけにはいかない」

「その必要もないだろう。部隊を解散すればいいではないか」

モシェ・ダヤンが身を乗りだして言った。

驚きで、場が沈黙する。

「公式にだ。そうして初めて鎮静するというものだ」

彼はつけ足して言った。

ベン・グリオンは眉を上げ、

「では、それからどうするのだ？」

「落下傘大隊に編入するんですよ。アリクが司令官になり、部隊は第二百二部隊の一部として任務を引き継ぐ。旅団はこの先もデリケートな任務を扱う」

アリクは視線を上げると、

「作戦総長のおっしゃるとおりだ。部隊は、ツァハルが現時点で使える、最も訓練を積んだチームというわけです。部隊をぶち壊すのは、とんでもない失策でしょうね。旅団という傘の下で、引き続き作戦を展開させることにしませんか。攻撃対象が軍事だけなら、あなたも安心でしょう」

シャレット外相は顎をこすった。

「悪いアイデアではないかもしれないな」

そっちに賭けてくれてもいいぞ。アリクはうれしかった。非難を念頭におき、あらかじめモシェ・ダヤンと取り決めておいたのだ。

おれたちはまだ健在だ。

おれのルールに従って。

アリクは、ベン・グリオン首相の信頼を取り戻すためには、もう少し提供しなければならないとわかっていたので、彼に二人だけで話したいと頼んだ。その席で、アリクは全力をつくす。

首相に信じこませる。

ささやくように、心に訴えかける。

彼に断言した——自分の部下たちは冷血な殺し屋ではなく、真っ当な愛国者だ。敵側で市民の犠牲者が出たことに、自分も個人的には心を痛めているが、キビヤは転換点だった。これほど多くの敗北と失敗を経験し落ちこんだあとで、ついにまた、敵と遥か後方で刃をまじえるようになった。第百一部隊がモラルと意識のために成し遂げたことは、まったく評価されないかもしれないが、イスラエル国家とその市民の安全とは部隊の男たちを意味し、一人ひとりは己の命をさしだす用意ができている。

アリクには説得力があった。

しかも、これらすべてを信じているからだ。

ベン・グリオンに説明する——部隊は特別な形の仲間意識に支配されている。彼らは溶けあって戦車の鋼鉄のように団結し、イスラエルの英雄になる。

ベン・グリオンが影響を受けやすいものがあるとすれば、それは英雄的精神だ。

ついに、その部屋に響くものは時を刻む秒針の音だけになる。

「アリエル・シャイナーマン。きみの名には、いったいどういう由来があるんだね？」

ベン・グリオンは考えこむようにして言った。

アリクはわずかに混乱する。

「私の父方の姓です。シャイナーマン――美しい男《シェーナー・マン》……だと思います。それが由来です」

「私の名は、もともとドイツ語で緑を意味するグリューンだったと知っているかね？」

「ええ、聞いたことがあります」

ベン・グリオンは笑みを浮かべ、

「ダヴィード・グリューン。レヴィ・エシュコールは、かつてシュコルニクだった。ゴルダ・メイルは、マイヤーソンという姓も持っている。ヘルツル・ヴァルディは、ローゼンブルム家の一員だ。われわれの昔のユダヤ人の姓だな。だが、この国では、われわれはヘブライの名を名乗ったほうがいい。ヘブライ文化は、われわれを一つにするのだから」

アリクは沈黙した。

なにか意義あることが進行していた。

「アリエル。だが、皆はきみをアリクと呼ぶのだな」

「物心がついてからはずっと」

「それならかまわない」

ベン・グリオンはひと息おいた。

「シャイナーマンのほうだが……」

ふたたび間をおく。

「きみはクファール・マラル村で育ったのだね？　シャロン平原にある？」

アリクはうなずいた。

ベン・グリオンは、サムエル・シャイナーマンが息子に対して決して表わすことができなかった温かい目をして、アリクの腕をとった。そして、彼に新たな姓を与える。

ヘブライ人の愛国者にふさわしい名を。

「アリエル・シャロン」

ベン・グリオンは口にして、文字どおりその名を吟味した。

「ああ、これはいい。きみも考えてみるといいだろう」

二〇一一年

十月三十日　シリア　ダマスカス

ハーゲンは罠にはまっていた。

そう思うしかなかった――惨めな場所に、もうずいぶん長いことたむろしている。おまえは立ち上がって歩きだす。その場所は遠ざかり、地平線のかなたに消える。ついにそれを成し遂げた喜びと自信。前途有望な世界を、一日中いつも真っ直ぐに歩きつづける。夕暮れどき、明かりが目に入る。すると……さっ！　おまえは、あとにしたと思っていた惨めな場所にまた戻っている。

積んでも積んでも落ちてくる岩を積みつづけるシシュフォスさんに、よろしく。

詳しくいうとこうだ――

いつしか彼は目が覚めていた。光がさしこんできたからか、メイドたちのおしゃべりが聞こえたからか。たとえどうであれ、彼は目覚めていた。調子はよくない。両目の奥はずきずきするし、ひどい二日酔いの最前線にさらされている。そのせいでもう眠れない。それはわかっているから起き上がってみることにした。鼻をつく強烈に酸っぱい臭いが立ち昇る。臭いのもとは、アルコールが染みこんだ自分の体だ。瞼《まぶた》を持ち上げようとすると、睫《まつげ》が目をこすった。ようやく、自分のものとは思えない毛の密生した前腕に目を凝らす。舌は腐ったハムスターを思わせた。ぼってりとして、なんの役にも立たず、口腔から外に飛びだして腐ったような。

どれ一つ、自分のものであるはずがない。

だが、そうだ。

彼は上体を起こし、部屋に一瞥をくれる。

いつもなら鏡を覗いて、バスでなら決して隣には座りたくない生き物が映っているのを見たりして、時間のかかる一連の動作を終えると、彼の状態はよくなるものだ。実は、昨夜はそこまでになるほど暴飲はしていない。その前の夜も、そのもう一日前の夜も。問題は、一年半のあいだ酒を飲まなかったというだけだ。彼の体が酒に慣れていなかったのだ。おまけに脳震盪の余波を伴う二日酔いが、感覚器官への総攻撃に結びついたせいで、単純なことすら思い出せなくなっていた。

たとえば、いつからこのスイートにいるのか?

それがわかればおもしろいのだろう。なぜなら、いつから夜ごと酔っ払っているのかを、その答えが教えてくれるだろうから。彼はチェックインしてすぐに酔っ払ったのだ。

チェックインしたことはわかっている。

けれども、スイートに？

スイートルームを予約したことは思い出せなかった。

隣にいるのはなんだ？

くそ。

あまり思い出したくない理由は、明らかにもう一つあった。ベッドのもう半分に、洗濯物の山というより、シーツでできた張りつめたソーセージのようなものがある。その中には、できれば目にはしたくないものが入っている。それは生きて動いていた。穏やかな寝息をたて、彼の記憶に著しいストレスを与えている。

なんてことだ。

おれは威厳ある転落の半分も成し遂げられない酔っ払い方をしていたんだ。

記憶の空白。

ベッドの中のお化け屋敷。

おれはさまよえるステレオタイプ。

自己憐憫にとらわれて悪寒が走った。思い出そうとするが、痛みを感じる。心の痛みではなく、体の痛みだ。頭の中に非常用発電機のスイッチが入り、十二時間前、ホテルのバーにいる自分自身の姿が映しだされた。

あれはなんだったんだ？

何度試みても、時系列どおりには思い出せないが、少なくとも一つや二つの出来事はなんとなくわかっている――マドンナの顔に、麻薬患者に見られるような黒いくまのできた目。明るい金髪の眉は、ずっと下のほうに目をやれば同じ金髪に出くわすという想像をかきたてる。女の唇は、膨らむとエアマットレスのように見えるが、女は娼婦ではない。彼でもまだそれは区別できるのだ。たとえどういうものであれ。彼は女の気に入ることを言ったにちがいない。そのあと女は煙草の残り香のように彼にまとわりつき、どうしたらこんなにべらしゃべるのかと思うほど話をしたのだから。

そこで彼は女にキスをした。

初め女はずっと若く見えた。ところが、ファンデーションとパウダーの塗装がカラスの足跡の中に崩れ落ち、眉毛の色が褪せる。彼女はひと口飲むごとに、全体は魅力的でも、細部は遠慮したい様相があらわになる。もうたくさんだ。彼女の舌が彼の喉びこをまさぐる。ハーゲンは欲情に駆られる。まるで魔法のように。新たにピスタチオを入れた皿が次々と二人の前に現われる。ウォトカ・マティーニはいわずもがなで、二人は喉に流しこむ。二人がバーカウンターで繰り広げたことは決して常識的な行為ではないが、朝の五時に、常識的な行為などあるだろうか。

その後のことは、まったく覚えていなかった。

ここは自分の部屋ではない。

彼女の部屋だ。

このレディはスイートルームに泊まっている。くそでかいスイートに。

彼はそっと立ち上がると、足をひきずってバスルームに行った——正真正銘のダンスホールだ。そこで小便をするが、座ってするしかない。やわな男だ、おれは。女たちが男に望むことなのだろうが。とにかく成功した。

頭は百五十キロほどありそうだ。

「トム？」

返事をしなかったら？　このまま座って、もう一度、目を覚まそうと試してみたら？

ばかばかしい。返事はするしかないじゃないか。

「ここだ」

ベッドルームに足をひきずって戻る。

そのとき目にしたものは、遠くからだと、恐れていたほど不快ではなかった。真っ黒な髪が針鼠のように頭から飛びだしている。眉が今でも明るい金髪なのは、漂白しているとしか考えられない。全裸の彼女がシーツから出てきて、ようやくそうだとはっきりした。しかし、それほど悪い眺めではない。

メリンダ？　ベリンダだったか？

ちょっと骨張って、青白い。

それでも。運がよかった。

二人はシャワーを浴びながらセックスする。

メリンダ・ベリンダ・メリッサはタイルに手をついて身を支え、彼が後ろから入ると、目を閉じたまま小さくため息をついた。彼は彼女の肩胛骨や、白い肌の下に一つひとつはっきりと浮かびあがる背骨をじっと見つめ、おれはいったいなにをしてるんだと考えていた。ひと突きするたびに、頭蓋の中にまずまずの威力の炸薬が爆発するが、それくらいでは精力の持続を妨げるはずもなく、彼は乾電池の広告で太鼓を叩きつづけるウサギの人形のように、執拗に彼女を突き上げつづけた。悶絶。彼女の張った腰骨を両手でつかんで引き寄せるのではなく、手を突っぱって体を離す。ついに彼が達すると、刹那、膝の力が抜けた。

「いいわ。これも料金に入ってたの?」

彼女は夢見心地でつぶやいた。

彼は笑った。

ホテルのテラスでランチ。アマンダはアメリカ人だ。芸術家。インスピレーションを探して紛争地域にやって来た。夫はシアトルで個人銀行を経営している。

「昨日の夜、あなたに話したと思うけど?」

ハーゲンは肩をすくめる。

「相手が語ったこと以上に知りたがらないってことにしよう」

「あら、肝心なことを、わたし、知ってるのよ」

彼女は笑みを浮かべた。

二日酔いに、後ろめたさが加わった。アマンダはかわいらしい。たとえ人生の五十路近くを帆走し、あるいは昼の日を浴びて、ふいにそう見えたのだとしても、とてもかわいらしい。

とはいえ、ハーゲンはもう消えたかった。うんざりだった。一週間、シリアにいるが、酔っ払うか、自身を哀れむか、今こうして金持ちのアメリカ女に言い寄るかで、ほかにはなにもしていないのだ。もしかすると、彼女のほうから言い寄ってきたのだろう。けれども、誘いに乗ったのは自分で、それが厄介だった。おそらく彼女は期待に身を任せたのだ。せいぜい楽しい時を一緒に過ごせるという。

彼には楽しいときを一緒に過ごす気はない。

もうたくさんだ。

彼が最後に楽しい時を過ごしたのは、ハンブルクのリフォーム専門のお針子ケルスティンとだが、二人の関係はもう終わりだ。自分がそれを台無しにしたのだとわかっている。またしてもだ。ケルスティンは、ぞっとする過去を背負った、ありのままの彼を受け入れてくれた。もう一度、彼女に優しくすべきなのだろうが、おれはどじな男だ。

自分自身にすら優しくできないのだから。

「デザートはいかが？」

彼は気分が悪くなった。

「いや、結構。その……」

「あら、わたしのかわいいジゴロちゃん。そんなにひどい二日酔いなのね。もう一度こっちにいらっしゃいな」

彼女は身を乗りだすと彼の頬を撫でる。

「そのわりには、あなたよかったわ。規定と自由演技、両方で」

規定と自由演技だって？

次はなにをする気だ？　フィギュアスケートのように、採点盤をテーブルの下から取りだすのか？

そのとき、彼女が次になにをするのかを彼は目にした。

初めは、それを理解できなかった。公然と小切手を作成する理由は、とにかくごまんとあるのだから。

けれども、それを自分に渡される理由はない。

「また会えるかしら？」

彼女はハンドバッグに手を伸ばし、サングラスを取りだすと立ち上がる。

「わたしのフライトは今日の夕方なの。あなたのお部屋番号は聞いていなかったと思うのだけど」

ハーゲンは麻痺したように小切手を見つめた。

千ドル。

「これはなんだい？」

彼女は眉を上げる。

「なにって、なにが？」

「ああ」

彼は小切手を振った。

「これだよ」

「それがどうしたの？　取り決めたとおりでしょ」

「取り決めたとは、どういう意味だ？」

彼女の眉根に皺が寄る。

「あら、今さらもっと欲しいなんて言わないでね」

「私は――」

「あなたが千って言ったのよ」

「私がそんなことを言った？」

「その価値はあったわ。まあ、ほぼ、かもしれないけれど。でも、もしあなたが今――」

彼は片手をあげて彼女をさえぎると、

「ちょっと待ってくれ。もっと要求する気はない。そもそも、きみの金なんかいらない」

「そうなの」

「全部説明してくれないか。もし私から持ちかけた……きみを……きみを金で――」

「違うわ。わたしからあなたに持ちかけたのよ」

「で、わたしが――」

「あなたが言ったの、千でって。あなたの相場なんじゃないの」

「私の相場？」

しだいに彼は自分がオウムに思えてきた。アマンダはため息をつく。

「考えてもみて、これはあまりいいアイデアではなかったわ。シリアのコールボーイなら半額だし、同じくらい、いいもの。でもね、ドイツ人もいいかなって思ったの。期待はずれだったわ。じゃあね」

「アマンダ――」

「小切手は取っておいて。それに、あなたのお部屋番号も」

彼女は言って、気取って歩いていった。

彼がちゃんと始動する前に、日は傾いた。

一週間前からずっと同じだ。

唯一の違いは、今日のハーゲンは罠から抜けだそうとすらしないことだった。しかも、ダマスカス・フォーシーズンズが惨めな場所だとは主張できない。中東一のホテルに数えられている。けれども、その場所はハーゲンの心の中にあった。かつて自信が光り輝く太陽のようにみなぎっていたところに、今ではぽかりとブラックホールが生まれ、残された力も、わずかな自信も吸いこまれてしまう。

彼の中で成長する、恐ろしいまでのニヒリズム。

それが彼を消耗させてしまう。

その吸引力に抵抗することで、日ごと彼は弱っていく。あらゆるブラックホールと同様、彼のブラックホールも食欲を増せば増すほど、より多くのものを引きずりこんでいった。過去や未来をむさぼり、いい思い出も悪い思い出もわけへだてなく消してしまう。喜び、希望、共感、不安、憎しみ、自己嫌悪、まさにハーゲンが提供できる最後のものまでも切り刻んでしまう。だから彼はこの怪物に餌を与え、喉に流しこむ酒は、成長促進剤として効き目を発揮する。その穴が成長すればするほど、自分の重力に抵抗するには多くの力が必要となることを、彼は知っていた。同時に頭の中で、諦めろと叫ぶ声が大きくなる。彼が絶えず対決しなければならない役立たずのアドバイザーたちは、洞穴の前の女や、屋根の上の少年だった。けれども、彼らの耳打ちする声にはどこか謎めいた魅力がある。

降伏。

己の中で自分を見失う。

行方不明にならないのはなぜなのか。その声は彼を苦しめると同時に、彼を生かしておく。自分が感じたくないものを感じているうちは、うちひしがれることはない。

泥酔するのをやめれば、助けになるのかもしれない。

記事を書けば。

そうする代わりに、彼はダマスカス・フォーシーズンズのプールに入りびたった。酔っ払った億万長者の女に、自分はコールボーイだとまことしやかに語った理由を、頭蓋の中の地獄の闇に探す。アマンダの言ったことを疑っているのではない。彼女の言葉どおりだったにちがいない。ただそれは、自身の評価を下げるプロセスが未完であることを証明するにすぎない。

あるいは、それを自滅と呼んだほうがいいのだろうか。

そういう結果に終わるのだから。

コールボーイ――

どうしたら、そこまで堕落できるのか。

共犯関係をもとめて、アマンダにさらに尋ねるところを想像する――よれよれの彼が彼女にとって千ドルの価値になるほど、彼女は堕落できたのか。彼女の財力なら、若きリチャード・ギアと同等の男と一夜をともにできる。なのに、なぜ、バーですでに自制をなくしていた無精髭の外国人に金を払ってまで、泥酔してセックスしたのだろうか。

答えは火を見るよりも明らかだ。

彼女には選択肢があるから。

堕落するには、覚えた浮上の仕方を忘れなければならない。アマンダは水の底で溺死するにはほど遠いのだろう。巨万の富の推進力で、彼女は好きなところに泳いでいく。

潜水して、浮上する。

お気に召すまま。

けれども、おれは死んだ魚のように奈落の底に向かって沈んでいく。

〈ばかばかしい！　弱虫！　目をこすって、いまいましい記事をいいかげん書いたらどう

だ！〉

なんのために？

なにかを達成するために？　最後の最後で、また失敗することを？

いや、ずっとつらいことだ。

真実は、そもそも自分には書けないと公言していることだった。

もう一度、主力誌や有力テレビに戦いを挑む力はなかった。潤沢な予算で武装した、そういうメディアの特派員ですら、ホテルの屋上に立って推測で報道する以上のことはできない。ましてやハーゲンは、三流のオンラインマガジンで働いている。今ごろ編集長は、唯一の特派員が、この三日、価値あるニュースを伝えてこないまま、町の最高級ホテルで金を散在している理由を知りたがっていることだろう。

「編集長は、醜いヒキガエルになにを期待してるんです？」

「醜いヒキガエルがフォーシーズンズでケツを拭いていられるのなら、一面の粥の中から突きだすルポルタージュがそこにはあるにちがいない」

そのとおりだ。一面の粥。おれたちはニュースという粥を人々にたらふく食わせ、ガチョウの肥育と同じことを強要しているわけだ。ここでは死者十名、あちらでは負傷者十七名。

「おい、トム、いったいどうしたんだ？　なぜホムスに行かない？」

「ホムスには行ってきたんです」

「いつ？」

「こっちに着いた日に」

「そうか、それで？」

ハーゲンは編集長が落ち着きをなくすのを耳にした。

「それなのに、どうしてなんにも送ってこないんだ？」

当然の疑問だ。


彼はリビアのシルトからエジプトのカイロに向かう途中にダウンしてしまい、アメリカ・フィラデルフィア州パンクサントーニーで開催される、冬眠から目覚めたモルモットに天気を占わせるグラウンドホッグデーすらレポートできる状況になかっただろう。

願わくは、倒れたまま横たわっていたかった。

けれども道はシリアに通じている。

必然的に。

そこで二日間、エジプトの首都をうろつき、シリア大使館がビザを発給してくれるのを待ち、決して利害の一致などありえないように残虐な殺戮を応酬し合う、コプト正教のキリスト教徒や、イスラム教徒に話を聞き、居心地の悪い秋へと急変したアラブの春を体感し、写真を撮って、メモを書いた。

それから、ゆっくりと深呼吸した。

カダフィの敗北は頭から離れないだろう。彼は幻想にふけってはならない。幻想は痛みをもたらし、これからももたらしつづけるのだから。

他方、世界は政情不安定だ。

仕事には事欠かない。

それを証明するかのように、ダマスカスで彼を迎えてくれたのは、映像的に美しい、国に組織されたアサド支持のデモだった。ウマイヤ広場では国旗が振られ、人々が〈祖国と指導者よ永遠なれ〉と叫んでいる。一方、そうやって祭り上げられたアサドはアラブ連盟の代表団に会い、新憲法のガイドラインを作成して暴力を放棄するつもりだと嘘をついた。その日は二十名の死者をだして終わったと推測されるが、西側メディアに大きな影響をおよぼすことではなかった。同じころ、アフガニスタンのカブールで、NATOの兵士十三名を乗せたバスが爆破されたからだ。アメリカ人十三名の死には意味がある！　確かに西側はシリアを眺めているが、伝統を形成する成り行きだと思われているのか、イラクやアフガニスタンでの襲撃事件のほうが、世に認められる潜在能力は大きいものだ。

ハーゲンは反対派のインタビューを試みた。

むだだった。一人もいないのだ。いずれにせよ、その日、十月二十六日には。団結のオペレッタが最高潮に達していた。合唱はまるで一つの声に聞こえる。ダマスカスは大統領の首都として姿を現わし、広場や通りで、山賊やテロリストに仕事を一切させることはなかった。

そこで彼は、いわゆるモハメッドの娘の墓のまわりに無数のモスクがひしめくミーダーン地区に向かった。そこでときおり騒動が起きると聞いたからだ。金曜礼拝のあと、人々は政府に抗議するため通りに出てくるかもしれない。わかった、今日は水曜だが、それでも抵抗運動の空気が期待できるだろう。ところがミーダーン地区はバリケードで封鎖されていた。モスクは、完全武装したシャビーハと呼ばれる親アサド政権の民兵組織に監視されており、アサドのプラカードの前をうんざりした顔で通りすぎようものなら、引き金においた兵士の指が神経質に震えだす。ここには、ドイツ人ジャーナリストに政治信条を明らかにしようと考える者はいない。サッカー場が監獄に模様替えされるような国では皆無だ。傷つけられたいと思う者は一人もいない。シリア西部のホムスやバニアス、タルカラフといった町の病院では、どんな災難が自分の身に降りかかるのか誰でも知っていた。情報機関のエージェントや看護師、介護士から、病人は拷問され、怪我人はまず挨拶がわりに殴り倒されるのだ。大統領の側で戦う者のみ手厚い看護を期待でき、抵抗勢力が罪もない市民にどんな残虐行為を行使しているのか、外国人記者に話すことを許されるのだった。

それ以上ダマスカスにいても、彼にはなんの成果ももたらさない。

そこでホムスに向かったのだ。

ハーゲンのコーディネーターは、その日の夕方、抵抗勢力の拠点へのツアーをアレンジしてくれた。町は包囲されていたため、いくつもの村を経由して彼を潜入させる危険な行動だ。戦車が幹線道路や戦略上の重要ポイントを封鎖し、屋根ではスナイパーが待ち伏せし、電話回線はすべて切断されている。どこにでもあるバッシャール・アルアサドの肖像画は壁から引きちぎられて、〈バッシャール、イヌ畜生〉、〈虐殺者に死を！〉といったスローガンに取り替えられていた。ホムスで生き残るのは宝くじに当たるようなものだ。それでも、夕べの祈りのあとには、スローガンを唱える人の群れが街区を練り歩き、襲撃の危険にさらされながらも闇に紛れて集結し、嘲笑の歌を歌って政府をあざけり、アサド人形にリンチを加える。カダフィの終焉が彼らに勇気を与えていた。確かに勇気は必要だ。目下のところ勇気は、頭上から急襲してきて彼らの家々にロケット弾を撃ちこむヘリコプタに対抗する、唯一の武器だった。

コーディネーターは脱走兵たちとの面会をアレンジしていた。彼らは、市民に発砲するよう強要され、拒否すれば自身が撃ち殺されるという話をハーゲンに聞かせた。そこに反政府軍のリーダーの話が加わる。よく笑い、カリスマ性を発散する若者で、ハーゲンのパソコンに、カラフルなフェイスブックのページをだして見せた。直近に行なわれた夜中のデモの映像がアップされたばかりだ。身元がわかる者はいないが、雰囲気は明白だ——大統領の肖像画が燃やされ、彼に抗議する演説が激しさを増している。

失せろ、アサド！

彼らは断固としてアサドを厄介払いする。

では、そのあとは？

反乱軍のリーダーは考えこんだ。彼は、喧嘩別れして海外にいるシリアの反政府勢力のことや、狂信的なジハーディストたちが力ずくで革命を手にしようとする試みのことを、思っているのかもしれない。

アッラーの思し召しのままに《インシャラー》？

民主主義と、リーダーは言った。おれたちは民主主義のシリアを建設する。そこでは、あらゆる民族集団が自由に共存するんだ。誰がおれたちの新たな指導部になろうと、彼らがシリアの住民一人ひとりに同じ権利を保証するかどうかで判断される。住民一人ひとりが自分の気に入った人生を送ることができるかどうかで判断されるんだ。

われわれは賢明になり、正当な男たちを選ぶ。

彼は、まるで地球外知性体の出現を話題にしているようも聞こえる。

ハーゲンは水を得た魚だった。書けば、かつて自分の望みを編集部が叶えてくれたような記事をふたたび届けるために、夜が明けるまで想像に酔いしれ、抵抗運動の構図に深く深く侵入していった。アサドは温かい恰好を用意しておく必要があるだろう。あとまだ数カ月か、ひょっとすると一年かかるかもしれないからだ。そのときは、おまえの機は成熟している。

それを、もうここでは止めることができない。

カダフィの姿が蘇った。どこかの穴にいるところを見つかり、車から引きずりだされ、追い立てられて地獄に導かれる様子が、彼の目に浮かぶ。

一瞬、彼めがけて駆けていく自分の姿が目に浮かぶ。

そして、またしても見逃すところを。

不意に空気が外に出ていく。

けれど、そういうものだ！

自分が下に向かって引っぱられていることに、初めハーゲンはまったく気づかなかった。

反乱軍のリーダーの話に耳を傾ける。彼の父親は暴力集団に拷問された。武器を隠していると思われたからだ。よりによって彼の父親は……〝アッラーは偉大なり《アッラーフ・アクバル》〟、パンナイフしか手にしたことがなく、デモには決して参加しなかったのに。五日にわたって父親は天井から吊された。豚のように手首を縛られ、棍棒で散々殴られて。

ハーゲンは耳を傾けるが、耳には入ってこない。

汗がどっと噴きだした。

冷たい、氷のように冷たい汗。

驚愕していると、両手が震えだした。心臓があばらを突きやぶって飛びだしそうだ。

男たちが心配そうに彼を見つめている。彼はなにか言おうとした。けれども、胸をクリップで挟まれたように声が出ない。

「トム？」

息が吸えない。

この三年。底なしの落下。抑えつけれられていた罪の意識や、足場をふたたび固めようとする絶望的な努力。慢性的な失敗。それらすべてが膨張し……

「トム？　どうした？」

そして、崩壊した。

コーディネーターが彼をダマスカスに連れて戻った。

午後の遅い時間、フォーシーズンズにチェックインしたとき、彼はさまよえる死体になった気分だった。

死ぬほど憔悴していた。

その反面、どんな小さなことにも反応する。情け容赦のない拷問吏に電流を腹腔に流されたかのように。それは当然のことだった。恐怖のホルモンが分泌され、体は彼に逃げの姿勢を常にとれというストレスを課すのだが、実際には恐怖を引き起こす対象、逃げる対象となるものはなにもない。美しい装飾のロビーは、ホテルがほかにも豪華な部屋や、完璧なカクテル、程度の差こそあれ身なりのいい、気のきいた世間話ができる人間の集まりを提供してくれることを約束していた。

ここより安らぎに満ちた場所は望むべくもない。

しかも、危機におびき寄せられたコウモリのようなジャーナリストの集団は、このダマスカス・フォーシーズンズにはやって来なかった。もし内戦が首都で始まれば、室料はがらがらと値崩れし、サービスは名実ともになくなって、ビールは自分で調達するしかない。チュニスやカイロ、トリポリではこれまでそうだったし、世界のどこでも同じことになる。ハリケーンの目の中でわれに返ったときはいつでも、紛争地域を訪れる常連客もさっさとずらかってしまうのだ。その代わりに、カメラマン、テレビクルー、ライターが群れをなしてやって来て、部屋や屋上、ロビーやバーを占拠する。ホテルの支配人で、そんな侵略を好む者はいない。そうした特派員が礼儀正しい態度をとったためしがなかった。気のいいやつだが、極限まで騒々しく、脚の踏み場もないほど、あらゆるものを散らかすのだ。

また、空っぽの箱物が残っていれば、そこはメディアセンターに模様替えすることも可能だった。

どんな危機にもビジネスは入りこんでいるし、それも大いに結構だ。

ここではしゃぎまわるのは、一瞬で前衛だけになる。アムネスティ・インターナショナルや似たようなNGOで働く輩だが、彼らは民族衣装やたっぷりとドレープをとったスカーフ、髭をこよなく愛することで見分けがついた。頭のいかれた者たちは、たいていはカメラマンで、髪をモヒカンにカットし、軍服姿でタトゥーを入れ、カラビナを一ダースぶらさげた防弾ベストを羽織り、ベルトに刃渡りの長いナイフをさしている。同僚たちの大半はあえて目立たないようにしていた——丈夫な靴、明るい色をした布のズボンとシャツ、腕まくりがトレードマークだ。大勢の女性特派員のあいだでは変化が起きていた。特にアメリカ合衆国では、男性のメディア関係者は自分たちの縄張りが侵害されたと思っている。今では、危険を顧みず、つわものどもを置き去りにする、優秀な女性たちが急激に数を増し、男性はそうした女性たちと縄張りを分け合うしかなかった。

さらに、彼らがノートパソコンを叩いていないときは、誰の耳からも携帯電話が生えている。

とはいえ、いまだ正規の客はスイートルームに泊まり、相応の室料を払っていた。アメリカ人やロシア人、シリアのイスラム教シーア派であるアラウィー派エリートの側近たち、超小型録音機一式で武装した、麻の半袖シャツ姿の中国人。さらに、アラブ連盟も全土をさらい、自国の君主制が近々どうなるかを見ないですむように、アサドに真実にヴェールをかけさせている。その代わりに、アメリカの外交官たちは無期限の休暇に出かけていき、数千人のシリア人が海外に逃亡した。

そして、ハーゲンはホムスに行っていた。

充分な報道をしなければならなかったが、そうする代わりにバーに行って泥酔した。持ち札を携えて。

それ以上のことは彼にはできない。たとえ繰り返し試しても、今日もできないし、そのあともできない。酔いが半ば覚めるやいなや、彼は出発した。ホムスで自身に起きたことは突然の脱力感で、感覚異常だったのだと自分に思いこませる。そう、神経衰弱だ、それがどうした? しばらくのあいだは、思いこんだ効果があった。今、プールにいて、アマンダがくれた千ドルの小切手を胸ポケットに、三杯目のウォトカ・マティーニをわきにおいて、電話の向こうで編集長の口から出るクラリネットの音色のごとき愚痴を聞いていると、とっくに白状しておくべきだったことを、もう白状するしかない。

自分はもうお終いだ。

「トム？」

「え？」

「あれじゃあ少なすぎると言ったはずだが」

「なにが少なすぎるんです？」

「この三日間、あんたからはなんの報告も聞いてないし見てないんだ。うちは調査雑誌だ。わかるか、読者は期待して――」

「最善を尽くすから。それでいいですね？」

「だめだ。それじゃだめだ」

「まだ報告書の推敲をしなくちゃならないんですよ」

「嘘をつけ。あんたはなんにもしちゃいない。そこがあんたの困ったところだ。弛んでいるんだよ」

「ばかばかしい」

「また飲んでるのか？」

「なにを？」

「また飲んでるのかと訊いてるんだ」

「あのねえ、いったいなにを言いたいんです？　私はくそったれのホムスに行ってきた。いいかげんにしてくれ！」

「そうなのか？　じゃあ、あんたの記事を送ってくれ」

「まるでいまいましい二流ジャーナリストに言うような口ぶりで、私に話しかけるのはやめてくれませんか。この私が誰だか思い出してほしいものだ！」

沈黙。

「あんたが何者だったか、思い出したよ。だから、今はうちのために働いてるんだろう？」

おやおや、うまく言ったものだ。脱帽！　ナイスディフェンス。

ハーゲンは目を閉じた。日を浴びて頭痛がした。陰に入ったほうがいい。けれども、そうする気力すらなかった。

「そろそろきみの記事にお目にかかりたいんだがね」

ふん、そうか。わかったよ。

ホムスの録音とメモを文字に書き直して、そっちにメールしさえすればいいのだろう。

光速で送ってやるよ。

氷のように冷たく芳醇な酒が喉を下り落ちるよりも速い。

世界を、あといくつか魅力的なニュースで豊かにする——昨日、アフガニスタン。国際《I》治《S》安《A》支援部隊《F》の兵士二百名がとてつもない嘔吐と下痢。化学兵器か？　もちろん違う。それどころか！　スパゲッティ・ボロネーゼ、加熱調理不足。毒素を出す細菌、これがあればもうタリバンは必要ないのでは？

これがニュースだ。

当然、消えていくニュースもある——ヴルフ・ドイツ連邦大統領がクンドゥーズを訪問し、ドイツ連邦国防軍を激励する。カール・テオドール・ツー・グッテンベルクがフランツ・ヨーゼフ・ユングの次の国防相に就任以来、戦争と呼ばれるようになったこの作戦への派兵に、ドイツ人の大多数は反対している。

カール・テオドール・ツー・グッテンベルク。博士論文盗用が明るみに出て辞任した大臣も、また過去の人だ。

ハーゲンはハミングした。

アフガニスタンのことなど考えるつもりはない。

記事は書く。わかってる、ああ、わかってるよ。なにもかも書き留めることなどできないのだろう。ロッキード・マーティン社、ノースロップ・グラマン社、ジェネラル・ダイナミクス社、ボーイング社の四半期決算。需要のおかげで——F16戦闘機、B2爆撃機、エイブラムス戦車、チヌーク輸送用ヘリコプタからとてつもない利益が入ってきた。アムネスティ・インターナショナルは不平を言う——自由世界は中東や北アフリカへの膨大な武器輸出により、現地の抗議活動の抑制に貢献している。ドイツ、フランス、イギリス、イタリア、オーストリア、ロシア、チェコ、アメリカ合衆国の各国は、エジプト、シリア、リビア、イエメン、バーレーンの権力者たちに弾頭や銃器を与えたと思われるとき、すでにならず者たちはそれを用いて人権を抑圧していた。

〈違う！　真実じゃない！〉

そんなことを彼らがしているのか？

だったら、ベルリンではそれを知る者はいないということだ。

ドイツ政府は景色を美化する目的で、サウジアラビアに戦車二百輌を送る。

ハーゲンはけらけらと笑い、ドリンクをちびちびと飲んだ。

それについては、ソマリアでなにかなかったか？

ああ、そうだ。ケニアは、シリアのジハーディスト集団アルシャバーブの民兵を叩きつぶそうと進駐したのだった。今ではそれほど知られていない。もしかするとクウェート。そこでは政府首脳に対して抗議行動が起こっている。ロシアと中国は、アサドに対するいかなる決議案をも凍結した。驚いたことに、サーレフ大統領が正確に狙いを定めて自国民を撃ち殺させているイエメンに対してではない。

イエメン？

どこにあるのだったか？

ホムス、ホムス、ホムス。

太陽に雲がかかる。ハーゲンは身震いした。

そろそろ送らないと。今すぐに！　スーパースターたちは不在でもまだ光り輝いている。アサドから最後の言葉を独占的に引きだそうと、ＡＢＣのクリスティアン・アマンプールが、取り巻き三十名とともに突然姿を現わして初めて彼は荷造りできる。ＢＢＣのジェレミー・

ボーエンが無類の無頓着さで麦わら帽子をかぶってロビーを歩くと、ちっぽけなインターネット・メディアは窮屈になる。CNNの花形特派員アンダーソン・クーパーはいわずもがな。セクシーな彼が頻繁にテレビに映るので、口さがない者たちは、彼のTシャツがフィットすればするほど、銃弾は低く飛ぶと言いふらす。くすくす。ははは！

彼の携帯電話から、フーファイターズのボーカル、デイヴ・グロールの歌声が聞こえてくる。

着メロの〝ブリッジ・バーニング〟だ。

もし、またあの編集部のくそったれだったら……

「もしもし、トム」

ハーゲンは自分の耳を疑った。

その声は、もう二年以上聞いたことがない。

「トム、元気でした？」

記憶が蘇る。良きも悪しきも。鮮烈に。ブラックホールが逆流して、突然なにもかもがふたたびそこに存在した。灼熱するアイゼンのように痛みを伴うが、同時に懐かしくてうめき声を上げてしまうかもしれない。

かもしれない？　どういうことだ？

「邪魔でした？」

「いや。きみならかまわないよ」

本当に彼はうめいて言った。

「万事順調？」

「ああ。いや。私は……」

涙がハーゲンの頬を伝う。喉につかえた塊りが膨らみ、声はそのわきをなんとかすり抜けて越える。

「えっと、間が悪かったかな？」

「いや」

「あとでかけ直し――」

「いや、万事……万事オーケーだ。私は……ただ……」

もう死者を見ることはできない。

銃弾を浴びて穴だらけの家々やくすぶる廃虚を、もう見ることはできない。

生きている者たちの視線にはもう耐えられない。失望し、貶められ、虐待された人々の顔。

そういうすべてを、私はもう乗り越えられない。あまりにたくさんで、私は……

「クリステ、もう簡単にはいかなくて」

十月三十一日　イスラエル　テル・アヴィヴ

とてもそうには見えないエージェントの中でも、リカルド・ペールマンは一番そう見えないエージェントだ。

中背。ゴールドフレームの眼鏡の向こうにある優しい瞳に浮かぶ、わずかに悲しげな色。細かなウエーブがかかった白髪。そうした風貌は、彼を成功した芸術家に見せているかもしれない——イスラエル・フィルハーモニー管弦楽団の、永遠の次席ヴァイオリン奏者、美術館の館長代理。彼には、誤解された存在という後光がはりついている。充分に認めてもらえないという、諦めがまとわりついた失望。確かに成果は賞讃されるが、それ以上の成果は期待されてはおらず、本人もそれ以上を提供する必要はないと承知している人物。

そういうふうに、人は思い違いをしている。

ペールマンは、低く評価される男の典型だった。

彼には、しばしば役に立つ特性も備わっている。控えめな親切さ、目立たないところ、静かで柔らかな声、お役所的なところ。

だから彼は信頼されている。

彼になら、ほかの誰に話すよりもたくさん話せるが、それは彼のお高くとまらない態度からかもしれない。あるいは、取調室で乱暴狼藉をはたらく慢心したマッチョや、アドヴェンチャー映画『トゥームレイダー』の主人公ララ・クロフトを自称する女よりも、彼のほうが自分を理解してくれるだろうと、誰もが考えるからだ。

信用を勝ちとることほど大切なものはほかにない。

とりわけ、それを悪用しようと企んでいるときは。

〈私を信用してくれていいよ《フェデス・コンフィアール・エン・ミ》……〉


スペイン語なのは、実のところ、ペールマンはアルゼンチン人だからだ。たとえ、かの地には休暇旅行でたった一度、行ったことがあるだけだとしても。

五日間、家系を調べに。

一八九六年、アルゼンチン政府が北部のメソポタミア地方と呼ばれるパラナ川とウルグアイ川のあいだの土地を、シオニストに売却することに執心していたとき、彼の曾祖父母はそこに移住した。結局、議会のパレスティナ会派は自分たちの意見を押し通したが、それにもかかわらず、パタゴニアにはユダヤ人コミュニティが急成長して栄えることになる。一九三〇年、クーデターにより、〝いまわしき十年間《デカダ・インファーメ》〟と呼ばれる時代が始まってからもなお、ユダヤ人コミュニティは成長を続けた。汚職まみれの将軍たちや政治家たちが権力への道を平らにならしたが、やがて嫌気のさした、ある将校グループがそのばか騒ぎに終止符を打つ。その彼らの中に、ファシズムの熱狂的な崇拝者で、ヒトラーと結託するという考えにとりつかれたホアン・ペロンがいた。彼が率いる狂信的な民族主義者集団は、即座にドイツの対外情報機関との協力協定にサインし、その後、アルゼンチンで誰に妨げられるでもなくドル資金を洗浄し、アルゼンチンの水路を経由して、ドイツに戦争には欠かせない資材を密輸する。

いまわしい悪事の相棒。

この状況がどこまで発展するのかはわからない。そこで、ペールマンの曾祖父母は、用心のために国を去った。アルゼンチンが同盟国の圧力を受けて、ヒトラーとの縁を切り、世界で最後の国家としてドイツに宣戦布告をしたとき、ペールマンの曾祖父母はすでにテル・アヴィヴで暮らしていた。しかし彼らは心の中では、他に類なき果てしない大草原《パンパ》の子どものままだった。

そのときから、二つの異なることが世代を越えて受け継がれていく——

アルゼンチン人のファーストネーム。

諜報員としての歩み。

ペールマンの曾祖父と祖父は、ユダヤ人の地下軍事組織ハガナのエリート戦闘部隊パルマッハで働き、彼の父親は対外情報機関モサドでチームリーダーを務めた。彼自身は、シン・ベットと呼ばれるイスラエルの国内情報機関で、作戦本部のナンバーツーだ。

目立たない、おとなしそうな男。

愛想のいい殺し屋。

イスラエルの敵は早い時期から彼を知っていた。

一九六三年、モサド長官メイール・アミットは、あらゆる感覚器官を情報収集の技に向けるというモットーを口にした。人と資材をすり減らす、肥大化し、安全を充分に確保されない作戦行動はない。過度に政治に介入することはない。そうする代わりに、データを収集する。

収集し、収集し、収集し、収集する。

それから行動する。

緻密な外科的介入。

狙いを定めて。致命的な。

情報がすべてだ。本当に意味のある情報は、人工衛星、航空機に搭載したカメラ、複雑な盗聴技術がもたらすのではない。シギントと呼ばれる、そうした驚くべき信号情報でも調達できるかもしれないが――

情報は人がもたらすものだ。

単に耳をかたむけ、よく眺め、話をすることで。

ヒューミントと呼ばれる人的情報、人の情報源から知識を獲得することは、イスラエルの情報機関の強力な武器になっている。モサドのエージェントが中東、アフリカ、ヨーロッパやアメリカの国々にしだいに浸透し、アラブ諸国の中でも最高の、ヨルダンの情報機関に潜入したり、最も残忍なシリアの情報機関に侵入するように、シン・ベットは情報収集のための独自ネットワークをヨルダン川西岸地区やガザ地区に構築し、協力者をティーハウスやモスクでリクルートし、イスラム教徒の活動グループを作り上げている。ハマースの中枢ですら、金は顎の筋肉組織を緩めるものだ。しかし、イスラエルを信念から支援するパートナーを獲得するには高度な技術が存在する。彼らを通じてテロを始めるまでにいたるのだ。命を危険にさらしながら、盗聴技術がなければ到達できない情報を彼らは入手し、抵抗運動の組織を内側から侵害し、おまえが漁夫の利を得られるように、ツールを握らせてくれる。

ペールマンはヒューミントに熱狂した。

対アラブ部門の外部エージェントとして、シン・ベットの南部方面隊のデスクオフィサーたちに、どんな小さな観察データも供給している。デスクオフィサーとは、"絵の中のパイロット"と呼ばれ、一見なんの関連もないような無数の切れ端のあいだに存在する、かすかな接点を目に見えるようにする仕事を課せられている。たとえば——

ブレイジ難民キャンプ出身のラティフ少年は、先週から体毛を剃って新しい服を着ている。ガザ市、海岸通りの〈アヴェニュー・カフェ〉で、ハマースの高官たちが学生グループに会った。

三つの情報。

別々に単独で活動する三名のエージェント。

ミダン地区にあるティーハウスの顧客リスト添付。アルユンディ、アルマイフード、われわれがかなり以前から監視している者たち。

デスクオフィサーはジグソーパズルを組み合わせて気がつく——ハマースとコンタクトを持つ学生の一人が、昨日、上述のティーハウスで、心からラティフを抱きしめたということ。

結論——気のいいラティフは天国に行く強力な候補者だ。まもなく、われわれは彼のことを耳にする。つまり、はっきりそれとわかる音を。

ぼおーん。

自爆用ベルト爆弾。市内であればどこでも。

対策――監視の強化。

若きペールマンはジグソーパズルを組み合わせて提案する。いい提案だ、実際に使える提案だから。


エルヴェディン、お尋ね者のテロリスト、幽霊。

自ら姿を現わすまで気づかれない。彼は男好きの男だ。男のほうを優先する。ときどき闇に紛れて男に忍びよる。広場を横切り、塀に沿って百メートル……

そこに、その家がある。

彼らはしばらく監視し、広場、塀、愛が彼の行動パターンだと確信する。帰りは逆の順路で戻ってくる。

ペールマンは準備にかかった。

自身の手で。彼の髪はまだ黒く、アラブ人風の風貌は完璧だ。パレスティナの建築労働者になれるかもしれないが、それでもリスキーだ。三十分、仕事をしているあいだに、人々が通りすぎ、眺めていくが、疑いを抱く者はいない。

早朝。

エルヴェディンが愛人の家から出てきた。疲れきって歩くのもままならない。頭上高くではドローン無人機一機が旋回している。空飛ぶスパイだ。彼らは十二キロメートル離れた地点にいて、彼が塀に沿って歩くのをスクリーン上で眺め、辛抱強く待っていた。

あと数歩——

今だ——

スイッチを押す。リカルド・ペールマンがまったく目立たないように塀に埋めこんでおいたレンガのブロックが爆発し、エルヴェディンを歴史物語に引き渡した。

もう一人の男はポルノを好む。

男の住所はわかっており、自宅に爆弾を投げこめば、妻子も巻き添えで死ぬだろう。しかし、自宅以外で彼を捕まえることはできない。

抜け目のないやつ。

少量の爆薬が理想的だ。

とはいえ、そのためには彼を家族と隔離しなければならない。それには、熟練した彼の目には、待ちに待ったポルノのサプライヤーからの配送品だとわかる、ごく普通の小包よりほかにふさわしいものはない。

そういうものを受け取ったら、おまえならどうするだろうか。

隣の部屋に行き、誰もいないところで包みを開ける。

今回の中身はＤＶＤや雑誌ではない。

妻子は巻き添えにならない。

ペールマンのアイデアだった。

ヨルダン川西岸地区ラマッラ近郊の村からやって来たブルハンはしくじった。

彼は親友に電話した。

二人は十八になったばかりだ。ブルハンの父親は、宗教界の大物かつ名声ある族長で、一九八七年、インティファーダと呼ばれるパレスティナ人の民衆蜂起が始まったとき、石を投げよと呼びかけたハマースの活動家でもあった。現在は、刑務所に収監されている。アラファトが一九九三年のオスロ合意を遵守する上で、全ハマースを牢屋にぶちこむことを始めたからだ。そのため息子は憎しみで分別がつかなくなっていた。

というのも彼の父親は善人だったのだ。確かに石を投げよと言った。しかし、それはハマースのたいていのメンバーとは正反対で、死をもたらす武器を投入することを拒否したからだった。

それなのに、なぜ刑務所に入らなければならないのか。

不公平だ。世の中は不公平だ。ブルハンは復讐するつもりだ。イスラエルに、アラファトのいまいましいパレスティナ暫定自治政府《PA》に。民兵組織とつながり、武器を、しかるべき銃器を手に入れるつもりだ。たとえ、おまえは決して人に向かって引き金は引けないと、内なる声が言っているとしても。

今ではヨルダン川西岸地区に銃器は転がってはいない。金とコネが必要だった。

ブルハンの親友は、なんとかなるだろうと言っている。パレスティナ暫定自治区北部、ジェニーンの町にある男がいて……

「そいつが、きっとおれたちに武器を売ってくれるだろう。サブマシンガンも手に入るぞ」

親友は電話でそう言った。

違った。武器を手に入れたのではなく、頭に袋をかぶせられた。銃のストックで殴られて。

ジープに乗せられ、ラマッラの南に位置するイスラエル軍のオファ基地まで運ばれる。その基地ができたときからすでに、高セキュリティの施設がここに造られていると容易に推測できた。オファは、さまざまな謎がからみついた場所だった。シン・ベットは反抗的なパレスティナ人を軟化するために、ここに湿っぽく薄ら寒い部屋を設置したといわれている。実際にブルハンは、数日間、そういう真っ暗な穴の中に放置されたのだった。

それから事務室に連れていかれる。

そこにリカルド・ペールマンが座っていた。

「武器を買いたければ、電話では注文しないほうがいいな。というのも、私たちはよく電話するが、その通話を聞けるなんて、きみは思いもしないんだろう」

彼はブルハンに言った。

ブルハンは話に乗ってこない。

「ちょっと世間話でもしないか？」

「いやだ」

彼はまた穴の中に座ることになった。

次の尋問でも、ブルハンは素っ気ない態度をみせてはいたが、話には耳を傾けた。そこでペールマンは、イスラエル人のものの見方を彼に教えた。今回はブルハンの人物評価をすることができた。彼には真の危険は認められないとみている。ここに座っているのは気のいい若者だ。これまでつらい経験を散々してきたにちがいない。抵抗運動への憧れに駆り立てられて。家族を心配する思いに駆り立てられて。

「私たちなら、きみを武器購入未遂で二、三年、世間から消すことも、難なくできるんだよ。それはきみ次第だ。どちらの側につくか、よく考えてみてくれ」

ブルハンは唇をすぼめる。

「あんたたちの側じゃないことは確かだ」

「イスラエルやパレスティナ以外の側は、まだもう一つある」

「どういう？」

「平和の側だ」

「ふん」

「合意の側。未来の側」

「おれに仲間を裏切れと？」

「きみは私たちの国への襲撃回避に手を貸すべきだ」

ブルハンは腕を組んで黙りこんだ。

ペールマンは長いこと間をとってから口を開く。

「いいかね？　ブルハン、私にはきみの気持ちがわかる」

「余計なお世話だ」

「そんなことはない。真面目に言っているんだ。でも、きみたちの爆弾でずたずたにされた、友人や子どもや両親を持つ、イスラエルの人々の気持ちも、きみはわかるだろう？　悲しみとは、国境やイデオロギーや信仰を越えて人々に共通するものだとわかるね？　きみの家族について、いろいろ調べさせてもらったよ。みんないい人たちだ。きみの父さんは善人だ。きみの民族は苦しんでいる。そんなことには終止符が打たれなければならない。でもね、そのためには、きみたちが私たちに苦しみを与えることをやめないといけないんだ。私たちもまた苦しめられてきた。何百年にもわたって。私たちは追われ、虐げられ、殺された。故郷のない民族なんだ。今はとにかく、地図上では敵に囲まれた染みだ。けれども、私たちはさらに学んだんだ。誰かに私たちが苦しめられることを、もう一度許すと思うのかね？」

ブルハンは口をつぐんだ。

「シナリオは三つある。一つ、私たちは際限なく戦いを続け、互いに苦痛を与え合う。二つ、きみたちが危険な存在ではなくなるまで、私たちはきみたちを打ちのめす。三つ、平和を締結する」

「あんたは四つ目を忘れてる」

「そうかな？」

「おれたちが勝利することだ」

「それはシナリオじゃない。サイエンス・フィクションだよ。それだけはありえない。一から三までだ。そのうちどのシナリオで、きみは大人になり、子どもを作りたいんだね？」

ブルハンは自分の膝をじっと見つめ、

「あんたたちにはなにも言うものか」

ペールマンは笑みを浮かべる。

「言うことがないからだね。きみはなにも知らないんだ。でも、それは変わるかもしれないな。シン・ベットのエージェントになってもいいんだよ」

「絶対にならない！」

「きみがここを気に入ってることは、前からわかっているんだ」

ペールマンは立ち上がった。

「――さて、きみがなにをしようと、私はこれから、冷えておいしいコーラを飲みにいくよ」

四週間にわたり、ブルハンが彼の姿を目にすることはなかった。不快なほど揺さぶられ、鎖で繋がれ、何時間も苦痛を伴う体勢で座っていなければならない。暗闇、騒音による拷問、心理的な恐怖、食べられないような食事。そのあいだも、湿気が関節を蝕んだ。

四週間が過ぎ、ブルハンはこの一件を考えることを承諾した。

さらに四週間が経過し、彼は同意した。

もう一ヵ月かけて、ペールマンは開いた本のように脳を読むことができるのだと、彼に理解させた。しかし、ブルハンの脳にはこう書かれてある――おまえたちを徹底的に痛めつける機会を手にするまで、協力する振りをしてやろう。

「きみにそんなことができるはずがない。これが最後のチャンスだ。パレスティナ民族はテロリストの民族なのか？」

「違う、くそったれ！」

「じゃあ、助けてやれ」

「どうやって？」

「きみが、私たちを助けることで。きみと友だちになりたい。一緒にテロと戦おうではないか」

たいていの場合、ここでまた金の話をするのだが、ペールマンはそれを切り抜けた。彼はいつでもうまくやってのける。持ち前の率直さと粘り強さで、彼はブルハンを友人として獲得し、ゆっくりと、ごくゆっくりとだがこの若者の世界観を広げてやった。ほかの者たちも、かけがえのない友人、支援者になっていく。

ヒューミントだ。

ブルハンをリクルートした年、ペールマン自身もしばらくのあいだ〝絵の中のパイロット〟――デスクオフィサーを務めていた。今、彼は破片を継ぎ合わせ、秘密の関連性を明らかにし、浮かび上がってくる災いを見抜く。それは、彼が自分のオフィスか、会議室や危機管理センターにこもり、実際の作戦現場のようにアドレナリンがもたらす作用を味わえないことを寂しく思った結果、得られた成果だった。

そこで彼は敢えてやってみることにした。機会があれば、作戦にも参加することに。

一九九九年、彼らが〝イタチ〟を狩っていたとき、その機会が生じた。パズルの断片から、ある二重スパイの構図が生まれた。それはハマースの内部サークル出身のある人物がテロ計画の詳細をすんなり彼らに伝えていると、それまで彼らは考えていた。イタチがしていることは、見てわかるように、ファンタジー満載のおとぎ話だ。その一方で、彼は敵の側に、より一層衝撃的な、シン・ベットの内部情報を届けていた。ペールマンは、その男をリクルートしたのが自分ではなかったことを自賛できるが、今では、彼のチームがイタチの影響力をそぐという任務を帯びていた。

彼らが抱く疑いは、まだ一つにすぎない。

そして、住所が一つ。

イタチが報道番組のために、ヨルダン川西岸地区にあるナブルスからイスラエルまでやって来るときはいつでも、シン・ベットが、いわゆるスパイ活動に用意された隠れ家として、ある安全な建物の一室を彼に自由に使わせている。モサドは、世界のあらゆる首都に数百のこうした隠れ家を維持管理しているのだ。そういう場所では尋問を行なったり、将来を期待されるエージェントのリーダーたちを訓練したり、エージェントたちが作戦行動のあいだ滞在したりする。同様の施設を、シン・ベットはイスラエル国内と占領地域内で運営している。外見は近隣の建物と同じ佇まいだが、実際は、探知ビームを拡散する防弾扉と窓を備える、盗聴不可能な場所だった。

しかし、どうやらイタチは人知れず第二の隠れ家を手に入れたようなのだ。

痕跡はテル・アヴィヴのスラム街のど真ん中に通じていた。昔のバスターミナルで、きわめて胡散臭い場所だ。麻薬取引、売春、めまいを覚えるほど高い失業率など、なんでも揃っている。通りには腐敗臭と排気ガスが常に漂い、建物の前には注射器やコンドーム、剃刀の刃が入口を飾るように散乱していた。荒涼としたサロモン通り界隈では、毎朝、不法入国のアフリカ人が日雇い仕事を求めて列をなし、ギャングたちは放置されたバス停を集合場所として利用し、麻薬中毒者たちは反吐まみれでまどろんでいる。

ここに足を踏み入れる者には、もっともな理由がある。

たとえば、こっそり爆弾を手作りするため。

こぢんまりとした秘密の無線基地を運営するため。

イタチがこの界隈で活動するときはいつでも、彼の楽しみを一つ残らず奪うべく、エージェント二名が出動した。

ペールマン自身も出動し、前線の臭いを嗅いだ。彼らは教会のチャリティで無料で貰える古着を身につけ、大怪我でも負っているかのようにゆっくりと歩くが、イタチもばかではない。イタチが今は使われていないコンクリート剝きだしの役所の建物に沿って歩いて行くのを彼らが見ていると、慈善団体の炊きだしに押し寄せる男娼たちのわきを通りすぎる。そのとき、誰かが彼の耳に、嫌なことが起きているぞと吹きこんだにちがいない。

イタチは振り返り、彼らに視線をはりつける。

気づいたのだ。

いきなり駆けだす。

ペールマンは悪態をついた。イタチはすでに射程外だ。一瞬の驚きのあと、すぐに彼を追わなければならない。しかし、彼は全速力だ。密集して建ち並ぶ無人のバス待合所の背後にある、落書きだらけの崩れた壁の合間を縫うように疾走する。彼らの視界から消え、また視界に戻り、消え、戻り、一本の通路に駆けこんだ。

彼らは追った。

ひんやりとして、薄暗く、小便臭が漂う通路。

彼らの足音がこだました。

彼らがあえぎながら日の光の中に駆けでたとき、イタチの姿は大地に吞みこまれたかのように消えていた。彼らは二手に分かれた。二人が南を、ペールマンが北を探す。足早に歩いて、あたりを見まわした。壁のはがれ落ちた建物の前に隙間なく停められたでこぼこの車、殺伐としたカフェ、色褪せた布の日よけをおろした日用品店、売春宿に売春婦、急ぎ足で行きかう黒人やアラブ人やフィリピン人。真昼の太陽に照りつけられて、車道のアスファルトから立ち昇る麻痺するような臭いで、誰もが無料でトリップできる。溢れかえるゴミの大型コンテナのあいだは賭場と化し、テクノのリズムが空気を震わせている。袋小路の奥はアパートで、挑発的な衣装でおめかしした少女の集団がスケボーに興じている。

ペールマンのすぐ目の前に配達の車が止まった。彼の視界を奪い、すぐまた走りだし……イタチは通りの反対側に立っていた。

ペールマンを見やって、一瞬、驚愕する。踵を返して、少女の集団に分け入った。イタチに突きとばされて少女が一人、地面に転がる。アパートに向かって駆けていくイタチをペールマンは追った。少女たちの怒声が響く中、イタチは回転ドアに達して建物内に消える。ペールマンもイタチを追ってエントランスに入った。

当然そこは高級ホテルのフィア・ヤーレスツァイテンではない。すえた臭いが漂い、ビールの空き缶がいくつも隅に転がっていた。かつてはドアマンが立っていたと思われる板囲いのスペースの前に、ドラッグをやりすぎたようなパーカー姿の男がぐったりとうずくまっている。もしかすると酔っ払っているだけなのかもしれない。切れかけの天井灯が点滅し、エレベータが四基あるのがわかる。そのうち二基には〈故障〉と書いた紙が貼ってある。

あとの二基は稼働していた。

一基が上昇中だ。

おまえはそれに乗っているんだな。

ペールマンは階段を一段飛ばしで駆け上がり、エレベータと競争する。自分の足音が階段室のコンクリート剝きだしの壁に反響して二重に聞こえる気がした。それとも誰かが追ってくるのだろうか。今、それを突きとめる暇はない。上昇するエレベータの階数表示を見上げると、七階、そして八階……

彼はまだ四階だ。息が切れる。デスクワークをしすぎたせいだ。

さあ、頑張れ！

五階に到着。エレベータは八階。

六階。

エレベータはまだ八階。停止していた。しかも、そうだ。階段にまだ誰かいる――ここでヒーローごっこをするのは無責任だ。いまいましいオフィスワークめ。現場に出たのは過去の話。ばかなうぬぼれ屋め。でも、もう手遅れだ。さっさとやつを捕まえて、こんなことは終わりにしないと。七階――やつに捕まる前にだ。ぐずぐずするな！ ようやく、あえぎながら八階に到着。銃を構えて、左右にどこまでも延びる殺風景な廊下を覗きこむ。扉また扉。人影はない。けれどもイタチがここにいるのはわかっている。

忍び足で前進した。

がらんとして、物音一つしない。小窓の開いた扉がいくつかあって、廊下の天井灯が反射している。部屋の中は見えなかった。

内側からなら自分の姿は見えるにちがいない。

汗が襟を濡らしていた。やつが隠れている場所を教えてくれる痕跡——足跡とか、どんな小さなヒントでもないかと、彼は探した。

なにもない。

しーっ……

踵を返して、武器を構えた腕を突きだす。

若い女が立っていた。

若い女？　いや、間違いなく、若い女だ。タンクトップに迷彩柄のパンツ。丸刈りの頭は、まるでビロードの布で覆われているかのようだ。片腕を伸ばし、「あんたの後ろ！」と声を上げると大股で駆けだし、彼を突きとばすかの勢いで、わきをすり抜ける。彼が振り返った瞬間、扉の一つが勢いよく開いてイタチが飛びだしてきた。武器を構えている。女は二人の中間に……

彼は叫んだ。

「伏せろ！」

女は理解し、身を沈める。銃弾が彼の頭のすれすれを、うなりを上げて飛んでいった。

引き金を引く。男の肩に命中した。

男はよろめく。しかし、命中したのは銃を持つほうではない。今もペールマンに狙いをつけたままだ。近い……

近すぎる……

若い女がイタチの前に床から伸び上がった。ほとんどついでのような動きで、男の手から武器を叩き落とすと、男の喉もとをわしづかみにして壁に叩きつける。その衝撃で肺から空気が押しだされ、イタチはあえいだ。まるでテフロンのフライパンからオムレツが滑り落ちるかのように、背を壁につけたまま滑り落ちた。女はイタチを高々と引きずり上げると、右の拳でイタチの顔をぼこぼこに殴っている。

「ストップ！　やめるんだ」

女は平然と殴りつづけた。イタチは悲鳴すら上げられず、両足で激しく宙をかきまわしている。

「やめろ！」

女は手を放して袋のようにイタチを落とした。

ペールマンは身をかがめて相手の武器を拾う。視線は自分の守護天使にはりつけたままだ。

「ありがとう。きみが誰だか知らないが、ずいぶんよく手ほどきされているね」

「このくそ野郎は、あたしの友だちを散々殴ったんだ」

「男が中にいると、どうしてわかったんだね？」

「とにかくわかったんだよ」

女の声音は、この話題をはっきり口にしたいとは聞こえない。鼻を拭い、満足げにうなずくと、このドラマの舞台から立ち去るそぶりを見せた。

「ちょっと」

「なに？」

「きみ、名前は？」

「じゃあ、あんたは？」

「リカルド。リックだ」

「ショシャナ」

「悪いが、ショシャナ。きみにはここに残ってもらわないと」

彼女は肩をすくめる。

「いいよ」

いい気はしないが、彼女から目をはずせなかった。イタチはもう危険な存在ではない。エル・アル航空のチケットと現金を握らせ、タクシーを呼んでやっても、逃げだすことなどできない惨めな姿で彼の足もとにうずくまっているからだ。

それにしても、女の身長はどれくらいあるのだろうか。百八十五センチ？　もっとある。自分より頭一つ分高くそびえ立ち、体はまるで筋肉だけでできているかのようだ。こんな筋肉を持つ女など見たことがない。その筋肉は、潰瘍を蛋白質で膨らまして腫れ上がらせたような代物ではなく、バランスよく撚り合わせた長くてしなやかな筋繊維の束だ。女はそこに彫像のように立って、うんざりとした顔で廊下を見下ろしている。

その姿は、あたかも人間ではない種から生まれた巨人のようだ。

ペールマンは部下に電話し、ここまでの道順を教えた。

女の瞳が興味深そうにきらめく。丸刈りの頭を傾げてイタチのほうをさした。

「そいつは何者？」

「裏切り者だ」

「ふーん」

女は言って上体を伸ばす。ちょっと考えこんでいるようだ。はっきりとわかるが、タンクトップが小振りのバストにはりついた。

「誰を裏切ったの？」

「イスラエルを」

「二度とそんなことはさせない」

彼はショシャナ・コックスのことが頭から離れなかった。それからの日々、彼女のことばかりを考えていた。目撃者の事情聴取は終了し、皆は肩を叩いて彼をねぎらってくれた。

本当はなんのためだったのだろうか。

彼女は男を探しだした。

しかも、怒りで殺す寸前だった。

一週間というもの、彼はそのことで頭がいっぱいだった。

そこで、あの昔のバスセンターに向かった。車は、タイヤを盗まれたり、煉瓦で埋められたりするおそれのない場所に停める。サロモン通りをぶらぶらと歩き、ある建物の三階の呼び鈴を押すと、ランニングシャツ姿の男が扉を開けた。顔の左半分は青あざになっている。まるでペールマンに百年の眠りから起こされたかのように、まばたきを繰り返した。部屋の中はすっかり荒れ果てている。大音量のテレビに負けじと、思春期の子ども二人が口喧嘩を繰り広げていた。

「邪魔してすまないね。ショシャナにちょっと会わせてもらえませんか？」

ペールマンは優しい声音で言った。

男は血走った目で彼をじっと見つめている。酒臭い息には、マッチを擦るのも、ライターをつけのも危ぶまれるほど、アルコールが含まれていた。

「ここに住んでるんですよね？」

奥から女が姿を見せる。

「シャナなら引っ越したよ」

「どこに行けば会えるかな？」

女が近づいてきた。かつての美人だ。いまでも独特の憂いに満ちた雰囲気を漂わせている。藍色の瞳、大きな口、少し上を向いた鼻――女の中にはショシャナの面影がある。とはいえ、いずれショシャナもこうなるのかと思うと、彼は不安を覚えた。

「二、三軒先を訪ねてみてよ。友だちの家に居候してるから」

女はだるそうに答えた。

「まあ、あいつからすれば、おれたちはデリカシーがなさすぎたんだ」

男がうめくように口をはさむ。

「違うよ、シャナが引っ越したのは――」

「うるさい、おまえは黙ってろ!」

女は身をすくめた。

「あのくそアマが。娘ってもんは自分の親父にこんなことすんのか?」

男は青あざになった顔の半分をさし示す。

それは、あんたがその前に自分の女房になにをしたかによるだろうに。ペールマンは思った。

「そもそもあんたは、あいつになにをしてもらいたいんだ?」

「一つ提案させてもらいたいことがあってね」

男は偉そうに胸をはり、

「ていあん? あんたも気をつけろよ。もし、ふしだらなことを――」

「正真正銘、真面目な話ですよ」

男は彼の正面で好戦的に顎を突きだし、威嚇のポーズをとる。女はペールマンに待つように身ぶりで示して隣室に消えた。すぐにメモを手にして戻ってくる。

「さあこれを。シャナの住所よ」

「ありがとうございます」

「あの子に優しくしてやってね。ボーイフレンドにふられたばかりだから」

女の瞳に希望の光がかすかにきらめいた。世界には、ここにあるものとは違うものがあるかもしれないという望み。

「それは申しわけない」

「申しわけない？　申しわけなく思ってるのは、あいつのボーイフレンドだ」

男は言って唇をすぼめた。

ペールマンは笑みを浮かべる。

「おや、それはどういうことです？」

「ボーイフレンドのぼこぼこにされた面《つら》を見てみるんだな。おれの言ってること、わかるだろ。信じてくれ――ボーイフレンドのほうが申しわけなく思ってるさ」

そう言うと、男は足をひきずって奥に引っこんだ。

ペールマンは通りに出た。住居表示を目で追いながら歩き、このあたりの建物と同じ廃虚のようなアパートの前に立った。そのときになってようやく、コックス夫妻はどちらもショシャナに見られる彫像のような姿ではなかったことに思いあたった。

その点は祖母ゆずりなのかもしれない。

呼び鈴を鳴らす。建物のオートロックがはずれる音。二階まで上がる。ショシャナが玄関に立って待っていた。相変わらず息を呑むような立ち姿だ。

「やあ、ショシャナ」

「どーも」

「私のことは覚えてるね？」

「脳細胞はまだいくつか働いてるから」

「時間があったら、私とコーヒーでも飲みにいかないか？」

彼女は不審そうに目をすがめる。

「なんか下心でもあって誘ってるわけ？」

「それなら騎兵を連れてやって来たよ」

「ふーん。どこに？」

ペールマンは周辺の様子を思い浮かべた。この界隈は古い建物だらけであることで広く知られている。大半のあばら家の前には安物のパイプ椅子が出されていて、失業者やジャンキー、売春婦が日がな一日そこに座って過ごしている。たいていの人々の不運は、どうやらイスラエルに口を開けた貧富のはざまの、間違った側にたどり着いてしまったことにあった。ペールマンはこのあたりの人々に反感は抱いていない。ただ、この界隈にあるカフェのコーヒーメーカーに、期待をかけるようなギャンブルは遠慮したいだけだ。

「私の車はその角に停めた。スターバックスでいいかな？」

彼女は探るような目つきで彼を見下ろす。踵を返すと、袖無しのボンバージャケットを羽織って戻ってきた。

「パスタがいいわ」

「そうか、わかった。じゃあ――」

「一番おいしい店を教えてあげる」

〈ベッリーニ〉で、ショシャナ・コックスはスパゲッティ・カルボナーラの二皿目を平らげた。ペールマンはニース風サラダ一皿で満腹だ。

「パスタには満足したかい？」

「うん」

テル・アヴィヴで最高級のイタリアンレストランを、あんたが探しだしたのも不思議ではないな。彼は思った。店は素晴らしいロケーションだ。赤と白のチェック柄のテーブルクロスが掛けられた席に座れば、絵に描いたように美しい広場を見わたせる。コックスはグルメで、奇妙なことに、食事中は巨人には見えないのだ。所作は軽やかで上品で、ペールマンが何時間でも見とれていられるほど、筋肉の動きは優雅だった。

「〈ベッリーニ〉はどうして知ったんだね？」

彼女が顔を上げると、片方の眉も上がっている。

「あたしみたいに育ちの悪い女が、どうしてこんなぼろい店を知ってるのかってこと？」

私の問いが、そんなふうに聞こえたのだろうか。

「きみを傷つけるつもりはなかったんだ」

「気にしなくていいよ。ここを知ってたわけじゃないから」

「そうか」

「いい店だって聞いただけ。ネットでメニューをちらっと見て、評価を読んだわけ」

ここで食事をするのを夢に見ていたということか。

夢は変えられないとわかっている。

ペールマンは自分が彼女にキスするところを想像した。

梯子に登れば簡単だ。そうでもしなければ難しいだろう。身長百七十二センチの彼はさほど小柄ではない。けれども、最近わかったことだが、コックスの身長は百九十センチだ。丸刈りの頭をなでたら、どんな手触りがするのだろうか。

彼女は口もとを拭った。

「いいよ。話ってなに？」

「あの男がどの扉の向こうにいるか、どうしてわかったのだね？」

彼女はにやりと笑う。

「あたしはマーヴル・ガールかもね」

「マーヴル・ガール？」

「アメリカン・コミックの『X-メン』。読んだことないの？」

「その手の話を聞く特典を、私はこれまで逃してきたんじゃないかな。私に教えてくれないか？」

「教えることなんかなんにもないよ。あたしには蚤《のみ》が飛ぶのが見える。どんなに小さくて、つまんないことでも全部」

「じゃあ、今回も？」

「廊下をスキャンして、あいつがどこにいるかわかったんだ」

「きみは自分がテレキネシスだと言いたいのかい？」

コックスは眉根を寄せる。

「それってなに？　考えが読めるってこと？」

「そうだよ」

「そこにないものは、あたしには見えない。あたしは単純に……本能的に反応するってことかな？　扉が開いたとき、それがわかったわけ」

「だが、扉が開いたのは、きみが私に警告したあとだ」

「その前に動いたのよ。二、三ミリだけどね」

「それを、きみが見たというのか？」

「あの男はドアノブを押してたから。それで扉がこのくらい動いた」

彼女は親指と人さし指で、ほんのわずかな隙間を作ってみせた。

「じゃあ、きみに超能力がないのは確かなんだね？」

「あたしには普通の能力で充分」

なんということだ。

「一つ二つテストを受けてみる気はないかな？」

「どんなテスト？」

ペールマンはわずかに間をおいた。ナイフとフォークをきちんと並べる。やがて彼女の目を覗きこみ、

「ショシャナ、きみには率直に言いたいんだ。きみは傾いだ道を歩いているって、面と向かって言う者はいない。でもね、きみが歩む道はかなり傾いでいるんだよ」

彼は片手を傾げてみせた。

「あたしはどんな道でだってバランスをとってる」

「でないとヴィジョンが描けない？」

彼女は椅子の背にもたれ、腕を組んで彼を眺めた。三角筋、上腕二頭筋、上腕三頭筋、肩や腕の伸筋が、銅《あかがね》色に輝く風景を作りだしている。

「本当のところ、あたしになにをしてもらいたいの？」

どんなに生意気な口をきこうと、彼女の発声は明瞭で、下品な響きは感じられない。

「きみがどんな展望を持っているのか知りたいんだ」

「展望？」

「この先の人生とかに」

ショシャナの口角が上がった。笑みが浮かぶのかもしれないが、目は笑っていない。

「ねえ、パパさん、よく聞いてね。あたしが生きてるところには四つの方向があるの。どこでも一緒だけど、おかしいよね、あたしに見えるのはいつだってくそったれたことだけ。どっちを見ても同じ。五つ目の方向ってあるの？　ぜひともそれを知りたいたいね。これであたしの展望がわかったでしょ」

ペールマンは陽光が降りそそぐ外の広場に目をやった。椰子の並木。斜向かいには、ダンスの中心的存在である、スザンヌ・デラル・センターの輝かしい殿堂がそびえ立つ。

「五つ目の方向は存在するよ」

彼は言った。

「どこにあるの？」

「きみの中に」

ショシャナ・コックスは、テル・アヴィヴの町はずれにある安全な住居で三日間を過ごした。その家で、ペールマンと心理学者、シン・ベットのエージェント・コントローラーの三名で、彼女に一連の知能検査を実施した。

コックスは矛盾に満ちていた。

支持するイデオロギーはなく、政治には無関心。受けた学校教育はお粗末なものにちがいないが、それでもフランス革命についてはほぼすべてを理解し、その背景について適切に分析してみせた。一方、イスラエルでは六日間戦争と呼ぶ、第三次中東戦争については疎い。

アメリカ人カルト指導者で、彼女が生まれるずっと前に、遙かかなたのカリフォルニアで悪事をはたらいたチャールズ・マンソンの伝記には詳しいが、ガンジー、ジョン・F・ケネディ、シオニズムの指導者ハイム・ワイツマンについてはどうだろうか？　太陽系外惑星の存在をスペクトル解析によって証明する方法を詳しく説明する一方で、無線機の操作はうまくいかない。世界文学はほとんど読んだことがないが――〈ホメロス？　シェイクスピア？　ヘミングウェイ？　くそ、さっぱりわかんない！〉かたや、イギリスの作家ジョージ・オーウェルの『一九八四年』や、イスラエル人作家で政治活動家でもあるアモス・オーズの『愛と闇の物語』といった複雑な作品は読んでいる。彼女の荒っぽい言葉づかいは、テレビの連続ドラマやコミックで学び、別の人間の口から発せられるかのような予期せぬ外国語や表現を、自身の発言の中にちりばめる。

「こうしたことは、どう折り合いがつくのだろうか？」

二日目の検査が終わるころ、ペールマンは心理学者に尋ねた。

「知能指数は百六十なんだけどね」

「それでは説明にならないな」

「彼女はどんなことでも理解できるという証明にはなるが。コックスの学習能力ははかりしれない。彼女の目の前になんでもさしだしてごらんなさい。すっかり平らげてしまうから。もっとも、彼女が興味を抱けばだけど」

「興味がなければ――」

「まったく手をつけようとしない。彼女の知識は偶然の産物だな。フランス革命期に活躍したロベスピエールのことをどこかで耳にした……それで、今では彼女はその筋の専門家だ」

ペールマンは考えこんだ。

「本当に専門家なんだろうか？　自分を専門家だとして売りこむ、ただの頭でっかちなのでは？」

「あなたが思っているような賢いオウムではないよ。彼女の認知能力はものすごく発達していて、教育を受けていないだけなんだ」

心理学者はそこまで言うと間をおいた。

「――宇宙空間を想像してみてくれ。光り輝く銀河がいくつもあって、そのあいだは真っ暗闇だ。彼女の頭の中は、そんなふうなんじゃないかな」

彼らは彼女の団結心をテストした。

反応力。

チームワーク力。

それは驚くべきものだった。コックスは、ほかの者の目には無秩序に映るものの中に、複雑きわまりないパターンがあるのを認識できる。生まれながらの〝絵の中のパイロット〟だった。たいていの人間よりもずっと多くの感覚刺激を一気に処理できる。

「そして結論にいたる。電光石火のスピードで。それが決め手だな」

心理学者は言った。

「進化的なアドヴァンテージに聞こえるが」

「まさにそうだ。この女性はサバイバル・マシンだよ。外見はバンブルビーかもしれないけど――」

「バンブルビー？」

「『トランスフォーマー』。いかす映画だよな。見たことないのか？」

またしても、自分のポップカルチャーについての知識不足を指摘してくれる者が現われるとは。専門的なアドバイスが早急に必要かもしれない。

「彼女はチームで働けるだろうか？」

「さて、どうだろう」

「危険な存在だと？」

「ショシャナは人への共感がかなりあることを示している。だが、心の奥底には、過去の怒りが煮えたぎっているんだ」

心理学者は間をおいた。

「――そうだな、彼女は間違いなく危険な存在だ。問題は、誰にとって危険なのか」

明らかに、情報機関の司令本部ほど退屈なところはない。

明るく輝く巨大スクリーンがあちこちにあるのでも、ヘッドセットを装着した人間が近未来的な装置の前に座っているのでもないし、エージェントたちがボスの秘書と色っぽいおしゃべりに興じているのでもない。シン・ベットをたまに訪ねた者が目にするのは、税務署といってもいいオフィスだけだった。彼らの目に入らないものは、目にすべきではない——くつろいだ雰囲気の尋問設備などは、見たくもないだろうが。どのみち、本当に興奮する出来事は頭の中で起きているのだから。

そして火事場で。

実際の作戦現場では、ジェイムズ・ボンドやジェイソン・ボーンの行動は、思いのほかリアルだった。

アヴラハム・ヒルのオフィスは、飾り気のないことでは抜きんでている。内装費用にいたっては、ハリー・ポッターの箒がしまってある部屋にも遙かにおよばない。ごついデスク、壁に貼られた地図、書籍、電話が二台。さて、部屋の主である作戦本部長は、椎間板に優しいリクライニングチェアに背をもたせかけ、くわえ煙草で耳を傾けている。検査結果の用紙をチェックし、ペールマンを眺める。その視線には、疑念という雲が引っかかっていた。

「きみは、この女性をどうしてもエージェントに育てたいんだな？」

「彼女が承諾すればですが」

「女ギャング団のボスだぞ。かなり凶悪な」

「ええ、まあ」

「傷害でかなりの数の告訴状が提出されているんだ」

「重傷を負わせたことは一度もありません」

「イタチなら違う意見があるんじゃないのか。昔の鼻は、二度と戻ってこないんだからな」

「コックスがいなければ、私は撃ち殺されていたかもしれないんです」

「コックスと法律は衝突する運命なんだ」

「彼女はまったくまともだと、私は思っています」

「まだ誰も殴り殺してはいないからか？」

確かにそうだ。その点は、われわれが考慮しなければならないポイントの一つなのだ。シヨシャナに人を殺すつもりがあるわけではない。そういうことが起きるとしたら、偶然による場合のみだ。われわれは、彼女の能力を方向づけてやり、力をコントロールする方法を教えてやらなければならない。

精神力と同様、身体能力のコントロールも。

ペールマンは身を乗りだした。

「部長、聞いてください。今、社会がこの女性に与えておかないと、きっとあとで嫌なものを招くことになりますよ。それは、われわれ全員が気に入らないでしょう。コックスはきわめて知能が高く、ほかの者が見落としてしまうものを見ることができる。彼女が感じる──

──」

「感じる、か」

部長はペールマンが言うのをさえぎった。こめかみのところで人さし指をぐるぐるまわし、

「きみは、その小娘が……」

小娘。ペールマンには糸口がほどけるかもしれない。

「超能力があると？」

「きみはそう思っているのか？」

「部隊にミュータントが二、三名いるのは、粋《いき》じゃありませんか？」

部長は目をぐるりとまわす。

「ミュータント、か。もし、きみが神への信頼を持たない人間だとわかったら――」

「彼女はミュータントなんかじゃありませんよ。能力があるだけで」

ペールマンは部長を安心させようとして言った。

「もし彼女が失態をしでかし――」

「あとの始末は、私がつけます」

「国内情報機関のエージェント？」

二人は陽が燦々と降りそそぐディゼンゴフ広場のベンチに座り、ファラフェルと呼ばれるひよこ豆のコロッケをかじっていた。コックスは、特に驚いたふうでもない。長々とした適性検査を受けたあとでは、この先どういう流れになるのか、彼女もわかっていたのだ。

「興味があるかい？」

「じゃあ、あたしはなんなの？　ボンドガールみたいなもの？」

「そうだな。きみがもっと知性溢れる訊き方をしなければ、そういう者のままでいることになるな」

「ふーん。もっと詳しく話してくれる？」

「きみは三年間の養成訓練を受ける。過酷な身体訓練だ。きみは不快な状況におかれる。監獄、拷問、尋問。心理的恐怖と痛みに耐え、平静を保ち、慎重に判断を下すことを学ぶ。武器を扱う訓練もあるが、そこには、可能なかぎり使用しないという訓練も含まれる。いずれにせよ、きみに代替案を考えられる理性があるかぎり、武器は使わない」

「そこまでだったら、サロモン通りで普通に暮らしてるのと変わらないみたいだね」

「きみは政治的には白紙の状態だ。それは結構なことなんだよ。急進左派も、右翼も、熱狂的なシオニストも、われわれのところには落ち着けない。宗教から離れられない者たちも、われわれのところにいないのは確かだ。きみは信仰心を持っていてもいいし、忠実な愛国者であってもかまわない。けれども、首を傾げたくなるような哲学に、もしきみが傾倒しているのだったら、今ここで、それについて話し合っておくほうがいいな」

「あたしはヘビや昆虫が好きだけど」

「くだらない人間とかかわりを持つくらいなら、そっちのほうがずっといいな」

「セックスするのは過激ってみなされるの？」

「けだものや、子どもは相手にするな。そのあと墓場行きなんていうのもだめだ」

コックスはダイエットコーラをちびちび飲んで、無言だ。

「どうだね？」

ペールマンは打診した。

「ことと次第によるけど」

「どんなことに？」

「あんたのほうが興味を持ってるのは、どうしてなのかということ」

「きみは、私たちに左右されるというのか？」

「結局は、あんた次第なのよ。あたしとしては、あんたの要求を満たすんだから」

ペールマンは笑みを浮かべる。

「きみは、まだ全部を聞いていないじゃないか」

コックスは剝きだしの両腕を伸ばした。その様子を、子どもたちが恥ずかしそうにちらりと見て、すぐまた目をそらす。

「子どものころ、あたし、からかわれたの。間抜けでいることも、リーダーでいることも、あたしにはどっちもとってもなじみがあるのよ。集団力学のことならなんでも知ってるわ。自己中心的な者も、一匹狼も、あんたたちは必要としない。そういうやつらは、エージェントって、スポーツカーを飛ばし、金をしこたま貯めこみ、若い女を次から次へとはべらせると思ってるし、アラブ人を殺すことに魅力を感じてるから、あんたたちと一緒にやっていきたい。人を殺す権力を手にすることで自慰にふけるやつらなのよ。まったくばかばかしいわ。責任感ってものが大事なのに」

ペールマンは目を丸くした。

彼が答えないとみて、コックスは続ける。

「あんたたちの仕事は、信頼を培うことにあるのよね。疑うことを知らない人々や、必要とあれば殺人鬼とも。内気な者や自閉症では、あんたたちの役には立たない。シン・ベットには、他人のために自分の腕を切り落とすと宣誓して入るんでしょ。メンバーは、どんな状況でも絶対に見捨てられたりしない。ほかにも、まだなにかあった？」

「自分のイメージだけを磨きたい者は――」

「あたしの自尊心にはひびが入ってる。おそらくあんたには、それがわかってる」

彼女は彼をじっと見つめた。

「そうだよ」

「あんたたちのリスクだよ」

「私たちがきみにチャンスを与えたら――」

「あたしが、あんたたちにチャンスを与えることになるものを提供してよ」

ペールマンは目を細めて太陽を見た。

「きみの一番の望みは？」

「家族」

彼女は即答した。

「きみには家族がいるじゃないか」

「生物学的な親は家族なんかじゃないの。あたしの一族のことをもっとよく知れば、あたしがクモとか昆虫とかに走る気持ちがわかるわよ」

「ほかに望みは？」

「本物のチャンスが欲しい」

「本物のチャンスが手に入らないなんて、誰が言ってるんだ？」

「あたしを見てよ。これが普通に見える？　見えないわ。なんかの実験の産物みたいでしょ。あたしは実験なんかにされたくないの。あんたたちの実験にも」

彼女は褐色の瞳で彼を見て言った。

ペールマンは笑みを浮かべる。

「そのとおりだな。きみは実験の産物みたいだ。言わせてもらえれば、成功例だけどね」

コックスは視線を落とす。

うわあ！　思っていたよりシャイなんだな。

「でも、それは大したことじゃない。きみの体力は賞讃するが、狙いすまして放たれた銃弾に、きみは無力だ。私は、きみの頭の中にあるものが欲しい。それできみがうまくやっていけると、私に納得させてくれないか。そうすれば、きみには家族が手に入る。約束するよ。きみは家族を持てる」

それからの数週間、彼女にはオリジナルの学習プログラムが与えられた。標準的な手順には、一般教養、倫理、マナー学習が組みこまれている。コックスをとりまく社会環境が彼女に拒んできたものを、心理学者が主張したように彼女はすぐに覚えると期待して、彼らは猛烈な勢いで埋め合わせをしてやった。

ペールマンは、驚きの体験を味わった。

彼女はスポンジのように教材を吸収するということだけではない。驚愕的な才能が明らかになったのだ。

コックスは練習をしない。いずれにせよ従来の方法で練習するのではない。

彼がそれに気づいたのは射撃練習場でのことだ――私たちのもとで学ぶ恩恵だと、彼は思っている。訓練を始める前に、彼女が武器を手にしたことは一度もなかった。とはいえ、武器に関する膨大な書籍を読み、訓練用ビデオを何十本も念入りに見ていた。

彼女は、二十二口径のベレッタを持たせてくれと頼んだ。

ただ持つだけだ。

指で持って重さを量る。

上下を逆さにしたり、ひっくり返したりして、あっという間に分解し、すぐに元どおりに戻した。あたかも慣れた手つきで弾倉を装塡し、ヘッドフォンとゴーグルをつけると、的が描かれた人的《じんてき》に狙いをつける。そして……そうだ……

命中させた。

どの弾も十二時の位置に当たったわけではないが、もし紙製の人的が本物の人間だったら、誰一人として立ち上がれる者はいないだろう。

もちろん彼らは、彼女はが有頂天になったり、顔に喜びを表わしたりしないよう、彼女のあら探しをした。しかし、それも驚きだった。どうやらコックスは、反射能力や運動機能を知脳によってコントロールしているようだ。頭の中で練習し、たいてい初回で実践できるようになる。彼女にヨットやスケート、ヴァイオリン演奏について書かれた本を与えれば、それを読むだろう……

繰り返し読んで……

ついには、実際にできるようになる。完璧ではないが、基礎コースは省略できるかもしれない。

子どもたちは、そういうふうにしてリコーダーを吹くことを覚える。彼らの演奏に耳を傾けることは、もはや拷問ではなく、誰にとっても楽しみだ。

四週間後、彼女は身につけた能力をペールマンに披露することになった。それに先だち、練習場で過酷な一日の訓練を終えたあと、彼は彼女と歓談した。その日の訓練というのは、人質になった場合のシミュレーションだった。ペールマンが彼女を迎えにいく。彼女が汗をかくのを見ることはめったにないが、今日は汗が額を滝のように流れている。教官たちは、彼女を力の限界まで追いこんだのだ。いや、それ以上だ――

このとき初めて、彼女の力が問題になることが明らかになったのだから。

「オーバートレーニングだよ。筋肉がだめになるくらいまでやれって」

彼女はふくれっ面をして言った。

ペールマンは肩をすくめる。

「そうだな。マーヴル・ガールを演じるんだったら、その半分で充分なんだろうが」

「マーヴル・ガールには筋肉なんてないよ」

「それは知らなかった。じゃあ、スーパーヒーローたちの中で、筋肉があるのは誰なんだい？」

「ワンダーウーマン」

マーヴル・ガール。ワンダーウーマン。彼は、流行の影響を受ける青春時代を急行列車で通りすぎてしまったようだ。

「ビールでも飲まないか？」

晩秋だったが、まだ屋外でもビールは飲める。ペールマンは、それまでコックスとプライベートで付き合うことは最小限にとどめていた。人の噂になるようなことはしたくないが、ビール一杯くらいなら……

「コークでもよければ付き合うわ」

そうだった。彼女は酒を飲まないのだ。実の両親の習慣が反面教師となっている。

二十分後、二人はベン・エフダ通りのテラス席に座っていた。

「あんた、すっかり顔を見せなくなったね」

彼はにやりと笑う。

「まだこれから充分に私とかかわることになるからな」

「ふーん」

「そのうち、私を月にでも送ってしまいたいと願うようになるぞ」

「願うってどういうこと？　あたしが、あんたを打ち上げてあげるけど」

彼女はそう言うと、しばらく通行人を眺めていた。

「ねえ……」

コックスは言いよどむ。グラスについた霜に指で模様を描いている。

「あんたは自分自身のことが好き？」

ペールマンは面食らった。口を開けて、すぐ閉じる。自分自身のことが好きかって？　よく考えないと。質問の意味と、それ以上に、すぐに浮かんだ答えを。

実のところ、基本的には、なんとなく……

どうして、こんな制約をつけるんだ？

彼は頭の中で質問を反芻し、口を開く。

「十代のころは自分のことなんか好きじゃなかったな」

「どうして？」

「あまりに小柄だったから。痩せすぎていたんだ」

「感動的だね。あたしなんか十二ですでに変わり者だった」

彼女はため息をついた。

「身長のせいで？」

彼女が尋ねると、彼女は目を丸くして驚いたふりをする。

「どうしてそう思うの？　七人の小人たちがあたしを連れていかなかった唯一の理由は、台本には八番目の小人は載ってなかったから」

「背が高いと、どういうことで困るんだい？」

「それなら同性の仲間に訊いてみてよ」

「そうだね。でも、きみのスタイルはとても印象的だよ」

コックスは彼をじっと見つめる。

「痩せこけて、そこらを歩きまわれと？　この身長で？　ねえ、訓練を始める前のあたしは、どんなふうだったと思ってるの？　みんな、あたしに白旗を掲げてたんだから」

彼にはひょろりと背の高い若い女のことが想像できる。

決してお気楽な人生は送れない。

と、そのとき、ある考えが浮かんだ。

「そうだ、来週、国防省でガラ・パーティがあるんだが。チャリティショウみたいなものだけど、おもしろいはずだよ。私は出席せざるをえなくてね。きみと一緒に」

「はあ？」

「私の同伴者としてだよ」

「ガラ・パーティに？」

「そのとおり」

コックスは椅子に浅く腰かけた体を前後に揺らしている。

「でも、ガラ・パーティなんかにどうやって行ったらいいのかわからない」

「右脚を出して、左脚を出す」

「そうじゃないよ……あんたと一緒に行ってくれる人はいないわけ？」

「いるよ。きみだ」

「ミセス・ペールマンはいないの？」

「一人いる」

彼女は困ったような顔つきになる。

「あらら、ばかばかしい。ごめんなさい。なんか悲劇的なことでもあったの？」

「悲劇的って？　彼女にはすっかり飽きたんだけど」

彼はちょっと考えて言った。

「ほかにはなにもないの？」

「ないよ」

コックスは考えこむ。

「それで？　奥さんの言い分は？」

彼はビールをひと口すすった。

「そうだな。私はスリリングな仕事の話を妻に話すことは許されなかった。でも、そうじゃなかったら……いや、そうだなきっと。彼女の立場からすれば、彼女の言い分は正しかったんだ」

「それでも遠慮しとく。奥さんがいないのが寂しいんでしょ？」

妻がいなくて寂しい？　確かに残念なことはあるが、なにが残念なんだ？

「正直言って、よくわからないんだ」

「あんたの口から聞けてよかった」

「おや、私にはわからないことだらけなんだよ。でもまあ、誰が私の同伴者になるのかは、少なくともはっきりしたぞ」

彼は機嫌よくテーブルを叩いた。

彼女の顔が多くを物語っている。

「ショシャナ、元気をだしていこう。きみの育成の一部だと思ってくれ」

「そんなくだらないガラ……レセプションには、なにを着てけばいいのか、さっぱりわからないわ」

「イヴニングドレスでどう？」

「なんて言った？」

「イ・ヴ・ニ・ン・グ・ドレス」

「イヴニングドレスなんか着ない」

「ガラなんだ。若者がどんちゃん騒ぎするレイヴパーティなんかじゃない」

「でも、あたしはくそったれのイヴニングドレスなんか絶対に着ない」

「ドレスコードがそう指定されているんだよ」

彼女は苦い顔をして、

「そういうのを着るには、テレビでやってるけど、ファスナーを上げてくれる間抜けが、いつだって必要になるんだ」

「友だちに頼んでみたらどうかな？」

「ああ、くそ！」

「それに、そういう言葉づかいはやめないと。悪態をつきたくなったら、〝レヒ・ティズダイェン〟と言いなさい」

ヘブライ語。同じ意味だ。

「く……わかったよ。一着、買うことにするから」

「じゃあ、私たちで用意しよう。サイズはいくつ？」

ペールマンは、吊しのドレスを着た彼女の姿を目に浮かべて言った。

「サーカス団にでも問い合わせてみてよね」

彼は候補となるドレスを取り寄せた。胸もとが大きく開いたもの、ビスチェタイプのもの。グッチ、ジル・サンダー、ドルチェ&ガッバーナ。明らかにコックスのサイズにはまったく問題はない。ストレッチ素材が魔法の呪文だ。彼女のアパートで試着をすることになった。ペールマンが主張して、同居人の友人も同席するはずだったが、彼が訪ねると、コックス一人だ。

彼は気恥ずかしさのようなものを感じていた。

すり切れたソファに身を固くして座っている。背後の壁には、イギリスのシンガーソングライター、エイミー・ワインハウスのポスターが貼ってあった。彼女が寝室で上げる声を聞きながら、自分はなにを解き放ってしまったのだろうかと自問していた。

「ジル・サンダーは全然よくない」

数分が経過。彼女はドレスを試着するだけではすまず、考えられるかぎりの悪態をついている。

ようやく彼女が戸口に現われた。

「どう?」

「もっと近くに来てくれ」

彼女はためらいがちに従う。

「後ろを向いて」

見せ物の馬のようにぎこちない様子で彼女は後ろ向きになった。ファスナーは開いたままで、背中の台形をした筋肉組織が見てとれる。

「なんとか言ってよ」

「どうして私が？　きみはどうなの？」

彼は愉快そうに言った。

「わかんないよ」

「さあ、きみの意見を訊いているんだぞ。きみがどう見えるか言ってくれる者はいないようだから。鏡はなんと言ってる？」

「パラシュートを撃ち落とされたサターンロケットみたい」

ペールマンは笑わずにはいられない。

「もう一度まわってみて」

「いいよ……くそってほど悪くない。でしょ？」

彼は諦め顔で、

「すごく素敵だぞ」

「嘘でしょ？」

「本当だよ」

彼女はあらためてくるりとまわった。先ほどよりしなを作って。自分の姿を見下ろすと、裸足で彼の前を行ったり来たりする。

「靴は？」

「履いたほうがいいと思うけど」

「どんな靴がいい？」

「きみはどんな靴を履きたいんだい？」

彼女は自信なさそうに眉をひそめる。

「ハイヒールとか？」

そんなのを履いたら、身長は二メートルを超えるぞ。踵から頭のてっぺんまで。少なくとも。

彼はうなずき、

「もちろんだよ」

「いいわ。じゃあ、今、あんたにファスナーを閉めさせてあげる」

彼女はにやりと笑ってみせた。

彼女を伴って彼が国防省に姿を現わすと、予想どおり、エージェントの面々は手にしたマティーニからオリーヴを落とした。体に密着する、肩の開いたグッチのイヴニングドレス姿の、息を呑むほど素晴らしい筋肉の山。丸刈りの頭。身長二メートル二センチ――これはチェック済み！　こういうものに毎日お目にかかれるわけではない。

彼の頭に意地悪な疑念がときどき浮かんだ。

ショシャナとハイヒール――

ばかげたアイデア、どれもこれも。

夜が更けるにつれて、ペールマンの懸念は膨らんだ。自分はやりすぎたのではないだろうか。彼女は夜じゅう、ふらふら歩かないほうがいい。さらに、自分の心に傲慢な気持ちが芽生えたかに感じる。

ショシャナ・コックス。

私の創造物！

それはイヴニングドレスを着てやって来て、まず失敗に終わる。

自分は、『マイ・フェア・レディ』で花売り娘をレディに仕立てあげるヘンリー・ヒギンズ教授なのだろうか。

しかし、それは取り越し苦労だったとわかる。彼女はこういう歩き方しかしたことがないといわんばかりに、颯爽とフロアを歩いたのだ。またしても彼は、彼女の特殊な才能の目撃者となった。もちろん、十二センチのハイヒールで闊歩することが特別な知能だと証明されたのではない。彼女は今回も、予習して知識を身につけることで、新たな挑戦を成し遂げたのだ。ものごとの大きさとどう付き合うかを熟考し、そのあとで初めて吸収し……

そして、習得する。

会話でもそれはうまくいったようだ。彼女の姿があるところではどこでも、話に花が咲く。ペールマンはすぐに、彼女自身の好きにさせた。彼に鼻輪を引っぱられて、サーカスの舞台を連れまわされている気持ちに、彼女をさせてはならない。ごくたまに彼女に目をやって、順調にやっているかどうかを確かめるだけだ。けれども、彼は誇りを感じるのだった。

少しだけ、ヘンリー・ヒギンズ教授の気分を味わった。

「肉体美を誇る女優のブリジット・ニールセンが、ゴジラとのあいだに娘をもうけてたとは知らなかったな」

ヒル作戦本部長が彼のわきに来て言った。そのとき初めてペールマンは、部長がコックスに会ったことがなかったのだと気がついた。

「そんな話を彼女の耳に入れないでくださいよ」

「いやはや、彼女、すごく印象的じゃないか」

「そういうことなら言ってやってください」

ヒルは顎をこすり、

「映画界の人間だな。キャットウォークを歩く。ま、相当頑丈なキャットウォークだけど」

ペールマンはにんまりと笑った。

「で、きみは、彼女がわれわれにふさわしい人材だと確信しているんだな?」

「教官たちは確信してますよ」

「責任はきみにあるんだぞ」

それは本当のことだった。小者ではすまされないという意味だ。ジェイムズ・ボンドもどきでは。ペールマン、趣味に金を浪費するな、あとから償うことになるぞ。われわれは映画に出演しているんじゃない。シン・ベットは見せ物じゃないんだ。


それから十一年が過ぎた。

今、彼はあのガラ・パーティを思い出している。ショシャナ・コックスが、それまで自分の属していた社会から騙しとられていた自尊心を取り戻した、あの夜のことだ。そして、翌朝、彼女のアパートの前に停まったタクシーの中で、彼女が彼の頰にキスをしたときのことを。

「ありがとう」

彼女が彼にとって親密な存在だったのは、そのときが最後だった。

アヴラハム・ヒル作戦本部長の後任にエリ・ベン＝トゥヴが就任し、ペールマンは次長に昇格した。今や彼は作戦本部のナンバーツーで、エージェント、エージェント・コントローラー、分析官、IT専門官、デスクオフィサーや各部門のチーフを意のままにしている。そこにはナンバーワンすら含まれるかもしれない。だが、彼がシン・ベット長官になることだけはない。

ペールマンにとっては幸いだ。

喜ばしい、とでもいおうか。

彼の表情に、永遠にナンバーツーであることへのかすかな失望の色を見てとれるかもしれない。しかしそれは、彼がもともとそういう顔つきをしているだけだ。彼は、ビビと呼ばれるビンヤミン・ネタニヤフとの会合を耐えるつもりもないし、オリーヴをつまみにビールを飲む権利を彼に奪われるのも嫌だった。ネタニヤフ首相は、イスラエルの役所というものは自分の執務机から操ることができると考えていて、なにかにでも鼻を突っこみ、小心者ゆえか、ハマースのリーダー全員を消すことを要求し、誰にとっても心配の種になるほど、暗殺を偏愛するようになっていた。

首相の勘が鋭いことは確かだ。湾岸戦争では、サダム・フセインの動向をつぶさに予言し、イスラエルの当時の状況を正確に分析した。

同時に彼は自分をアーサー王にみたて、モサド、シン・ベット、軍事情報部で新版の円卓会議を催そうというのだ。彼の気分は、山の天候が崩れるよりも速く変化する。にこやかに笑った次の瞬間には、こう叫んでいる――私は彼らの首が欲しい！　彼らが死ぬのを見たい。手段は問わない。実行されるのを目にしたいのだ。早ければ早いほどよし！

叫んで叫びまくる。

そして、ネタニヤフの最悪なところ――

サラ・ネタニヤフだ。

彼の妻は、情報機関が実施している仕事を逐一報告するよう要求する。それは、かつてヒラリー・クリントンがＣＩＡに興味があると発言したことがあるからにすぎない。シン・ベット長官が無意味な報告にわざわざ出向いているあいだ、ペールマンは深呼吸して自分の仕事に専念できた。

仕事をさせてもらえる場合だが。

「残念ながら、私たちにはもうなにもさせてもらえない。監視は中止だ」

彼はエージェント・コントローラーに告げる。

「いいえ」

エージェント・コントローラーはそう応じる。気に入らないときの、ショシャナ・コックスの返事だ。彼女は五年前にエージェント・コントローラーになり、ずっと強情な態度を貫いてきた。

「きみが、相当な時間を投資したことはわかっている――」

「投資するのはかまわないわ。配当をいただきたいんです」

「私は後ろ手に縛られているんだよ」

彼女は彼のデスクの前にある椅子に、背もたれを壊すかの勢いで腰をおろす。

「あと残された時間はどのくらい？」

「三日。それ以上はもらえないぞ」

「それでやってみます」

彼女を説得するのはむだだ。

「好きにしたまえ。だが、そのあとは、きみのチームを呼び戻すんだぞ」

「シルバーマンは、データを持ってるのよ。あたしにはわかってるわ」

「疑念という大洋に落ちた、ひと雫の確信だ」

「ふた雫よ。それはわかっているでしょ」

ペールマンはため息をついた。

「私たちは一年かけて、結局、彼のもとからなにも発見できなかった。なにも証明できない

「監視されてないと感じてからでないと、彼は行動に出ないからよ。何カ月か前から、あたしたちは感づかれないよう細心の注意を払って彼を追ってる。あたしたちが諦めたという結論をだすはずよ。彼はそういう状況になったのよ!」

「そして、われわれは手を引く」

彼女は下唇を噛みしめた。立ち上がって扉に向かう。

「そうだ、シャナ」

ペールマンは呼びかけた。書類をかきまぜながら、目のすみで彼女の姿をとらえる。

「私に知らせもせずに、単独行はするな。いいな?」

彼女の耳に届くよう、大きな声でつけ足した。

一九六七年

その年は、世界各地でさまざまな出来事が散発した。

ボリビアではチェ・ゲバラが処刑され、ドイツでは、いきなり色鮮やかなテレビのカラー放送が始まり、南アフリカ共和国の医師クリスティアーン・バーナードが初の心臓移植出術を行なった。カリフォルニアでは、大勢のヒッピーが〝サマー・オブ・ラブ〟を叫び、まるでポップ・ミュージックを独占するかのように、モントレー・ポップ・フェスティバルを盛り上げた。

ビートルズは『サージェント・ペッパーズ・ロンリー・ハーツ・クラブ・バンド』で、世の中をわかっていることを彼らに示してみせた。

エルヴィス・プレスリーがプリシラと結婚し、のちにヨハネ・パウロ二世となるカロル・ヴォイティワが枢機卿になり、フェリーチェ・ジモンディが自転車のロードレース、ジロ・デ・イタリアを制し、アポロ一号の乗員は一メートルも飛ばないまま、司令船の中で焼死した。

この世の舞台から退場した者たち——ソウルの王と呼ばれた、アメリカの黒人ミュージシヤン、オーティス・レディング。西ドイツの初代首相を務めた、コンラート・アデナウアー。アメリカのセックスシンボル、女優のジェーン・マンスフィールド。この世の舞台に登場した者たち──登場順に、グランジ・ロックで一世を風靡したカート・コバーン。女優のニコール・キッドマン、パメラ・アンダーソン、ジュリア・ロバーツ。

悪い一年ではなかった。

そして、イスラエルは宗教的に重要な国境を手に入れる。

戦争に勝てばそういうことになる。

ありふれた戦争ではない。

あの戦争だ。

イスラエルではそれを六日戦争と呼ぶ。

その前の戦争とはまったく違うものだった。

独立戦争で敗北したのはエジプト、ヨルダン、レバノン、イラク、そしてシリア。彼らは目的ではなく、憎しみで団結しており、初めから負け戦であることは明らかだ。とはいえ、シリアが土壇場で撤退しなければ、イスラエルは撃破されていたかもしれない。たとえなにが決め手になったとしても、一九四九年の独立戦争は各国との個別の停戦合意ののち、シオニストの勝利で終わり、国土をかなり拡大させた。一方、好戦的な隣国たちは七十万人のパレスティナ難民を押しつけ、初めてのパレスティナ国家建設の機会を失っていた。

運命はイスラエルに好意的で、新たな国境が生まれた。

グリーンライン。

一九四九年、独立戦争で勝利したときの停戦ライン……

それから六日戦争。

つまり――

啓示だ！

神はイスラエルに好意的だ！

その年の初めは、まだまったく違う様相を呈していた。

イスラエル　ガリラヤ湖

集団で麻痺してしまった国。

一月。

湖の北西岸に向けて、オフロード車がクラッチを操作するたび耳障りな音をたてながら、未舗装の道をがたがたと走っていく。エフダは、エンジンが毎日違う謎めいた音を発することに驚いていた。この車には次々と欠陥が現われて、転売などできそうもない。売れたとしても、新車を買うのに役立つ金額では無理だろう。このポンコツは、尻の下でばらばらになるまで乗り続けるしかない。こうなったら、あとはどんなひどいことになろうと同じだった。

どうやら――

もっとひどいことになるようだ。

まわりを見れば、神経はぼろぼろだった。常に脅威にさらされる状況に慣れることはなかったのだろうか。イスラエルのほかに、心に鎧《よろい》をまとった子どもたちが生まれる国はあるのだろうか。しかし今、この国の子どもたちは自分の力を疑っていた。何十年にもおよぶ圧力が作用し、力はすべて尽きてしまったようだ。一九六〇年代の中ごろ、エフダとフェーベが子どものウリとともに、ティベリアス湖とも呼ばれるガリラヤ湖のある地方に移り住んで以来、状況は厳しさを増していた。それは金価格よりも高価な水の問題だ。イスラエルの河川や地下水では、急速に増加する人口に充分には対応できない。南部では慢性的な干ばつに苦しめられていた。この国最大の貯水池はガリラヤ湖だが、イスラエルの北東部に位置し、シリアやレバノンに水源を持つヨルダン川から水が流れこんでいる。

イスラエル、シリア、レバノン、ヨルダン、ヨルダン川西岸地区……

すべての人々が同じひと雫の水に依存していた。

さらに、ガリラヤ湖の東岸に接するゴラン高原は、いまだシリア領のままだ。

砲台を設置するために創られた土地。

何年も前から、シリアはそこから砲弾を放ち、イスラエルの漁民に狙いをつけ、農民たちは畑に行く勇気をなくしていた。イスラエルがヨルダン川上流の水を迂回させようとすると、シリアは消耗戦を展開する。アメリカが仲裁に入り、水資源を国際共同開発する条約を提案した。イスラエルには締結する用意があったが、アラブ連合は同じ理由から拒否した。イスラエルと国際条約を締結すれば、イスラエルを国家として承認することになる。そして、イスラエルを承認すれば、大西洋とペルシャ湾とのあいだにアラブ文化圏を築くという汎アラブ主義を夢見た、エジプトの国家元首ガマール・アブドゥル・ナーセルの計画を妨害することになる。

そこにシオニストの国家は合わないのだ。

すなわち、アラブ人とユダヤ人とのあいだに条約は存在しない。

いかなることにおいても。

外交交渉が決裂したのち、ついにイスラエルは、国家水利計画と呼ばれる、ガリラヤ湖の水資源を直接利用する総延長六千五百キロメートルの水路網の運用を開始した。以来、膨大な量の水が、不毛の地に花を咲かせるため、南部のネゲヴ砂漠にまで流れこんだ。案の定、シリアは怒りを爆発させ、ヨルダン川上流の水をシリア国内に転流する工事に着手する。イスラエルはその計画を叩き潰すべく戦闘機を送った。シリアは工事を再開する。爆撃、工事再開。この数週間で、イスラエル空軍はシリアのミグ戦闘機六機を撃墜した。

これが、エフダが湖岸に車を停め、周囲のバナナ農園に目をやりながら話し合う技術者の一団に歩み寄っていったときの、状況だった。

いや、彼らはヨウゼフのまわりに集まっていた。

ヨウゼフ・アルサカキニが、指を広げ、両腕をはげしく振りまわし、その場でぐるぐるまわっている。

一団で笑いが起きた。どうやら本題からはそれているらしい。ヨウゼフは冗談をまじえて話をしているらしいが、彼の話術は秀逸だと言っておかなければならない。

「どうしたんだい？」

エフダは一同に尋ねた。

「もう腹が痛くて」

男たちの一人が笑いながら答えた。

エフダは怖い目をして、

「おいおい、きっとすぐに背中が痛くなるぞ」

ヨウゼフがにやりと笑いかける。

「おや、エフダ、ただの冗談を言ってただけだ！」

「お金では買えない冗談よ」

ハツェリム村という集団農場《キブツ》から来た検査官の女性がけらけらと笑って言った。

「わかってるよ」

エフダは視線を流した。陽光が湖面で踊っている。

「そんなもののために金を払うことはないぞ。えっと、なんの話をしていたのだったか……

……」

自らも冗談で即答する。一同は大笑いした。

湖岸線に沿って、イスラエル国防軍《ツァハル》の部隊が、迫撃砲と榴弾砲で武装した彼らのグループを守っている。砂を振りかけたように、ゴラン高原はかすんでいた。いつなんどき次の砲撃があってもおかしくない。グループはパイオニア的な仕事をしており、守られてしかるべきだった。ここでの試験は、イスラエルの農業に革命をもたらすことを約束してくれる。一滴の水も蒸発させることなく、必要量を植物に供給する柔軟なパイプやチューブからなるシステムの試験が行なわれているのだ。細流灌漑は、最近設立されたばかりのネタフィム社の目玉製品で、エフダはプロジェクトリーダーとしてイスラエル北部での革命を担っていた。

報酬は、そうだな。

それはむしろ反革命的だ。

しかし、このプロジェクトには発展の可能性が大いにあって、当然、最高の仕事だった。多くの者たちが指をくわえて見ているのだろうが、彼らはアリクと友だちではないからしかたない。幼なじみのアリクは、いつしか北部方面隊の参謀将校になっており、レヴィ・エシュコール首相の側近の一人だった。エシュコールは農業大臣に就いていたとき、イスラエルの水資源管理を熱心に支援した。首相になってからも、それは彼にとって重要なテーマで、その分野の専門家をよく知っている。そこでアリクはエシュコールに、エフダに仕事を与えるように頼んだのだ。

エシュコールはネタフィム社を設立した。

エフダは、ガリラヤ湖周辺の不動産供給を調査したことがある。学識のある優秀な農民でイスラエルの地固めをできるという事実を考慮した、適材適所の人事だった。そういうことには、大学に入ったころはエフダは疎かった。問題意識がはっきりしたのは、職が見つからず、大学で新たに得た知識が母親の役に立つならばと、フェーベとともに母親の農場に移り住んでからのことだ。母親とフェーベは女同士うまくいっていたが、彼は永遠に母親と朝食を食べる気はなかった。テル・アヴィヴで、商品管理のポストが空いた。儲かる仕事ではないが、月並みな慰めの言葉でもないよりましなのだろうか。

「最善はあとからやって来るものだ。ローマは一日にしてならず」

上司は夜ごと彼に約束した。

「まずは下積みから始めろ」

さらに月並みなことを言う。けれども、昇進の機会は訪れず、まさに牛歩戦術だ。

エフダはいらいらさせられた。

フェーベは妊娠した。

アリクが動いた。

一九五五年、エフダはネタフィム社の開発部門に転職し、今の彼があるというわけだ。一同の陽気な雰囲気に、彼は誰かが言うのを耳にするまで、湖の対岸の危機的状況を忘れていた。

「戦争だ」

「誰がそんなことを？」

ネタフィム社の検査官の女性がいらいらとあたりを見まわす。

「ニュースがそう報じてる。ナーセルがシナイ半島尖端のティラン海峡を封鎖し、イスラエルの船舶は通航不能だ。さっきニュースでそう言っていた」

話に加わった兵士が言った。

エジプトのナーセルは、シリアと緊密な関係だ。一九五〇年代、アラブ連合共和国を樹立するため、両国は団結した。長続きはしなかったが、どちらから風が吹いてくるのかを教えてくれた。

シリアと戦争をすることは、ナーセルと戦うことだ。

その逆も然り。

突然、陽気な雰囲気が一変する。落胆、不安、無力感の雲が垂れこめた。ヨウゼフが生意気そうな顔をして、一人ひとり、順に見まわす。

「冗談でも言おうか？」

「そろそろ仕事を始めよう」

エフダが首を振って応じた。

「まったくくだらない」

アリクが怒鳴った。

「戦争があるということが？」

「心配の種があるかもしれないということだ」

五月のことだった。

彼らは、フェーベとエフダが借りている小さな家のベランダに座って、冷えたバターミルクを飲んでいた。庭では、彼らの子どものウリとグールが、アリクの犬と追いかけっこをしている。エフダはその場所が好きだった。湖まで広がる北地区の農地が、右手に見えるティベリアスの古い町並みとよく調和している。

しかし、その調和もお終いだ。灌漑計画は日々前進しているものの、シリアの砲撃の犠牲になる危険も高まっている。技術者の一人が精神衰弱で苦しんでいた。砲撃で脚を吹き飛ばされるよりはましなのだが……

誰もがすっかり狼狽していた。

この場所を引き払うことすら考えていた。

しかし、どこに行くのだ？　小さな国家のどこに、安全な場所があるというのだ。それに、ほかの者たちが決闘してでも獲得したいと思っている仕事を、途中で放棄することは、最良のアイデアではないし。

アリクが考えこむようにして口を開く。

「そうやって自信をなくす気持ちは、おれにはわからないな。みんな、この世の終わりみたいな顔をして爪を噛んでいるが、おれたちには無敵の軍隊と最高の情報機関があるんだ。エシュコールですら、惨めな気分に感染してしまってるし」

「エジプトが戦時体制をとれば、楽しい気分になれるはずがないんだ」

エフダは言った。

「ばかばかしい。エジプトのほうが、もっと懸念しているということだ」

「つまり、ナーセルが戦争準備をしたということだろう」

「ナーセルが怒りで煮えたぎるまでは戦争準備をさせてやろう。そこまでになれば、おれたちが頭を使ってあいつを片づけるから」

この数週間、アリクがエシュコールと国防軍のジツァク・ラビンに、エジプトに対して先制攻撃をしかけるように迫っていることは言わなかった。ラビンは、おそらく場所をシナイ半島に限定した攻撃には同意するだろうが、それではアリクを満足させる結果にはならない。限定攻撃はまったく無意味なことだと、彼はみなしていた。正真正銘の攻撃をしかけるか、なにもしないか。

正真正銘とは、雑草を根こそぎにすることだ。

「おい！　あれを見てみろ！」

グールがウリのサッカーボールで天才的なリフティングを披露していた。つま先で蹴ったボールを膝で踊らせ、肩、頭と受けてもとに戻す。そのボールを、ウリは奪うとフェーベのハーブ畑のぎりぎりをドリブルする。アリクの犬があとを追いかけ、狂ったように吠えると、近所の犬たちが遠吠えして応じた。暗くなりかけた畑に、犬のきゃんきゃんと鳴く声が響きわたり、夕暮れの美しさを話し合っているかのようだ。犬たちの合唱。消えゆく空を背景に、松やユーカリや送電線の鉄塔が、切り絵のように浮かび上がっていた。

なにもかもあっという間に過ぎ去っていった。

おれには家族がある。エフダの頭にその思いがよぎる。

家族が持てるとは思いもしなかった。子どもにいたってはいわずもがなだ。なのに、もうすぐ二人目が生まれる。

すべて順調にいけば、あと少しで。

おれの子どもたち。

ウリはおれにそっくりになってきた。まだ十二歳だが、あの身長なら十六歳でも通じる。おれより頭ひとつ分、大きくなるにちがいない。おれでも百九十センチあるのに。一方、アリクの息子のグールは、がっしりとした体型の父親とは正反対だった。華奢で、かわいらしい顔をした、魅力的なわんぱく少年だ。母親のガリに似たのは間違いない。

アリクが熱愛した初恋の人。

彼女は五年前に他界した。

小型のオースチンを運転して一人でエルサレムに向かう途中、事故に遭ったのだ。始まったばかりで終わってしまうストーリーもある。決して存在しないと思っていたストーリーが始まることもある。

本当にそうなのだろうか？

ガリはアリクの最愛の人だった。間違いない。しかし、彼の妻はリリーだ。この胸に誓って言うが、彼がガリの妹を愛するとは誰に想像できただろうか――アリクですら思いもしなかったのだから。まだガリの死を悲しむあいだに、知らず知らず妹を好きになろうとは。

今では、彼はさらに二人の息子を授かった。オムリは三歳で、ギラッドは生まれたばかりだ。彼の幸せは申し分ない。少なくとも私生活では。

仕事では……

「そうだ、もう一つ言っておきたいことがあったんだ。昨日、准将に昇進したんだよ」

エフダに答えるかのように、アリクが言った。

エフダは思わずほほ笑む。アネモネの咲き乱れる草原に、木の棍棒を持って立つ小太りの少年が目に浮かんだ。欲求不満を吐きだそうと、花を叩き落としていた少年が。

「アリク、すごいじゃないか」

「まあ、肩章が変わるだけなんだが。でも、それでおまえたちを安心させられると思う」

「おれたち？　どうして、おれたちなんだ？」

「この階級になると、おれにはもっと行動の自由が手に入る。それに……おまえにだけ話すが、彼らはモシェを国防大臣にするかもしれない」

モシェ・ダヤン。過去をともにした男。落下傘兵、第百一部隊。もし本当にダヤンが国防大臣になれば、アリクの自由裁量の余地は格段に広がるだろう。

しかし、それが自分にどう関係するのか、エフダにはわからない。

「おまえたちの安全に関係することだ。それとも、あっちからシリアがおまえたちを撃つのを、おれが黙って見てるとでも思うのか？」

アリクは、ウリが眠れる恐竜と名づけたゴラン高原の山塊を指さして言った。

「まずはナーセルを片づけるしかないな」

ナーセルは、一九五六年のスエズ戦争以来、自らをアラブ世界の指導者の型にはめ、その役まわりになじんでいるようだ。イスラエルに勝利すれば、神格化された英雄の位に引き上げられるだろう。

アリクが身を乗りだした。唇の上にバターミルクでできた髭が生えている。

「おれがそれをどう見ているか、おまえに話しておこう。ナーセルは武力をちらつかせて脅しているんだ。実際に彼の軍隊は虱《しらみ》だらけで、参謀総長は間抜けだし、将校団は陰謀でずたずたにされた。彼はなにも持っていないが、一九五六年のスエズ戦争で学んだことも一つもない。おれたちが勝利した理由は、フランスとイギリスがおれたちの側につき、彼にせっせと武器を供給するソヴィエト連邦が暗中模索していただけだからだと、ナーセルは考えている。彼らは、おれたちが全土への先制攻撃を計画していることを、彼に絶えず教えるが、彼の情報機関は、ばかげたことだとナーセルに言う。だが、ファラオは被害妄想に陥っていてね。だから、彼のほうから先制攻撃を計画する」

「おまえは、それが心配じゃないのか？」

「ああ、彼の軍用機は、おれたちがスエズ戦争でスクラップにしてやったように、今も地に墜ちたままだからな」

「じゃあ、なにが彼を駆り立ててるんだ？」

「不安だ。彼の怒りはイスラエルに向けられているが、本当は、彼はいたるところにアメリカの姿を見ているんだ」

ナーセルが見ているものは――シリアにおける社会主義指向の政治システム。シリアはソ連とともに企んでいるわけだが、それは左翼のイデオロギーからなる汎アラブ共和国の構想を自らに供給しているようなものだ。そしてイスラエルは、シリアを攻撃する寸前だった。さらにナーセルは、陰謀の糸を引くアメリカの姿を目にしている。なぜならアメリカは、社会主義思想を持つと評される、いかなる政府に対しても行動をとることで知られているからだ。つまり、中東では冷戦がまもなく危機的段階に入るというわけだ。

「そこでナーセルは、まずはシリアを、次にエジプト、最終的にはアラブ世界のすべてを支配下におくために、おれたちよりも前に軍隊を送ろうと、思い上がって考えてるんだ」

「そういうふうにしてソ連を弱体化するために」

「そのとおり」

「え？　そうなのか？」

アリクは笑った。

「違うんだ、エフダ！　まったくそうじゃないんだ。アメリカ政府はアラブ世界との良好な関係に興味がある。だが、共産主義者の恋の病は、きみも知ってるだろう」

「帝国主義の陰謀」

では、西側の帝国主義者そのものが創りだしたフランケンシュタインは、誰なのか。イスラエルだ。そのため、シオニストの行状の背後に、常に同じヨーロッパとアメリカを垣間見ることは、アラブの風習だ。シリアからテロの楽しみを奪う手段を、イスラエルの国会《クネセット》で彼らが模索していることは、陰謀に夢中なアラブの支配者には想像できない。

「だから、ナーセルはわれわれに先手を打って、偉大なファラオとしての光輪を育むつもりなんだ。けれども先手を打ってしまったら、彼の幸運の星は沈みはじめる。ソ連が、彼が望むほど早く武器供給に応じないだけで、彼はプレッシャーにさらされる。おれを信じてくれ。モサドは、彼のどんな足どりでも情報をつかんでいる。もし彼が本当に攻撃を開始したら、おれたちは彼が降参する前に、カイロに侵攻しているはずだ――」

アリクは椅子の背にもたれてつけたす。

「――おれにだったら、とっくに一発くらわしてるだろうが」

「じゃあシリアは？」

「頼むよ、おまえも見ればわかるとおり、次にやって来るのは軍事クーデターだ。あいつらは戦争ができる状況じゃない」

「去年は全然違っていたようだな」

〈われわれは、なんの制約もない全面戦争をするつもりだ。シオニストの土台を打ち砕く戦争を〉

シリア大統領の言葉。引用終わり。

「だからどうなんだ？　アラブ人さ。おまえもよくわかってるだろ。あいつらは無駄口が多いんだ」

アリクは肩をすくめた。

しかし、イスラエルでも無駄口は多かった。特に五月、シリア政府の口調が明らかに激しさを増すと。今、シリアの国防大臣ハーフェズ・アルアサドは次のように話している。

「われわれの軍事力は今や充分となった。解放作戦を実行に移し、アラブ人の故郷からシオニストの存在を抹消する用意はできている。私は軍人として、殲滅戦争の機が熟したと思っている」

エジプトのナーセルが呼応して、

「われわれの最重要目標はイスラエルの殲滅だ。アラブ民族には戦う意志がある」

その効き目はあった。

少なくともイスラエルのメディアは心配で声をうわずらせたのだ。四十八時間も経たないうちに、エジプトの歩兵部隊がスエズの非武装地帯を占領し、シナイ半島に進軍したからだった。どうやらアリクの言うとおりのようだ。ナーセルはなにも学んでいなかった。イスラエルは西側の支援がなければ、エジプトとシリアとヨルダンからなる連合軍には対処できないと、彼は考えている。そうでなければ、不充分な装備の軍隊を投入するだろうか。このところのイスラエルの新聞社説が、おそらく彼を強気にさせ、シオニストは志気をくじかれたと思ったのにちがいない。

太い活字で書かれた悲観的な論説。

しかし、なにも学んでいなかったのは、われわれのほうかもしれない。エフダはそう思った。われわれの情報機関の状況判断は間違っており、ナーセルはわれわれが考えていたより、ずっと強力だったのだから。

そして今、彼はティラン海峡を封鎖した。

その水域に機雷を設置したのだ。

明らかな宣戦布告。

彼のはったりなのか？　アラブの隣人のあいだで面目を失わないために、衝突コースを突き進むしか選択肢がない状況に、自らを向けたのだろうか。

それとも、われわれは彼をあなどっているのか。

今、イスラエルでささやかれ、メディア各社が煽動合戦するように、われわれが彼をあなどっているという説が今回のケースなのかもしれない。アラブ人の村々では、何百万という字も読めない人々が、タールのように濃いコーヒーと水パイプを手にして、村で唯一のラジオを囲み、自分たちの指導者が語るプロパガンダに聞き入り、勝利と栄光、土地を奪ったシオニストへの血なまぐさい復讐、南部国境地帯での戦車や大軍といった、耳触りのいい約束に耳を傾ける。ラジオ・カイロはヘブライ語でも放送しているが、それはユダヤ人への禁じられた愛からではなく、自分たちの身にどんな災いが降りかかっているのか、ユダヤ人に聞かせるためだ。

そして、彼らはそれを聞いた。

そして信じた。

彼らはイスラム教徒と同じで、プロパガンダには敏感だった。イスラム教徒の言葉は阿片のようなものだ。たとえ彼らが雄弁に口にする大げさな言葉が真実とは無縁であっても。真実など、それぞれが主張すればそれだけで真実になるものなのだ。イスラエルの主張する真実とは、ユダヤ人の命を救うために一ミリでも動いた者は、この世に一人もいないということ。だから彼らは自立する。そして、ラジオから聞こえてくる情報の半分でもそのとおりなら……

モラルは、嵐のときの気圧のように低下した。五月二十六日、朝靄の中を、エフダは馬に乗ってきらきらと輝く湖に向かって下っていった。そこでは、ロケット攻撃の危険もかえりみず灌漑網を建設する作業が続けられている。遠くに煙の柱が見えた。

無線でヨウゼフを呼びだす。

「戻ってくれ。学校は休みだ」

ヨウゼフは言った。

「なにがあった？」

「みんなは大丈夫だ。シリアがわれわれのウエストキャンプにロケット弾を撃ちこんだんだが」

「それで？」

「すべて焼け落ちた」

「くそ」

つかの間、エフダは山羊小屋に弾が命中すればよかったものをと思った。彼は心優しい男だが、ウエストキャンプの高価な機器や資材が破壊されるくらいなら、山羊が黒焦げになるほうがましだ。その結果に考えをめぐらせるあいだにも、湖の対岸から、砲撃のくぐもった音が響いてくる。空高くに、ジェット機の銀色に輝く機影も見えた。

シリアのだろうか。

「今、行く」

「来るな。それにはおよばない。それよりきみは――」

キャンプのすぐそばで、着弾した轟音に続いて二つ目の煙の柱が上がった。

「ヨウゼフ？」

無線機から悲鳴が響き、かたかたと小さな音が上がる。馬は荒い鼻息をたて、わきに跳ねた。まるで乗り手の不安を感じたかのようだ。

「ヨウゼフ！」

「エフダ」

ヨウゼフの声がふたたび聞こえた。かなり緊迫している。

「──ここを出る。兵士がわれわれを送ってくれる。きみは家に戻ってくれ。あとで話そう」

エフダは湖岸に目を凝らした。

畜生！

馬の向きを変え、全速で家に向かう。

〈シリアが対岸からおまえたちを砲撃するのを、おれが黙って見てると思うのか？そうじゃないのか？　だったらアリク、いいかげんなんとかしてくれ！

息子のウリがベランダに立ち、遠くの湖岸に爆煙が広がる様子をじっと見つめていた。エフダは馬から飛びおりると、息子を家に連れて入った。

「パパ、あそこでなにが起きてるの？」

「父さんたちのキャンプが燃えてるんだ」

「あれはシリアだったの？　またやって来たの？」

「そうだ。でも、おまえは心配しなくていいぞ」

「ぼくは心配なんかしてない。ぼくのことはいいから、父さんは、自分とママと赤ちゃんの心配をして」

ウリは真顔で言った。

「大丈夫だ。このあたりの高台にいれば安全だから」

だといいが。

妻のフェーベが腰を両手で支えて、彼のほうに歩いてきた。せりだした腹は、すぐにも妻を産院に連れていけと要求している。臨月に入ったところだ。

「ねえ、エシュコールがラジオに出てるわ」

フェーベは言った。

それは本当だった。首相であり国防大臣でもあるレヴィ・エシュコールが、国民を鼓舞するためにラジオで呼びかけている。彼の言葉に野営地や塹壕の兵士たちが耳を傾けるように、巨大な常備軍をあえて持たない国民も聞き入った。国民自身が軍隊だからだ。予備兵の軍隊。エフダもとっくに軍服に身を包んでいるはずだったが、許してはもらえなかった。

ネタフィム社のプロジェクトのほうが重要だからだ。

二人は、全イスラエル人の指導者が告げることに聞き入った。十五キロメートル先では、シリアの大砲が火を噴いている。エシュコールは決して雄弁家ではないが、今日は、まるでベッドからマイクの前に引きずってこられたかのように、眠そうな声をだしている。声に決然とした響きはまったくなかった。

「……必要かもしれない。われわれの部隊の一部を国境から撤退……移動しなければ……えっと、させなければ……」

一瞬の間。ささやく声。

「撤退なのか移動なのか？　ここには両方書いてあるぞ」

フェーベとエフダは顔を見合わせた。

「なにをぶつぶつ言ってるのかしら？」

軍服を脱ぎ捨て、そそくさと逃げだす兵士は非難されて当然だ。エフダは思った。

ネゲヴ砂漠　キャンプ・シヴタ

「エシュコールは愚か者だ」

その数日後、アリクは声を荒らげて言った。新兵の一団を迎えるため、練兵場を闊歩しているときのことだ。

「ナーセルに先制攻撃をしかけろと、私は口を酸っぱくして彼に言ってやった。その結果が、このざまだ」

このざま――ヨルダン国王フセイン一世は、自分の軍隊をナーセルの管轄下においた。それにより、イスラエルは三つの前線で同時に戦うという脅威にさらされている。

北はシリア。

東はヨルダン。

南はエジプト。

「これこそ私が避けたかったことだ！」

そのために彼は参謀総長のラビンに、エシュコール逮捕の提案を極秘で持ちかけた。ラビンは激怒して拒否するが、すぐに臆病風に吹かれてしまう。

意気地なしばかり。

大勢の下士官がアリクのそばにいた。太っているのに驚くほどの速さで練兵場を歩く指揮官の独り言に耳を傾けている。基地はネゲヴ砂漠のど真ん中、エジプト国境のすぐ手前にあった。ビザンツ人や、アラブの商業民族ナバテア人の住居遺跡は歩いて行ける距離だが、今どき興味のある者は一人もいない。果てしなく延びる鉄条網の柵と監視塔が、兵舎から見わたせた。シナイ半島の真ん中からエジプト軍が国境に押し寄せてきたら、アリクが第三十八師団をここに展開することになっている。彼の望むところだ。

まだいくつかすることが、彼の頭にはあった。

機が熟せば。

ごく最近、兵士になったばかりの市民が今もなお到着していた。イスラエル国会《クネセット》はようやく目を覚ましたようだ。南部方面隊の最高司令官エシャヤフ・ガヴィシュがジープでやって来ると、アリクもその理由を知った。

「エシュコールが挙国一致の体制に同意したぞ。モシェ・ダヤンが国防大臣だ！」

ガウィシュが大声で彼に呼びかける。

アルクは足を止めた。砂埃が舞い上がる敷地に目をやり、兵舎、軍用機や戦車や中隊が作りだす混沌に視線をめぐらせる。

いいぞ、とてもいい!

過去には不和がいくつかあった。しかし、もとの鞘に収まることはわかっていたのだ。先週、ダヤンがキャンプにやって来ると、アリクは狭いキャンピングカーの車中で、自分の計画を彼に話して聞かせた。昔の怒りは静まり、今では二人の協調関係はうまくいっている。アリクには、ダヤンが自分の計画を支援してくれることはわかっていた。単独行であっても。

アラブ人のはったりなのか、本当に攻撃してくるのか、いまだ明確ではないが、それはもうどうでもいいことだった。

攻撃

六月五日午前七時十四分、智天使ケルビムと熾天使セラフィムが翼を広げる。栄光の中で、天使の一団が飛びたち、ガブリエル、ミカエル、ラファエル、ラグエル、サリエル、エラヒミエルが空高く羽ばたいた。その轟音が天を引き裂き、イスラエルの敵を急襲して火を放つ。

ファラオの群れは悲嘆の声をあげ、惨めにひるんで滅亡した。

すべてが繰り返される。

七時十四分、イスラエルのジェット戦闘機百八十三機が飛びたった。人知れずエジプトの空域に侵入し、エジプト空軍機を一機も離陸させることなく、その三分の二をわずかな時間で破壊した。

終わりの始まり。

エジプトの全飛行場が瓦礫と化したため、イスラエル国防軍《ツァハル》の地上部隊が、シナイ半島に展開する敵に向かって進軍した。十時半をまわったころ、アリクの乗る指揮車輌がエジプト国境を越えた。彼は歩兵隊と戦車部隊を率いて南に向かっている。戦争開始から三日が経過し、ナハルのまわりの平原は燃えさかる地獄と化した。エジプトの第六師団には、灼熱した鉄と、骨と灰しか残っていない。ヨルダンのフセイン一世は西エルサレムとテル・アヴィヴ近郊を砲撃した。ツァハルの部隊がエルサレム旧市街を征服し、神殿の丘に国旗を掲げ、ヨルダン川西岸地区に攻めこみ、ヨルダンの首都アンマンに針路を向けた。戦争五日目、ヨルダン軍が恐怖におののいて逃げだそうとしているころ、ゴラン高原に展開していたシリアの部隊は、爆撃で疲弊しパニックに駆られて、すでに逃亡していた。イスラエルの部隊は、ガリラヤ湖の北に延びる山の尾根、ガザ地区、ヨルダン川西岸地区、シナイ半島を占領しており、アンマン、カイロ、ダマスカスに進軍する準備ができていた。命令を待つばかりだが、まだ出ない。エジプトやヨルダン、シリアを征服することに真剣に興味を抱く者はいなかったのだ。

六日目、戦争は終わった。

そして、アリクは英雄になった。

彼はイスラエル史上、最も手のこんだ戦いを繰り広げた。あの戦いがなければの話だが。皆は彼を祝福し、天才と呼んだ。おいおい、天才じゃあ物足りないぞ。

では彼は？

天才の名をほしいままにしていた。

彼はヘリコプタでテル・アヴィヴに戻ることになった。シナイ半島の北に延びる、白く輝く海岸線にうっとりと目を向ける。夕日を浴びて椰子の木が影を落とし、ガザ地区の難民キャンプですら彼の胸を高鳴らせた。ローターの騒音に負けじと、手ぶりをまじえて大声を上げるが、隣に座るモシェ・ダヤンの娘は、ひと言も聞こえないと身ぶりで示した。結局、彼はペンと紙切れをだして、こう書きつけた。

〈このすべてがわれわれのものだ〉

このすべてをわれわれは征服した。

彼は、エジプトの第六師団に勝利してからというもの、襲いくる悲しみを無視しようとしている。ナパーム弾と戦車の砲撃が平原に残した醜い爪跡を目のあたりにして、自身の成功に驚愕していた。

いまだに死臭が鼻に残っている。

焼け落ちて残骸と化した飛行機の中の黒焦げの死体が目に見える。

何百、何千という死体。

彼の所業。

エルサレム

彼の所業！

「われわれへの、彼からのメッセージだ！」

ビンヤミンは息を呑んだ。書架のあいだに押しかけ、熱心に耳を傾ける生徒や教師に視線をさまよわせる。エルサレムにあるメルカズ・ハラヴ・コーク・タルムード学校の大ホールは超満員だった。この由緒あるイスラエルの宗教学校で、ビンヤミンは学び、今は、ユダヤ教の聖典タルムード、聖書の章《ポセク》、伝統的なユダヤ法を教えている。

「神がこの陶酔するような勝利を、道標として、われわれにお贈りくださった。歴史書に、われわれの軍隊の比類なき勝利を読むことができる。そう、彼らは比類なきことを成し遂げた。だが、なぜだ？　なぜなら、神が彼らをお導きになったからだ。神殿の丘に国旗が翻るのを目にした瞬間、どなたのお恵みとお力のおかげでわれわれが勝利したのか、私は悟った」

そうだと、つぶやく声。多くの者が上体をリズミカルに前後に揺すっている。ビンヤミンは、白髪まじりの立派な髭を蓄えた初老の男たちを目にした。まだ頬には綿毛のような髭しか生えていない若者たちは明らかに感動している。

われわれの将来だと、彼は誇らしく思った。

「イスラエルの民の聖なる再生は、今初めて本当に始まった。なぜなら、われわれは聖書に示された土地で生きているからだ。エレツ・イスラエルは、再入植を阻まないヴィジョンではない」

「神に祝福あれ！」

モシェ・レヴィンガーの姿が最前列にあった。

拳を突き上げて。

ビンヤミンは彼を眺めた。レヴィンガーは自分より二、三歳若いが、老けて見える。眼鏡をかけた地味な男で、ある人物の顔を殴って骨折させるまでは軽く見られていた。ビンヤミンと違って、外交的な曖昧な言葉を知らない男だが、深い憧れを持つ点で二人は一致している。

レヴィンガーはまだ役に立つだろう。

「そうだ。神に祝福あれ。そして、われわれはユダ支族の土地で始まることになる。アブラハムとダヴィードの墓所で――」

ビンヤミンはひと息おいた。

「――キリヤット・アルバで！　ヘブロンで！」

テル・アヴィヴ

十二名の男たちが一枚の地図を囲んでいた。

アリクの右手の人さし指が筋書きを語っている。

地図のあちらこちらに触れ、線を描き、地域を円で囲む。どんな動きもすぐに効果を発揮し、中隊が進軍し、工兵部隊と補給部隊が仕事を始める。

「多くのことに、われわれは少しでも適応しなければならない。そこかしこで進入路が破壊されている。いくつかは、われわれが爆破したものだが、たいていは、われわれが引き継いだときには粉々になっていた。われわれはシェケム近くの軍事基地を、いわば箒で掃いて発見した」

「現在そこには歩兵学校がある」

国防大臣のモシェ・ダヤンがつけ足す。

「では、ここは？　ここにはなにがやって来るのだ？」

レヴィ・エシュコール首相は、ヨルダン川西岸のナブルスとラマッラのあいだに印をつける。

「新兵、落下傘兵と軍警察。建物とインフラはかなりのものが無傷だ。カバランだけは、新たな宿泊所を造らないとな」

「高くつきます」

将軍の一人が指摘した。

「それを諦めれば、もっと高くつくぞ」

「移転の第一波には、どのくらいの時間が必要だ?」

「すぐにだ。シェケムの近くでは、実際に軍隊の日常がすでに始まっているからな」

アリクは満足そうに笑みを浮かべて言った。

すなわち、最近この地域で、イスラエル国防軍《ツァハル》は新しい訓練キャンプをいくつか運用していた。さらなる言及の価値がないということは、施設は独立戦争の停戦ラインであるグリーンラインの東側にはないということだろう。ヨルダン川西岸地区にある、ヨルダンが逃げるようにして出ていった兵営を、イスラエルの基地に変えるというのはアリクのアイデアだ。一つには、そういう手段で、この地域を確実にものにするため。

もう一つには、下心のない作戦はないから。

敵国内にある前哨基地は、国境沿いに緊張緩和を生みだす。すると、この輝かしい大勝利ののち、国境とはどういう意味なのかと疑問に思うかもしれない。

確かなことは、ヨルダン川西岸地区、ゴラン高原、ガザ地区、そしてシナイ半島はイスラエルの占領下にある。占領したが、併合したのではない。そこには微妙な違いがある。併合とは、イスラエルに組み入れることで、あらゆる国際法的な根拠を伴う。誤解を招くような定義であってはならないのだ。占領された者は、ドライマティーニに含まれるベルモットのように、新たな権力者の国土に吸収される。すると、領土を引き継ぐことが一般の了承を伴うかどうかという疑問が生じる。複雑な問題だ。昔なら、誰でも思う存分に戦うことができ、敗者が呑みこまれる。武力による略奪がなければ、ローマ帝国も、オスマン帝国も、ナポレオンのフランス帝国も存在しなかった。そうすることは簡便な手段だったからだ。面倒な条約をまとめる必要はなく、国家は単純に腕か脚をいくつか余分に所有する。腕や脚が部分的な自治で構成されるという条件で。

そうすれば今の状況をやり過ごすことが可能だ。

併合、すなわち〈国家の領土保全に対して、武力による威嚇または武力行使〉は、一九四五年六月二十六日に採択された国連憲章の、第二条四項によると、厳しく――

禁止されている。

すると、われわれがかかわるのは占領だ。占領。制圧した土地を自国領にすることなく、統制すること。

愚かなことに、国連憲章によれば、占領も――

禁止されている。

いずれにせよ永続的に。そこが失望させられる点だ。たとえていえば、他人のアパートを占拠しているが、その子ども部屋に、自分の子や孫を住まわせることは許されないというわけだ。ドイツがそうだった。占領はされたが、併合されてはいない。形式的に占領下にあるだけで、アメリカ合衆国の第五十一番目の州にはならなかった。ソヴィエト連邦ですら陰で糸を引く存在になることを優先しているし、フランスとイギリスは植民地主義にうんざりしている。戦勝国はどの国も、単なる軍隊として永遠にドイツに存在するつもりはないのだ。莫大な金がかかり、長居は許されない。それなら出ていこう。明日ではなく今日にも。

この点に関して、国際法学者たちは我慢のひと言につきる。

そのために、平和条約がうまく仕上がるまで、イスラエルが、イスラエル領ではない土地を軍事基地や要塞化された村々で守ることを、彼らは容認した。

なぜなら、やがてイスラエルが撤退すると期待していたからだ。

やがて、まさにそのためにムードが悪くなっていた。アリクが会合の出席者たちに、兵士の家族を軍事基地の周囲のどこに住まわせるかを示していたときのことだ。

「全然だめだ」

エシュコール首相が短く言った。

アリクにはわけがわからない。

もし、ベン・グリオンがまだ首相だったら、この場の会話は父と息子が討論するかのように続いているだろう。ところが、この部屋は、傲慢なベン・グリオンにしばしば侮蔑されたことで妬みを持つ将軍たちで溢れかえっていた。しかもエシュコールには独自の考えがある。彼はアリクを鉄梃《かなてこ》だとみなしており、自らは理解し合う外交をめざして展開している。アメリカのリンドン・B・ジョンソン大統領から広範囲な支援をとりつけていた。ジョンソンは初のユダヤ人大統領として、更生したドイツと外交関係を結んでいる。世界におけるイスラエルの信望は彼の資本であり、エシュコールはその資本をみすみす失うような男ではない。

「われわれは、その地域を軍隊だけで守ることにする」

「駐屯部隊の状況を、劇的に改善することになるかもしれないんですよ」

アリクはもう一度食い下がった。

「われわれの評判を傷つけかねないからな」

「家族は一緒にいるものです。過去の経験談を話しましょうか？　イスラエルという国家が存在するのは、ユダヤ人が入植によって事実を築いたからです。土地を長きにわたり確実なものにする唯一の方法は、そこで暮らすことだ」

「シャロン、きみは――」

「われわれには充分な土地がある！」

「だが権限はない」

アリクは厚い胸に大きく息を吸いこんだ。彼は何年もかけて、肥満した体のように大きな影響力を持つようになっていた。しかし、今は壁に突きあたっている。問題は、この会合に出席しているのは政府高官や情報機関の職員、軍幹部ばかりだということだ。そのため、彼とダヤンが孤立していれば、いつものように大口をたたけない。あるいは、これはアリクにとっては大した問題ではなく、むしろ国防大臣のダヤンのほうに問題なのかもしれない。彼の将軍が額に青筋をたてるのを避けられないのだから。

「ちょっと休憩にしませんか？　電話をかけなければならないので」

アリクは小声でエシュコールに尋ねた。

「結構だ。コーヒーの一杯も飲めば、みんなリフレッシュする」

ダヤンがアリクにうなずいて、外に出ようと合図した。

「図書室で」

図書室？　そこは建物の反対側の端だ。なぜ、図書室まで延々歩いていかなければならないのだろうか。

「建物の欠陥だ」

「建物の欠陥？」

アリクはおうむ返しに尋ねた。

「壁が薄くて、筒抜けだからな」

「だから図書室に行くのか？」

ダヤンはコーヒーを飲む男たちを顎でさし示す。

「そうだ。きみが怒鳴りちらすのを彼らに聞かれないように」

アリクは怒鳴りちらしはしなかった。

怒鳴りちらす寸前だった。まるで地面に敵を作ろうと距離を測るかのように、部屋を行ったり来たりしている。

ダヤンは平然と彼を見つめていた。

「アリク、それには違いがあるんだ」

「じゃあ、説明してくれ！」

「敵の領土に軍が駐留するのは一時的な措置だ。市民の入植となると一時的どころじゃない」

「兵士の家族だぞ」

「それがどうした？」

「彼らは実際には兵営で暮らす」

「きみの言う〝実際には〟とは、彼らに小ぎれいな入植地を建設してやるということだ」

「それでも軍事基地だが」

「〝入植地〟かもしれない。きみは自分の石を碁盤に並べてもかまわないが、貼りつけるべきじゃない。兵士ならヨルダン川西岸に送っても、いつでも撤収することができる。家族では、そういうわけにはいかないぞ」

「なぜだ？」

ダヤンは失っていないほうの目をぐるりとまわす。

「考えてもみろ。きみが彼らに建物やマイホームを建てて、インフラを整備すれば、故郷を創ってやることになる。もし、われわれがヨルダン川西岸から撤退するなら、三年や四年で、彼らからその故郷を取り上げるつもりなのか？」

「おれたちがそんなことをすると、誰が言ってるんだ？」

ダヤンはため息をついた。

「われわれがそうしないと、誰が言っている？　まあ、なんの意味もないことだ。きみが市民をヨルダン川西岸に誘いこんだ瞬間、市民の入植という事実関係が成立する。それが全世界に意味することは——われわれはここに留まるつもりだ。永遠に。どうだ、わかってくれたか？　われわれは土地泥棒になる。平和条約もなかったことになる」

アリクは思わず荒い鼻息をたてた。

「土地泥棒だと！　ヨルダン川西岸を見てみろよ。何日も歩きまわっても、誰にも出会わず——」

「それはダヴィードの受け売りだ」

ダヴィード・ベン・グリオンは、ユデアやサマリアを何日さまよっても、人っ子一人に出会わないと言った。簡単に言えば——これは、土地を持たない民にすれば、民のいない土地である。

それぞれが自由に使えばいい。

「彼の言うとおりだ、畜生！　いったい、ここのどこが誰のものなんだ？　ゴラン高原、シナイ半島、シリアとエジプトの領土だったことはわかる。じゃあ、ユデアやサマリアは？　正当な所有者は、いったいどこにいるんだ？　農民、牧童、字も読めない者たち！　長いあいだオスマン帝国の支配下で生きてきて、それからイギリス人がやって来た。彼らが去ると、ヨルダン人がのさばった。今は、まさにおれたちがここにいる。おれたちが土地を奪えるパレスティナの独立国家など存在しない。だから、おれたちが土地を返す相手はいないんだ」

「国連の分割案を――」

「パレスティナの正当な支配者の名を言ってくれ！　ほんのわずかなアラブ人じゃないのか？　七世紀に半島からやって来て、軍事植民地を建設するしかしなかった者たちじゃないのか？　ローマ人はどうなんだ？」

「――われわれは承認した。アラブ人が自分の国家を持つ権利を認めた」

「自らの過ちで彼らが失った権利だ」

モシェ・ダヤンは口をつぐんだ。アリクは握りこぶしをテーブルについて体を支え、彼のほうに身を乗りだす。

「モシェ、この土地が誰のものか本当に知りたいのなら――」

「やめてくれ」

ダヤンは両手をあげてアリクをさえぎる。

「私に聖書を持ちだすのはやめてくれ。宗教の話はよしてくれ。きみの口からは」

アリクは、ぱりっと焼けたスペアリブが好物なことで有名だった。

「宗教は関係ない。身の安全の問題だ」

アリクは鼻息を荒らげて言った。

ダヤンは腕時計に目をやり、

「安全か。わかったよ。あとまだ少し時間はある。一緒に来てくれ」

廊下の突きあたりを右に曲がれば先ほどの大会議室がある。ほかの者たちはコーヒーで喉の渇きを潤したことだろう。ダヤンは左に曲がって、アリクを自分のオフィスに案内すると、デスクにおかれた一冊のファイルを彼に渡した。

アリクは表題を読む。

「報告書か？」

「その素案だ。最終報告書が手に入るのは、二、三カ月先だな」

「これを発注したのは？」

「われわれだ」

「われわれとは？」

「政府だよ。エシュコールと私と、あと二、三名」

アリクはファイルを繰った。

公式の報告書に、法学者の短いテキストが入っていれば、それは、占領地への市民の入植は国際法に抵触し、よって違法であるということを意味するにほかならない。

それは結構なことじゃないか。

「どうして、おれはなにも知らされていないんだ？」

ダヤンは肩をすくめる。

「たった今、私のデスクに舞い落ちたからだ。会合の前に、きみに渡す機会がなかった。実のところ、それはエシュコールと私にだけ宛てたものだからな。だから、ファイルを預かってくれ、いいな？　この話題に戻ったら、きみは備えができている。さっきの提案などしなかったかのように振る舞っていればいい」

アリクはファイルをじっと眺めた。

「これを公表するつもりはないんだろう？」

「いや、われわれが九月にカイロを占領したら、大きな文字でピラミッドに書きなぐってやるつもりだが——」

モシェ・ダヤンは首を振り、

「——本当のところ、きみはどう思ってるんだ？」

「これは本物の弾薬だぞ」

「もちろん」

「おれたちに対してだ」

「この問題にわれわれが真剣に取り組んでいないと、主張する者たちに対して。当然、鍵をかけてしまっておくが。だが、なに一つ変わらないな」

アリクは薄笑いを浮かべる。

「モシェ、言っておきたいことがあるんだ。おれは予言者じゃないから、未来は見えない。けれども、はっきり感じることが一つある。つまりここで——」

アリクは腹をさすってみせ、

「――きっと和平交渉にはならないぞ。おれたちが望んでいないからじゃなく、彼らが望んでいないからだ。交渉がない状態が長引けば、あんたたちの立場は弱くなる一方だ。聞いてくれ。一年以内に、入植地は紛争地帯に次々と出現する」

彼はファイルをダヤンのデスクに放り投げた。

「それから、これはシュレッダーに突っこんでくれてもいいぞ」

ガリラヤ湖

フェーベはハアレツ紙をエフダに手渡した。

「八ページを見て」

エフダはそろそろ家を出るところだった。ヨゥゼフとガリラヤ湖の東岸で会う約束をしていたのだ。そこでは破壊されたキャンプの再建が行なわれている。コーヒーを右手に、一面広告のテキストに目を走らせると、はっとした。もう一度じっくり目を通す。

〈われわれを殲滅することに対抗する権利は、われわれにとり、相手を抑圧する権利ではない。占領は外国による統治に通じる。外国による統治は抵抗運動に通じる。抵抗運動は抑圧に通じる。抑圧はテロとテロの応酬に通じる。テロの犠牲者はいつも罪のない人々だ。占領地を維持することは、われわれを殺人者と被害者の民に変えてしまうにちがいない。直ちに

占領地から出ていこうではないか〉

「署名がないな」

エフダは不思議そうに言った。

フェーベは食器を食洗機に入れている。

「誰が黒幕か知ってる。ハイム・ハネグビが、テキストと現金の束を握ってハアレッ社に入っていったと、小耳にはさんだの」

「記者なのか？」

「そうよ」

「じゃあ、どうして署名しなかったんだ？」

「おそらく、ないほうが読んでもらえるから」

ハネグビは、マッペンという、ヘブライ語とアラビア語を話すイスラエル人で構成される左翼グループのメンバーだ。マッペンはイスラエルの共産党から分裂してできた組織だった。マッペンの活動家にすれば、モスクワに従属路線をとる穏健な共産党はほど遠い存在だ。事実、彼らは共産党員よりも過激だった。パレスティナのアラブ人の解放をあからさまに支援し、国家とユダヤ民族をしっかりと結びつけるシオニスト哲学に背を向け、中東の社会主義の連盟にイスラエルを編入することを要求していた。

彼らは人気ランキングでいえば、アタマジラミよりもさらに下なのだ。たいていのイスラエル人は彼らを嫌っている。六日戦争が作りだした環境では、左翼や平和活動家の花は開かない。だから、どこかにハネグビの名前が載っていたら、読者は老眼鏡をさっさとはずしたことだろう。

「加担して署名しなかった者は大勢いるわ。彼らは現金をテーブルに積んだのにちがいない。ハアレツが広告を印刷してくれるように」

「じゃあ、おまえはこれをどう思ってるんだい？」

フェーベはエフダにキスしてほほ笑みかけた。

「あなたが仕事に行くのを、ずいぶん引きとめてしまったと思ってるわ」

「本当だな」

彼女は肩をすくめる。

「あなたは、これをどう思うの？」

せめて自分にそれがわかればいいのだが。

彼は、実家のあるクファール・マラル村で、双子の兄弟ビンヤミンに熱い気持ちを語ったことを思い出した。二十年か、もっと前のことだ。当時の彼は、独立戦争の停戦ラインであるグリーンラインの向こう側を自分の領土にしようと試みることは、民族主義的な、あるいは宗教的な妄想でできた誤った道で、死と頽廃という結果を招くことは避けられないと考えていた。

しかし、状況はすっかり変わってしまった。

当然のことながら、国教派はこの問題を力ずくで手に入れ、かつてないほどの上昇気流に乗っている。この勝利は神からのみ与えられるものかもしれない。救済は始まった。このごろでは、むちゃくちゃな無神論者ですら、神の行為がかかわっているのではないかと疑っている。一人また一人と、隠れていた強硬派が姿を現わすと、かつてとは打って変わって賞讃される。あらゆる手段を投入してメシアにこちらに来てもらいたいと願うことに、まったく疑問を抱かせない〝大イスラエル運動〟が形を成した。エシュコール首相が市民の利用を許可した、ヨルダン川西岸のどんな小さな土地も、信者を彼らの目的に近づける。そして当然、首相が併合するつもりの数平方キロメートルの土地よりも、エレツ・イスラエルはより広範囲だと考えている。首相の戦略の狙いは、アラブ人には居住目的の土地を一切与えず、それで彼らを恐怖に陥れることだ。そうすれば、もっと悪い事態を回避するため、彼らは和平交渉のテーブルにつくしかないと思うだろう。

ただの戦略にすぎない。

しかし、ただの戦略に神は腹を立てる。

巧妙な手口のために、メシアはこちらに来る気にはならないにちがいない。聖書に〝イスラエルの地〟と描写された土地に、イスラエルが占領地を加えて完全なものにすることは、偶然なのだろうか。そもそもその描写は曲解できるのではないのか。約束ははっきりとは示されてはいないのではないか。

そうかもしれない。

エフダには、そのようなものがあると認めることはできなかった。

彼にわかるのは、アラブ人が窮地に陥った責任は彼ら自身にあるのだということだけだ。彼の目に映る六日戦争の結末は、神の行為の結果でも、二千年前の土地登記簿を話題にするきっかけでもなかった。土地がイスラエルのものになったのは、自分たちが殲滅されることを避けるために仕掛けた先制攻撃が成功した結果なのだ。

土地を占領するのは、正当なことだ。

しかし、所有するのはどうなのだ？

そこに居住することは？

エフダは戸口のところにたたずんでいた。今は複雑すぎる。

「もう行かないと」

その日の晩、彼はヨウゼフと妻のファティマを家に連れてきた。テーブルにマアリヴ紙がおいてある。イスラエルの夕刊紙だ。

「二十四ページよ」

フェーベが書斎で声を上げた。

彼女は、左派リベラル系の週刊誌、ハオラム・ハゼに掲載する記事を仕上げなければならない。そのため料理はエフダが用意することになっていた。彼は食糧品でいっぱいの紙袋を両腕で抱え、ヨウゼフは巨大な段ボール箱を抱え、二人は荷物の上に鼻をのぞかせているだけだ。そこでファティマが新聞を手に取った。

「また広告よ。大きな」

「なんの話題?」

「読みあげたほうがいいかしら?」

エフダは紙袋を食卓に勢いよくおいた。

「ありがたい」

「六日戦争におけるイスラエル軍の勝利で、民族と国家は宿命的な新時代に入った。出現したイスラエルの地は、今、ユダヤ民族の手の中にある。われわれに〝イスラエル国家〟を断念する権利がないように、それを実現する義務がわれわれにはある。この国がわれわれの手に与えてくれたもの——〝イスラエルの地〟」

エフダは彼女の手から新聞を取った。

「さあ、ここからが始まりだな」

彼は続きを読み上げる。

「われわれは、われわれの国の実現に忠実であることを義務づけられている。それは過去のためであるとともに、未来のためでもある。実現を断念する権利は持つ政府は、イスラエルには存在しない。今日の国境は安全と平和を保証するものだ。さらに、物質的にも精神的にも、国家としての強さを保証する。この国境の中では、イスラエル国家の基礎となる銃と平等が、すべての住民にわけへだてなく与えられる」

「それなら安心したよ」

ヨウゼフがあざけるように言った。包丁を手にして人参を切りはじめる。

書斎から出てきたフェーベが、セロリを折って、ひと口かじった。

「わたしは違うわ。これには署名があるけれど」

署名しなかった者がいるというのか！　この国の知識人全員の署名がある。劇作家のナタン・アルターマン。ベン・グリオンは彼を賢人ナタンと呼んで称えたものだ。ノーベル賞作家のサムエル・アグノン。神秘主義思想家のウリ・ツヴィ・グリーンベルグ。詩人のハイム・ゴウリ……

「そうだな」

エフダが言った。

「そうだなって？　この国にとって、彼らがどんな役割を果たしているか、あなたは気づかないの？」

フェーベが口をセロリでいっぱいにして尋ねた。

ヨウゼフは包丁を持つ手を止め、記事を要約して繰り返す。

「イスラエル政府に権利はない――」

「国の実現を断念する権利は」

ファティマがつけ足して言った。

「委任統治のない国家」

「あなたの言うとおりだよ。首相は解任されてしまうわ。エシュコールだけではないわよ。

どの首相も解任される」

「神により望まれた国境」

「交渉不能」

「くだらない話だ」

ヨウゼフが右手で持った包丁がリズミカルな音をたて、同じ厚さに刻んだ人参の、オレンジ色の大きな山ができあがる。

「きみたちユダヤ人が絶えず神と交渉していることを、私はイスラム教徒として、きみたちに思い出させてやらなければならないのか？　アブラハムは神と取引した。モーセは神と取引した。きみたちは絶え間なく神と取引している。われわれには許されないことだ」

「インシャラー」

フェーベは間延びするような口調で言うと、紙袋をあさってプルーンを取りだした。

「ばかばかしい。これは政治声明なのよ」

ファティマは言って、指で紙袋をはじいてへこませる。

「誰もそうは思わないわ」

「すべての住民の自由と平等？　政治的に聞こえるけど」

「情熱の響きがあるな。しかも情熱とは、真実の上に流しこんだセメントだ」

ヨウゼフが言った。

「うーん。どこでそんなことを仕入れたんだい？」

エフダはうめいて言った。

「なかなかうまいだろう?」

「ピューリッツァー賞は怪しいわね。ところで食事はなに?」

フェーベが人参の山に手を突っこんで尋ねた。

「なにもないよ。われわれが買ってきたものを、きみがそんな勢いで平らげたら」

「チキンのコリアンダー風味、野菜ライス添え」

エフダが告げる。

「おいしそうね」

「あなたはしょっちゅうアラブ料理を食べてるから、少なくともすべての住民の平等には貢献したわね」

ファティマが言った。

フェーベはさらにナッツを口に放りこみ、

「そのとおりよ。あなたたちは、わたしたちと一緒に食事することすら許されてるんだから」

この家では、こうした冗談でも笑えた。

もっとも、腹の底から笑えるわけではない。

建国時にイスラエルにとどまったアラブ人は、イスラエルの市民権を得ているが、それは昨年までだ。戒厳令には、許可なくして居住地から離れることの禁止、許可なき旅行の禁止、理由の提出なき未決勾留、商店などへの閉店時間の強制、自発的な国外追放の文字が躍る。

だから、フェーベとエフダ、ファティマとヨウゼフのあいだの友情はまったくの例外ではないと思える時代は終わった。たいていのイスラム教徒は、地方にある自分たちだけの集落で暮らしている。都市部では、ユダヤ人とアラブ人は少なくとも殺し合いをすることはなかった。共存とは現実主義者たちの友情で、アラブ系イスラエル人のあいだでは、もっぱら二級市民として扱われているという感情だ。

そうだとすると、マアリヴ紙のテキストの聞こえは悪くない。

彼らはもうしばらく意見を言い合った。ゴラン高原に夜の帳が下りて、ガリラヤ湖は青から暗い紅色、深いインディゴへと美しい色を変えていく。ページのばらばらになった新聞が台所の調理台に置かれていた。

明日になれば古新聞だ。

そこに書かれたことは、国を変えるにちがいない。固められた情熱の下で不満がくすぶり、互いの力がぶつかり合い、一九六七年の比類なき、宿命的な勝利をおさめる以前の国とはまったく違うイスラエルを創りだす。

おまえたちはどんなイスラエルを望むのかと、最近、アメリカが尋ねてきた。

さまざまな声が錯綜する。

答えは理解不能だった。

しかし、ビンヤミンにはわかっている。

「イスラエルの地――気をつけてくれ、私はイスラエル国家の話をしているのではない！それはユダヤ人のものだ。今日、この権利を主張するのは、入植する目的だけではなく、統治する目的でだ」

「誰を支配するつもりなんです？」

イギリス人女性記者が尋ねた。

ビンヤミンはひと息おいて考えを整理する。

「シオニズムを完成させる基本条件は、ユデア、サマリア、ガザ、そしてゴラン高原の占有だ。天の配剤のおかげで、昨年、われわれはその地域を再征服した。きみの目には戦争の勝利に映るかもしれないが、われわれは、そこに神の手をはっきりと認める」

「つまり、あなたがたはアラブ人を支配するつもりだと？」

「地獄に堕ちろ、くそ女！」

もちろん彼はそんなことを口にしない。

暴言を吐くのは、モシェ・レヴィンガーの十八番だ。ビンヤミンは過激派の中では紳士然としたほうで、今は愛想笑いを浮かべていた。

「誰かを支配したいと思うことは、先祖返りの傾向を表わしている。われわれは当然のことながら、いわゆるパレスティナ人の自治権を尊重する。ただ、聖なる土地においてではない。彼らはアラブ国家に属していると感じているのか？　素晴らしい。彼らが自己実現できるアラブ国家はたっぷりあるのだ」

「ですが、パレスティナは彼らの故郷ですよ」

「きみ、気は確かか？　ユダヤ人がイギリスに行き、ケント、サセックス、コーンウォールを占領し、そこで彼らの独立を宣言するとでも思っているのか？　そんなことはしない。なぜか？　そこはわれわれの土地ではないからだ。パレスティナがアラブ人の土地ではないように。よく考えてみてくれ」

女性記者はものを考えるときのしぐさを本当にしてみせた。

つまり、なにもわかっていないということだ。

小柄な女性記者は、聖書には一瞥もくれず、国連決議の文面を激怒しておうむ返しに口にだすことはできる。そろそろ国連を持ちだすんじゃないか？

「国連は、ヨルダン川西岸地区の占領を国際法に抵触すると表現してますよ」

やっぱりだ。

ビンヤミンは承知しているというふうにうなずき、

「国連の見地からすると、それは正当ですらある。ユダヤ人ではない民族が口にする法律という武器の中には、民族と国家の自治に関して明確な合意があるはずだ。だが、ユダヤ人は

〝選ばれし〟民だということだけだ。わかるかね？　だから、われわれは地上の法に支配されない。たとえわれわれが望んでも、全パレスティナの要求を断念することはできないだろう。われわれは神の命令に結びついている。そして、神はアブラハムに、イスラエルの地を与えると約束された」

「あなたの国の首相はそういうふうには見ていませんが」

「きみが言うことではない」

「レヴィ・エシュコール首相は占領地域への入植を禁止しましたよ」

「モシェ・レヴィンガーに尋ねてみたまえ。土地の神聖さは国家の神聖さに優ると答えるだろう」

「あなたは国家をボイコットするんですか？」

「まったくその反対だ」

「でも、そう聞こえますよ」

「入植を阻まないかぎり、われわれは国家を尊重する」

「あなたたちにとって、なぜそんなに重要なんです？」

「そんなことを尋ねるのか？　入植しなければ救済はない」

女性記者がなにを思っているかは明らかだ。彼女は、自分が想像する敬虔なユダヤ人に彼が見えないのはなぜかという疑問にとりつかれているようだ。

確かに、敬虔なユダヤ教徒の男性なら、キッパという帽子をかぶっている。

けれども、あのおかしな形の帽子はどこだ？

黒いマント、きれいに剃った首は？

こめかみの巻き毛、ふさふさの顎鬚は？

その代わりにウインドブレーカー、開襟シャツ、カーキ色のパンツ。ビンヤミンは賭けてもいいが、この女性記者は超正統派と宗教右派の区別もつかない。それが彼女に主張させているのだ。

「……時代は変わったということです。あなたは……」

しかし、彼は気をとられていた。

混乱が拡大している。アラブ人は祈りを唱えるイスラエル人に喧嘩を売ったのだ。石が飛び、兵士が命令を叫び、武器を掲げて威嚇する。ビンヤミンは、レヴィンガーが鎖から解き放たれたように突進するのを見た。若者数人が反射的に防御の体勢をとる。レヴィンガーは背も高くないし、肩幅も広くなければ、たくましくもない。しかし、狂犬病にかかったフェレットでもないのだ。

兵士たちが飛んできた。

事態が悪化するのを阻止する。

アラブ人とユダヤ人は、二十年前からふたたびヘブロンに集まっていた。憎しみが目に見えるものであれば、黄色い毒ガスのように通りに立ちこめているのがわかるだろう。

レヴィンガーは拳を振って向きを変えた。さらに青ざめ、頬がこけていた。このときの彼は、アリゲーターの狡猾さで武装し、その一方で人の心をつかむカリスマとは違っていた。彼の効果を狙った大げさな表現は、エレッ・イスラエルを唱える活動家に受け入れられている。「土地は生命よりも重要だ」といった言葉は、過激派の心を打った。過激派は見わたすかぎりの世界で神のほかに怖いものはなく、自らの決意を協調するために、弾をこめたピストルを空中に向けてぶっ放すような連中だ。彼らの聖なる怒りをうまく形にできる者は、レヴィンガーという意地の悪いラビのほかにはいない。六週間前に彼が起こした騒動は、すでに芸術の域に達していた。

第一幕、甘い餌で釣る。

〈募集――ヘブロンの旧市街に再入植する、家族または独身者。詳細は、ラビのM・レヴィンガーまで問い合わされたし〉

すぐにタルムード学校の学生グループと、六家族から連絡があった。そこにはビンヤミンとレアと五人の子どもたちも含まれる。さらにレアの両親、兄弟姉妹、レヴィンガーの襲撃部隊も。

第二幕、いかさまをする。

ヘブロンでは、六日戦争のおかげで経済に巨大な穴が開いていた。季候のよいこの地は、ヨルダンのエリート層に好まれたが、今ではすっかり廃れている。かつてあれほど愛されたアルナヘル＝アルカレド旧市街ホテルでは、古きよき日の幽霊たちが、互いにおやすみなさいと挨拶をかわすだけだった。そこに、スイス人観光客のグループから、期限を設定せずにホテルを貸し切りたいというオファーが舞いこんだ。四十のベッドが一度に埋まる！　封筒がカウンターに滑り落ちる。さらにツアーガイドが提示したのは、コシャーの規定に沿った食事を作るためにホテルの調理場を使用するということ。ということは――

第三幕、サプライズ！

――スイス人観光客ではなく、レヴィンガーの巡礼団なのだ。しかし、アラブ人支配人がそれに気づくのは、賃貸契約を結び、レヴィンガーが種明かしをしてからだった。

まあいいだろう。

金が支払われ、ショックはやわらぐ。

どのみち戦争が終わると、ユダヤ人巡礼者が、古代ユダヤの族長の墓参りにやって来るようになっていた。この地は、イスラム教徒と同じようにユダヤ人にとっても聖地で、敬虔な信者たちが崇拝の場で殴り合いをしたのは、これが初めてのことではないだろう。抜け目のないことに、モシェ・ダヤン国防大臣は宗教指導者《ムフティー》とヘブロン市長に、神が呼ばれるスケジュールを手渡していた。さらにレヴィンガーは、ユダヤ人がエジプトを脱出し自由の民になったことを祝う過越《ペサハ》の祭を祝うだけで、祭りが終わったらすぐに立ち去ると約束した。

ペサハの日がやって来て、やがてペサハが終わった。

レヴィンガーは動かない。

すなわち、彼がメディアと驚愕する支配人に語ったとおりだ。

〈メシアが降臨する日まで！〉

イスラエルの左翼と知識人は激しく抗議し、宗教右派は感激を隠そうとはしなかった。エシュコール首相はできることなら巻き戻しボタンを押したいところだ。彼は市民の入植を明確に禁止していた。ところが、支持者たちがヘブロンに押し寄せる。寛大にも宗教大臣は旅行に出かけ、労働大臣は祝辞を述べ、メナヒム・ベギンは「頑張れ！」とエールを送った。ヘブロン市長はひどく心配になってエシュコール首相に電報を送る。〈ユダヤ人家族がこれ以上やって来るようなら、ファタハがテロをすると脅してきた。ここはアラブの町である〉レヴィンガーの手下が市庁舎に押しかけ、市長に抗議する。市長は彼らに〝ヒトラー的な話し方〟を禁じ、軍政府長官に警告を発した。狼狽した長官がモシェ・ダヤン国防大臣に電話をかけると、ダヤンはゼリーのような原則論を持ちだして仲裁に入る。ほとんどはイスラエル政府の態度を代表するものだ。エシュコール首相には、宗教右派の支持を失う気はない。彼らは連合に協力しているからだ。その一方で、レヴィンガーの一団に好きにさせるわけにもいかなかった。

世界が注目しているところでは。

ホテルの支配人は、招かれざる客たちを通りに放りだすことで、エシュコール首相の決定の一部を担った。ダヤンはレヴィンガーたちが移り住むことができる、ヘブロン近郊の軍事基地を提供する。戦いを望む者もいたが、レヴィンガーがビンヤミンと話し合うと、彼は譲歩することを提案した。

そして今、彼らの姿がそこにあった。背筋をぴんと伸ばし、自分たちをここから連れだすべく待機する軍用車輛に向かって歩いていく。

沿道には、賞讃の声を上げる者もいれば、唾を吐きかける者もいた。この見せ物には、イスラエル人の支持者と同様、アラビア人支持者も詰めかけて、両者はその場で衝突した。彼らは石投げの世界チャンピオンたちを同伴していたのだ。ビンヤミンは自分の身の心配をしたのではない。妻のレアでもない。彼女は子どもたちをしっかり引き寄せているが、彼はその子どもたちが心配だった。

「……決して逃れられない」

「今、なんと？」

「世界の人々が、神に約束された地を懸命に手に入れようとしたら、わたしたちは戦争からは決して逃れられない――そう言ったんです」

BBCの女性記者が繰り返すあいだ、カメラマンが彼らの前を後ろ向きに歩いて、ビンヤミンの顔に焦点を合わせる。

「現在が新たな事実を創出するということを、あなたは認めなくていいのですか？」

腰が痛むが、彼は毅然として笑みを浮かべた。不自由な足を無理やり自然に見せる姿勢をとるようになってから、それまで以上に痛むようになった。いいアイデアではないということとだ。やがて彼は一連の複雑な手術を受ければ、歩き方が改善されることを知った。当時の医者がそれを台無しにしたことも。彼がびっこを引くのは、ぞんざいな治療の結果だった。

そうだな。

神の計画か。

「では、現在はいつ始まるのかな？　きみが役に立つ定義を教えてくれるなら、すぐにきみのところに行くよ」

ビンヤミンは優しい口調で言った。

「たとえば、国連の分割決議案とか」

カメラマンがつまずいた。彼のいまいましい腰にぶつかる寸前でバランスを取り戻す。

ビンヤミンは思わず顔をしかめる。

「きみ、車は持ってるかい？」

尋ねられた女性記者は不審そうに眉根を寄せる。

「それがどうかしましたか？」

「つまり、誰かが車を盗んだら、新たな所有関係を創出するのかね？」

「そんなことはできませ――」

「誰かがきみに土地を譲渡し、すぐに侵入者がきみをそこから追いだしたら、そこは侵入者の土地なのか、今でもきみの土地なのか？」

「誰がわたしに土地をくれたかによります」

女性記者は抜け目のない応答をする。

「そうする権利を有する、役所の管轄部署だ」

「あなたは、そもそも存在するかしないかわからない神を利用しているんですよ」

「神が存在しないかどうか、あなたにわかるの？」

レアが口をはさんだ。すぐに口調を変えて、

「ねえ、あなたのお猿さんの頭でそれがわかるのかしら？　あなたの小さな、くそったれの脳みそで？」

レヴィンガーの妻がするように、彼女は巧妙にののしった。彼はすぐにも記者に話しかけるしかない。なだめるように両手をあげると、

「まあまあ。ところで、きみはキリスト教徒なのかね？」

「そうです」

「モーセの十戒を信じてる？」

「思慮分別があると思いますが」

「それに従ってるかい？」

「たいていは」

「どうして？　きみの論理だと、過去の取り決めなんだよ」

「それをそういうふうには――」

「きみと、おそらく存在しないだろう神とのあいだの。違うかね？」

「十戒は、人々の手でうまく創られたものかもしれない。誰によってもたらされたかは重要ではないわ。その拘束力にはなんら変わりはないのだから」

記者は即答した。

「じゃあ、誰がわれわれにこの土地を与えたかは、重要なのかね？　それが起きたことは事実だ。今度は、細かなことを考えてみてくれ。ヘブロンは、独立戦争が起きる前、すでにユダヤ人が入植していた。知っていたかね？　現在は、何千年も前の約束よりもずっと重い事実を創出するかもしれない。だが、ここで問題なのは二十年という年月だ」

兵士が急かして、彼らを軍用車輛に連れていく。

女性記者は離れなかった。

「でも、あなたたちはパレスティナ人をこの土地から放りだすつもりでしょ！　全部、独り占めするつもりなのよ」

ビンヤミンは片足を車に入れたまま固まった。

「それも誤解だ。彼らはここにとどまることができる。聖書によると、彼らの地位は〝ゲル・トシャヴ〟――いつもそこにいるよそ者とされているんだ。そのために、彼らはシオニズムに忠誠を誓う必要はない。きみはそれも知らないんだろう？」

「いずれにせよ、あなたたちは再入植に失敗した」

「決してそうではない。われわれはここに残るのだ。少し郊外の、自然の中に引っ越すだけだ」

記者は笑った。

思い上がって、いい気になってろ。

われわれには時間がある。

おまえがこっちに追いやられてきたら、私は川岸に座っているだろう。


二週間後、彼の視野は変わっていた。

中身ではない。

純粋に見えるものだ。

現在、彼らは鉄条網の向こうにある丘の上で暮らしている。ツァハルの部隊が厳重な警備を行なっていた。事実、彼らが到着した日に、軍事基地はその機能を終えた。しかし、ここを入植地と描写することもできない。それとも、入植地なのだろうか。いずれにしてもモシェ・ダヤン国防大臣はレヴィンガーの要求に応じ、百六十人分の宿泊所を整備した。その半分も人はいないのだが、増えることを計算に入れてのことだ。

エシュコール首相は、もうなにごとからも目をそらすことができない状態にあった。

なぜなら軍事基地設営は禁止しなかったからだ。

市民の入植地建設を禁ずると、彼は言ったのだ。

それなのに、いつから軍事基地が市民の入植地になったのだろうか。

左翼の答えはこうだ。より多くの市民が兵士としてそこで暮らせば、とりわけ彼らが長居することを目的としているのであれば。その場合、軍事基地はリスが棲みついた鳥の巣のようなものに充当する。しかし、その手の詭弁は、敬虔な信者が祈りを捧げる邪魔にはならない。彼らはグレイゾーンで生活し、グレイゾーンとは時間とともに色褪せていくものだ。無垢な純白になるまで。

じっと我慢して乗り切ればいいと、アリクは提案した。

いつかそのうち公認される。

もちろん彼はビンヤミンとレヴィンガーの側近集団を、彼らの鷲の巣に訪ねた。ちょうど二人は、夕日がヘブロンの甍の海と、聖書の丘を金色に染めるのを眺めている。東に連なる山々の岩肌は神秘的な靄にかすみ、『十戒』のアメリカ人映画監督セシル・B・デミルであれば、そこに喜びを見いだしたであろう。そして、ビンヤミンも幸せだった。なぜなら彼はわかっているから。

自分たちが勝利したことを。

自分たちが引っ越さなければならないと、誰が気にかけるだろうか。

われわれは今なおここにいる！　それが重要な点だ。

「その点では、なにも変わらないはずだ」

アリクは気さくに言うと、ビンヤミンの手をとって続ける。

「――去年、エシュコールに自分の立場を捨てろと言ってやったことを、まだ覚えている。

アラブ人は解決策も拒否するだろうから、あなたはいつかそのうち入植地に同意するはずだ。おれはそう言ったんだ。で、彼らにユデアとサマリアのほんのわずかな土地を返すことも正当化した提案は、これまでに提出されたのか？」

「いや、どんな提案もそれを正当化しないだろうな」

ビンヤミンはそう言うと、しばらく黙りこんだ。

土地は売り買いできない。

土地は神聖なものだ。

アリクはうなずいた。

「おまえの言うとおりだ。ベン、信じてくれ。エシュコールはこれからもっと弱体化するぞ。時間はおれたちの味方だ」

それは彼の言うとおりだった。国連安全保障理事会、アメリカとソ連は何カ月にもわたってイスラエルに圧力をかけ、ついにアラブ人とバーター取引をすることになった。土地と和平の交換だ。イスラエルは、時間が違法なものを正当化するという希望を抱いて、国際法を歪めている——エシュコールを窮地に追いこんだ非難だ。大勝利は彼に不快な問題を投げかけていた。国会《クネセット》の強硬派は彼を弱虫とみなし、国際社会からはスケープゴートだとみなされている。彼は、イスラエルに安全をまったく保障する気のないアラブ陣営でも、国連の要求が鳴りやんでいることにほっとしているのだろう。アラブ人が絶対に譲らないあいだは、占領はなかば正当化される。そして、アリクのような人間は、土地と和平の交換は相手の意志が足りずに失敗すると、公然と発言することができた。

世界が興味を失うまでのあいだ。

そして世界はきっとそうなる。別の問題を抱えているからだ。

戦争が世界を制していた。

冷戦。

アリクはビンヤミンに説明した。

「あと二、三年もすれば、ここには入植地がいくつも生えてくる。どうしてだかわかるか？どこの豚野郎も、もうそんなことを気にかけないからだ。敵のど真ん中で生きていくのがユダヤ人の宿命なのかもしれないが、おれたちをいいように操ることはできない。彼らの土地を彼らに対する緩衝材として武装するんだ。おれたちの飛び地を彼らの土地に混ぜこんで、二度と離れなくするんだ。そうすれば、おまえたちは軍事基地という正当ではないところで油を売ってなくてもいいはずだな」

彼は言って笑った。

「――ひょっとすると、そうだキリヤット・アルバに引っ越せる……」

それならそれで越したことはないが。

「……いや、本当にヘブロンの旧市街に戻れるかもしれない」

なおさら結構だ。

混ざり合いさえすれば……

それについては、われわれはもう一度よく考えてみなければならない。ビンヤミンは思った。アリクが、遺伝学でいうところの遺伝子プールを念頭に浮かべていないことは確かだ。彼は、ユダヤ人とアラブ人の生活をフェルトのように絡ませて、二度とばらばらにさせないつもりでいる。物議を醸す土地の返還は、現実には不可能になるのだろう。

巧妙な戦術だ。

しかし、そもそもビンヤミンは、イスラエルの地でアラブ人の姿をもう見たくはなかった。彼らが嫌いだからではない。

本当にそれは違う。

そうではなく、伝説のチーフ・ラビ、アブラハム・イサク・コークのヴィジョンは、ビンヤミンのヴィジョンでもあったからだ。ヴィジョンは一条の光の、ありのままの美しさが、未来をさし示していた。〈まず国の救済、次に民族の救済、最後に世界の救済〉

しかし、家の玄関を異教徒と分け合わざるをえないあいだは、民族が救済されることはない。

それを、彼はアリクに説明しようと……

アリクはビンヤミンの話を聞きながら、自分は彼のような人間のことを理解できるのだろうかと考えていた。

そういう人間の頭の中では、なにが起きているのか？

彼らは終末論の救済者の姿を期待して人生の現実を歪める。イスラム教シーア派が、お隠れになった十二番目のイマームの再臨を確信しているように、またキリスト教の福音史家が、イスラエルが聖書で示された土地に存在するかぎり、キリストは地上に降りてくるというヨハネの啓示を引用するように。

そしてその最も悪いことは——

いつでもこの世の終わりにいたるということだ。

世界の没落。不信心者をどうにかして片づけなければならないからだ。最後の戦いなくして、敬虔な信者だけが生き残り至福を手に入れることはない。しかし、狂信者の中にはそれでは遅いと考え、自らの手で不信心者にこの世の終わりを与える者もいる。レヴィンガーのような狂信者は、自身を悪人だと思うことなく、血の流れをかき分けて天国まで行く準備ができているのだろう。とんでもない善人だと確信している。あらゆるものの中で最も公平なもの——この世の終わりにちがいない!

一方、彼らには和平は疑わしい。なぜなら——

平和条約＝土地の消失＝救済の延期。

彼らは、この世の終わりが意味するものを微塵もわかっていない。アリクはそう思う。彼らがおれと一緒にシナイ半島に進軍し、戦車の残骸に残るエジプト人の焼け焦げた死体を目にしていたら……

けれども、おそらくモシェ・レヴィンガーのような男は、そんなことに心を動かさないだろう。

ビンヤミンは違う。

それとも？　いや、ビンヤミンは穏健な男だ。それでも、双子のカーン兄弟の性格や考え方がこんなにもかけ離れてしまったことは驚きだった。エフダはものごとを深刻に考える人間でもないし、理論家でもなく、今も幼なじみの親友だ。ビンヤミンは、クファール・マラル村の実家で、ジャック・ロンドンの『海の狼』に登場するウォルフ・ラーセン船長とともに海を荒らしてまわり、ジュール・ヴェルヌと一緒に月を旅した少年から、聖なる軍馬に乗ってみるみる離れていってしまった。

よくよく考えてみれば、エフダとおれは本当に兄弟なのだ。アリクは思った。あの人のいいビンヤミンを嫉妬深い男にしたのはなにか。しかし、彼にどうしろというのだろう。血を分けた兄弟は彼を愛している。なのに、二人に共通の関心事は一つもなかった。エフダは救済という出し物には、このおれより、なす術がない。おれはビンヤミンとは少なくとも占領地への入植でつながっているのだ。けれども、ビンヤミンは抜け目のない男だから、おれがユダヤ教の教典であるトーラに突き動かされていないことくらいわかっている。そうだ、先週、新聞に掲載された、おれのインタビュー記事を肝に銘じないと。

アリエル・シャロン――ユデアとサマリアは、一九四八年、アラブ人に占領される以前は、この国の不可欠な土地の一部だった。われわれはイスラエルの安全をめぐって奮闘努力し、それを取り戻した。われわれの安全保障上の利害から、その土地は保有しているほうがいい。

〈保有とはどういうことですか？　併合するのですか？〉

シャロン――ちょっとお話ししておきたいことがある。私はクファール・マラル村で子ども時代を過ごした。テル・アヴィヴの北にあるモシャヴだ。近くにはカルキリヤのようなアラブ人の町があって、そういう町から、何十年にもわたりユダヤ人の村々にテロを仕掛けてきた。私の出身地である狭い海岸地区が、イスラエルの心臓なのだ。そこにイスラエル人の三分の二が住んでいて、われわれの最重要の発電所、われわれの産業の大部分、われわれの唯一の国際空港がそこにある。同時に、その地方は国の最も脆弱な部分でもあった。テロリストはわけもなく境界を越え、襲撃して、短時間で逃げ去ることができたのだ。そして砲撃も。ヨルダン川西岸にあるサマリアの山々から、その地方のすべてを見わたせる。敵の大砲はヨルダン川西岸から、その海岸地帯のどの地点にも到達すると、われわれは見ていた。もし、われわれがユデアやサマリアの制圧を断念すれば、同様の厄介な状況にふたたび陥るだろう。

〈つまり、物議を醸している土地を軍事的に確保するだけでなく、市民も入植させるつもりだと〉

シャロン――われわれは、この国をアラブ人の好きにさせる気は毛頭ない。われわれは、彼らを彼らの町から追いだすつもりはない。われわれには、彼らの農地も彼らの家畜も必要ではない。われわれが交通の要衝と丘を確保することに、きわめて重要な意味がある。だから、われわれはヨルダン川西岸を常に監視下におくだけでなく、中核にしているのだ。

〈ヨルダンと和平を結び、フセイン一世にヨルダン川西岸地区を返し、イスラエルに対するテロを阻止する義務を、条約によって彼に課すというオプションはないのでしょうか?〉

シャロン――ヨルダンがわれわれの安全を保障すると、あなたは本気で信じているのかね? 彼らにその気があれば、彼らにテロを阻止することができると?

〈すでにエシュコール首相は、グリーンラインを侵犯していますが〉

シャロン――グリーンラインにどのような役割があるというのかね? わが国は大規模な常備軍を保有することができず、中心地域との長い境界線の安全確保という過大な要求を常に強いられてきた。それも、緩衝地帯より占領地域であれば容易になるはずだ。ガザ地区とシナイ半島はエジプトに対して、ゴラン高原はシリアに対して、ユデアとサマリアはヨルダンに対して。占領地域の支配権を断念することは、われわれには許されない。そうすることでのみ、イスラエルとわれわれの首都エルサレムに必要な安全措置を提供できるのだ。

〈そうした態度をとることで、平和条約の締結を阻む結果に通じるかもしれませんね〉

シャロン――いや、それはありえない。ところで、私は実践的なシオニストの家庭で育ってね。ユダヤ人は敵対的な世界の中での自らの存在を、信頼とか条約とかだけに基づかせることはしないほうがいいと、私は自分の経験から知ったのだ。（笑い）私は政府ではないということを度外視しても。

まだそうではない。

しかし、それは変わるだろう。

そのとおりだ！　おれは安全を手にしたい。ビンヤミンの宗教右派はメシアの降臨を望んでいる。おれの理想を現実にするには、力が必要だ。力は合意を必要とする。おれが皆を分裂させたら、イスラエルの中央をおれの背後に囲うことはできず、そこかしこは戦場と化すだろう。より高い地位に昇るには、別の力を己の後ろ盾に集めるしかない。そのためには、そうした力の言うことに耳を傾けなければならない。

アリクはビンヤミンにほほ笑みかけた。

「おまえたちが次にどんな一歩を踏みだすのか、もう一度詳しく話してくれないか」

アリクに宗教右派の心理を何度も理解させようと試みたビンヤミンは、ようやく彼がわかってくれたことに満足した。

彼は思った——そうだな、ぼくたちはようやくここまで来たのだろう。きみは長いこと石よりも敬虔にならなかった。メシアが戻るとき、きみはメシアをナーセルの秘密兵器だと考えれば、戦車を並べるかもしれない。だが、きみがどんなイデオロギーを支持しようと、それはどうでもいい。

結果がすべてだ。

だから協定を結ぼう。今、ここで。

そして、われわれの望みを手にするため、互いに協力しようじゃないか。

（中巻に続く）

話題作

時の地図 上下
フェリクス・J・パルマ／宮﨑真紀訳
19世紀末のロンドンを舞台に、作家H・G・ウエルズが活躍する仕掛けに満ちた驚愕の小説

宙《そら》の地図 上下
フェリクス・J・パルマ／宮﨑真紀訳
ウエルズの目の前で火星人の戦闘マシンがロンドンを襲う。予測不能の展開で描く巨篇。

尋問請負人
マーク・アレン・スミス／山中朝晶訳
その男の手にかかれば、口を割らぬ者はいない。尋問のプロフェッショナル、衝撃の登場

ツーリスト—沈みゆく帝国のスパイ— 上下
オレン・スタインハウアー／村上博基訳
21世紀の不確かな世界秩序の下で策動する諜報機関員の苦悩を描く、スパイ・スリラー。

卵をめぐる祖父の戦争
デイヴィッド・ベニオフ／田口俊樹訳
ドイツ軍包囲下のレニングラードで、サバイバルに奮闘する二人の青年を描く傑作長篇。

話題作

英国推理作家協会賞受賞
ゴーリキー・パーク 上下
マーティン・クルーズ・スミス／中野圭二訳

モスクワの公園で発見された三人の死体。謎を追う民警の捜査官はソ連の暗部に踏み込む

KGBから来た男
デイヴィッド・ダフィ／山中朝晶訳

ニューヨークで活躍する元KGBの調査員ターボは、誘拐事件を探り、奥深い謎の中に。

エニグマ奇襲指令
マイケル・バー＝ゾウハー／田村義進訳

ナチの極秘暗号機を奪取せよ——英国情報部から密命を受けた男は単身、敵地に潜入する

パンドラ抹殺文書
マイケル・バー＝ゾウハー／広瀬順弘訳

KGB内部に潜むCIAの大物スパイ。その正体を暴く古文書をめぐって展開する謀略。

ベルリン・コンスピラシー
マイケル・バー＝ゾウハー／横山啓明訳

ネオ・ナチが台頭するドイツで密かに進行する驚くべき国際的陰謀。ひねりの効いた傑作

冒険小説

死にゆく者への祈り
ジャック・ヒギンズ／井坂　清訳

殺人の現場を神父に目撃された元ＩＲＡ将校のファロンは、新たな闘いを始めることに。

鷲は舞い降りた〔完全版〕
ジャック・ヒギンズ／菊池　光訳

チャーチルを誘拐せよ。シュタイナ中佐率いるドイツ軍精鋭は英国の片田舎に降り立った

鷲は飛び立った
ジャック・ヒギンズ／菊池　光訳

ＩＲＡのデヴリンらは捕虜となったドイツ落下傘部隊の勇士シュタイナの救出に向かう。

女王陛下のユリシーズ号
アリステア・マクリーン／村上博基訳

荒れ狂う厳寒の北極海。英国巡洋艦ユリシーズ号は輸送船団を護衛して死闘を繰り広げる

ナヴァロンの要塞
アリステア・マクリーン／平井イサク訳

エーゲ海にそびえ立つ難攻不落のドイツの要塞。連合軍の精鋭がその巨砲の破壊に向かう

話題作

レッド・ドラゴン〔決定版〕上下
トマス・ハリス／小倉多加志訳
満月の夜に起こる一家惨殺の殺人鬼と元FBI捜査官グレアムの、人知をつくした対決！

ゴッドファーザー上下
マリオ・プーヅォ／一ノ瀬直二訳
陽光のイタリアからアメリカへ逃れた男達が生んだマフィア。その血縁と暴力を描く大作

リアル・スティール
リチャード・マシスン／尾之上浩司編
映画化された表題作をはじめ、SF、ホラーからユーモアまでを網羅した、巨匠の傑作集

黒衣の女 ある亡霊の物語〔新装版〕
スーザン・ヒル／河野一郎訳
英国ゴースト・ストーリーの代表作。映画化名「ウーマン・イン・ブラック 亡霊の館」

ジャッキー・コーガン
ジョージ・V・ヒギンズ／真崎義博訳
強盗事件の黒幕を暴く凄腕の殺し屋。ブラッド・ピット主演で映画化された傑作ノワール

冒険小説

シブミ 上下
トレヴェニアン／菊池　光訳
日本の心〈シブミ〉を会得した世界屈指の暗殺者ニコライ・ヘルと巨大組織の壮絶な闘い

サトリ 上下
ドン・ウィンズロウ／黒原敏行訳
孤高の暗殺者ニコライ・ヘルの若き日の壮絶な闘い。人気・実力No.1作家が放つ大注目作

シャドー81
ルシアン・ネイハム／中野圭二訳
戦闘機に乗る謎の男が旅客機をハイジャックした！　冒険小説の新たな地平を拓いた傑作

A-10奪還チーム出動せよ
スティーヴン・L・トンプスン／高見　浩訳
最新鋭攻撃機の機密を守るため、マックス・モス軍曹が闘う。緊迫のカーチェイスが展開

高い砦
デズモンド・バグリイ／矢野　徹訳
不時着機の生存者を襲う謎の一団――アンデス山中に繰り広げられる究極のサバイバル。

冒険小説

パーフェクト・ハンター上下
トム・ウッド／熊谷千寿訳

ロシアの軍事機密を握るプロの暗殺者ヴィクターが強力な敵たちと繰り広げる凄絶な闘い

ファイナル・ターゲット上下
トム・ウッド／熊谷千寿訳

CIAに借りを返すためヴィクターは暗殺を続ける。だがその裏では大がかりな陰謀が！

暗殺者グレイマン
マーク・グリーニー／伏見威蕃訳

〝グレイマン（人目につかない男）〟と呼ばれる暗殺者が世界12カ国の殺人チームに挑む

暗殺者の正義
マーク・グリーニー／伏見威蕃訳

悪名高いスーダンの大統領を拉致しようとするグレイマンに、次々と苦難が襲いかかる。

暗殺者の鎮魂
マーク・グリーニー／伏見威蕃訳

命の恩人が眠るメキシコの地で、グレイマンは強大な麻薬カルテルと死闘を繰り広げる。

マイクル・クライトン

スフィア―球体―上下
中野圭二訳

南太平洋に沈んで三百年が経つ宇宙船を調査中の科学者たちは銀色に輝く謎の球体と遭遇

サンディエゴの十二時間
浅倉久志訳

大統領が来訪する共和党大会に合わせて仕組まれた恐るべき計画とは……白熱の頭脳戦。

アメリカ探偵作家クラブ賞受賞

緊急の場合は
清水俊二訳

違法な中絶手術で患者を死に追いやって逮捕された同僚を救うべく、ベリーは真相を探る

ジュラシック・パーク上下
酒井昭伸訳

バイオテクノロジーで甦った恐竜が棲息する驚異のテーマ・パークを襲う凄まじい恐怖！

大列車強盗
乾 信一郎訳

ヴィクトリア朝時代の英国。謎の紳士ピアースが企てた、大胆不敵な金塊強奪計画とは？

マイクル・クライトン

プレイ—獲物—上下
酒井昭伸訳
暴走したナノマシンが群れを作り人間を襲い始めた……ハイテク・パニック・サスペンス

恐怖の存在上下
酒井昭伸訳
気象災害を引き起こす環境テロリストの陰謀を砕け！　地球温暖化をテーマに描く問題作

NEXT—ネクスト—上下
酒井昭伸訳
遺伝子研究がもたらす驚愕の未来図を、事実とフィクションを一体化させて描く衝撃作。

パイレーツ—掠奪海域—
酒井昭伸訳
17世紀、財宝船を奪うべく英国私掠船船長が展開する激闘。巨匠の死後発見された遺作。

アンドロメダ病原体〔新装版〕
浅倉久志訳
人類破滅か？　人工衛星落下をきっかけに起きた未曾有の災厄に科学者たちが立ち向かう

訳者略歴　ドイツ文学翻訳家　訳書『深海のＹｒｒ』『黒のトイフェル』『砂漠のゲシュペンスト』『ＬＩＭＩＴ』シェッツィング（以上早川書房刊）他多数

HM=Hayakawa Mystery
SF=Science Fiction
JA=Japanese Author
NV=Novel
NF=Nonfiction
FT=Fantasy

緊急速報《きんきゅうそくほう》
〔上〕

〈NV1328〉

二〇一五年一月二十日　印刷
二〇一五年一月二十五日　発行
（定価はカバーに表示してあります）

著者　フランク・シェッツィング
訳者　北《きた》川《がわ》和《かず》代《よ》
発行者　早川浩
発行所　株式会社　早川書房
郵便番号　一〇一 - 〇〇四六
東京都千代田区神田多町二ノ二
電話　〇三 - 三二五二 - 三一一一（大代表）
振替　〇〇一六〇 - 三 - 四七七九九
http://www.hayakawa-online.co.jp
乱丁・落丁本は小社制作部宛お送り下さい。送料小社負担にてお取りかえいたします。

印刷・三松堂株式会社　製本・株式会社明光社
Printed and bound in Japan
ISBN978-4-15-041328-6 C0197

本書は活字が大きく読みやすい〈トールサイズ〉です。